人民共和國文化與文學叢書

五 編

李 怡 主編

第 **24** 冊

都會中的繆斯：
當代大陸新詩的文化闡釋

盧 楨 著

花木蘭文化事業有限公司

國家圖書館出版品預行編目資料

都會中的繆斯：當代大陸新詩的文化闡釋／盧楨 著 — 初版 —
新北市：花木蘭文化事業有限公司，2017〔民106〕
目 2+220 面；19×26 公分
（人民共和國文化與文學叢書 五編；第 24 冊）
ISBN 978-986-485-095-2（精裝）
1. 新詩 2. 詩評
820.8   106013295

人民共和國文化與文學叢書
五　編　第二四冊   ISBN：978-986-485-095-2

都會中的繆斯：當代大陸新詩的文化闡釋

作　　者　盧　楨
主　　編　李　怡
企　　劃　北京師範大學民國歷史文化與文學研究中心
　　　　　四川大學現代中國文化與文學研究中心
總 編 輯　杜潔祥
副總編輯　楊嘉樂
編　　輯　許郁翎、王　筑　美術編輯　陳逸婷
印　　刷　普羅文化出版廣告事業
出　　版　花木蘭文化事業有限公司
社　　長　高小娟
聯絡地址　235 新北市中和區中安街七二號十三樓
　　　　　電話：02-2923-1455／傳真：02-2923-1452
網　　址　http://www.huamulan.tw 信箱 hml810518@gmail.com
初　　版　2017 年 9 月
全書字數　202492 字
定　　價　五編30冊（精裝）台幣56,000 元

都會中的繆斯：
當代大陸新詩的文化闡釋

盧楨 著

作者簡介

盧楨，1980 年生於天津。南開大學文學院副教授，文學博士。曾在香港浸會大學、荷蘭萊頓大學、倫敦大學亞非學院訪學。主要研究方向為中國現當代文學、中國新詩。在《中國現代文學研究叢刊》、《文藝爭鳴》、《南方文壇》、《當代作家評論》、《人文中國學報》等五十餘種海內外刊物上發表學術論文百餘篇，出版專著有《現代中國詩歌的城市抒寫》、《走向優雅——趙玫論》、《新詩現代性透視》等，承擔國家社科及省部級科研課題多項。曾獲天津市「文藝新星」等多種獎勵並入選天津市宣傳文化「五個一批」人才。

提　　要

　　本著聚焦於多元文化與當代新詩審美建構的關係，特別是「詩歌文本」與「城市文化」的互喻聯繫。從文學生成的層面看，城市文化改變了詩人認識世界、感覺世界的基本模式，促進著他們的精神體驗和審美經驗的形成。除了詩人精神狀態的「現代性」之外，當代大陸詩歌自身同樣離不開物質狀態的「現代性」轉換，在這種轉換的過程中，城市文化對其產生舉足輕重的影響，為當代大陸詩歌鋪上了濃厚的底色。以「城市抒寫」為研究重心，本著對「文本中的城市」與「城市中的文本」展開深入探討，考察當代大陸新詩的城市抒寫在各個歷史時段的基本品貌和美感特徵，探討其多維的審美表達方式，從而揭示城市文化對詩歌文本藝術形式產生的影響。同時，論著收納了本人近年來討論新世紀詩學及詩人「個人化寫作」等問題的相關文章，這些文章圍繞新世紀大陸詩歌的文化資源和想像視野、個體詩學的文化掃描、關於城市詩和現代性話題的圓桌對話等問題展開，力求在「文化——詩學」的理論框架下探析當代詩歌的諸多文化要素。

本書為中央高校基本科研業務費專項資金資助項目
「當代中國新詩的文化闡釋」結項成果

當代的意識與現代的質地——
《人民共和國文化與文學叢書》第五編引言

李　怡

　　我們對當代批評有一個理所當然的期待：當代意識。甚至這個需要已經流行開來，成為其他時期文學研究的一個追求目標：民國時期的文學乃至古代文學都不斷聲稱要體現「當代意識」。

　　這沒有問題。但是當代意識究竟是什麼？有時候卻含混不清。比如，當代意識是對當代特徵的維護和強調嗎？是不是應該體現出對當代歷史與當代生存方式本身的反省和批判？前些年德國漢學家顧彬對中國當代文學的批評引發了中國批評家的不滿——中國當代文學怎麼能夠被稱作「垃圾」呢？怎麼能夠用作家是否熟悉外語作為文學才能的衡量標準呢？

　　顧彬的論證似乎有它不夠周全之處，尤其經過媒體的渲染與刻意擴大之後，本來的意義不大能夠看清楚了。但是，批評家們的自我辯護卻有更多值得懷疑之處——顧彬說現代文學是五糧液，當代文學是二鍋頭，我們的當代學者不以為然，竭力證明當代文學已經發酵成為五糧液了！其實，引起顧彬批評的重要緣由他說得很清楚：一大批當代作家「為錢寫作」，利欲薰心。有時候，爭奪名分比創作更重要，有時候，在沒有任何作品的時候已經構思如何進入文學史了！我們不妨想一想，顧彬所論是不是大家心知肚明的事實呢？

　　不僅當代創作界存在嚴重的問題，我們當代評論界的「紅包批評」也已然是公開的事實。當代文學創作已經被各級組織納入到行政目標之中，以雄厚的資本保駕護航，向魯迅文學獎、茅盾文學獎發起一輪又一輪的衝鋒，各

級組織攜帶大筆資金到北京、上海，與中國作協、中國文聯合辦「作品研討會」，批評家魚貫入場，首先簽到，領取數量可觀的車馬費，忙碌不堪的批評家甚至已經來不及看完作品，聲稱太忙，在出租車上翻了翻書，然後盛讚封面設計就很好，作品的取名也相當棒！

　　當代造成這樣的局面都與我們的怯弱和欲望有關，有很多的禁忌我們不敢觸碰，我們是一個意識形態規則嚴屬的社會，也是一個人情網絡嚴密的社會，我們都在爲此設立充足的理由：我本人無所謂，但是我還有老婆孩子呀！此理開路，還有什麼是不可以理解的呢！一切的讓步、妥協，一切的怯弱和圓滑，都有了「正常展開」的程序，最後，種種原本用來批評他人的墮落故事其實每個人都有份了。當然，我這裡並不是批評他人，同樣是在反省自己，更重要的是提醒一個不能忽略的事實：

　　　　中國當代文學技巧上的發達了，成熟了，據說現代漢語到這個
　　時代已經前所未有的成型，但這樣的「發達」也伴隨著作家精神世
　　界的模糊與自我僞飾。而且這種模糊、虛僞不是個別的、少數的，
　　而是有相當面積的。所謂「當代意識」的批評不能不正視這一點，
　　甚至我覺得承認這個基本現實應當是當代文學批評的首要前提。

　　因爲當代文學藝術的這種「成熟」，我們往往會看輕民國時期現代作家的粗糙和蹣跚，其實要從當代詩歌語言藝術的角度取笑胡適的放腳詩是容易的，批評現代小說的文白夾雜也不難，甚至發現魯迅式的外文翻譯完全已經被今天的翻譯文學界所超越也有充足的理由。但是，平心而論，所有現代作家的這些缺陷和遺憾都不能掩飾他們精神世界的光彩——他們遠比當代作家更尊重自己的精神理想，也更敢於維護自己的信仰，體驗穿梭於人情世故之間，他們更習慣於堅守自己倔強的個性，總之，現代是質樸的，有時候也是簡單的，但是質樸與簡單的背後卻有著某種可以更多信賴的精神，這才是中國知識分子進入現代世界之後的更爲健康的精神形式，我將之稱作「現代質地」，當代生活在現代漢語「前所未有」的成熟之外，更有「前所未有」的歷史境遇——包括思想改造、文攻武衛、市場經濟，我們似乎已經承受不起如此駁雜的歷史變遷，猶如賈平凹《廢都》中的莊之蝶，早已經離棄了「知識分子」的靈魂，換上了遊刃有餘的「文人」的外套，顧炎武引前人語：「一爲文人，便不足觀」，林語堂也說：「做文可，做人亦可，做文人不可。」但問題是，我們都不得不身陷這麼一個「莊之蝶時代」，在這裡，從「知識分子」

演變爲「文人」恰恰是可能順理成章的。

在這個意義上，今天談論所謂「當代性」，這不能不引起更深一層的複雜思考，特別是反省；同樣，以逝去了的民國爲典型的「現代」，也並非離我們「當代」如此遙遠，與大家無關，至少還能夠提供某種自我精神的借鏡。在今天，所謂的批評的「當代意識」，就是應該理直氣壯地增加對當代的反思和批判，同時，也需要認同、銜接、和再造「現代的質地」。回到「現代」，才可能有眞正健康的「當代」。

人民共和國文學研究，我以爲這應當是一個思想的基礎。

目次

第一章　城市文化語境中的新詩美學

第一節　城與詩的轉喻互現：大陸當代詩歌的城市抒寫

　　李歐梵在《現代性的追求》中說：「五四以降中國現代文學的基調是鄉村，鄉村的世界體現了作家內心的感時憂國的精神，而城市文學卻不能算作主流。」〔註1〕這一論斷與阿爾貝‧蒂博代評論波德萊爾之前城市詩歌的狀況頗為相似：「一直到 19 世紀，詩人及其讀者都生活在城市裏，但是某種建立在一種深刻的規律上的默契卻將城市生活排斥在詩之外。」〔註2〕兩種論述都觸及到傳統審美習俗對城市文學的影響，在這些文化因素之間，必然存在著一個複雜的交流過程。由近代史所揭開的是一個空前矛盾的文化時代，時間性的（現代與傳統）與空間性的（西方文化與中國本土文化）諸多矛盾相彙集、多種文化形態的並存，形成過渡時期特有的景觀。在現代文學三十年中，新詩中的城市抒寫無論從其創作觀念亦或文本數量來看，都只是一個開創的階段。不過，包括詩歌在內的城市文學興起，其誕生之初便已表現出新生命的朝氣與青春的力度。現代派詩人徐遲在詩集《二十歲人》中題獻給的「瑪格麗」，與其說是一位姑娘，不如說是獻給都市中的抒情者自己。現代詩人心目中的月亮已不再是李白思鄉的明月，而是都會的滿月，這裡飽含著都市人的

〔註 1〕〔美〕李歐梵：《現代性的追求》，三聯書店 2000 年版，第 111 頁。
〔註 2〕郭宏安：《論〈惡之花〉》（代譯序），〔法〕波德萊爾著，郭宏安譯評：《惡之花》，灕江出版社 1992 年版。

透明心境與新奇思維。融合西方現代經驗的城市抒寫與「現代人」的意緒營造，與傳統古典的靜謐美建立起互補式的對話關係，從而形成二十世紀新詩現代性中一個重要的審美取向。

在中國現代詩歌發展的三十年間，「一支支煙囪開著的黑色牡丹」作為現代工業「力」之美的象徵競相在詩句中綻放，郭沫若、艾青等新詩先驅以及後期新月詩派、現代詩派和九葉派詩人紛紛在現代城市文明的驛站駐足，為之展開憧憬亦或反思。隨著 1949 年新政權在北京的成立，政治高層為詩歌定下了「以民歌和中國古典詩歌」〔註3〕為基調的藝術取向，文學的政治工具化，使其漸漸放逐了「城市」這一重要的理論資源。在農村價值感明顯和民族（大眾）色彩強烈的文藝理論指導下，城市文化的多元性表現被洋溢浪漫主義旋律的工業讚歌所遮蔽。李歐梵對此曾評價道：「共產黨革命的成功，剔除了中國現代文學的城市因素。而隨著城市『精神狀態』的消失，中國現代文學也喪失了它的活力、獨特的洞察力、創造性的焦慮和批判精神，儘管它以農村題材為主流而獲取了更廣泛的活動場地和更大的『積極性』。」〔註4〕誠然，這種措辭顯得有些偏激，用「消失」這個包含絕對意味的動詞來描述城市的「精神狀態」，並不那麼客觀和準確。從某種程度上說，這一時段文本城市的「精神狀態」反而在民族富強的浪漫願景以及國家意志的強力規約中產生某些共性的「凝聚」，並與建國後中國文學的主流價值取向實現契合。

現代文學誕生之初，劉半農便援引一位「痛愛北平」的老友的詩表達對北京的喜愛：「三年不見伊，／便自信能把伊忘了。／今天驀地相逢，／這久冷的心又發狂了。」〔註5〕這「總是叫人牽記」的「伊」正是 1920 年代末的北平。有趣的是，同時期的蔣光慈寫有一首極端「痛恨北京」的詩：「從前我未到北京，／聽說北京是如何的繁華有趣；／今年我到了北京，／我感覺北京是灰黑的地獄」（《北京》）。雖然寫作時間相近，但他們對北京投射出的情感態度卻大相逕庭。前者的北平屬於私人之「我」的城市，正是李歐梵說的

〔註3〕在 1958 年 3 月的成都中央會議上，毛澤東指出：「中國詩的出路，第一條，民歌，第二條，古典，在這個基礎上產生出新詩來，形式是民歌的，內容應該是現實主義和浪漫主義對立的統一。」摘自陳晉：《毛澤東與文藝傳統》，中央文獻出版社 1992 年 3 月版，第 322 頁。

〔註4〕楊匡漢、孟繁華：《共和國文學 50 年》，中國社會科學出版社 1999 年版，第 208 頁。

〔註5〕劉半農：《北舊》（1929 年 12 月），《半農雜文二集》，良友圖書公司 1935 年 7 月初版，第 154～155 頁。

將「個性色彩打在外部現實上面」〔註6〕，具有「五四」作家消化「現代主義」的典型特徵；而後者的北京則是「我們」的城市，帶有集體抒情的現實主義政治色彩。詩人對「北京」的抒寫，融合了制度批判與底層關懷，這是左翼詩人觀察城市的典型視角，也是建國初期詩歌中城市審美的主要維度。

1959 年，建國十週年前夕，郭沫若以氣象非凡的辭藻寫出《頌北京》一詩，開篇便極具氣勢：「坦坦蕩蕩，大大方方；巍巍峨峨，正正堂堂；／雄雄赳赳，礴礴磅磅；轟轟烈烈，煒煒煌煌。」詩人所臨摹的，正是經歷了大擴建之後的天安門廣場。寬闊、壯麗與雄偉作爲廣場的寫實形態，與指稱大氣象的連綿詞彙、受閱方隊般整齊劃一的詩行交相呈現，洋溢著新興國家的昂揚朝氣。翻開公劉、李瑛、孫靜軒等詩人涉及工業題材的文本，我們同樣可以體悟到這樣蓬勃的青春氣息與歡樂的崇高感。王蒙寫於 1957 年 4 月的《春風》將這種「快樂的集體情感」作了個體化的呈現：「快樂地走在北京的街頭，／新蓋的樓房向我招手，／春風從四面八方吹來，／寒冷哪兒也不再存留。」在這些詩篇中，「鋼筋鐵骨的神」與「冰冷的金屬世界」這兩座「現代文學上對都市的最基本的喻象」〔註7〕只剩下前者，其「神力」象徵著國家的偉力，城市精神由此凝聚爲民族國家的富強理念，詩人的個體性便也凝華成群體的人民性。在抒情者眼中，「北京」不再是戀人，它躍升爲崇高的母親角色。其氣度也不再是老北京的體面、從容和悠閒，而是「首都」的紅色節拍，和著理想主義的調子。犁青的《別北京》、溫承訓的《母親的城》以及郭路生（食指）的《我的最後的北京》，都將北京城視作母親，這樣的母性想像昭示出政治學對詩學強有力的滲透。較之現代詩人對城市進行的抒寫實踐，當代詩人揚棄了那種對生命自然狀態和個性主義特徵的追求，他們的文本表現出更多客觀敘事式的政治抒情，以「大我」替代「小我」。「文化大革命」中「千籮萬籮」、「車載船裝」式的工業讚歌，更使集體理想對文學題材的征服欲達到最盛。這些對國家、城市新風貌的「物觀」體驗，順應了民族振興的世俗現

〔註6〕李歐梵認爲：「五四文學中的『現代主義』最突出的特點是，中國現代作家不是轉向自身和轉向藝術領域，而是淋漓盡致地展示他的個性，並且把這種個性色彩打在外部現實上面。」〔美〕李歐梵：《文學潮流（一）：追求現代性（1895～1927）》，〔美〕費正清主編：《劍橋中華民國史（1912～1949）》第 1 部，上海人民出版社 1991 年版，第 541 頁。

〔註7〕〔美〕馬·布雷德伯里、詹·麥克法蘭編：《現代主義》，胡家巒等譯，上海外語教育出版社 1992 年 6 月版，第 311 頁。

代性要求；不過，在它爲新社會存在的合理性作出明證的同時，其審美現代性卻顯得蒼白與單調，它「將重個人情思體驗的現代主義和浪漫主義驅趕到了藝術的邊緣，它同閉關自守的拒外時代氛圍遇合，理所當然地造成了『十七年詩歌』藝術型範的單調劃一」。〔註8〕這些凝聚社會制度進步圖景的詩歌，即便以城市作爲描述對象，也終因缺乏對生活現實的實際觀照以及對城市人深層的心靈關懷，使其「都市感」〔註9〕依舊潛伏在隱匿的狀態：既難以表達工業化帶給人類的生存壓力，也無法揭示城市生活的多重本相。由於缺乏變形變意的藝術加工，城市意象很難實現「瞬間的理智與感情的複雜經驗」與「不同觀念的聯合」（龐德語）。直至1970年代末，詩歌中的城市抒寫方才重新啓動意味與藝術並重的「合題」實踐，並爲新詩質的出現作了可能性的鋪敍。

一、物態城市的摹擬與復現

　　北島在《回答》中曾對未來作出預言：「新的轉機和閃閃的星斗，／正在綴滿沒有遮攔的天空，／那是五千年的象形文字，／那是未來人們凝視的眼睛。」它如讖語一般扣響一代知識分子的心靈，爲中國命運的歷史性轉變訂立預言，也爲城市精神的復甦敲響晨鐘。隨著新時期的到來，城市的經濟功能得到進一步的確認，其商業性的恢復，使長期封閉造成的物質壓抑得以解凍，見之有形、聞之有聲、觸之有覺的都市物質經驗重新融入人們的生活。在新時期詩歌創作初期，城市的詩性存在主要是以「城市夢」的姿態回歸文本。當北京第一條地下鐵道開通時，眾多詩人紛紛爲這一現代化交通工具詠唱贊美詩：地鐵「承載地面上無法承載的／擁擠的生活」，它使「道路的走向／有了更多的層次」（聶鑫森《地鐵》）。匡滿也感歎這是首都「光榮的開端，地下的殿堂」，這一「民族的奇跡」因爲「歷史跳下馬車」去「騎坐蝸牛」而讓位於恥辱和等待，「哦，我的地下鐵道！／多少人等你等白了頭」（《哦，我的地下鐵道》）。「地鐵」作爲現代化的符號，體現著一種速度感。地鐵的隧洞，

〔註8〕羅振亞：《是與非：對立二元的共在——「十七年詩歌」反思》，載《江漢論壇》2002年第3期。

〔註9〕按照蔣述卓對「都市感」的定義，它是指「都市在人們心靈上所引起的強烈的獨特的心理與審美感受。它既是一種屬於都市的感性直覺，更是一種深層的生命體驗和審美經驗。」蔣述卓：《論都市文學的都市感》，《羊城晚報》2000年7月17日，B3版。

正是從以共產主義為烏托邦的政治現代性向以經濟發展為動力的經濟現代性過渡的空間。在空間挪移中，地鐵這樣有型的、易辨的意象便成為詩人感知城市最有效的材質。看柯原的《珠江三角洲》和葉延濱的《環行公路的圓和古城的直線》，我們均能感受到詩人將諸多技術性符號與他們的現代國家想像糅合在一起，在城市空間的表層對物態文化釋放溫情。這樣的癡迷，既是寫作者的經濟想像與新的政治想像的統一，又預示著國人對自身生存環境的關注和對便捷生活的憧憬，暗合著重新發現「人」的啟蒙主題，也體現著詩人對城市「功能美」的重視。「不論是技術美還是藝術美，城市美的根源在於功能。」〔註 10〕隨著國民物質生活水平的改善，詩人們注意到城市功能給自身命運帶來的變化，王遼生在《新居》中便寫道：「九平方米，我很滿意，／這是我的新居／……／哦新居，／搬進我的人，我的神，／也搬進我遺失許久的／效命中華的契機。」匡滿在《我歌唱在十二層樓》感到「儘管此刻／我的高度／僅只有埃菲爾鐵塔的／十分之一／／可我感覺／自己竟像乘上飛毯的／王子」在遨遊。隨著都市意識的日趨多元，緊張和壓抑感交織的鳥籠式住宅會使人感到空間的異化，進而產生出牴牾情緒。但對剛剛從塵封狀態復甦的國人來說，新居的意義在於它帶來一個可以獨立的、自我的生存空間，從而幫助人們擺脫政治體制化的「群體」生存狀態，獲得家庭倫理空間的穩定感。我們看到，無論是詩人對「五十層高樓，輪船的貨艙，新築起的人行道」（嚴陣《深圳的曙光》）那一席視覺盛宴的興奮，還是對「城市穿上嶄新的滑冰鞋／進入輕快的旋律」（曲有源《立體交叉橋》）這一曲譜的應唱，其中心內涵都是把對都市建設速度感的渴望和體驗與他們捕捉到視覺經驗（即城市物態文化）情感化，為延續其個體「效命」國家的夢想而抒情，這正與十七年時期詩人的現代國家意識形成呼應。由此可見，新時期初期的詩學對十七年以來「過激」傾向的反撥，「並不意味著是對十七年詩學的簡單否定，而是同時也『吸收了』它的現代化追求的實質，與之『和解』」。〔註 11〕從一定意義上說，這些文本的社會學、城市學價值或許要大於它們的詩學價值。

在朦朧詩人那裏，北島的《地鐵車站》、舒婷的《阿敏在咖啡館》也引入了城市語境中的意象形態，他們在「我的城市的黃昏」（舒婷）講述著「我

〔註10〕蔣述卓、王斌、張康莊、黃鶯：《城市的想像與呈現》，中國社會科學出版社
　　　　2003 年 6 月版，第 11 頁。
〔註11〕於可訓：《當代詩學》，湖南人民出版社 2000 年 11 月版，第 22 頁。

的城市我的故事」（北島）。城市語境在朦朧詩歌中的再現，正預示著其文化模態與未來文學之間那種緊密的聯繫。就朦朧詩整體美學狀貌而言，城市還未曾成為詩人的知覺核心，抒情者們只是從它的領空飄然而過，在字裏行間留下一些關於它的印象碎片。不過，與那些夾帶「新民歌」餘溫的城建讚歌相異的是，一些朦朧詩人已經注意到「城中人」追求心靈自由與工業文明無限擴張所抵發的矛盾。十六歲時的顧城便已在《地基》中為城市訂立預言，都市給他的印象除了「星星的樣子有點可怕／死亡在一邊發怔」（《都市留影》），便是「城市正在掘土」，「它需要」「一隊隊像恐龍一樣愚鈍的建築」，在「鋼鐵肥厚的手掌下」，只剩下「最後的花」（《延伸》）。都市文明與大自然的對立，給少年的心靈烙上無法磨平的印痕。顧城的世界「就在那個小村裏」，他不習慣城市，他「Believe 在他的詩中，城市將消失，最後出現的是一片牧場」。〔註12〕這種田園心讓我們不禁想起艾青「鋼絲床上有痛苦／稻草堆上有歡晤」（《城市・夢及其他》）中對田園生活的嚮往，想起舒婷「土地情詩」中那顆黃昏星的自然情調，以至海子對麥田的忠誠守望。中國詩人大都受傳統詩學磁場影響，懷有一種對田園情調的追念或者理想圖景。不過，都市化不會僅僅局限在有限的都市空間內，它的出現已經使人類在整體上被「都市化」了。在當代，一個人可能並不直接生活在大都市中，也可以對城市生活方式持激烈的批判與否定態度，但無論其在現實中的衣食住行，還是更高層的文化消費與精神享受，都不可能與大都市絕緣。都市文明所具有的外延性，使它仿若宗教一般蔓延至中國的每一寸土地，艾青曾憧憬過的那「夢」一般的「天鵝湖」，僅會停留在幻想的天堂裏。正如艾菲爾鐵塔矗立在巴黎的宗教文明之中一樣，都市文明同樣滲透進中國的政治宗教之中，並且成為一種全新的、無法逃避的現實。

二、空間感的體認與迷失

對城市中的詩人來說，都市文明的知覺核應該是現代都市和它的子民（朱大可語）：「我是在城市某處誕生不久的一個前額凸突的男嬰／我兩歲／我轉動眼珠好奇地查看四周」（張小波），我天真而多情地發現「身旁畢竟是／中國的大街在流動啊／流動著陽光和牛奶／流動著一大早就印發的新聞連載／關於廣場塑像的奠基儀式／定向爆破和崛起的陽臺」（宋琳）。城市物化形態

〔註12〕1984 年顧城接受香港詩人蘇舜（王偉明）訪談時的談話。

與人類存在意識相生共存，互相投射著來自對方的現實性。現代都市構築的知覺空間對城市詩人的特殊意義是不言自明的，鄉村的磚瓦和植被在各種鱗次櫛比的現代建築間，逐漸成爲副詞。身陷高大的水泥樓宇和狹窄的馬路迷宮，都市人的空間意識陡然加強。早在改革開放初期的 1983 年，廖公弦就在《上海詩緒》中白描了「上海！上海！上海！∥空間被高樓擠破，／藍天是大塊小塊」的都會景象，形象地表達出人群被高樓森林所壓迫的隔絕體驗。北島在《空間》一詩中也已捕捉到城市帶給人的這種疏離感：「紀念碑／在一座城市的廣場／黑雨／街道空蕩蕩／下水道通向另一座／城市∥我們圍坐在／熄滅的火爐旁／不知道上面是什麼。」作爲群體的「我們」在都市文明的大版圖下反而不知所措，「人沒有了自己存在，人是一個已經非中心化的主體，無法感知自己和現實的切實聯繫，無法將此刻和歷史乃至未來相依存，無法使自己統一起來，這是一個沒有中心的自我，一個沒有任何身份的自我。」〔註 13〕城市逐漸陌生起來，成爲「立體的複製品」（谷禾《城市》），「一條河上的五座鐵橋一模一樣／站在哪裏能望見故鄉」（張小波《在螞蟻和蜥蜴上空》）。在我們正在居住的城市裏，詩人竟然迷失在自己的精神世界。他們時刻要懷疑、拷問自我的存在，把都市的「迷宮」讀作現代人心靈的幻象，從而揭示出城市大規模複製自身而導致的現代化悖論。

　　上世紀九十年代與八十年代在精神旨向上的溝壑遠大於其時間跨度，恰如福柯所描述的「非連續性的歷史關係」，八十年代那些隱喻現代化的符號如推土機（破舊立新）、地鐵（四通八達），在九十年代的話語中逐漸褪下「功能美」的光環，其所指意義發生悖論式的轉型。在朱文的《黃昏，居民區，廢棄的推土機們》和孫文波的《城市·城市》裏，推土機已經變成與人性對立的、盲目推進工業「現代性」進程的猛獸，它「扎入」了都市人的心臟，暴力地破壞著人類的生存空間。而地鐵這種便利的交通符號，也同樣成爲詩人與地表城市保持一定距離的思想暗房。在臧棣的《北京地鐵》中，詩人寫道：「在地鐵中加速，新換的衣褲／幫助我們深入角色，學會／緊挨著陌生的人，保持／恰當的鎮定。」人們享受加速度的便利，要以追逐陌生的人群，在陌生人中保持一種同質性，以喪失自由表達的權利爲代價，這樣一維的生存路線正反映著現代人的精神孤獨和心理空間的壓抑。「我到了這一站，我剩

〔註13〕王岳川、尚水編：《後現代主義文化與美學》，北京大學出版社 1993 年版，第28 頁。

下的那些站是／短暫的片段，駛向迷茫的地點」（石龍《北京地鐵》）。都市人的生存被壓抑在兩點之間，而整座城市卻被壓抑在地下鐵的座標與座標之間。如何才能擺脫這樣的壓抑呢，想「從我們的城市迅速消失」（蕭開愚《在徐家匯》），但還要尋找「地鐵入口」和「火車」這些城市文明的標誌性符號作爲逃離的方舟，這顯然帶有悖論式的幽默與深深的無奈，其精神實質是反喻的。人類滿懷激情創造了城市，城市卻以冰冷的體積和喧囂的重力向人類宣戰。正如皮科・艾義爾在《全球心》裏所說：「現代性的一個反諷之處就是，爲人民服務的機械到頭來都變成了困縛人的監牢。」〔註14〕

　　以愛德華・索加爲代表的洛杉磯學派認爲：人類從根本上來說是空間性的存在者，總是在進行空間與場所、疆域與區域、環境和居所的生產。在這一「生產空間」和「製造地理」的過程中，人類主體總是要與環境產生複雜的脈絡聯繫，其自身就是一種獨特的空間性單元。作爲影像文化的觀察者，都市人無法保持一種君臨天下似的全知視角，因爲城市的諸種特性與功能已經與我們自身的屬性融爲一體。正如于堅已經習慣在「有毒的大街」上「含著鉛」寫著「關於落葉和樹的詩歌」（《便條集》之292）一樣，詩人本身就是構成城市空間的一分子，他對純美自然歌頌式的自嘲，正代表著一種反事境卻無法擺脫事境的、無奈的現代都市意緒。在八十年代早期，立交橋，高速路等等符號都被指稱爲現代化某種可計量的「物質／物欲」指標，而馬克思・韋伯所說的理性化的資本主義精神在給中國帶來商業理性、法治和秩序的同時，也帶來了金錢至上的價值觀，中國的城市承受著韋伯所說的那種「緊張」，詩人同樣如是。因此，在都市的知覺空間內，「城」的變化才把無法擺脫的焦慮、孤獨和意志的考驗填充入人類的心理空間。在「掛滿了氣球的欲望高漲著」（楊曉民《大上海》）的都市中，物欲強盛的城市如「巨大的狩獵場」和「老虎的胃」（孫文波《在傍晚落日的紅色光輝中》），吞噬著人類心中僅有的一方淨土。欲望都市帶給現代人的焦灼意識，成爲一種城市病症，甚至使愛情與婚姻都成爲「流水線的愛情作業」（谷禾《城市》）。連情感都遭到商業的侵蝕，難道眞如阿曲強巴在八十年代的預言一樣：「在寒冷的城市／在人們石化的心裏／不再有生長的土地」（《琥珀》）？伴隨著二十世紀中國社會的「現代性」轉型，從「鄉土中國」到「都市化」的社會，正在或已經成爲中國的

〔註14〕陳舊：《城市虛脫邦》，金羊網 2006 年 7 月 25 日，http://www.ycwb.com/gb/content/2006-07/25/content_1171422.htm。

既定經驗事實和物態風景。反觀詩歌中的空間意識，對於都市地表以上的物態空間，詩人們漸失溫情；對於地表以下的都市心理空間，詩人們在隔絕中體驗著欲望消逝之後的孤獨，這確實讓人感到一絲蕭索的冷風景，以及城市理想從「烏托邦」到「虛脫邦」的疲憊。

三、視點的俯視與平視

隨著世紀末情緒的蔓延，海子們的「大詩」樂章成爲城市的尾音漸而黯淡，伊沙在《餓死詩人》裏以戲謔的口吻寫道：「城市中最偉大的懶漢／做了詩歌中光榮的農夫／麥子以陽光和雨水的名義／我呼籲餓死他們／狗日的詩人」。這首「恰好」寫於 1990 年的詩歌宣告了「復述農業」的田園神話正式消亡。神性的詩歌寫作在經濟主導的城市話語面前，已經消減了青春期般的豪放。文化中國的想像、英雄精神的復述以及田園童話的夢構，在政治社會向經濟社會的「換喻」過程中漸失光華，詩人的視點發生從「仰視」到「俯視」乃至「平視」的位移。歐陽江河的《傍晚穿過廣場》「可以看作是對八十年代的一次最爲愛恨交加的告別。同時這首詩也隱秘而形象地記錄了從一種精神激奮和社會壓抑的烏托邦到一種被粗俗設計和異化發展的天堂之間的過渡。」〔註15〕「廣場」隱含了公共生活和世界圖景的各種面相，並無聲記錄著上世紀八九十年代中國發生的現代性變異：「從來沒有一種力量／能把兩個不同的世界長久地黏在一起。／一個反覆張貼的腦袋最終將被撕去。／反覆粉刷的牆壁／被露出大腿的混血女郎佔據了一半。／另一半是安裝假肢、頭髮再生之類的誘人廣告。」「反覆張貼的腦袋」被無數商業化的廣告所替代，腦袋與大腿、假肢等等身體意象的同陳，代表著詩人對時代斷裂感的敏銳體認。作爲政治活動載體的、傳統意義上的廣場，此時卻成爲商業符號的廣告牌，在商品化的時代面前，「龐大混凝土制度」澆鑄的政治話語伴隨著一代人的國家想像從「汽車的後視鏡中消失了」。「汽車」意象象徵著抒情者的速度經驗和與時代決裂的瞬間感懷，它「賦予寂靜以喇叭的形狀」，在帶走國人曾經「仰視」觀望的政治想像的同時，也隱喻了高調的「國家／民族」想像徹底啞火，因爲以「發聲」爲主業的喇叭已然變異了。廣場的「寂靜」暗示了人們與政治的疏離，宣告了一種以追求即時愉悅性的、以商業化爲推動力的

〔註15〕楊小濱：《作爲幽靈的後現代：90 年代詩歌中的城市空間》，臧棣、蕭開愚、孫文波編：《激情與責任——中國詩歌評論》，人民文學出版社 2002 年 9 月版。

城市品格即將駕臨，詩人的視點也開始逐步由構築神性精神世界向日常生活審美轉移。

　　生活在城市中的一些知識分子詩人在此在的現實與彼岸的理想國之間總是遊移不定，彷彿活躍在八十年代的知識分子永遠在頭頂拜謁政治英雄的「替身」，以「整整一生」的時光「等待槍殺」。（歐陽江河《肖斯塔科維奇：等待槍殺》）在諾曼‧米勒言及的「政治的想像力」與中國「民眾共同的想像力」之間，敏感的詩人無法像正常人一樣實現想像力的平滑轉換。就如詩人穿過的廣場一樣，他經過廣場，卻無法企及新的速度，難以覓得理想化的靈魂狀態。這種思維方式帶有顯著的城市文化特徵：注重捕捉感性印象，強化生活的偶然性和無限的可能性，而文化負載則無足輕重。城市與城市人所負載的「聖詞秩序」坍塌了，取而代之的是詩人對文本的直接進入。他們生活在文本之間，也在自我主體中見證著城與人的聯繫，體悟著都市人的情愫。

　　在于堅、韓東筆下，城市審美集中由平民生活審美所呈現，他們將語言作了凡俗化的處理，以擺脫宏大觀念對思想的鉗制，並表現出殊異多元的、對日常生活的藝術敏感。于堅的《下午　一位在陰影中走過的同事》、《尚義街六號》便以俯瞰生活現場的方式，不斷堆積大量的「物性詞語」，以表達對現實生活、特別是市井生活的貼近，這切合了其「拒絕隱喻」的詩學主張。在口語般的絮叨中，詩人與城市（昆明）擁有同樣的觀察視野，他不會比城市看到的更多。抒情者處於一個純粹由冷敘述積聚而成的內焦點，以絮叨的口語印證著：城市生活本就是對日常經驗的複製。同樣是站在平民的視角，伊沙的視點更為平視。在《下午的主場》中，他消解著自己對「坐在球迷中間」的妓女產生的某種詩意聯想，並賦予「她」和自己同樣的身份──球迷。都市文化的繁複性使現代人的角色與身份的邊界不斷漂移，角色轉換與身份倒置使詩人無法把自己從與城市有關的諸多欲望交織的網中疏離，他們只能以「肉身」的知覺方式去感受城市。在球場中，抒情者與妓女的身份並無不同，詩人以「牛糞」式的自嘲，傳達出「直面當下」的一代人對「底層」生存價值的平行式認同。

　　吳思敬認為：「九十年代中國人最大的問題是生存問題，詩人喜歡從身邊的平凡事物上取材，從而折射我們這個時代普通人的生存處境，以及面臨生存危機的疑懼與焦慮。」〔註16〕從八十年代的「城市人」詩群開始，詩人在

〔註16〕李復威主編、吳思敬編選：《九十年代文學潮流大系：主潮詩歌》，北京師範

城市文化與生命殊相的融合中，便已把「平民化」的審美意識引入創作實踐。翻開《中國打工詩選》，我們看到，具有打工者身份的詩人如謝湘南、鄭小瓊等，其文本所表現出的「平民性」大都是自發而眞實的，從而成爲印證他們生存的精神胎記。同時，在《詩選》中我們也看到，持這種關懷的其他「大多數作家（非打工者身份，作者加）都是在一個隱含的角度展開的，即自己是站在一個城市的人，一個與打工者相比有著『合法居住權』的人的角度來反躬自問的。這也應該是他們的『知識分子性』的另一體現。」〔註17〕在鐵舞的《教堂邊上的掘路工》中，詩人寫道：「那些人　就站在／被拋棄的黑暗裏／閃著自己的弧光／他們拿起釺和鎬／靈活，隨意，力的花／綻開於白色水泥路上」。再看尹麗川的《經過民工》：「他們正在吃飯，蹲著，端著大碗／馬路一邊一排，我就要從中間經過了」。「我們」與「他們」的城／鄉區分、「首都／外省」的地理區別使得知識分子與他們所要關懷的對象之間，似乎又形成了某種「俯視」的姿態，他們在選取隱含觀察角度進行社會關懷的同時，事實上也在借助被觀察對象完成自身生存話語的建構。因此，在都市語境中，公共的代言人實則是缺席的，每個人都有一個獨立但未必自足的世界，每個人都是他人精神的投射者。

四、從地理到心理的「流徙」

流徙曾經是西方現代主義作家的重要經驗，作爲受自然生態倫理薰染的詩歌寫作者，打工詩人所流露出的城鄉對話意識，正是其生態倫理與物質技術倫理髮生牴牾的表現，其間深蘊和諧性與分裂感的交織雜糅。走進城市遊蕩者眼中的常規性世界（由傳統的農耕文化所衍生出的自然美感方式、道德理性精神、倫理功用色彩所統攝），我們可以發現，它的內部已經失去了足以應對現代都市的審美和心理功能，亦即說，它缺乏一種超越性的力量。在新的被對象化的物質現實面前，持這樣一種「常規性世界」觀念的流徙者便產生了不安或者生疏感，使認識主體脫離了現實參照。當然，在都市化無可逃逸的今天，地理流徙者最終大都會變爲精神的流徙者。蔣楠在《黑鐵時代的碎屑》中寫道：「工業煙囪的鋒刃／割斷杏花村的炊煙／梨耙上的殘陽／悲愴

大學出版社 1999 年版，引文出自吳思敬爲該書所寫的序言。
〔註17〕張清華：《「底層生存寫作」與我們時代的詩歌倫理》，載《文藝爭鳴》2005年第 3 期。

地阻塞稻田的淚腺。」輓歌般的語調，賦予文本深沉的重量，既往經驗與現實體驗的糾纏，增加了詩句的思想厚度。詩人以尖利的口吻，決絕而又無奈地與田地揮手作別。而餘怒則保持著「注視」的眼光，在拉近自我與城市距離的同時，詩人在心理上卻無法完全被擠壓進物化的社會。作爲城市的精神流徙者，他時刻表達出一種被圍困的理念──「城中手／城外身子」。（《喃喃‧城中一隻手》）個體生存中的「身體」（地理存在）被「意義」（心理存在）所捆綁，刑具般的現代性規則與詩人的精神世界產生了裂隙。這樣一種「震驚」體驗的表達，充分釋放了詩人因經驗錯位而產生的心理鬱結，其詩歌文本也如城市塗鴉一般，成爲指涉切近的政治抵抗形式。

　　流徙體驗源生於瞬間的視覺刺激所帶來的心理盲點，不過，從歷時的角度觀之，城市與城市精神流變的經驗，並不是單一時刻可以完全捕獲的。對「田園」之夢的懷念和幻夢驚醒後的清醒，依然無法改變流徙者的歷史境遇。對此，馬永波有著清醒的認識，讀他的《電影院》一詩，城市的異質性力量不斷摧毀著抒情主體隱秘的私人記憶：「那些夜色中的事物／烤架，掛空檔的自行車，燈火通明的酒店／艱難地恢復著你的現實感，催促你的腳步／你像被催眠了一般，並奇怪的感到自卑。」龐大的「現實感」將人類生存細節的悲傷一併抹去，使人無法全然沉浸在自我心性的幻覺中。作爲詩人，他必須在精神的流徙中建立「主動疏離周圍環境的本能」（波德萊爾語），爲都市漫遊者確立貴族化的精神追求和對生命靈性的渴望，這是詩人走向個人化寫作的有效途徑。同時，我們也要注意到，城市爲詩人提供的是一個開放性的文本環境，如果抒情者過於沉溺在自我糾結的喃喃敘事之中，就會在一定程度上局囿於日漸逼仄的「當下」話語，甚至喪失對城市豐富的想像力。於是，部分詩人如梁平和趙麗宏採用了更爲寬容的、歷史化的視角，他們分別寫下《重慶書》和《滄桑之城》，力求從個人經驗出發，在歷時的城市精神回溯中尋找城市，梳理個人與城市的關係。趙麗宏便這樣尋找他的上海──「我在尋找／一個浪漫的城市／一個有風骨的城市／我在尋找／她的精神內涵／她的文化品格」。這是一個由「八方集合的人氣」和「班駁的方言」組成的移民雲集的上海；是「黃浦江嗚咽／蘇州河哭泣」中硝煙四起的上海；是「吳昌碩、任伯年、巴金」這些城市標點駐足過的文化上海。詩人試圖從時空交錯的百年浮沉中，從城市和個人的經歷裏，讀出一個都市的文化細節，這便豐富了對詩人與城市關係的詮釋。今天，現代城市品格多以寬容精神爲主導，

提倡多元的文化追求，從而形成聲部混融的交響樂章，城市抒寫也應超越人與城市相「對抗」的傳統主題，尋覓更爲開放、自由的意義表達。

　　總之，文本中的城市與城市中的文本一樣，是在影響與塑造中實現互相轉喻、從而完成雙向構建的。以城市抒寫觀照當代特別是新時期詩歌，其間的都市文化形態與詩歌文本正呈現出一種互爲轉喻的關係：一方面，詩歌以文本的方式對都市文化形態進行著語言攝影和價值剪輯；另一方面，都市文化形態通過城市話語、城市精神影響、塑造著詩人的語言觀念，催生其文本現代價值內核的形成。詩歌並不是以文字簡單地留下城市的斑駁投影，它可以離開那些直接描述或意譯的、喚起具體歷史背景的題材，而走向徹底個人化的寫作，包括實驗性的個人語法、主題、修辭，廣義的視覺和聽覺形式，特別是都市人細微的情感體驗。當然，儘管城市與文學的淵源久遠，我們也應客觀地看到，有些詩人可能極少像上海先鋒詩人那樣關注他所安居的城市，其創作題旨也很少涉及城市。不過，正如詹姆遜所說：「今天的世界體制趨向於一種龐大的城市體制——傾向於更全面的現代化趨勢」，「城市改變了整個社會」，甚至鄉村也「商品化」，農業也「資本化」而納入工業體系之中。〔註 18〕都市文化形態對詩歌乃至當代文學的影響是整體性的，立足於這一點，我們會深入一個更爲寬廣的詩學空間。

第二節　溫暖人性的「原鄉」：都會與田園的經驗遇合

　　費正清在其主編的《劍橋中華民國史》中指出：「城鄉的劃分一直是中國現代文學史的顯著特點」〔註 19〕，無論是從哲學還是文學想像等多層面上，它都對詩人的創作產生過不可忽視的影響。吳思敬在論述新詩百年發展時也說過：「新詩從誕生以來，一直以城市爲吟詠的對象之一。共和國成立以後，五六十年代的城市詩，是以禮贊城市建設新貌爲主線的。進入新時期後，城市進入更多詩人的抒情視野，城市詩成爲當代詩壇的重要景觀。」〔註 20〕他

〔註 18〕〔美〕弗雷德里克‧詹姆遜：《文化轉向》，胡亞敏譯，中國社會科學出版社 2000 年版，第 67～68 頁。

〔註 19〕〔美〕費正清主編：《劍橋中華民國史》，上海人民出版社 1992 年版，第 537 頁。

〔註 20〕《漂泊的都市——黃怒波〈都市流浪集〉研討會側記》，《詩歌月刊》2005 年第 6 期，第 6 頁。

將城市文化取代鄉土風情視爲新詩現代性流變的典型呈現，而帶有地域環境和社會形態區別效應的城市和鄉村，同樣存在著文化形態和經驗方式的差別，論者進一步指出：「城市化的進程，不僅催生了大量描寫城市生活的作品，而且還對寫農村的詩歌產生了深刻的影響。城市化的視野所觀照的不僅是城市，同時也包括農村。」〔註 21〕文學概念中的中國城鄉，從來都是異質性經驗碰撞的話語場：抒情者那些惶惑與驚羨並存的現代感體驗，與都市賦予他們的感覺環環相扣；而與自然和永恒觀念淵源頗深的文化傳承感，又和「鄉村／田園」絲絲相連。二十世紀的中國新詩人正是在與都市文化的結緣過程中，找到利於自我呈現的觀物方式，從而獲得「現代性」的審美趣味，確立現代人的主體價值。同時，在都市視鏡中，鄉野田園之夢依然是詩人無法割捨的理論背景，作爲一種審美的經驗結構，它促使詩人全面地認識城市、爲其排遣現代感覺，並爲城市抒寫的完善建立起重要的參照體系。在經驗抒寫上，城市與鄉村並未形成思維模式上的對立，詩人的寫作立場多與中國社會形態發展的實際結合密切，從而表現出「城鄉復合」的心理特質。

有一種說法認爲，從現代城市文化開始舒展其擴張力的那一刻起，真正意義上的「鄉土／田園」詩便不存在了。如同喬治·普廷漢姆說的「田園詩（pastoral poetry）是後來都市化（urbanization）的產物」一樣，鄉村的都市化威脅著「古詩」的傳統，使傳統詩意失去了土壤。與此同時，一種題材和主題都與都市文明相關的新「鄉土／田園」抒寫誕生了。作爲與城市現實對照而生的產物，這一抒寫體現著詩人尋找獨立精神家園的願望。按照普遍的觀念理解，新詩的發展與中國城市及城市文化的發展基本處於同一時段，在這樣的時間段落，很難說會有純粹生活在「現代」意義上城市的詩人，幾乎所有的抒情者都經歷著由鄉村到達城市這個精神流徙的命運歷程。因此，與都市結緣固然會激發詩人的靈感機能，幫助他們豐富自我的意象體系和言說空間，但都市也畢竟是一種面向未來的文化模態，對剛剛經歷「震驚」的詩人而言，他們大都欠缺與這種新速度感的內在心理聯繫，爲了彌合經驗上的錯位與斷層，「文學中的鄉土」之意義便凸顯而出。

羅振亞在論述現代鄉土詩的書寫策略時，將其意象模態分爲「現實模態」與「理想圖式」兩種走向〔註 22〕。其現實模態融合著詩人對農村大眾的現實

〔註 21〕 吳思敬：《城市化視野中的當代詩歌》，《河南社會科學》2004 年第 3 期。
〔註 22〕 羅振亞：《扯不斷的血脈》，本文爲《中國現代名家詩歌分類品彙·鄉土卷》

關懷和改變其落後面貌的使命感；而理想圖式的建立則與中國文人血脈中的傳統審美情趣和鄉土生活滋養密切相關，因此又可將這一策略概括爲「現實的」與「記憶的」。大多數由鄉村進入城市的作家都會或多或少地體驗到被城市所「排斥」的感覺，此時，與鄉村的故土經驗建立抒情聯繫便成爲他們的一種選擇。如王家新所說：

> 中國古典詩人往往用鄉村和自然的意象創造了一個詩意的居所，出現在這些詩中的詩人也往往是超然的、優雅的。在現代社會重溫這些古老的山水詩和田園詩，它已成爲我們的懷鄉病。它指向了一個永遠失去的家園。〔註23〕

所謂的詩意家園，正開啓了一個不斷推移且永不能抵達的精神所指。從時間指向上看，這樣的田園與鄉土已經被詩化成爲帶有明顯象徵意味的精神喻體，它指向人性的純粹、審美的和諧、心靈的潔淨與生命的健碩。如果說城市文化在形態上是理性的、知識的、技術的、流通的和時尚的，那麼鄉村文化就是自然的、經驗的、習慣的、禮俗的、穩定的。由此可以清晰的看出，這些文化鄉愁所一一對應的，實際是現代「城愁」。一些詩人懷念被城市化、工業化和現代化所破壞的那些寧靜穩固的鄉村傳統，他們深知無法再次返回鄉土生活，因此只能選擇將鄉村化爲與都市經驗相對照的理想境界，視之爲都市人視鏡的有益補充。他們以從城市文化中獲得的現代感來統攝鄉村，鄉村也成爲溢發現代性的現實空間。作爲以城市的反向姿態出現的世界，「鄉野觀照」的基點依然來源於城市，那既非眞實的城市，亦非眞實的鄉村。此時，作爲文學傳統和審美題材的「鄉土／田園」退場了，而它的詩性結構卻潛隱在現代詩人的詩性意識之中，成爲他們「反城市化」的話語資源。如果說鄉村的一般形象屬於過去，而城市的形象代表未來（R・威廉姆斯語），那麼建構在城市之中的「田園」便是在代表「未來」的場域中追尋「過去」的詩學行爲，它的時間指向僅僅存在於詩人創作瞬時的思想時空，因此具有顯著的當下性特徵。

　　直到20世紀末葉，我們在顧城筆下還可以尋找到似曾相識的都市牧場：「萬物，生命，人，都有自己的夢。每一個夢，都是一個世界。沙漠夢想著雲的背影，花朵夢想著蝴蝶的輕吻，露滴在夢想著海洋……我也有我的夢，

的序言，中國青年出版社1996年版。
〔註23〕王家新：《爲鳳凰尋找棲所》，北京大學出版社2008年4月版，第175頁。

遙遠而又清晰，它不僅僅是一個世界，它是高於世界的天國。」〔註 24〕維柯在《新科學》中爲精密科技打破初民與自然的聯繫而擔憂，而詩人卻借助泛神論的視角抒寫田園童話。對自由之境的摹寫應和著抒情者對城市的判斷：「城裏的一切都是規定好的」（《生命幻想曲》），其抒寫策略正與現代詩人「借助文化鄉土鑄造開放的逃遁之所」這一思維模式一脈相承。套用 R・韋勒克和 A・沃倫論述英國田園詩的理論，他們認爲田園詩形式具有「外部」與「內部」兩種，前者已經消亡，而後者仍以一種「潛在的詩性結構」（poetic structure）存在著並播散在其「本文的互相指涉性」（intertextuality）之中。〔註 25〕席勒也有對「素樸的詩」與「感傷的詩」的論述〔註 26〕，他指出工業文明導致的異化破壞了詩人與自然的和諧狀態，使他們只能懷著感傷經驗尋找自己失去的素樸本性。筆者認爲，其「本性」的表達同樣需要借助這樣一種「潛在的詩性結構」來實現，它驅使抒情者走向對終極價值的探詢。海子的詩歌正是這類文本的代表，由「麥子」意象延伸而出的村莊、人民、鐮刀、馬匹、瓷碗、樹木、河流、汗水等意象群組，將中華民族本質的歷史流程和傳統心理情感表露得眞實而鮮活。在他所抒寫的鄉村裏，我們可以感知到一個「城市」的存在，《麥地》寫道：「月亮下／一共有兩個人／窮人和富人／紐約和耶路撒冷／還有我／我們三個人／一同夢到了城市外面的麥地／白楊樹圍住的／健康的麥地／健康的麥子／養我性命的麥子。」「麥地」隱喻了詩人的身世符碼，傳達著豐收與生殖的神秘信息。「城市外面」的人可以看作是主體逃離城市、進入生命母體（土地）的英雄行爲，但這種逃離並非全然建立在否定城市文明的基礎上。詩人或許試圖將這兩種文明作一個非功利的自然融合，既然有不眞實的城市，便也有不眞實的鄉土，鄉土和城市一樣，在他筆下化身爲詩性的結構。因此，在《祖國〈或以夢爲馬〉》中，他可以「做物質的短暫情人和遠方忠誠的情人」。「遠方」的含義指向詩人的精神故鄉，如艾略特說的：一個人的歸宿是在他自己的村莊。而「短暫的情人」雖然浸染著接受現實的點點無奈，但也昭示著詩人的生存態度——原始的生命個體無法脫離現實的地理母體。雖然海子無時不在表達著自己的現代孤獨，表露著回歸精神

〔註 24〕顧城：《學詩筆記》，《青年詩人談詩》，北京大學五四文學社，1985 年。

〔註 25〕〔美〕韋勒克、沃倫：《文學理論》，劉象愚等譯，三聯書店 1984 年版，第 256 ～271 頁。

〔註 26〕〔德〕弗里德利希・席勒：《論素樸的詩與感傷的詩》，張玉能譯，《秀美與尊嚴——席勒藝術和美學文集》，第 310 頁。

原鄉的強烈願望，但他建立起的鄉村不再是虛無的意義懸置，而是與人類的終極關懷息息相關，蘊涵著深沉的文化觀照力。他以人的自然性爲主體反觀人的現實性，體現著新詩逐步走入「心靈化」的歷史進程，進而在本體論意義上使其詩歌從啓蒙話語中逐步分離，達到新的自我呈現與自我重塑。

海子筆下的鄉土，是將現實鄉土背景化、意象化之後的精神鄉土，「鄉土」作爲城市現實語境的對立物而演化成爲詩歌意象。他在麥田間吹響的蘆笛之音，既能傳播到遙遠的精神「原鄉」，又沒有脫離紛繁的物質現實，從而與沈從文那樣強烈排斥、拒納城市文明的姿態有了不同。新詩誕生之初以啓蒙主義觀照鄉村的審美取向不再適用，經濟現代化的趨勢也使傳統鄉村所具備的人文結構和文化特質逐步模糊起來，甚至已然消弭在城市掀起的滾滾塵土中。自上世紀 90 年代開始，大規模的商業競爭使文人田園牧歌式的精神理想逐漸疏離對現實的指涉能力，鄉村也僅僅成爲由經濟分工而形成的地理範疇，它不再具備與城市分庭抗禮的異質人文精神。艾青曾在《村莊》一詩中說過：「假如他不是一隻松鼠／絕不會回到那可憐的村莊」，「鄉村」在這個誓言中成爲絕對的「他者」。而「70 後」詩人朱劍在《我所認識的鄉村》中寫道：「我所認識的鄉村／和詩人謳歌的鄉村不同／我所認識的鄉村／不願再做貞潔坊／養活一群精神陽痿的人／我所認識的鄉村／是正在豐滿的身體／渴望城市的撫摸／哪怕那雙手／有點骯髒。」兩相比較可以看出，部分當代詩人不再嚴格地爲城鄉文明形態作出價值區分，因爲在經濟一體化的歷史語境中，城鄉的文化界限漫漶不清，它們的價值屬性更多地取決於經濟分工的不同，而非文化意義上的對立。即使還有一部分詩人在身體地理上經歷了「由村入城」的過程，但他們觀察事物的眼光、文學教養與趣味、對事物的判斷尺度都與城市的浸染分離不開。當代詩人伊甸便將城市看作「父親」與「命運」的象徵（《城市，我們別無選擇》），它既是我們這一代人的生命來源，還與新一代人的未來成長休戚相關。可見，在消費時代的語境中，「城市」與「鄉村」不應該再成爲、也很難再成爲彼此的「他者」。

可以說，當代詩人基本具備了城鄉複合型的心理特質。楊克有一本詩集叫作《陌生的十字路口》，其中便有「與都市調侃」和「最初的聲音」這樣的章節設置。《歌壇金曲》、《咖啡館：夜的情緒》、《電子遊戲》對應的是《我願》、《心歌》、《雲》，單從題目便容易看出，城市文化與自然田園在詩人那裏不是對立的題材，而成爲兩種互補的理論資源，這是詩人爲了記錄當下存在本相

所選取的不同角度，也折射出抒情者當時所持有的寫作觀，這種觀念在于堅筆下得到更爲清晰地呈現。「城市」和「鄉村」兩大意象構成其詩歌的兩大話語體系，亦構成詩人創作的空間背景和心理背景，《作品 89 號》正是把城市和鄉村疊合在一起：「世界日新月異／在秋天／在這個被遺忘的後院／在垃圾／廢品／煙囪和大工廠的縫隙之間／我像一個嘮嘮叨叨的告密者／既無法叫人相信秋天已被肢解／也無法向別人描述／我曾見過這世界／有過一個多麼光輝的季節。」於是，在城市中無法捕捉到情感訊息的詩人將目光投向鄉村：「我承認在我的內心深處／永遠有一隅／屬於那些金色池塘／落日中的鄉村。」對詩人而言，鄉村的存在是神性的，是他描寫城市時的心理夢境與情感依託，也是對抗詩意萎縮的捷徑，從而飽含著詩歌的生態寓意。對待城市，詩人說過：

> 說起城市，我得先想想它和什麼樣的美相像，這毫不費力，我可以立即就想到一句，城市的海洋。但它決不是海洋，海洋是自然的造化、是透明的、流動的、沒有交通規則的……而城市卻是人爲的、阻隔的；海洋的大令我想到自由，而城市的大卻和『囚』這個字有關。海洋常常令目擊者産生一種整體感，但城市卻是人無法把握的，我住在一個龐大的由人造起來的世界中，但我僅僅是這個『大』中的一個什麼也不知道的碎片……〔註27〕

這樣的體會，對應的是城市人主體性喪失之後的空虛與迷惘感，人的肉身被城市規則所束縛，心靈被世界所支解，而「鄉村」則成爲逃離這雙重桎梏的精神棲所。可見，被都市所整合了的「鄉村」是抒情者從內隱的詩性角度和精神層面在城市中建立起的一種審美期待，這個「鄉村」絕非物質的，它的存在方式和審美特性完全依賴於詩人對城市超速發展的各種不適，或者說就是一個治療「城市病」的「處方」集合。亦即說，有哪種城市病，就會有與之相匹配的鄉村精神療治。任何「反城市化」乃至反「現代化」依然是「城市化」的特殊支脈，如艾凱所說：「這也是一種『空前』的現代化現象。」〔註28〕由此，鄉村田園成爲「可以把握」的一種資源（當然是針對城市的不可把握）。通過新一輪的尋找，詩人謀求貫通於城市與鄉村之間的內在生態和諧，夢想

〔註27〕 于堅：《城市記》，《火車記》，鷺江出版社 2006 年 8 月版，第 88 頁。
〔註28〕 〔美〕艾凱（Guy S Alitto）：《世界範圍內的反現代化思潮——論文化守成主義》，貴州人民出版社 1991 年版，第 14 頁。

著通過傳統鄉村的自然神性和現代人對人生詩意的追尋，平衡城市蕪雜的精神生態。用伽達默爾的話講：「傳統並不只是門繼承得來的一宗現成之物，而是我們自己把它生產出來的，因爲我們理解著傳統的進展並且參與在傳統的進展之中，從而也就靠我們自己進一步地規定了傳統。」〔註29〕它無法持存，也不是一勞永逸的先驗結構。在《城市性別》中，上海的當代城市詩人玄魚甚至毫不留情地對古典詩意進行了戲諷。一方面，詩歌的當下處境是：「時間在踱著方步／詩性正背對商品化的烘烤」，而古典詩意則「屬於城市的地層」，「地下詩界沒有殺戮沒有欺詐／但也沒有美滿和大團圓／要不然就少了生離死別／愛與恨的故事會頓然遜色／徒有茅草涼亭純粹月色仕女倩影／即便是綠色也失去眞言／如此作假的詩界誰稀罕？」鄉村與田園失去了淨化都市的潛在功能，它們如同城市一樣不再可靠。而田園詩人的文字彷彿也成爲貢品一般，再無現實的重量。那麼眞正的詩意又從哪裏派生呢？詩人寫道：「活力就是柔滑無痕的起伏／來自於城市的邊沿者／那無法融入白熱化場景的心聲。」在邊緣中吶喊，似乎成爲諸多文學參與者共同選取的文化姿態，也成爲城市抒寫中抒情主體觀察城市的復合視角。

　　不僅僅是對于堅，對很多當代詩人而言，「城市中的鄉土」既復活了詩人的創作生命，也是他們完善現代都市人格的必經之途，同時更是打破本義語彙系統、建立城市隱喻系統的詩歌內在需要。再者，對那些出生就成長於都市系統的年輕詩人而言，他們已經喪失了鄉村生活的地理基礎，也缺乏實際的生活感受。對他們而言，「鄉村」成爲絕對意義上的、屬於城市文化系統的一種文化精神和幻想資源，它是城市物象的想像性偏離，是城市風俗背景之外的冥思空間。面對都市，這些抒情者既缺乏第一眼的「震驚」印象，又缺乏傳統的「原鄉」、「鄉愁」情結，於是他們在心理上與都市的生活節奏和情調形成了同構，「溫柔的死在本城」（陸憶敏語）便成爲他們的精神新「原鄉」。何房子在《一個人和他的城市》中清楚地認識到故鄉的位置：「故鄉總會不停地變換／有時是檔案上的籍貫／更多的時候則是你一生都無法抵達的地點。」詩人所面臨的惟一命運就是無論願意與否都要接受城市，並且很難再滋生出所謂「他者」的文化視角。以詩人的身份面對眞實的城市生活，返回存在的本質層次，成爲這些精神流浪者的必然歸宿，張建華的《迪斯科與茶館》最

〔註29〕A.Gadamer, Hans-Georg. *Truth and Method*. New York: Seaburg Press, 1975, p.261.

為典型地寫出這種真實。「迪斯科」與「茶館」兩個意象分別象徵著「城市文化」與「鄉村文化」，「迪斯科在露天舞場裏現代／茶館在小街上古典／古典又現代是小城的今晚」，迪斯科如旋風卻「總也旋不走小城深深的魚尾紋／和塊塊的老年斑／旋不去古樸與淳厚／旋不去無聊與懶散」。器物層面的和諧共存，引發詩人在不同的文化經驗間從容穿梭。無論哪種器物，都蘊涵著中國文化特有的「現代感」，它既非西方城市精神的簡單擬現，也不再是傳統田園觀念的現代延續，文化形態的雜糅與傳統意識的衍變，仿若透露出抒情者與「後現代」精神的詩意聯絡。

後現代文化具有的典型特徵之一，便是歷史意識的喪失。其「喪失」的表現方式並不是對歷史話語的全然丟棄，相反地，「歷史感」有時會以一種與現時文化的雜糅姿態、幽靈般地得到喚醒，這也正符合中國文化前現代與現代、現代與後現代元素雜陳的特殊景觀。那些吶喊著的「城鄉邊緣人」，一部分站在將城市文化視作主體的宏觀視角，將「鄉土」歸結為「另類」的城市體驗；還有一部分抒情者始終也無法摒棄現代詩人那種「由鄉入城」的啟蒙經驗，對待城市文化，他們依然投射出「他者」的眼光，流露著難言的豔羨與自卑，這在「打工詩歌」寫作群體中最為明顯，「走在城市和鄉村的線上」（謝湘南的詩作名）正是他們的文化處境。顯然，「打工詩歌」屬於城市抒寫的範疇，針對它的命名也一直存在爭議，有些學者認為用「底層寫作」更能概括這一抒情群落的整體特徵，這種觀點也獲得學界的普遍認同。因為「底層」具有一種身份特質和詩學視角，而「打工」則容易產生歧義。按照市場經濟的發展，未來每個人都會成為「打工者」，而「打工詩歌」的命名便容易因為其範疇的日漸宏大而喪失區別意義。相對寬泛的觀點認為，這一抒情群落的共性特徵指向青年人從鄉村進入城市尋找工作，表達在「鄉村——城市」文化的碰撞中喪失身份感與歸屬感的現代情緒。在抒寫中，抒情者存在著真實的地理遷徙經歷，其抒情主體多不具備「城鄉複合型」的心理特質。相反地，他們多將「城市」視為「他者」、在渴望被城市「同化」的過程中又不斷尋求「歸鄉」，這顯示出其觀念的矛盾與複雜，也深刻印證了「現代」與「後現代」絕非時間軸向的更替關係那樣簡單。

我們看到，城市「底層寫作」操作者們的審美取向大都圍繞兩方面展開：一是對城市的不適應、并由此衍發的對城市之「惡」的傳統型批判，從而回歸對地理故鄉的懷戀，這依然是將「鄉村與城市的美醜進行分立」的二元思

維模式，以農業文明反襯被城市所異化的命運。二是對自身底層位置與身份的描述，表達一種對自我價值的判斷與思考，以及維護自我尊嚴、追求平等公正和價值認同的主體意識。詩人葉塞寧說的「走出了鄉村，走不進城市」的身份認同問題在這些詩人筆下非常密集地得以呈現，城市作為外在的誘惑，是他人的故鄉，也是一個難以被編碼的符號，抒情者由此產生「回家」的願望：「我真的打算回到鄉下去／我想去守護我父母的風燭殘年／去耕作他們寬闊額頭上的溝壑／去將他們眼角的憂鬱搬到陽光中去」（謝湘南《放棄》）。何真宗在《沒有城市戶口的青蛙》中寫道：「遙遠的鄉村掛滿了／它們的夢／這些沒有城市戶口的青蛙／誰能負載它們的苦痛。」「青蛙」正是打工者對自我生命卑微性的喻指。劉洪希也以「青蛙」自況：「一隻青蛙／身上流的是鄉村的血／靈魂卻在城市裏／戴著鐐銬跳舞／……九月的黃昏／我在城市的某一角落／看見一隻青蛙／無家可歸」（《一隻青蛙在城市裏跳躍》）。在這裡，「青蛙」成為「由鄉入城」打工人群的身份自況。對他們來說，紛亂的都市景觀壓制了抒情者的存在感，令他們不斷走向精神的孤獨，只有面對村莊，他們才有可能找到歸家的感覺。陳忠村這位「穿行在上海的外鄉人」在《有很多高樓的地方叫城市》中寫道：「明年一定爬上金茂大廈／不知道站在上面可能看到故鄉／──我孫莊？」高度與速度往往是外來者體驗城市最直接的感覺，而這個「不願意歸宿城市的靈魂」竟然將城市作為回溯故鄉的瞭望臺，這使得他的詩歌始終貫穿著對如何在城鄉之間獲得精神平衡的探問。從整體的審美態度考量，這些寫作者集中塑造生命個體在時代困境中所堅守的精神姿態，其意義在於引發人們對社會底層生命價值的關注。

在詩歌運思上，這些具有打工者身份的詩人多擅於製造典型意象，比如城市工業意象特別是「鋼鐵」、「流水線」等等，以及大量生態田園意象。而諸多動物意象、如前文所舉的「青蛙」等，也成為這一抒情群體藉以自況的獨特符號。不過，從都市與鄉村的二元對立出發，止步於欲望諷喻和道德批評，對豐富當代詩歌的美學策略作用並不明顯。有些寫作者甚至偏執地死守在城市的邊緣，對探勘現代都市與生命即景之間的錯綜糾葛興趣不大。在城市生活帶給他們「非人格性」的典型精神特徵之後，他們沒有藉此把握住更為理智和自由的城市個性，卻與之保持了主動的疏離，這或許是一種逃避。張檸的評說可謂一針見血：「我們今天讀到的『打工文學』作品中主人公總是一發現城市的毛病，就想念家鄉的小河、草地、垂柳等等。這反映出這一

代打工者不能在沒有價值依託的新環境中勇敢地行動。」〔註30〕因此，「打工詩歌」這一抒情群落所具備的文化意義遠遠超過其文學意義。在社會歷史轉型期，康德所言及的那種「道德律令」不再具有恒久性，這將是諸多文化因子不斷碰撞並長期整合的漫長過程，而身處其中的個體往往要爲此付出沉重的生理與心理的雙重代價。打工者的文學如同時代的晴雨錶，記錄著中國城市化、工業化的必然進程，他們以文學痛感的方式觸及到中國社會底層的一系列問題。不過，與現代作家的「進城」不同的是，這只是由一種經濟運作方式（小農經濟）進入另一種經濟運作方式（市場經濟）的遷移過程，而現代詩歌中那些涵蓋家族觀念、宗教儀式的文化遷徙已然式微。打工族群整體上處於城市的話語系統之中，面臨的是「農民性」被「城市性」衝擊的問題，他們由邊緣向中心移動，進而在城市「內部」發出聲音，這一行爲過程並非城鄉兩種審美形態的直接對話。從詩學角度觀之，「打工詩歌」是城市話語的特殊表達方式之一，並從一個獨特的角度確證了城市大語境的眞實。在「亞細亞的歷史是城市與鄉村無差別的統一」〔註31〕的歷史特殊性面前，它的生命獨立性勢必會走向衰微。畢竟，以「鄉村」意味著「傳統」，以「都市」意味著「現代」，都已因鄉村從整體納入城市廣義的審美標準，從而顯得過時了。

綜上所述，正是在城市經驗對傳統鄉野經驗的衝擊與置換中，當代大陸詩歌的抒情主體獲得了獨立的觀物方式。在詩歌對城市的抒寫中，「鄉土／田園」始終是一個不可或缺的文化資源，對大多擁有「由鄉入城」身體遷徙體驗的現代詩人而言，它成爲詩人尋找自我身份、逃離城市喧囂的世外桃源。今天，在城市文化佔據主流的時代，「鄉土／田園」大多不再蘊涵具體的地理信息，它虛化成爲充當城市反向經驗的情感空間，並演繹出城市的詩性結構。由此，「城鄉邊緣人」也具備了統攝兩種文化視野的詩學高度，如同弗羅斯特似的，這位偏愛鄉村生活的詩人始終把城鄉看作一個在對比中產生的完整資源，從而自由穿梭在兩種文化語境之間。由文化發展脈絡而觀，城鄉文化既非連續體（舊有的被新的取代），也不是單純澄明的並列關係，喬伊斯‧卡羅爾‧奧茲（Joyce Carol Oates）在《想像性的城市》裏追問：「如果城市是一個

〔註30〕譚運長、張檸：《打工文學二人談》，見楊宏海主編：《打工文學備忘錄》，社會科學文獻出版社 2007 年 12 月版，第 78 頁。
〔註31〕《馬克思恩格斯全集》第 46 卷上，人民出版社 1979 年版，第 480 頁。

文本，我們如何閱讀它？」〔註32〕從一定意義上說，「文學中的鄉村」構建了一種從「城市之外」閱讀城市的審美模式，它從一個特殊的層面對城市作出摹寫與判斷。這種審美模式可以幫助詩人建立起相對開闊的文化視野，避免他們走向文化上的二元對立。正像韓東在詩歌中所說，鄉村生活「形成了我性格中溫柔的部分」（《溫柔的部分》），它成爲詩人都市生活的詩意補充，爲新詩的話語平衡做出了貢獻。同時，當人性的田園已然喪失存在的地理基礎之後，適當地調整心態，面對當下的現時時空，似乎才是眞正的解決策略。畢竟，只有言說才能幫助失語者找到自己的家園。

第三節　新感覺結構的生成：大陸新詩中的「漫遊者」視角

　　「文化」這一詞彙在中國語境中始終偏向「人文教化」之義，而聚合著靜態的傳統人文精神、并承載「動之精神」的都市文化，本身便顯示出中西聯姻的融合姿態。城市帶來的現代體驗、特別是「視覺／觀看」體驗不僅豐富了詩人的器物層知識，還改變了其思維的速度感與時空觀，使其將中國傳統的靜態詩學觀念與更具生命力的現代語詞化合，在自覺實踐中獲得與本雅明所指涉的「漫遊者」視角類似、并鎔鑄本土心靈經驗的「漫遊／觀察」視角。漫遊式的觀察，事實上也是一個進入城市內部結構、窺探和發現城市秘密的過程。「只有那些城市的異質者，那些流動者，那些不被城市的法則同化和吞噬的人，才能接近城市的秘密」〔註33〕，而詩人首當其衝地擔當著旗手。在新詩的演進以及詩人的實踐中，「漫遊者」視角始終保持著相對穩定的姿態，從而彙集成爲詩人觀察都市、認識自身的一個清晰焦點。爲了與本雅明言及的「震驚」因素遭遇，抒情者們或者重視「行走」的經驗，強調「發現」的詩學；或者隱身在咖啡館裏，擬造客觀的視角和超越的立場，如同 R・威廉斯所說的：「對現代城市新特徵的感覺從一開始就與一個男人漫步獨行於街頭的形象相關。」〔註34〕漫遊者

〔註32〕 Joyce Carol Oates. *Imaginary City: America.Literature and the Urban Experience*. 1981. Rutgers University Press. p11.

〔註33〕 汪民安：《城市經驗、妓女和自行車》，載《身體、空間與後現代性》，江蘇人民出版社 2006 年版，第 131 頁。

〔註34〕 Raymond Williams: *The Country and the City*. New York.Oxford University Press. 1973. p233.

既是抒情主體的自我身份界定，亦是他們觀察城市人群、捕捉城市經驗的重要詩學視角和有效方式。抒情者不僅在創造城市的文學，而且在更新關於城市的知識。他們通過改變與「人群」主流經驗的速度，便可以窺測到與人群經驗相關、卻在心靈上又高於這種經驗的城市秘密。透過抒情主體這些多維的觀察視角，我們可以逐步豐富對「城市」這一大文本的信息捕捉，並在川流不息的「人群」中尋覓到「自我」的精神面影。

一、在行走中遭遇「震驚」

在透過意象符號打通城市與心靈體驗的過程中，詩人需要一種便於穿透既往與未來體驗、傳統精神與現代空間的形象，或者說以這樣一種形象作為投射主體精神的立足點與觀察視角，進而捕捉到「一見鍾情」與「最後一瞥之戀」（本雅明語）之間的鬱結。由於本雅明對城市「漫遊者」〔註35〕（flaneur）出神入化的描寫，「步行」與「城市」之間建立了一種神秘而親昵的聯繫。法語「漫遊者」一詞描述的是流連於城市的「漫遊——探索者」，如波德萊爾所言，他們是「居於世界中心，卻又躲著這個世界」的人。以波德萊爾的漫遊者形象觀之，他們與城市的關係既是投入亦是游離的：他們不能沒有城市，但同時也為它所邊緣化。為了反抗被城市寓言放逐的命運，「漫遊」便成為一種姿態，在現代詩人筆下初露端倪。

西方現代科技的振興將地球村的脈絡聯結到中國，這為更多的知識分子提供了進入現代西方大城市的機遇和經驗。艾青、王獨清等現代詩人便第一次體驗到與世界文學觀念接軌的同步感，並借助西方城市的「客體」真切而完整地實踐著「漫遊」姿態。艾青的《畫者的行吟》自稱是都市的「Bohemian」（波希米亞人）；王獨清的《我漂泊在巴黎街上》也擁有閒逛的漫遊者眼光，抒寫流浪詩人在現代文明環抱中所捕捉到的感傷與失望，並通過《我從 CAFÉ 中出來》將踉蹌的醉漢心中之「痛瘡」與「哀愁」盡情傾吐。戴望舒以「我是一個寂寞的夜行人」（《單戀者》）建立起現代詩歌的一個典型形象，即在街頭遊走的孤獨者形象。廢名的《街頭》、《理髮店》、《北平街頭》，林庚的《滬之雨夜》以及馮至的《北遊》等詩篇中都存有這種形象，詩人藉此表達人生的迷惘與無常，以及敏感的知識者在大城市中徘徊的苦楚、疲勞與頹唐。大城市對他們而言既是誘惑，又是拒絕，這使得部分詩人流露出孫玉石歸結的

〔註35〕也有學者將 flaneur 一詞翻譯成都市浪蕩子、城市遊民、閒逛者或遊蕩者。

「倦行人」心態。「我是個疲倦的人兒，我等著安息」（戴望舒《憂鬱》），這樣一種孤獨屬於現代人，但它又非存在主義意義上的人格寂寞。諸多抒情者專注於營造自我的思想空間，以「冥想」的方式修繕心靈孤島。這樣一來，其主體「行走」的姿態便不具備更多政治性意義，它並非波德萊爾式的凌厲與尖刻，卻多少沾染著中國禪道般的深幽之氣。因此，在現代文學初期，採取步行或者漫遊姿態的詩歌主體，大多數都游離於那種波德萊爾式的、根植於個人體驗之上的「行動的詩學」，而與馬拉美所說的「隱遁之士」〔註36〕一樣做著逃避都市之夢。戴望舒說：「讓魏爾倫或凡爾哈倫去歌頌機械和近代生活吧，我們呢，我們寧可讓自己沉浸在往昔的夢裏。」〔註37〕看他的《尋夢者》和《夜行者》，抒情主體都保持著對現實的「游離」，這便難以昇華出那種無處可遁般的現代個體都市經驗。在很多現代詩人心中，還存有一個田園詩似的精神山林可供退守，其精神基調也依然是田園詩式的。而漫遊者視角是一種主動棄身於都市的現代英雄行為，它作為一個精神個體對城市的主動觀察（而非遠離城市返回田園），既要具有漫遊的姿態，同時還必須抵達漫遊者的思想高度。這樣說來，戴望舒「夜行人」的「寂寞」、卞之琳的「荒街上沉思」等等都市異質經驗由於缺乏足夠的現實觀照和經驗深度，因而尚不具備典型意義上的漫遊者姿態。

「街上燈光已開始閃熠／都市在準備一個五彩的清醒／別盡在電杆下佇立／喂，流浪人，你聽／音樂、音樂，假若那也算音樂／那尖嗓子帶著一百度顫抖／擁抱著窒息的都市／在邪惡地笑／躲到一條又長又僻靜的街上」（陳敬容《黃昏，我在你的邊上》），詩人以一種普魯夫洛克似的孤寂表現出都市漫遊者與商品社會的疏離感。詩歌中的漫遊者在與流浪者對話的同時，其自身的視角是高高在上的，看似簡單的「喂」正暗示著全知全能與視野的通透。作為 flaneur，他在城市中的活動區域是無限的，他可以始終在城市中任意漫遊，而不需在互看中形成互動。當代詩人楊黎早期的作品《冷風景》（1985）更為清晰地詮釋了這一點，詩人如流水帳般瑣屑羅列著他看到的灰色街景視界：遠離市中心的街道、凋落的梧桐樹葉、緊緊關著的窗子和院門……，「這

〔註36〕〔法〕馬拉美：《談文學運動》，《象徵主義‧意象派》，中國人民大學出版社1989 年版，第 39 頁。

〔註37〕戴望舒：《西班牙的鐵路》，見《戴望舒全集‧散文卷》，中國青年出版社 1999年版，第 22 頁。

時候／有一個人／從街口走來」反覆在詩中出現。城市生活顯然是物質性的，但它不是一個外在於身體的事實，而是存在於城市人的身心周圍甚至身體內部。詩人所觀察到的一切事物，都放逐著它們之間互相勾聯的意義，如同撒哈拉沙漠那三張紙牌一樣，城市的「冷風景」既是意義的懸置（或者說對主動追求意義的放棄），又的確呈現出一個冷靜的觀察者視角。即使主體降格為「物」進入模糊的事件之中，並演繹出不確定性的時空變幻時，我們也依然能夠感覺到有這樣一個安靜的主體，他停留在街道之上，在「移動的凝視」中，無聲地記錄著一系列轉瞬即逝的、無深度的觀看對象。能指與所指具有裂隙，這是充當都市遊魂的詩人所記錄的圖像之特質，這種「裂隙」保證了都市經驗完美的「現時性」呈現，正是本雅明描繪的「震驚」〔註38〕體驗。在對人群（穿白色連衣裙的少女、送牛奶的人、推自行車的人等等）帶給主體的「震驚」體驗的消化與克服中，詩人僅僅通過與現代生活的視覺聯繫便感受到自我與現實的距離感，從而描繪出主體孤獨存在的輪廓。當然，這樣的孤獨體驗並不是意象的普遍所指所賦予的，與本雅明的記憶一樣，詩人在回憶城市所留下的痕跡時，時序很可能是斷裂的。曾經發生卻無法理解的事件，要通過「震驚」式的轉化，方可在現實中沉澱出意義。

「震驚」來源於街道行走經驗，詩人在這種「行走」中可以體驗到自己是怎樣被人流簇擁（驚顫），同時又是怎樣快速覓得自我空間的（對驚顫的消化）。我們注意到，有一些作品雖然也以街道等城市空間作為文本背景資源，其抒情主體也通過「行走」的姿態表現出與「漫遊者」形象的親和，但這些文本卻未必包涵有「震驚」的因子。王小妮寫於 1980 年代初的《在北京的街上》便時時「隨著一種節奏／在北京的街上／輕輕地走過」，這樣「中國、中國、中國」的節奏並沒有將抒情主體從「人民」群體中深刻地疏離出來，其城市異質經驗的生成因而受到阻礙。作為一名漫遊者，他不僅不能與城市保持同等的速度，還要具備不斷變速的能力，由此才能抓住大眾無法捕捉的記憶痕跡（這便是下文論述的詩學意義上的「都市感覺結構」）。馬莽的《為瓦爾特‧本雅明而作》頗為明瞭地將這種在城市拾荒中主動遭遇震驚的態度躍

〔註38〕 「震驚」是本雅明用以概括現代社會中個體感受的術語，源於精神分析學的啟發，簡要說來，就是指「外部世界過度能量突破刺激保護層對人造成的威脅」。在波德萊爾的作品中，這種現代社會的震驚體驗得到了相應的表達，那就是「詞與物之間的裂隙」。

然吐露，城市的景象是「百貨大樓吞吐人群／如電腦吃進漢字」。人無法在同質經驗中疏離出自我的存在感，所以，「這悠長的世界櫥窗需要一名偉大的遊蕩者」，詩人願與本雅明一樣：

> 在充滿頓號的希望之燈下
>
> 詞句像一個醉態中的波希米亞人
>
> 搖晃著身軀
>
> 在無人的深夜在被人
>
> 鄙夷的垃圾場
>
> 挖掘真理殘簡

這樣「無人的深夜」其實僅僅由詩人的心理維繫著（並不是現實存在，也並非清晰的視覺印象），深夜氣氛的營造可以為抒情主體主動遭遇「震驚」的英雄行為、即「挖掘真理殘簡」提供某種合理性。對城市煩囂的白天之放逐也「並不妨礙／一個人在大街上徘徊，他沒有地圖／沒有嚮導和旅伴，在城市的夢中越走越深」（王建旗《街燈》）。沒有方向感和同路人的孤單個體，無法獨解城市空間的意義。城市成為透明的文本，詩人的思想也「隨著城市文本的厚薄而起落，他們同時也書寫這個文本」〔註39〕，使文本的意義可能走向紛繁多姿。

二、在凝視中窺察「人群」

　　行走的姿態，使人在擁擠與交錯中成倍地放大個體的孤獨感，在人類被技術牽引支配的年代，「行走」甚至可以成為詩人獲得意識獨立存在的重要途徑。「他以享有這種樂趣的人的態度使得人群的景象在他身上發揮作用，這種景象最深刻的魅力在於，他在其中陶醉的同時並沒有對可怕的社會現象視而不見。他們保持清醒，儘管這種清醒是那種醉眼朦朧的，還『仍然』保持對現實的意識。」〔註40〕對現實的清醒，源自詩人能夠以漫遊的姿態，在群體感受中捕捉到屬於自己的喉音，這個「群體」便是過往的行人。楊鍵的《在同一條街道上……》這樣呈現：所有聲音「全都在統一的黃昏的氣氛中，／在統一的命運中，／……／這麼多人在擁來，這麼多人在下班，／在同一條

〔註39〕原文參見〔法〕德塞都：《走在城市裏》，見羅剛、劉象愚主編：《文化研究讀本》，中國社會科學出版社 2000 年版，第 316～325 頁。

〔註40〕〔德〕本雅明：《發達資本主義時代的抒情詩人》，張旭東等譯，三聯書店 1989年 3 月版，第 77 頁。

街道上，在同一條街道上，／沒有人不像街道盡頭渾濁的江水，／講不清自己的痛苦，不知道自己在幹什麼！」詩人意識到：身處人群之中的個體很難從群體控制中擺脫而出，建立個性化的自我體驗，人與人之間也因經驗雷同無法進行有效的信息交流，從而陷入「失語」的痛苦。蕭開愚的《北站》同樣摹擬著這種「表達不暢」的壓抑，他選擇火車站這樣一個「人群」聚合的最佳場所，不斷重覆著「我感到我是一群人」的主題，頗有意味地闡明著個體力圖擺脫「人群」的努力，文本最後一段寫道：

> 我感到我是一群人。
>
> 但是他們聚成了一堆恐懼。我上公交車，
>
> 車就搖晃。進一個酒吧，裏面停電。我只好步行
>
> 去虹口，外灘，廣場，繞道回家。
>
> 我感到我的腳裏有另外一雙腳。

主人公在車站內不斷移步換景，最終卻被人群所吞噬，「公交車」、「酒吧」對主體的拒絕將「我」趕出摩登時代，只能從僅限步行的場所繞道回家。「我」始終無法從身體裏那「一群人」中找到屬於自己的「腳」，而每當想叫喊之時，嗓子便是「火辣辣」的。我們可以將主人公的視角與底層倫理相勾聯，這便透射出城鄉異質文化對人的種種限制，但從更加寬闊的視野出發，詩人無疑又為我們營造出都市人集體失語的現代寓言。趙思運在《一個瘋子從大街上走過》中用另一種方式將這種無從表達的「失語」感呈現出來：

> 在肉體不被衣服理解的年代裏
>
> 誰有勇氣
>
> 像一個瘋子
>
> 赤身裸體走過大街
>
> 炫耀觸目驚心的傷痕
>
> 當一個瘋子
>
> 赤身裸體走過大街
>
> 身上的傷口花朵一樣綻放
>
> 我們無形的雙手本能地捂緊了自己

「瘋子」如同幽靈一樣，具有話語之外的懸浮感，他可以不受任何既定規則的壓制而使肉身獲得絕對的自由。「我們」也擁有瘋子身上的都市經驗，卻要用「無形」的手「本能」去遮掩自己，因為超越常規性、擺脫人群本身就是一個艱難的抉擇，而震驚經驗的激發，必須要透過「瘋子」這樣一個他者來實現。

「在擁擠的人群中，每個人都不期而遇」（何房子《一個人和他的城市》），如同鮑曼引述塞納特對城市的經典界定：住都市消費空間裏，陌生人的相遇是偶然的，但這種偶然的相遇是「既沒有過去也沒有未來」的事件，是一個「無法持續下去」的巧合〔註41〕。要突破這樣的情感零流動，「瘋子」一樣的懸浮姿態便非常有效。當然，在日常主義詩學中，經驗往往發生在我們不經意的庸俗現場。「瘋子」般的行走，固然是對主動尋求經驗的動態化、極端化呈現，不過，抒情者亦可選擇「凝視」的觀察視角。這種姿態既可發生在街道空間，同樣也集中於咖啡館等現代公共空間。1984 年，在城市「頌歌」的轟鳴聲外，舒婷的《阿敏在咖啡館》便已彌散出慢速的藍調節拍。「咖啡館「這一意象無疑是屬於都市的，選擇咖啡館休閒與茶館品茗、劇場看戲亦有所不同，對剛剛體會開放的國人而言，這一場所的特點僅僅是高雅、安靜，尚未負載歐洲「充滿政治和文化意味的公共空間」〔註 42〕那樣崇高的意義，它不是組織、陳列、交鋒思想的領域，而僅是個人化的領地。作為一種現代的生活方式，它為詩人提供了主動逃遁的「漫遊者」的視角。舒婷詩中所寫的「落地窗」，便是一道分隔現實人群與孤獨個體的界線。「痛苦和孤獨」在當下時空中濃縮於喝咖啡者即時營造的內在心理世界（而非外部秩序的行為），通過本雅明所說的那種「凝視」（Gaze），詩人完成了自我意識的強化。而咖啡館，則是賦予詩人安全感、回歸自我的隱遁場所。漫遊者的懶散背後，是一個觀察者的警覺，以及詩人的自尊滿足。

看櫻子寫於 1988 年的《現代的憂患意識》，抒情主體佔據了特殊的觀察位置：「隔著茶色玻璃／奔放的夏季扭怩起來」。透過玻璃，能夠看到的是「千篇一律的熒幕、新潮的牛仔衫、不忍吐出的香口膠」，「買床席夢思想著不再失眠／兩伊的槍彈卻打在被子上噗噗作響」。「戰爭」標示出文本的時間與歷史感，「子彈」表面上穿透的是都市人的好夢，實則擊中了單調、空虛的生活

〔註41〕 Bauman: *Liquid Modernity*, Cambridge: Polity Press, p95.
〔註42〕 〔美〕李歐梵：《上海摩登——一種新都市文化在中國 1930～1945》，北京大學出版社 2005 年版，第 23 頁。

方式，從而又浸含強烈的、與生活現場的對接感。詩人以揶揄的口吻表達出精神上的某種無奈，如同齊美爾在分析城市漫遊時曾提出的「內外部溶解」一般，在大都市的空間強力壓迫下，所有的外觀皆逐一喪失其物質性，不再存有外部與內部的界線，人的內心世界遂成了外部景觀。所以，觀察大都市這一系統空間，就等於原封不動地觀察現代人的精神。詩人在咖啡館中建立起的、潛伏般的精神觀察視角，正可使之在窺視都市的過程中，將「自我」從「人群」中疏離而出。能夠通過「注視」成為「人群中的人」（I' homme des foules），這正是都市「漫遊者」專屬的天賦，也是區分他們與人群的標誌。在本雅明筆下，人群（Les Foules）是一個含混而曖昧的意象，它消滅個人痕跡於擁擠和雷同之中，又使個人的孤獨感成倍地放大，從而成為漫遊者窺視的對象。李歐梵引用羅斯‧金的話說：「這些漫遊者、花花公子、城市閒人，超然地、疏離地注釋著他們身邊的世界。」〔註 43〕咖啡館作為都市人心靈的容身之所，正為這種「注釋」提供了空間場域。玻璃既可隔絕又可映照，都市遊蕩人的心靈世界在它上面凸顯形貌。

在臧棣的《城市之光》中，存在著一雙潛在的眼睛，它在北京農展館、和平門、虎坊橋、雙榆樹這幾個地點遊弋徘徊，散點透視著在不同地點「下車」的匆忙的人。這些建立在「偶然的觀察」之上的「最深刻的印象」，包含著公共汽車的乘客下車、警察下車逮捕罪犯、年輕人下車搬東西、情侶下出租車串門四組平淡的事態。眼睛的主人彷彿在以調停人的身份組合著貌似脫節的一幕幕劇情，這些劇情作為原生態的普通日常事態，似乎永無結束。筆者認為，閒逛式的對事態的隨意掃描和經驗拓影，打擊了理性指導的超驗預設和先在的價值判斷，它是快樂的個體城市經驗，如同符馬活在《街景》一詩中闡發的態度：「這樣一種街景／我隨便看看。」個體正是通過貌似「隨便」的觀察方式，證明眼睛「捕捉」功能的完善，在打破現代城市速度感的同時，保持著與「驚鴻一瞥」遇合的可能性。在不斷克服「驚顫」的體驗中，他們也感知到自己於其中作出快速反應的生存能力。透過波德萊爾《拾垃圾者的酒》，本雅明認為：「一個拾垃圾的不會是波希米亞人的一部分。但每個屬於波希米亞的人，從文學家到職業密謀家，都可以在拾垃圾的身上看到自己的影子。他們都或多或少地處在一種反抗社會的低賤地位上，並或多或少地過

〔註 43〕 〔美〕李歐梵：《上海摩登——一種新都市文化在中國 1930～1945》，北京大學出版社 2005 年版，第 45 頁。

著一種朝不保夕的生活。在適當的時候，拾垃圾的會同情那些動搖著這個社會的根基的人們。」〔註 44〕詩人進入「拾垃圾者」這個誇張的隱喻，並始終在城市邊緣搜尋著被大城市拋棄的物質。他們建立在「人群」之上的凝視經驗，並非是將自我主體與「人群」這個虛擬的客體並置敵對，因為在人群之中，他們尋覓的是自己。詩人將自我靈魂附在行人之上，不斷對震驚產生的幻覺進行著反思。這樣一來，「人群」便如同城市經驗一般，既能使抒情者充分觸碰到精神的疏離感，又能在某些特殊的時刻激發他們的詩情，楊鍵的短詩《致無名小女孩的一雙眼睛》這樣寫道：

> 至今我還記得在城市車燈的照耀下，
>
> 那個小女孩無畏、天眞的眼睛。
>
> 我慌亂的心需要停留在那裏，
>
> 我整個的生活都需要那雙眼睛的撫慰、引導。

可以說，「無名」是詩人對「人群」這一模糊印象的整體定位。在密密麻麻的人群中，個體通過瞬間、無序的視覺聯絡便覓得短暫的「溫暖」。南人的《地鐵裏的少女》描述了極其相似的事態，主人公在地鐵中看到一位讓他「眼前一亮」的漂亮少女，在「地鐵飛速行駛」的過程中，「我時不時地朝她看」直到出站，隨後「我」後悔應該一直這樣坐下去，因為「只有你走出地鐵站的時候你才會眞正明白／一個地鐵少女／早已經將你改變」。抒情者與「無名小女孩」和「漂亮少女」的眼睛相視，正類似於龐德在《在地鐵車站》中捕捉到的瞬間感受，現代生活的微妙經驗在詩人心中神秘化地完成；也如同波德萊爾的十四行詩歌《給一位交臂而過的婦女》中的婦人一樣，被人群神秘無聲地領入詩人的視閾。這些詩人憑藉其藝術直覺力，捕捉凡俗日常生活中的瞬間之美，從而游離於機械式呆板的城市經驗，獲得具有穩定性的審美視角，並完成對人類整體現代境遇的擬現。現代都市生活的「最後一瞥」之戀既是一種過去式的經驗，也是揮之不去的、在都市人心中已有的心理機制，只有以精神閒逛者的姿態對現代城市生活保持警覺，才能在某個時刻喚醒它。

三、新都市感覺結構的形成

　　R・威廉姆斯在《漫長的革命》（The Long Revolution）一書中提出「感覺

〔註44〕〔德〕本雅明：《發達資本主義時代的抒情詩人》，張旭東等譯，三聯書店 1989 年 3 月版，第 38 頁。

結構」的概念，用以描述社會文化及歷史脈絡對個人經驗的衝擊。羅崗將這種「感覺結構」簡潔歸納爲「經由特定的歷史時空，透過個人內在經驗而建立起來的感知與生活方式。譬如對生活在城市的人們來說，某種建築模式、某樣交通工具和某些消費方式……正是這些生活細節提供了感覺結構的原始經驗成分」。〔註45〕那麼，由詩歌文本搭建起的城市經驗空間，正潛移默化地標示出詩人整體的生命活動、感知圖式、感知結構以及生存觀念的精神譜系。詩人在對這樣的「原始經驗成分」進行「漫遊者」式的掃描後，進而尋找到個體在城市中的生存韻律。進入新的歷史紀元，城市化進程的加速使公共空間與私人空間的速度感逐步趨同，信息社會的生存技術迫使人的感覺器官接受了複雜的訓練，幾乎所有人都被捲入到工具理性的世界，難以表達出個體的語言。即使主動建立自我邊緣化的意境，也容易被相似的欲望、焦慮、隔絕體驗所影響，使其滑入共性經驗而新鮮不再。再者，現代性引發的視覺革命使人類觀看事物的方式發生了改變，大量的影像在移動中快速出現然後消失，對經驗進行價值攝影便愈加棘手。在街頭發現社會渣滓並與之一見鍾情成爲幻想，城市對詩人的考驗難度越來越大。詩人所要做的，便是與都市的速度感進行鬥爭，建立起專屬的節奏，從而不至於迷失在具體的事象之中。

在即將邁入新世紀的時刻，楊克寫下《緩慢的感覺》，他將城市的速度感比喻成一條「忙」的瘋狗，「一再追咬我的腳跟／這個年頭／有誰不整日像隻野兔？」「其實我想讓內心的鐘擺慢下來／慢下來……我真想握住什麼 ∥『我喜歡緩慢的感覺』／驟然停下的片刻，在向日葵酒吧」。從「步行城市」到「軌道城市」，城市的歷史就是提速的歷史，如同野兔一樣狂奔的人群，在「移動」中印證著新權力控制的存在。孫文波在《騎車穿過市區》中說：「衝，再衝，／到達目的地是單純的願望。」人群穿行在現代性的速度迷咒之中，卻已然喪失了捕捉路邊風景的興致，漫遊演化成爲暴走甚至狂奔。在《緩慢的感覺》一詩的結尾，楊克寫道：

> 我奔跑，只因爲所有人在奔跑
>
> 驟然停下的片刻
>
> 不外乎紅滿天的太陽，砰然墜落
>
> 掉進酒沫四溢的夜生活

〔註45〕羅崗：《想像城市的方式》，江蘇人民出版社 2006 年 6 月版，第 94 頁。

　　「我喜歡緩慢的感覺」

　　——退縮後最鬆馳的時分

　　我聽見有個聲音在說

　　我多麼歡愉

　　像一隻被丟棄在路邊的跑鞋

「所有人在奔跑」引領的是城市的速度，詩人並沒有沉溺於這樣不知所蹤的旅行，他選擇改變城市速度強加於身體的暴力，以退縮、緩慢、驟然停下的方式，找回了緩慢的感覺。作為一個迷戀城市的詩人，楊克對繁雜的都市迷宮保持了尤利西斯一樣足夠的耐心與熱情。「丟棄在路邊的跑鞋」屬於城市中「腳的風暴」的落伍者，這象徵了詩人主動選擇自我的速度，以一種曖昧的姿態保持尋找城市詩意的可能，從而抵禦了孫文波詩中那種粗暴的、直線式「現代」生活的支配，也消解了由於奔跑所棄置的、對生活細節的遺漏，這也正是建立漫遊者姿態的必要前提。王家新有一首《田園詩》，寫抒情主體在京郊公路上開車時，將車開到了卡車的後面，車速的驟然下降使他意外遭遇到正常速度難以覓得的風景——久違了的「羊群」，一首即興而成的《田園詩》由此誕生。理查德・利罕認為，自然主義筆下的城市呈向心狀態：生活被一個都市力量中心所控制；而現代主義筆下的城市呈離心狀態：中心引導我們向外，面向空間和時間中的象徵對應物。〔註46〕主人公意外見到的「羊群」，便是利罕言及的這種象徵物，它指向游離於都市經驗之外的全部個性體驗。在降速的瞬間，詩人改變了都市人「時間——心理」的現代性普遍感覺結構（諸如趨同的速度感和時間觀念），其個體從群體經驗中離心而出，而城市的本質也在偶然的事件中得到揭示。因此，「降速」正是具有「離心」功能的觀物視角，在詩人選擇或遭遇「緩慢」的同時，嶄新的都市感覺結構、或者說屬於詩歌的都市感覺結構逐步確立了，這有利於文本異質經驗的表達。

　　「在城市的器官裏／這些已經被汽車的尖叫／改造成配件的耳朵／保存在傾聽的樣子」（于堅《便條集・104》）。城市社會對都市人的形塑，使人類理解城市的方式和經驗脈絡逐步趨同，耳朵的主體性功能逐步喪失。不過，這「並不意味著社會脈絡完全『決定』了個人的經驗（羅崗語）」。〔註47〕詩

〔註46〕〔美〕理查德・利罕：《文學中的城市：知識與文化的歷史》，吳子楓譯，上海人民出版社 2009 年版，第 88 頁。

〔註47〕羅崗：《想像城市的方式》，江蘇人民出版社 2006 年 6 月版，第 94 頁。

學意義上的感覺結構，要求作家以更爲靈活和複雜的理論眼光重構「城市和人」之間的關係，通過都市意象完成對自身體驗的內化，從而揭示那些都市主流速度體驗之外的、無法被知識化和客觀化的細枝末節。于堅戲謔了耳朵功能的「異化」，而有些詩人則通過另一種方式重新恢復了其功能。「我調低電視的音量／爲了聽清隔壁的耳語／但我意外地聽到了玉米／撥節的聲音，多麼令人驚喜」（秦巴子《青春片》）。「調低電視的音量」貌似普通的日常舉動，卻蘊涵著現代英雄特質：一方面要抵禦視聽文化的被動塑造，消解著城市精神文化的速度感，另一方面在重建屬於自己的「聽覺」過程中，保留著接受新的震驚體驗的可能性，「玉米撥節的聲音」便是從聽覺經驗抵達心靈體驗的一次奇異旅行。小海在《啓示錄》中寫道：「晚上，我聽見一架飛機／低空飛越城市……由於一架偏離航線的客機／我的耳朵聽見天上飛過的物體／我的眼睛搜索到夜空移動的目標／它們互相信任，構成可能／一椿平凡生活的細節／可以無限擴大到整個夜晚（世界）／然後消失。」「偏離航線的客機」可以看作由抒情主體虛構的突發事件，它的出現打破了耳朵的聽覺慣性，使人捕捉到新鮮的「聽覺／視覺」經驗。詩人敏感地注意到：「細節」才是與時代映像保持距離、建立當下獨特體驗的方舟。因爲「生逢不斷加速的年代／越是想保留一個美好動詞的完整／我們越是看到生活中無處不在的碎片」（何房子《一個人和他的城市》）。也如鄭敏所說：「時代砸碎了一面巨大的鏡子／從那堆形狀怪異的碎片中／每個人尋找自己的映像／沒有了完整、比例和諧調」（《一幅後現代畫前的祈禱》）。消費社會使個體喪失了過去意識與未來感，留給他的只有瑣碎而珍貴的現時「碎片」。爲了找尋「自我的映像」，就必定要打斷城市意符固定的表意鎖鏈。在下一節中，我們將以「夢幻者」的觀察方式重新透析這種表意聯絡，以深化對「漫遊者」視角的探討。

　　總之，詩人獨特的感覺結構不只是重新確立速度的結果，而且是新的圖式和詩學範例的開始。在這樣的感覺結構重組中，波德萊爾爲都市漫遊者確立的「貴族化的精神追求和對生命的靈性的渴望」依然是存在的，但「沉浸在自我心性的幻覺中無視現實」以及「主動疏離周圍環境的本能」〔註48〕卻發生著變異。因爲疏離現實的行爲僅僅屬於古典主義的英雄舉動，在新的消費社會，這樣的舉動無法構築新的詩意。如于堅所說：「詩人們意識到，詩歌

〔註48〕　〔法〕波德萊爾：《現代生活的畫家》，郭宏安譯，《波德萊爾美學論文選》，
　　　　　人民文學出版社 1987 年版，第 501 頁。

精神已經不在那些英雄式的傳奇片段、史詩般的人生閱歷、流血爭鬥之中。詩歌已經到達那片隱藏在普通人平淡無奇的日常生活底下的個人心靈的大海。」〔註49〕張英進亦從另一角度表達出這一觀念，他認為作家可以在漫遊中「尋找新的感覺（驚訝、過度刺激）、新的空間（經驗方面與文本方面的）、新的風格（寫作上與生活上的）」，乃至一種「急需的道德寬容的策略」——「日常生活的美學化」。借助漫遊者視角，詩人可以有效地「反思昔日的英雄姿態或探索今日的日常生活」。〔註50〕漫遊姿態正如同新的都市感覺結構一樣，要在「現實／現時」中通過改變都市的速度感（行為的與思維的），與隱秘而奇異的經驗建立機緣，在調和英雄主義情結和日常生活經驗的過程中，抵達人類浩瀚的心靈海洋。最後需要言明的是，與任何中國城市也無法與波德萊爾筆下的巴黎達成映像（無論想像亦或現實）一致，大部分詩人都難以完全契合本雅明提出的漫遊者姿態。他們在文本中編織出的每一則寓言，都只是都市萬花筒中的一塊碎片，詩人也僅能抓住漫遊者精神的某一方面，將語詞的幽靈散播在芸芸眾生間，將個體的靈性體驗在語言中瞬間展開。孫文波曾寫出「是城市加速了我們流亡的性質」（《搬家》），對詩人而言，他們自當無限受益於流亡的行為。只有化身為城市遊民，才能保留遭遇「他者」、并與之遊戲或者玩耍的可能。如羅蘭・巴特所說：「閱讀城市也是閱讀在一定結構內城市符號間的『遊戲』」，〔註51〕而漫遊者的「眼睛」則是參悟這些符號身份的密鑰。「漫遊」既是現代詩人無法抗拒的宿命，也是點燃其語言生命的火種。

第四節　城市符號與情感空間：當代都市詩學的意象　　　　　考察

作為一種物質力量的彙集，都市空間的各個元素都凝聚著屬於它們的空間概念、地域屬性以及文化意涵。在呈現空間感的過程中，這些元素形成帶

〔註49〕　于堅：《詩歌精神的重建——一份提綱》，載陳旭光主編：《快餐館裏的冷風景》，北京大學出版社1994年版，第260頁。

〔註50〕　〔美〕張英進：《批評的漫遊性：上海現代派的空間實踐與視覺追尋》，陳子善、羅崗主編：《麗娃河畔論文學》，華東師範大學出版社2006年版，第219～220頁。

〔註51〕　Roland Bathes.Semiology and the Ubran.M.Gottdiener and A.P.Lagopoulos.eds. *The City and the Sign*. New York: Columbia University Press. 1986. p87～98.

有文化意味的結構體，進入藝術產生與消費的流程，為詩人拓展出多條言說都市的路徑。寫作者將好奇心投射在都市意象符號之上，通過意象的組合與意義的運作，逐步建立起具有城市文化特徵的詩歌藝術結構，以及帶有當代人生活氣息的都市情感空間。如果對咖啡館、街道、居室等空間意象進行分析，我們可以發現，凝聚商業性與消費性的都市文化不僅以現代化的建築外觀和新奇的感官體驗塑造著都會物質形象，同時它也與中國傳統文化所涵蓋的諸多感覺結構實現了對話，促進了詩人視角的轉換，並通過文本折現出現實生活與理想世界交融之後的「語詞城市」，這為詩人藝術審美現代性的生成提供了機遇。都市聲光電影的視覺文化機制，也使詩人透過「眼睛」捕捉到的空間訊息與其原有的視覺期待和感覺預判大相徑庭，從而影響到文化的視覺性經驗基礎。如齊美爾（Georg Simmel）所認為的：在現代城市文化中，「眼睛」，即視覺官能獲得了特別重要的位置，他甚至認為城市是被視覺官能特徵化的產物。〔註 52〕詩人通過視覺能力捕獲的諸多空間意象不僅濃縮著城市的特徵，而且，它們的物質存在以及意義變遷也反映著都市人思維和觀念結構的變化。本節正試圖以幾組典型的城市象徵物作為研究對象，探詢詩人如何透過對它們的記憶與緬想，建立起對城市觀念化的歷史認識、并構築其情感空間的。其中，咖啡館、酒吧這些消費空間意象以物質刺激蠱惑著詩人的文學神經，便於他們馳騁綺麗的夢；而為了逃避充滿「群體意志」的街道對「個人化」的拆解，抒情者回歸居室私密空間，在那裏重新組合情感、展現個體靈思。從共性角度言之，這些意象符號涵蓋了城市文化的主要特質。它們所具備的時間與空間信息，也便於詩人在化解「震驚」之後，進入意義系統內部選擇、拼貼並組合個體的奇思妙想，以便從多個層面建立與世界的經驗聯絡，實現詩歌對人類關懷的終極使命。

一、欲望穿行的「迷宮」：文人聚合的消費景觀

在中國的城市格局中，凝聚著龐大官場和諸多學術機構的都會城市成為知識分子精英文化的淵藪，「大城市成為文化中心的關鍵，是它吸收、聚合知識分子的能力。這有賴於相應的文化生長機制和文化生態環境。」〔註 53〕現

〔註 52〕Mike Savage and Alan Warde. *Urban Sociology. Capitalism and modernity*. The Macmillan Press LTD. 1993. p115.

〔註 53〕楊東平：《現代中國的雙城記》，《城市季風・引言》，新星出版社 2006 年 1 月版。

代出版制度與印刷技術的革新，知識商業化運作的新流程，這些都對知識分子階層產生重要的影響。如果說，傳統知識階層的入世情結和出世情思分別與都市和鄉村的文化地理遙相呼應，那麼，生活在現代都市裏的詩人認識到，他們已然無法回歸那些帶有古典意味的隱逸空間。而咖啡館、酒吧這些文明社會的重要標識，便成爲其在公眾空間中尋求孑然獨立、排遣詩情的港灣。「現代人際交往具有廣泛、頻密而疏淺的特點，它的另一個特點，是人際交往日益從家庭轉移到公共場所，茶館、酒吧、咖啡館、公園等等，構築著城市社會重要的生活空間和文化空間。」〔註 54〕對於這些陌生卻充滿誘惑的魔地，詩人往往樂於沉浸其中，他們嘗試主動進入這些充滿感官誘惑的消費空間，借助消費行爲挖掘詩意。需要指明的是，涉及本文論述的消費空間包括咖啡館、酒吧、舞廳等等，在中國城市的消費語境中，這些場所似乎並不各司其職，它們大多生長在同一空間，兼具兩者甚至全部的功能。借用包亞明的話說：「這些消費場所往往融酒吧、咖啡廳、餐廳於一體，因此『酒吧』或『上海酒吧』只是對此類消費空間的一種概括性的指稱。」〔註 55〕由此，本文並不刻意強調不同的意象符號在結構與功能上的差異，而更看重它們對文人所產生的聚合效應。這些消費空間充當著詩人的生活佐證，同時也涵容了他們的想像與錯覺，成爲其欲望的磁力場和思想的聚合地。

1、「文化交融」的兩重姿態

咖啡館、酒吧等消費空間與資本主義城市和市場經濟的發展關係密切，它逐漸演變成爲西方娛樂民主化的象徵物。哈貝馬斯將咖啡館的出現上溯爲十七世紀中葉一個地中海國家商人的車夫之傑作，它與文人的淵源頗深。王爾德與「花神」，薩特、波伏娃與「雙偶」，波德萊爾與「伏爾泰」，都書寫出詩人與咖啡館的難捨因緣。咖啡館文化引入中國的時間要追溯到上世紀初葉，經常光顧咖啡館的是外國人、藝術家和文學青年等等。它最初的出現帶有西方器物、生活方式、制度文化的三重屬性。作爲西化的價值體系和行爲方式，它從進入中國之初便與本土的日常生活保持著審慎的距離。老舍《茶館》裏那般濃縮世態炎涼的、多層次的「熱鬧」場景，在現代咖啡館中卻難以覓得，因爲這類空間要求參與者遵循相對單一的消費秩序：寧靜伴隨的優

〔註 54〕 楊東平、葛劍雄：《未來生存空間》，三聯書店 1998 年 1 月版，第 66～67 頁。
〔註 55〕 包亞明：《衡山路酒吧：空間的生產與文化想像》，未刊稿，曾於 2000 年 6 月在上海舉行的首屆「上海──香港城市文化比較研討會」上宣讀。

雅，或者是哈貝馬斯言及的「舉止得體」的交往準則。慣於飲茶的上海市民
形象地將久坐在咖啡館裏喝咖啡稱作「孵」，劉吶鷗、穆時英、戴望舒等人就
是常去咖啡館的「孵」客。徐遲的《年輕人的咖啡座》便以「緩慢的是年輕
人駱駝似的步伐」勾勒出這道精緻的現代幻夢，咖啡館以其消費空間的聚集
效應迅速吸附了大批文人與青年。「他們到這裡來，既可以認識他們所崇拜的
作家，又可以飽餐女招待的秀色，還可以喝香味濃鬱的咖啡！」〔註 56〕如同
巴黎的文化場一樣，遍佈在中國大城市裏的咖啡館既是新鮮的詩歌意象，同
時也因其文化的聚合力，成爲現代藝術的策源地之一。

在當代詩人的文本中，酒吧與咖啡館的消費結構趨向同一，通過在此觸
發的感覺經驗，詩人開始重新組織空間內部的意象，正可謂精神先從外在的
感性事物中去找尋它的對象，然後又提升回返到精神本身。咖啡館等消費空
間的強大隱喻力在於：一方面，它爲詩人提供了現實的聚會場所（直到今天，
諸多咖啡館依然在與藝術沙龍聯姻）；另一方面，這些消費空間具有與外界相
迴異的速度和時間感，其封閉的空間結構可以暫時割斷消費者與室外時空的
經驗聯繫。這就便於文本意義的集中生成，並使身處其中的詩人伴隨著酒精
的刺激、咖啡的順滑和音樂的節奏，不斷拓展著想像的意識空間，時刻強化
著精神的動感表現，進而在物質現實中建立起語言的藝術結構。儘管我們知
道，中國的咖啡館（或者酒吧）都很難直接變成公民社會的基礎，不過也正
如哈貝馬斯在《公共領域的結構轉型》中所表達的，雖然宴會、沙龍以及咖
啡館在其公眾的組成、交往的方式、批判的氛圍以及主題的趨向上有著懸殊
的差別，但它們總是組織人們進行一定的討論，主動「進入」其間本身就是
多元異質文化碰撞與融合的過程。

看蘇歷銘的《黃陂南路往南》，詩人化作「新天地酒吧裏的食客」，由黃陂
南路往南（上海遍佈中西酒吧的消費區域）「在細品慢飲中體會風雅的文化」，
並將這種文化自珍提升到行動層面。雖然可以與眾人共享消費時代的咖啡滋
味，但抒情者仍然感到：「一個時辰細飲一杯咖啡／讓我想念清淡的綠茶。」
咖啡文化被詩人視作本土文化的入侵者，而與所謂「時代精英」們的共飲，更
使詩人感到身處「一群寄居在這種文化裏的螃蟹」中間。「寄居」隱含著詩人
對自身文化處境的清醒判斷，他幻想成爲一名行動意義上的殺手，從而「把矯

〔註 56〕 史甿：《文藝咖啡》，見陳子善：《夜上海》，經濟日報出版社 2003 年版，第 221
頁。

揉造作的裝飾一個個地清掉」。實際上，作為「裝飾品」的並不是「咖啡」這一對象，而是鮑德里亞曾論述過的「消費關係」本身，這不僅是人與物之間的消費關係，同時也是人與文化體系之間的選擇關係。「一杯咖啡從大洋彼岸漂了過來，隨後／是一隻手。人握住什麼，就得相信什麼」（歐陽江河《咖啡館》）。商品軸心社會的潮汐湧入城市的領土，在咖啡館這個已然雜溶了東西文化的消費場所，人們所「握」住並「相信」的是什麼，直接關涉到他對文化認同感的選擇。「咖啡館」引領著現代的休閒方式與交往習慣，同時也成為詩人追求藝術現代性的精神空間，各種悖論式的思想涵容其中，形成思維的碰撞與思想的張力。我曾看到過香港詩人梁秉鈞寫的一首《鴛鴦》，這是一種由香港民間奶茶與西洋咖啡勾兌之後的日常飲品，詩人關心這兩種飲料的混搭是否會「抹煞了對方？／還是保留另外一種味道……」。顯然，作為一個懸置的、未及言明的意義，「另外一種味道」指向了文化的開放性。香港奶茶本身就是英化產品與本土泡製習慣「雜交」而成的文化衍生物，它與咖啡的結合更將這一「交融」的潛力發揮到極致。抒情者試圖證明：在文化大交流的開放年代，任何穩定持久的「主流文化」都難以覓得。對他們而言，由多種文化形態雜糅而生的藝術精神、以及抒情主體深入其間所獲得的新奇意緒，或許可以減輕其沉重的歷史負重感，使他們實現心靈世界的舒緩與暢達。

2、直面當下的欲望迷宮

混合聲光色味多種感官刺激的酒吧和舞廳（兩者一般同時兼具對方的功能）所具有的空間結構，正是製造欲望的視覺平臺：中心地帶被調酒師和小舞池所佔據，賓客之間的儀態與動作成為互動的視線焦點。現代消費迷宮所導演的一切曖昧、幽秘、飄忽、詭譎之感如同敞開的舞臺，使人們盡情釋放著壓抑許久的欲望和激情。作為普通消費成員的詩人，同樣無法抗拒這種誘惑，他們懷戀著融彙休閒與娛樂趣味的都市文學精神，借助詩歌抒寫的方式，復刻出這一通往精神極致的狂歡現場。

有的學者指出：「文學作品中關於同性戀、頹廢者、吸毒者等的活動場所，往往是酒吧，……進入酒吧的支配情感是孤獨，但誘惑他進入酒吧的動機，卻是對欲望的追求，而欲望本身則是最沒有想像力的，那些劃一的概念性的欲望對象本身體現了現代社會的集體意志。」〔註57〕由此可見，酒吧的空間

───────────────

〔註57〕包亞明、王宏圖、朱生堅：《上海酒吧》，江蘇人民出版社 2001 年版，第 61頁。

意義不只停留在物質消費的層面，作爲凝聚文化消費的場所，它的獨特構造正易於詩人表達隱秘的情思欲想。在音樂與酒精的薰染下，現代都市人與欲望之間那種曖昧不明的糾結關係成爲詩人的現場主題。是將「整個夜晚泡進咖啡杯裏」，在令人心醉神迷的曙色中咀嚼著：「這是金髮旋轉的夜／咖啡踩著一雙銀質高腳／興奮的，惆悵的，放蕩的，迷路的靴子／剛從高速公路和塞納河邊找回來／留給自己的夢太少／整盤整盤的夜色轉動咖啡」（傅天琳《咖啡之歌》）；還是在狂亂的夜晚中聽「一個歌手落寞地唱著，天知道／她在唱些什麼。時間停止了，／在泛著泡沫的啤酒杯中」（張曙光《酒吧的夜晚》）。無論詩人作何抉擇，他對「酒吧」的意象營造都已成爲一種相對穩定的抒情策略，並最終作爲一個經典場景指向欲望化的敘事。在消費空間內，始終困擾都市人的孤獨、虛無等壓抑感得到暫時性的釋放。這裡沒有時間的規束，也沒有道德的鏡像，它傳達出一種虛妄的自我指涉以及主體的隔絕體驗。如同德里達所說：「超驗所指的缺席，使指意領域無限擴展並且使之成爲無法終結的遊戲。」〔註 58〕如果說《咖啡之歌》中的主人公在加速度的旋轉中，陷入充滿快感卻又脫離時代的自我鏡像，那麼《酒吧的夜晚》則充溢著主人公對終結這種虛無快感的思索：「人們來了又去，像日子，／或可疑而又曖昧的戀情」，他們的「靈魂渴望著／從繃緊的肉體中跳出」。消費場所憑藉其相對封閉的內部環境實現了對時間的重塑，並爲精神個體的激情釋放提供了合法的保證。然而，抒情者在排遣快感的同時，仍然無法避免欲望蒸騰之後的那份寂寥。於是，一些詩人嘗試同「孤獨」對話，將在咖啡館、酒吧中建立的情思與流浪者般的寂寞牽於一線，在都市這片冰冷的金屬疆域找尋精神的私人領地。

翟永明曾將她的組詩《周末與幾位忙人共飲》戲謔爲「酒精後遺症之作」，它以六組小詩實現了一次發生在「誘惑力」、「蘭桂坊」和「紅番部落」等幾家成都著名酒吧之中的欲望旅程。詩人開篇便以「周末求醉」爲題，將酒吧比作「夏夜的蚊蟲　叮滿／這個城市的面孔」，而「瘦削的街道伸展喉嚨／整夜倒進去／川流不息的夜生活」。顯然，「世界」向知覺的顯現是變形的，這正是酒精的功效。「周末求醉」的標題也暗示著詩人所處的雙重姿態，從消費行爲上看，她按照酒吧的消費習慣享受「酒的醇厚香氣」；但在感官刺

〔註 58〕 J.Derrida. *Sing and Play in the Discourse of the Human Science. In P.Rice & P. Waugh (eds.). Modern Literature Theory: A Reader*. London: Arnlod.1996. p.178.

激之外，詩人努力維護著思想的清醒，「求醉」的過程實則暗含著主動尋求意義的積極姿態。「在這類特殊的空間中，人們原有的鏡像世界便開始動搖碎裂，各式零散的元素在酒吧這類恍惚迷離的氛圍裏漂浮，在這一特殊環境的刺激與暗示下，它們紛紛開始重新組合，耦合成了新型的自我與世界的鏡像。」〔註 59〕抒情主體彷彿能夠區分酒滴砰然落入自己的胃與他人之胃的聲響，並從酒吧世界的種種元素之中組合出屬於「本我」的意義範疇。她「聽樂隊聒噪　聽歌手／號啕　看彩燈打擊／他們平面的臉　實際很痛／我們內心已被揉成一團碎屑／——被訓練有素的藝術／被置身其中的環境、文脈／被晚餐以及蠟燭／被忙碌的大腦和聊天」。混雜的文化凝成一個困惑的「存在」，並「旋出一個時代的難題」。如何在機械複製的時代，尋覓到人類心靈的回歸之路，這正是消費社會拋給詩人的命題。於是，為了求得答案，詩人嘗試以「酒吧」中的日常情思體驗觸發超越性的經驗，在生理欲望獲得暫時性滿足的同時，重新撿拾起價值感和道德感，以稱量心靈的重量。在《小酒館的現場主題》和《咖啡館之歌》中，翟永明不厭其煩地記錄著一個個事件或場景，以「感覺化」的細節營造出豐富而具體的詩歌情境。其中，在歷史經驗與未來境遇無從考察的當下，單純以個人體驗充當衡量一切經驗的價值標尺，正是現代都市人的精神邏輯。欲望成為途徑，卻遠非目的本身，這便使欲望敘事具備了某種形而上的意義可能。詩人對當下時間與空間中發生的欲望片段的關注，更多是為強調「事件或場景」以及「感覺化的細節」而出現的「詩歌思維延長的一根觸鬚」，這「實在是凝聚矛盾複雜的現代個人經驗，探索感覺思維的自由與約束，實現詩歌情境的具體性與豐富性的一種有效藝術手段」，〔註 60〕並在微觀空間中演繹著中國式的現代性體驗。

3、「靜觀」：內外部空間的經驗橋梁

翻開沈浩波大學畢業前的舊作《福萊軒咖啡館·點燃火焰的姑娘》〔註 61〕，款款的浪漫藍調躍然紙間：「你當然可以坐下／一杯溫酒，幾盞暖茶／總有人知道你倦了／便有音樂如夢抖落你滿身的霜花。」彷彿抒情者的面前永遠端

〔註 59〕 摘自王宏圖：《作為欲望迷宮的酒吧》，《深谷中的霓虹》，花山文藝出版社 2002年 1 月版。

〔註 60〕 王光明：《現代漢詩的百年演變》，河北教育出版社 2003 年版，第 633～636頁。

〔註 61〕 本詩作於 1999 年，其場景位於北師大東門，是詩人求學期間經常光顧的一家咖啡館。

坐著一位保持傾聽姿態的摯友：「你眼看著姑娘春蔥似的指尖／你說小姐咖啡真淺／你眼看著晶瑩的冰塊落入湯勺／你眼看著姑娘將它溫柔地點著。」咖啡成爲與溫暖相伴的詞彙，在黑暗的世道間點燃一片孕育希望的熱火。我們注意到，置身咖啡館空間的詩人採取了「靜觀」的姿態，他收納並採集著各色情感訊息，拍攝咖啡館中的諸多圖像隨之加以組合，從而拼合出一幅幅現代場景。在一年後的作品《從咖啡館二樓往下看》中，沈浩波化身爲一個相對封閉空間內的隱秘觀察者，將咖啡館的內場景娓娓道來：

> 在咖啡館的二樓
>
> 伊沙、于堅、黎明鵬
>
> 正在邊喝咖啡邊談詩
>
> 他們已經從民間立場
>
> 談到了某個具體的詩人
>
> 和他的烏托邦女友
>
> 詩人侯馬顯然對
>
> 這樣的愛情沒有興趣
>
> 他的目光遊移不定
>
> 已經越過我的髮梢
>
> 落在我身後的屏風上
>
> 而我是第五個人
>
> 坐在侯馬的對面
>
> 旁邊就是
>
> 正打著手勢發言的伊沙
>
> 我一邊聽著
>
> 一邊透過玻璃窗往下看
>
> 姑娘們正從對面的商場走出來
>
> 她們穿得很少
>
> 我看著她們
>
> 我晃動著大腿

這首詩從語言風格上映像出詩人某種「期待已久」的轉換，如同翟永明在《咖啡館之歌》中試驗的「細微而平淡」的敘說風格一樣，生活現場的敘事性成分一方面記錄並印證了消費場所對當代詩人起到的聚合效應；更為重要的是，詩人以「靜觀」的觀察方式，將日常生活的偶然性引入詩歌文本的生產流程，並以略顯調侃的幽默語調加以吐露。

繼續來看歐陽江河的《咖啡館》，每一段詩文的首句都明示出時間的現場感：「這時一個人走進咖啡館」，「這時另一個人走進咖啡館」，或者是一群人、一個人的離去抑或返身等等。他「把動作固定在普通的場景之中……事境被量化和具體化了，強人時代的各種動態特徵被靜態化了」。〔註62〕通過解剖定格之後的動作，我們可以觸摸到詩人的「靜觀」思維。在咖啡館的「此在」視野之中，詩人將諸多不同層次的時間統合一體，以時間片段的方式閃回著對歷史事件和商業社會的印象碎片。相較而言，沈浩波的詩歌顯然沒有如此複雜的時間層次感，他僅僅將詩歌發生的可能性完全交還給咖啡館的時間與空間，交還給抒情主體身處的現實語境。對玻璃窗外的風景，抒情主體如同置身真實的消費現場一般，沒有任何選擇的權力，他只能被動地接受玻璃窗外的人情事故，並與自身的當下狀態建立偶然的聯繫。沈浩波將這種聯繫定格在「詩人的閒聊」與「逛街的姑娘」之間，兩個看似沒有關聯的事件，通過玻璃窗得以締結因緣。或許詩人稍顯戲謔地反諷了當代詩歌在商業社會中的尷尬處境，或許這僅僅就是抒情主體在他所處的座位看到的實景。透過「玻璃窗」這一現代之牆，他找到了內部消費空間與外部公共空間取消遮蔽而相互抵達的奇妙途徑，「玻璃窗」也從日常語象上升為重要的詩學意象。

張曙光曾寫有一首《在酒吧》，與沈浩波詩中抒情主體的觀察視角也頗為一致：

　　　　除了詩歌我們還能談論什麼

　　　　除了生存，死亡，女人和性，除了

　　　　明亮而柔韌的形式，我們還能談論什麼

　　　　革命是對舌頭的放縱。早春的夜晚

　　　　我，幾個朋友，煙霧和談話——

〔註62〕敬文東：《分析性在當代詩歌的效用與局限——以歐陽江河為例》，載《揚子江詩刊》2005年第5期。

> 我注視著那個搖滾歌星的面孔
>
> 車輛從外面堅硬的柏油路上駛過
>
> 杯子在我們手中，沒有奇跡發生

抒情主體所處的現場環境與沈浩波詩歌主人公的經歷幾乎吻合，在情感空間的建構中，「歌手」與「車輛」兩個內部與外部的景象被處於「靜觀」狀態的「我」的視線糾結一起，從而實現了意義的聯結。由此可見，我們所言及的「靜觀」，一方面可以點明抒情主體在現代經濟環境中的消費習俗與文化禮儀；另一方面，它凸顯著主體對當下生活場景的敏銳捕捉力。「杯子在我們手中，沒有奇跡發生」的結句，正反映出詩人進行創作時所追求的「現場意識」。「坐下來觀察」——這一行為本身便使詩人與時代的主流速度拉開了一定的距離，他能夠發現更多與時代「同速」之人無法捕獲的瞬間，並從認知角度感性地標示出自己所處的心靈位置。通過締結內部空間與外部空間的聯繫，抒情者與隱秘而新奇的經驗建立機緣，爲文本異質經驗的表達保留了可能。如同福柯認爲的那樣：「我們正處於一個同時性（simultaneity）和並置性（juxtaposition）的時代，我們所經歷和感覺的世界更可能是一個點與點之間互相聯繫，團與團之間互相纏繞的網絡，而更少是一個傳統意義上經由時間長期演化而成的物質存在。」〔註63〕

　　由此可見，文學沉澱著人類關於消費社會的種種體驗，而詩人則以其靈性之筆發出關於城市的隱喻，構築起欲望迷宮中心的心靈之塔，爲時代書寫著備忘錄。咖啡館和酒吧、舞場等現代消費符號所賦予詩人的意義不僅是感覺的獨特與心靈的震撼，在摩登空間裏，詩人以其鮮明的主體意識融入消費語境，並將主體對現代性蹤跡的追尋寄託在意義空間的一次次重建之中，使這些消費意象聚合成爲內化主題意義、并承載詩人心理特徵、感情特徵以及價值意義的情感空間，從而昇華出詩人的空間意識。在某一個瞬間，他們會定格成爲這片空間的意義圓心。

二、混凝土的「錯覺」：街道、廣場等建築的地緣空間書寫

　　建築空間是理解現代乃至後現代社會的醒目座標，它們會在不同身世、不同記憶、不同詮釋視點的閱讀者眼中產生迥異的風景。人類的建築經驗與

〔註63〕〔法〕米歇爾‧福柯：《不同空間的正文與上下文》，見包亞明主編：《後現代性與地理學的政治》，上海教育出版社 2001 年 12 月版，第 20 頁。

感受並非「空間與人」單純的物理結合，而是在生活互動中形成的一個整體、一種氣質，它如同城市的語法，同樣牽涉著詩歌句法上的結構關聯。在這樣的情感空間中，無論是迷路般的經歷還是模糊的時間感、亦或私密經驗的獲得，都是詩人對現代城市認知的共同遭遇和普遍經驗。因此，由混凝土搭建而成的城市辨意系統，豐潤並完善著詩人的精神譜系。

1、道路：時間觀念的象徵系統

對過客而言，街道充當著龐大城市的筋骨與血脈，作為連接點與點的橋梁，它穿插起城市的理性邏輯。而文人則將街道經驗轉化為思想的「室內」體驗，他們從對街頭人群的判斷中採集詩歌的意象，展開精神漫遊或者夢幻模擬，從而形成在動態、流動的現代性生活中保持冷靜姿態的詩學視角。張檸說過：「文學對自由和人的完整性的追求，一開始就與街道經驗發生了根本的衝突。這不是一個抽象的理論問題，而是任何一位試圖進入都市的作家一開始就要面臨的問題。」〔註64〕從對「街道」這一意象的態度觀之，詩人的審美傾向遊移在排斥與投合之間，其中起決定作用的則是他們瞬時的心靈狀態。「街，疲乏了／靜靜地躺在城市的懷裏／路燈，流淌著／像啤酒一樣顏色的光」。呂貴品的《晚風》將城市的街道擬人化，它如下班的人群一樣面露倦容，哼唱著一曲節奏緩慢而基調平和的城市歌謠，這種抒情手法正折射出詩人與街道同體的即時心情。相較而言，樹才眼中的「街道」多與負面情感相關。在《三環路上》一詩中，詩人寫道：「三環路上我們巨大的時代正隆隆作響／三環路旁，我們／人類的小矮人，忙著把自己／往城市的每一個角落，搬運……三環路上我們偉大的時代心跳在加速／三環路旁，我們／在每一個路口，奪路而逃／想躲到庇護我們的家門後。」無疑，在機械文明的強音壓制下，人類微觀個體的渺小深深刺痛了詩人的心。而與「偉大的時代」保持純潔的距離，尋求「大地的乾淨」，這僅僅是烏托邦般的夢囈。詩人所能做的，只有把自己的心跳從「偉大的時代心跳」中剝離出來，在慢速度中覓得心靈的寂靜。

後朦朧詩時代的中國詩人大都生活在「隆隆作響」的都市時空，其詩學美感的產生依賴於道路、汽車這些代表新時間觀念的象徵系統，而且沒有選擇的餘地。面對新的時間觀念，部分詩人開始將自身的思想速度投射在意象

〔註64〕張檸：《文化的病症——中國當代經驗研究》，上海文藝出版社2004年7月版，第40頁。

速度之上，試圖與之交流相處，這隱現出抒情個體對城市物質文化的包容與消化。由此，他們或許可以實現與「街道」等城市建築符號淡然、和諧地共存，而不是簡單地滑入對其破壞自然、僵化生活的現代性批判上。在蘇歷銘的《北京東路的夜雨》中：「命運是一隻逃不過的手，引導我走進北京東路／本來這條街道在生命裏毫無關聯／因爲你的碎花裙子，它會永遠地留在我的心裏」。此時此刻，北京東路上的「碎花裙子」闖入詩人的視線，正如龐德在《地鐵車站》中覓得的瞬時詩維一般。須臾之間，詩人與街道的關係便發生了改變。「街道」不再是地圖的立體復現，也不僅僅是高速度的載體，一旦與詩人的生命確立關聯，其速度便與詩人展開「追憶」時那一瞬間的腦流速度發生聯繫，甚至建立起永遠的默契。黃燦然在《建設二馬路》中這樣表達：「每隔兩個月，我總要穿過／有三株彼此互不理睬的／紅棉樹的建設二馬路，尋訪／我朋友的家……朋友從珠江對岸騎車來訪，或從外省／乘火車抵達，建設二馬路便成爲／他們眼裏或口中堅固的標誌。」這些「互不理睬的紅棉樹」是詩人眼中的街道「堅固的標誌」。作爲抒情者的心靈投射，它們附著了詩人的個性化情感，其表意範疇也更爲寬廣。

街道延伸出的一個現代化符號是立交橋，它的出現映像出城市平面交通向立體交通的升級。1983 年，牛漢在《立交橋》中對它的功能特點作出描述：「絕不會你傾我軋」、「不必左顧右盼／更不須擔驚受怕」。詩人最後寫道：「這裡永遠沒有停頓／這裡永遠不會堵塞／這裡不允許徘徊／這裡橫行立即遭殃／這裡只能不停地前進」。他抓住立交橋最鮮明的特色，即「通暢」進行言說。客觀地說，這本沒有多少文本意味的提升，不過看看詩歌的寫作年代，我們便不難體會到詩人渴望逃離舊的時間系統、以前進的姿態追趕歷史的堅定信念。作爲改革開放的巨型物態標誌之一，立交橋以其現代化的功能特徵受到詩人重視，並被寄寓了抒情者自身的國家富強意識。同時，這個宏偉的意象符號也被某些詩人賦予「精神強者」的內涵。如「躺著的路／站立起來／逼使站立的人／思索自己」（曲有源《立體交叉橋》），「當我在北京的立體交叉橋上盤桓，／我祝願你也從平面走向立體——／既然宇宙都是立體的，／我們的生活也應該是立體的」（唐宋元《立體交叉橋，我呼籲》）。立交橋的視覺模態成爲新的象徵，它指向實現生活意義和人類價值的諸多「可能」。路線的通暢與立體，也契合了國人對精神選擇開放與多元的美好期望。

街道延伸出的另一個現代化符號是高速公路，它將人們的城市概念濃縮

到點與點之間，「這句話不見頓號逗號／只有句號」（李霞《高速公路》）正巧妙點出它的功能性特徵。在當代詩人中，周良沛和邵燕祥最早在詩歌中啓用了高速公路的意象。周良沛呼應著「中國的汽車需要高速公路」的主題，將速度的提升視作現代化的主要內涵。這種速度崇拜暗合著當代知識分子一貫追求的、由經濟現代性引領的強國夢想。但是，在縮短城市與城市通行時間的同時，高速路在某些詩人那裏卻成爲一種融含負面情緒的批判型意象，它們集中指涉著現代性目標的不可把握和無跡可循。「這不是假想的水泥路面／奔跑的將是速度加快的願望」、「我們被加油站超載／把時速提高的光速／讓不遠的地方到達世界末日」（余叢《汽車上了高速》）；「有時破折號省略號／突然從天而降／每片目光都被慘字染紅」、「畢竟到處／豪華轎車熱戀高速公路／二十世紀末中國的純情／世人一見傾心」（李霞《高速公路》）。世界被挾持在高速公路之上，奔向我們一無所知的終點，這正隱喻出現代性的目標實則是模糊不明的。此外，在高速公路上，乘客的時間感受會慢於客觀、正常的時間流速。這時，抒情主體的心理時間仿若被拉長一般，其感受力也不斷增強。姜濤的《京津高速公路上的陳述與轉述》便以令人炫目的隱喻以及轉喻手法，將抒情者在高速路上獲得的雜亂場景進行多重變形，構造出與時間對話的新圖式。臧棣的《北太平莊立交橋》也以守夜人的姿態，在漫長的心理時間中拆解著城市的寓言。借助大量的智性元素和高密度的知識信息，詩人對「夜晚的事境」進行了戲謔性的調侃，彰顯出信息的密度與思想的深度。

2、廣場：裂變的廟堂情結

西方語彙中的廣場（plaza 或 square）是指幾條道路相交而成的空地，進而成爲露天集市的場所。它既是由多條街道彙聚的街區，也可以被看作是一個發散點。在這裡，人們彷彿擺脫了街道的控制，他們可以自由決定停留的時間。然而，這種「擺脫」又是不徹底的，因爲廣場這一街區依然帶有商業性，好比在今天的西方城市中，大廣場與大市場可以看作等同之義，它是街道商業功能的延續。當現代詩人面對「廣場」這一城市功能區時，他們首先感受到的是其作爲街道聚集點的人流吸引效應，艾青的《廣場》便將它帶給現代人的視覺震撼直接點明：「廣場是富有生命的──／它常像海洋一樣，／爲每個白日而興波；／它以向它擠緊而來的／和由它那裏分散出去的人群，／和網織著的繁密的電線，／散發著永遠不能中止的力量；／又用電氣和煤氣／與人群的呼吸與血液，／與融融的火，生之不滅的火，／它激動著，興奮著，呼吸著，／在這

大都會的中心。」廣場如同一雙永不閉合的眼睛，爲城市的快節奏做著見證，並承載了大量的人文信息。

挪威建築理論家諾伯格‧舒爾茲認爲廣場是城市空間結構中最重要的元素：「從古到今，廣場向來都是城市的心臟，只有來到了城市的主要廣場才算眞正抵達城市。」〔註 65〕和西方城市相比，把廣場作爲城市的中心，在中國大致出現在 1949 年後。特別是建國十週年的天安門廣場改造工程使其一躍成爲世界第一大廣場，可供 50 萬人民群眾（實際百萬人齊聚廣場的場面並不少見）進行集體活動。郭沫若爲此作出《頌北京》，辭藻氣象非凡，詩篇氣勢恢弘。在這樣的政治型廣場上，人群的聚集孕育著政治的宏力，如孫文波在《那天晚上》描繪的畫面：「他們揮舞旗幟，吼出的口號彷彿／把廣場舉到了天空中。我就像在空中／歡度整個夜晚。我的確是在歡度——像進入了遊樂園」。此時，廣場凝聚成爲國人的精神聖地，它以巨大的空間尺度樹立起政治與權力的威嚴，而其實用價值卻被人們忽視了。這一意象所代表的精神向度，也由「五四」時期多重聲音的交相輝映轉化成對一種強音的受洗膜拜，陶醉其間的酒神精神與欲飛狀態，實則並非知識分子的理想空間。「在世俗的要求裏，廣場是群眾宣泄激情和交換信息的場所，而在知識分子眼中，廣場卻成了他們布道最合適的地點。當知識分子在本世紀初被拋出了傳統仕途以後，知識分子一直在尋找著這一個可以取代廟堂的場所，現在他們與其說是找到了，毋寧說是自己營造了一個符合他們理想的廣場。」〔註 66〕陳思和選定「廣場」這一意象，將知識分子的廟堂情結實體化，即公共事實之上的思想之巔。即使這些知識分子無法在現實生活中找到可以取代廟堂的「廣場」，他們也會通過詩歌情感空間的營造，爲自己的思想覓得一個理想的承載物。「我說這世界是一個廣場／這正是人們聚集的地方／我們把今天寫在牆壁上／我們的話是公開的思想」（林庚《廣場》）。如果忽視這首詩的寫作年代（1948 年），那麼，它縱然出現在 1970 年代末的西單民主牆上，我們也不會感到驚訝。「五四」一代和「文革」後一代詩人面臨相同的處境，專制政權遺留的文化空白呼喚著知識分子來填充。「朦朧詩」一代詩人的出現，正應和了傳統文人的布道傳統和英雄情結，他們將廣場視爲表達公開思想的最佳地點，或者將其看

〔註 65〕 參見克里斯汀‧諾伯格‧舒爾茲（Christian Norberg Schulz）：《存在、空間、建築》（四），《建築師》第 26 期，1986 年 10 月。

〔註 66〕 陳思和：《陳思和自選集》，廣西師範大學出版社 1997 年 9 月版，第 231 頁。

作可以抒寫個性觀點的白色牆壁；而後朦朧詩人對前代的詩學超越，更可理解為廣場情結的自我轉化。在上世紀八九十年代之交，知識分子廣場中的廟堂空間開始向公共空間沈降。

歐陽江河曾說：「對我們這一代詩人的寫作來說，1989 年並非從頭開始，但似乎比從頭開始還要困難。一個主要的結果是，我們已經寫出的和正在寫的作品之間產生了一種深刻的中斷。」〔註67〕這一「深刻的中斷」帶來的尖銳疼痛使詩人陷入歷史虛無感和時間的焦慮感中，歐陽江河本人便以《傍晚穿過廣場》記錄了這種焦慮。「我不知道一個過去年代的廣場／從何而始，從何而終。」作為記憶時代所有聲響的聖詞，「廣場」這一語象彷彿成為時間意義穩定的載體。抒情者把「穿過」的行走過程轉化為對歷史的震顫經驗，他穿越的正是漫長的歷史記憶和喋喋不休的政治說辭。詩人隨後將其間蘊涵的分裂因素明陳：「從來沒有一種力量／能把兩個不同的世界長久地黏在一起。／一個反覆張貼的腦袋最終將被撕去。」這讓我們想起同期臺灣詩人簡政珍和林燿德分別創作的《銅像》，其意境營造和情感表達與歐陽江河頗為相似。兩篇文本都強調了「銅像」剛剛被樹立時的權威和不可置疑，它全景檢視著每一個人的存在，象徵著蔣氏時代的威權統治。時過境遷，它竟然成為阻礙交通的「多餘物」而遭到拆除。在讓位於城市功能現代化的需要中，我們可以窺見「銅像」話語功能的衰退，它的倒塌帶走一代人的歷史記憶，這同歐陽江河「穿過廣場」的感受如出一轍。「腦袋」的撕去既是詩人意識形態幻覺中對歷史片段的追憶，又意味著詩人對自身思考模式的反省。絕對性的崇拜、信仰消失之後，知識分子需要一個新的平臺來抒發其使命意識、平衡修辭與現實的話語關係。

先鋒詩歌在八九十年代之交出現的歷史轉變，與中國當代城市社會的商業化轉型關聯密切。「從八十年代到九十年代／像滑梯那麼快／像短裙那麼短／裸露的部分／已經把欲望的旗幟帳滿」（秦巴子《九十年代》）。英雄主義的精神承擔瞬間便被消費主義的欲望競逐所沖淡，如陳大為所說：「最應該用來為 1989 年斷代的重要因素，是消費時代的來臨。」〔註68〕它直接影響了詩歌

〔註67〕歐陽江河：《89 後國內詩歌寫作：本土氣質、中年特徵和知識分子身份》，原載《今天》1993 年第 3 期，第 178 頁。

〔註68〕陳大為：《裂變與斷代思維——中國大陸當代詩史的版圖焦慮》，謝冕、孫玉石、洪子誠主編：《新詩評論》2006 年第二輯，北京大學出版社 2006 年 10 月版，第 64 頁。

與詩人的生存處境，知識分子的廟堂情結已然在歐陽江河穿過的「廣場」中裂變了。一方面，消費時代成為詩人與日常消費體驗和公共經驗保持親近「幻覺」的發生地；另一方面，對廣場這個時代的「聖詞」，詩人依然無法全然釋懷，這在楊克的創作中尤為明顯：

> 在我的記憶裏，「廣場」
>
> 從來是政治集會的地方
>
> 露天的開闊地，萬眾狂歡
>
> 臃腫的集體，滿眼標語和旗幟，口號著火
>
> 上演喜劇或悲劇，有時變成鬧劇
>
> 夾在其中的一個人，是盲目的
>
> 就像一片葉子，在大風裏
>
> 跟著整座森林喧嘩，激動乃至顫抖
>
> 而溽熱多雨的廣州，經濟植物被瘋長
>
> 這個曾經貌似莊嚴的詞
>
> 所命名的只不過是一間挺大的商廈
>
> 多層建築。九點六萬平米
>
> 二十世紀末，蜇動萌發
>
> 事物的本質在急劇變化
>
> 進入廣場的都是些慵散平和的人
>
> 沒大出息的人，像我一樣
>
> 生活愜意或者囊中羞澀
>
> 但他（她）的到來不是被動的
>
> 渴望與欲念朝著具體的指向
>
> 他們眼睛盯著的全是實在的東西
>
> 那怕挑選一枚髮夾，也注意細節

這是楊克《天河城廣場》中的頭兩段詩句。從詩人的敘述中，我們不難發現，傳統「廣場」那種平面化的建築形式已被一個不斷向上延伸的商業化建築所取

代，它的詞義也在細小的敘事中被地產商置換為商品概念的組成部分〔註69〕。
與歐陽江河穿過的平面化的、政治化的廣場相比，楊克的「廣場」情結包含
著面對商業化氣息的坦然與鎮定。「廣場」的空間告別了開闊與單調，行走其
間的人們也不再感到孤立和脆弱，因為它的含義早已將「貌似莊嚴」的集體
主義形態換喻了，「事物的本質」也在與「商業的玉臂」（黃燦然語）之親密
接觸中不斷遞變動搖。抒情者對欲望的細節化透視最終取代了對政治的宏觀
膜拜，於是，廣場逐步成為一個意義寬鬆的空間，詩人的自我意識也與新的
都市經驗達到統一。在歷史與現實之間，詩人延長了思想自省的維度，「廣場」
所指的迴旋餘地也隨之擴大，並迅速消解著「意識形態幻覺」與當代現實和
精神生活中普遍存在的對抗因素：

> 在二樓的天貿南方商場
>
> 一位女友送過我一件有金屬扣子的青年裝
>
> 毛料。挺括。比西裝更高貴
>
> 假若脖子再加上一條圍巾
>
> 就成了五四時候的革命青年
>
> 這是今天的廣場
>
> 與過去和遙遠北方的唯一聯繫

還是在《天河城廣場》中，抒情者接受了女友送他的一件毛料青年裝，他想
到如果再加一條圍巾，就彷彿再現出一個站立於廣場之上奔走呼號的五四青
年形象。透過這條作為革命象徵物的圍巾，詩人的文化記憶（或者說難以消
逝的文化暴力）釋放形成烏托邦似的幻夢，其間充滿公共經驗與「聖詞」記
憶之間的意義聯絡。在與現實建立不對等的時間聯繫之後，一種拼貼而成的
荒誕感衍生而出。

　　楊克筆下的「廣場」充滿了寓意性，它是現實中的，也是記憶裏的。詩
人通過不斷喚醒的文化記憶，將作為現代都市形式之一的商業廣場空間與傳
統意義上的、與之相對抗的政治廣場空間進行了意義重組，從而賦予廣場新

〔註69〕「廣場」一詞在現代漢語中的意義具有歷時性的變動軌跡。在現代中國的歷
　　　　史上，像著名的天安門廣場一樣，它幾乎是政治的象徵。從 1990 年代開始，
　　　　借助地產商人的商業包裝策略，「廣場」被轉換成為某種大型商業性建築集合
　　　　體的代稱。這一時期也廣泛存在著為高層建築冠以「廣場」之名的現象。

的神聖性。自上世紀九十年代以來，新詩的城市抒寫作爲一個在過渡中形成的「審美文化的群體結構」，已經逐漸成爲知識分子在物質空間中讓精神存在合理「發聲」的有效形式。在這裡，「每一種形式自身都表現爲雙重性存在，即精神的和社會的存在。」〔註70〕從社會存在言之，廣場走下政治的廟堂，接受商業化的洗禮；由精神存在觀之，詩人在釋放文化創傷之後，步入向個體回歸的詩學。

3、居室：個體獨語的私密空間

雖然「四處漂泊」被海德格爾看作人類詩意的生活樂章，但他更堅定地認爲「定居是人類存在的基本特徵」，因此「建築的本質是讓人類安居下來」。〔註71〕本雅明便高調地爲居住空間添加意義，認爲其「代表了普通人的全部世界」，在確立私人環境的室內，「他組合了時空中遙遠的事物。他的客廳是世界劇院中的一個包廂」。〔註72〕對詩人而言，居住空間分割了他們對街道上行人的記憶與感覺，使他們擺脫了主流審美速度的侵佔和控制。居室空間孕育著實景的生活，也爲保留詩人自我的經驗潛埋胚芽，它是一種「個人化」的、與隱私牽涉甚廣的空間符號。在這裡，詩人可以安靜地整理思路，重新組織起在街道上迷失的個人化經驗。現代詩人朱湘早在《十四行意體》中便憧憬著：「一間房，不嫌它小，只要好安居；／四時有潔淨的衣服；被褥要暖。」改革開放之初，一些詩人也不約而同地爲他們的私人空間唱響讚歌。王遼生在《新居》中開始歌頌他九平米的房子「盛滿了夜的溫馨，／也盛滿了日的清麗」。同樣的情感也出現在匡滿的《我歌唱在十二層樓》中，曾經顛沛流離、四海爲家的抒情者們爲第一次擁有專屬空間而喜悅，因而情不自禁地吐露詩情。社會空間分配政策的調整使私人佔有居住空間成爲可能，這也爲詩人提供了基本的生存保證。不過，這還只是屬於現代化物質層面自我更新的要求，與現代性人格的塑造尚無直接聯繫。

當代詩人車前子直言：「我想找一所新房／理由越多越好：不願意／在一所老房子裏活著／我寧願／死在一所新的房子裏／哪怕很小」(《日常生活》，

〔註70〕 包亞明主編：《現代性與空間生產》，上海教育出版社2003年版，第79頁。

〔註71〕 〔美〕卡斯騰・哈里斯：《建築的倫理功能》，申嘉、陳朝暉譯，華夏出版社2001年版，第150、162頁。

〔註72〕 〔德〕本雅明：《發達資本主義時代的抒情詩人》，張旭東等譯，三聯書店1989年3月版，第187頁。

1986）。在新世紀的詩歌作品中，我們依然可以看到抒情者對個體私密空間之重要性的言說與強調：「重要的是我們擁有一套房子／居住在自己的房子裏生活／有一張床可以做愛／有一扇窗可以聽雨／有一間客廳可以大聲爭吵／爭吵到天亮也沒有人來管／吵到我們都累了！親愛的／我們抱在一起痛痛快快地和好」（吳躍斌《與一套房子爲敵》，2005）。從情感指向上看，當前的抒情者們對私人空間的願景表達已經演繹出新的意味，他們不僅追求個體的容身之所，同時將擁有獨立精神空間的願望親切而明白地吐露出來。以口語組織的種種對居室的「渴望」，因爲貼近了生存實態而更顯眞實，同時映像出詩人人格特徵的現代性變化。房屋空間關係的意義重心已不再是家庭或家族的血緣聯繫，它演繹成爲個體與他者（鄰居、小區居民、城市異己大眾）的存在網絡。確立自我的空間，正是標明自己在「他者」之中的心理獨立性，即所謂新時代的「離群索居」。

　　由哲學角度言之，建築對人的價值在於它爲人提供了一個身體與思想「存在的空間」（Existential Space），或者說是一個「存在的立足點」（Existential Foothold）。如果將居室作爲文學生成的重要發源地，那麼可以看出，當集體記憶向個體轉移權力的同時，詩歌中的居室場景在不同寫作者筆下也呈現出不同的、局部的眞實。在《小房間》中，楊克寫道：「小房間是一隻魔盒／鏡中消失的生命／呈現 //許多隱蔽的思想。」「小房間」可以幫助人們擺脫街道上的虛僞經驗，進而捕捉到自我的獨特思想。眾所周知，魔術意味著經驗的幻覺與不眞實，而「人們定義中眞正的房子」卻是「天空這座巨大的玻璃屋」。通過反諷式的暗喻，詩人實現了將眞實與虛妄置換的效果。他不留情面地走向時代的乖謬本質，以「秘室」的意象營造，向幽暗卻眞實的個體經驗探出觸角。再看于堅的《零檔案》、伊蕾的《獨身女人的臥室·土耳其浴室》、丁當的《房子》……詩人們似乎在各自訴說著秘室鏡像中的「自我」，而不同本文的片斷又構成一個相對封閉的大語義循環，帶有集體的同質。丁當在《房子》（1984）裏寫道：「你躲在房子裏／你躲在城市裏／你躲在冬天裏／你躲在自己的黃皮膚裏／你躲在吃得飽穿得暖的地方／你在沒有時間的地方／你在不是地方的地方／你就在命裏注定的地方。」那麼隱匿起來的城市人又在做些什麼呢──「拿一張很大的白紙／拿一盒彩色鉛筆／畫一座房子／畫一個女人／畫三個孩子／畫一桌酒菜／畫幾個朋友／畫上溫暖的顏色／畫上幸福的顏色／畫上高高興興／畫上心平氣和／然後掛在牆上／然後看了又看／然後

想了又想／然後上床睡覺。」顯而易見，詩歌的情緒主線環繞著孤獨，作為現代都市人最基本的情感，離群索居的不僅僅是肉身，更是渴望被溫暖的精神。當溫情需要靠繪畫式的空想得以建立的時候，一種有肉身之「我」卻無精神之「我」的孤獨便彌散開來。「開門／握手／請坐／上茶／這個／這個／那個／那個／握手／再見／關門」（祁國《客廳》2002）。這首詩採用首尾對稱式的佈局，以「客廳」作為諷刺，擬現出人與人之間空洞、乏味的關係。進入都市語境，人與人之間交流不暢的尷尬愈顯突出，與其尋找現實的交流對象，反而不如遁入隱秘的居室空間，單純和自我的心靈發生情感碰撞來得真實。所有居室之外的人群都成為絕對意義上的「局外人」，而主體之「我」則在居室裏愈發局促。

如果說丁當和祁國的詩意在抒寫現代人的孤獨，那麼宋烈毅則試圖以荒誕的方式對孤獨進行反撥。看他的《百頁窗：一個人的私生活》：「我一個人在百頁窗後面手淫著／我想像著　絕望著　一絲不掛著／我的精液無力地流淌著　我的房間空著／就像一隻喝光了的易拉罐　我叫喊著／我對著所有的牆壁喊叫著　沒有一個聲音／回答我」。居室空間成為一扇虛掩的門，阻隔著「我」與世界的精神聯絡，房間到處投射出「我」鏡像式的生活之影，那是為孤獨者營造的烏托邦。但同時，房間又是真實的，它使「我」與「沙丁魚」似的人流拉開了距離，使「我」感受到自身的存在並為重新構造自我提供了可能。所以，房間既是虛點，亦是真實。上世紀九十年代的詩學是走向個人化的詩學，作為城市寓言之一的居住空間，如何才能成為詩歌生命憑以成形並衍生的依靠，如何才能從冷硬的混凝土中轉生出溫熱的生命感，這需要詩人在抒發「無端之哀戚」的「暗室」（李金髮語）裏感悟自己內在的生命流動，發掘「孤獨」本身所具有的創造性意涵。從這個角度出發，作為個人化符號的「暗室」，同樣可以成為一種靜態的觀察視角。看歐陽江河《星期日的鑰匙》、凌越《虛妄的傳記‧之三》、臧棣《教工宿舍內》等諸多文本，我們均可感受到由「室內」牽涉出的意義活力：抒情主體的視線在四壁間不斷折射，他的情感亦不斷強化乃至增殖。

總之，由混凝土所營造的精神「空間」，始終無法使詩人感受到純然的真實，所以，它的存在狀態永遠牽涉著諸多複雜而矛盾的體驗。如我們所知，「高度」崇拜始終滲透在中國這個「從稻田中拔地而起」的國家裏。在辛笛的《北京抒情》中，「高層建築賽似積木，／又像是島嶼星羅棋佈／在『四合院』灰

色的塵海裏，／已經一座座騰空而起，／有如擎天的群柱」。「四合院」為高層建築所取代，而它所對應的文化內涵卻被詩人主動地「忽視」了。高樓大廈本起源於人類為了節約用地的經濟需要，此時卻凝聚了國人種種指向天空（國家富強意識）的期待。面對這些由摩登主義符碼交織而成的物態符號，無論是消費場所、交通工具還是居室空間，詩人總是飽含激情地予以接納，但迅速又會感受到「人」的尊嚴在物態文化面前的淪喪之痛。其現代性體驗既是混雜叢生的（比如詩人對任何物態文化都持有「投合」與「遠離」雙重姿態），又是在「未完成」中潛行的。王小妮的《深夜的高樓大廈裏都有什麼》正將「高樓大廈」說成「自封的當代英雄」，它甚至「像個壯丁，像個傻子」，而「我」只能借助藥物閉上眼睛，進而體會到「這一生能做一個人已經無限美好。」抒情者意識到，建築的高度不等同於思想的高度，「我」試圖拒絕「當代英雄」們的光亮，卻必須要吃「閉眼睛的藥」。詩人的痛切感在於：面對物態文化的登陸與擴張，現實中並無良方調理，都市人因無計可施而無路可逃，難以真正地返回自我，這是一種悖論式的人生體驗。但對詩歌整體來說，現實主流速度與個體心靈速度所形成的「悖論」，正是詩歌詩意產生的重要契機。今天，詩人的職責便是道出各自「微不足道」的現代性體驗，作為「語詞的亡靈」遊蕩於城市的迷宮之中。臧棣說：「有時，幽靈就是心靈／使內部得到鍛鍊」（《教工宿舍內》）。幽靈由心靈轉化而來，卻比心靈更為清醒，它在空間的語詞中構思著時代的意志，為呈現消費時代的獨特情感不遺餘力。對城市抒寫而言，都市的意象符號擔當著「幽靈」的使命，它來源於現實圖像又非對其單純臨摹，作為在刹那間呈現理智和感情的轉喻性寓言，它是通向詩人內在情感時空的鑰匙，其本身就是物態化、知覺化了的語言。

第五節　「瞬間」的詩意展開：城市詩的審美特質

在現代文學三十年中，詩人的城市想像多與民族解放等重大的歷史命題相關，無論是「現代派」詩人還是「九葉派」詩人，他們都無法規避這一話語壓力。建國後，「十七年」文學乃至文革文學所強化的城市主題，又多與以工業化為主導的城市外在「功能」之美相聯結。在詩歌中，城市工業意象的所指達到了均衡的同一──共同指向現代國家夢想，而抒情者個體的聲音則日漸式微。可以言明卻無法盡吐的壓力，使詩人大都隱匿了對城市意象進行

深層挖掘的願望，他們如同加工車間似的，將各種結構、經驗方式迥異的城市資料按照當時的美學通則同構、繼而實現同喻，這或許限制了其對城市經驗豐富性的表達。進入新時期之後，詩人得以繼續先驅們的城市命題，與城市內在經驗展開新一輪的磨合。一方面，他們繼承了新詩開闢的一系列諸如機械力情結、欲望化審美以及漫遊者眼光等城市母題和物觀經驗；另一方面，伴隨著意識形態以及經濟、文化的變遷，詩人們開始在技術層面對意象的捕捉方式和呈現模式進行實驗，並探索出多種超越日常表意經驗之外的獨特抒情技巧，從而強化了城市文學的文本性特徵。唐曉渡在談「朦朧詩」時所說的「心的變換」或者「向內轉」〔註73〕，亦可作為朦朧詩以來諸多詩人與世界進行對話的新途徑。這不僅是一個在現實面前「轉過身去」的簡單動作，而且是作為「話語」的冒險實踐。被城市文化浸染顯著的當代詩歌，其詩美既包含著與現代詩歌城市抒寫相一致的對應性特徵，同時它也步入意義愈發豐富、內外部結合更為嚴密的「磁場與魔方」之中，演繹出新的特質，其文本性和都市化的結合，正是當代新詩現代性的一個重要特質。

一、意象的「事態」化

在朦朧詩人那裏，城市意象的結構特點依然是傳統經驗的復現，它們承載了過於宏大的形而上內涵，與現實生活產生難以對接的「非現場感」，無法觸及改革開放帶給城市人的心理新震蕩。筆者認為，直到 1980 年代中期上海「城市人」詩群的登場，都市意象方才重新被激活進而參與詩美構成。面對都市現場，詩人從器物層面上的視覺「震驚」遊移到心理「震驚」，在驚魂與安魂中融化詩歌的審美現實，對剎那的經驗完成描述。他們將意象作為具有誘發力的期待結構，對其連接方式進行了重組，仿如一片片「濕黑的樹枝上的花瓣」（龐德《地鐵車站》）形成觀念的奇妙聯絡。這樣在悖反與無序中尋找生活的哲學，也使城市抒寫復甦了原創性的品質。宋琳說過：「一首詩就是詩人生命過程中的一個瞬間的展開。」〔註74〕如同本雅明說的「一瞬間契合於詩中的永遠的告別」似的，他對城市意象的採集和表現，也依照「瞬間」的現場經驗自由、隨意地展開。這樣一種「隨意」的姿態，或可從現代派詩人的意象「蒙太奇」那裏覓得端倪。詩歌要依照潛意識流動散發詩意，其自

〔註73〕 《唐曉渡詩學論集》，中國社會科學出版社 2001 年 4 月版，第 61 頁。
〔註74〕 《詩刊》1986 年第 11 期，第 30 頁。

由姿態便「使意象帶有更多未被意識加工、修飾與改造過的原始性、也即純客觀性。」〔註75〕於是，「窗子」成爲宋琳筆下「高處鑿成方形的洞」（《人群》），「皮手套從手上退出／帶走我的一部分體溫」（《在上海的第七個冬天》）。憑藉純客觀的感覺，抒情者將直接經驗與詩意融合一體，從而生發出美感。不過，「城市詩」一代的知覺核雖然歸於街道、高樓、消費時代這些日常經驗，但他們更容易走向意緒的茫然與感覺的暈旋，正與現代詩人的都市「不適」形成對應式的呈現。與後輩詩人相比，他們尚未找到與城市相處的恰當姿態，以及最適合的言說城市、揭示眞實的方法。

當代城市生活的繽紛繁複，使大量城市語彙進入詩化語彙系統，這自然爲詩人提供了更多可用的語言材料。駱英的《都市流浪集》便將信息時代的景象入詩，諸如網站、酒吧、AA制、虛擬婚姻、搖頭丸、數碼相機等等，這些意象與都市人的生存狀態會產生某些「靈動」的對應。《數碼相機》中「你／會被一再刪去／像泥／被簡單地抹平 ∥你／會被一再虛擬／像雪／落地後再無痕跡」。再如《生存得像短信》：「生存得像短信／廉價得無所謂成本」。習焉不察的科技意象悄無聲息地改變了我們的命運，而我們的形象和言語不再具有重量，我們的處境也「被閱讀得無足輕重」，這正是陌生人社會的擬現。路也的《一分鐘》以 201 電話卡裏還有一分鐘通話時間作爲假設，開始探討究竟多重要的話題才值得在這短暫的時間內與對方分享，這不由得使我們聯想起穆旦慣用的「八小時」意象。「一分鐘」與「八小時」，同樣都是在戲諷刻板規制的生活，但它們的不同在於，「八小時」指明的是城市現行的生活體制，詩情建立在城市生活實體之內，而當代詩人已經無所謂體制，「一分鐘」帶來的僅僅是一個具有幽默意味的可能。在瞬間印象面前，她僅靠直覺進入冥想的境界，早已游離於城市規定之外。

大多數現代詩人眼中的城市是一個整體的、可以賦形並作出美醜善惡定義的。相比之下，當代詩人的城市經驗更多的是諸如「一分鐘」似的、一個個微小意象的聚集。你當然無法從每一分的「瑣碎」中看到整個城市，但卻能從中窺見一位性格鮮明的精神主體，而且每個主體在城市中感受到的辛酸與熱情都是完整的。張小波《在螞蟻和蜥蜴上空》便用城市的碎片切割著詩意，在與暫居過的城市進行告別的蒼涼氣氛中，詩人羅列出「打字機與跳蚤」、「出逃的貴族和荒野的狗」、「火車與樹木」、「螞蟻和蜥蜴」等一系列看似對

〔註75〕吳曉：《意象符號與情感空間》，中國社會科學出版社1990年版，第231頁。

表現主題毫無意義的意象，其間傳達的卻是精神原鄉的失落情懷。以夢幻的手法對圖像進行剪切與拼接，在現代詩人特別是杭約赫、杜運燮那裏已屢見不鮮，通過散逸物象營造統一的城市人意緒，這樣的技法同樣爲當代詩人所承續。於是，一座座「格爾尼卡」式的城市綿延不斷地誕生了。

　　1980 年代後期的先鋒派詩人提出了「詩歌以語言爲目的，詩到語言爲止」〔註 76〕的口號，他們取消了將語言作爲營造意象的手段，不再把語言本體的自足性奉若圭臬。針對朦朧詩以來將意象崇高化、所指陷入單一的意義危機，他們力圖使「意象」與「具體化的感覺」建立距離，「象外之意」亦被取消了特定的喻指關係。我們看于堅的《我生活在人群中》：「穿著一雙皮鞋／我生活在人群中／有時歡天喜地／有時沉默憂傷／我的房間很小／我的朋友很多……我生活在人群中／穿普通的衣裳／吃普通的米飯／愛著每一個日子／無論它陰雨綿綿／無論它陽光燦爛。」人群中的「我」是一個小寫的「我」，在娓娓敘述中，沒有任何一個耀眼詭秘的意象存在，也沒有所謂的核心意象。他的《作品 51 號》寫道：「去年我常常照鏡子看手錶擦皮鞋買新襯衣／我讀《青年心理》讀一角一張的小報／彈吉他跳倫巴唱流行歌聽課等等都幹過了。」通過一個「敘述者」的描述，我們看到了城市俗常個體的本眞生活。同時，詩文中的每個物態意象被單獨取出之後，都難以形成獨立的、明確的喻指，每一個意象都因抒情者情感的疏淡而流露冷態。整體觀之，詩歌所描述的事件晉級成爲一個整體的、由事態所組成的意象，如羅振亞曾論述的：「他們（指第三代詩，筆者加）不再注重語詞意識，轉而重視語句意識，所以詞意象逐漸向句意象（心理意象轉向行爲動作結）轉化了。」〔註 77〕于堅的一系列「事件」組詩，都以「停電」、「鋪路」、「裝修」等表現動作狀態的詞組爲副題，全詩也圍繞這些事態化的意象展開詩意結構，印證著羅文指出的「從意象到事態的抒情策略轉移」。這些事態標題猶如一扇敞開的大門，將我們由物態意象組成的「詞」世界帶入以事態片段編織而成的「句」世界。多彩的城市意象化生爲一個個段落式的生活情節，詩歌的敘事成分和戲劇化因子得以滋長。安琪在《輪迴碑》中更是將無數個事態意象進行堆砌，甚至取消了標點，其抒情主體的語言彷彿從癲狂者口中吐出。文字還原爲無數聲音片段

〔註 76〕韓東：《自傳與詩見》，《詩歌報》1988 年 7 月 6 日。
〔註 77〕羅振亞：《朦朧詩後先鋒詩歌研究》，中國社會科學出版社 2005 年 6 月版，第 58～59 頁。

的組合和缺乏明確意義的能指延續，後現代的複調之音使人振聾發聵。這種抒情策略的轉移，一方面是詩人對漢語表意系統進行的革新與實驗，屬於語體範疇的技術操作；同時，蘇醒的城市文化也以無孔不入的強大穿透力影響到詩人的凡俗生命。事態意象參與詩美構成，必然要求取自民間的、不需形而上淘洗便可直接使用的日常生活素材，這使得現代抒情個體的城市經驗既要擁有整體上的凡俗特徵，又要具備個體的複雜與獨特性，正所謂「凡俗之中的詩意」。

二、與生活同步的語感

　　朦朧詩的修辭習慣與編碼方式彷彿超越在現實經驗之上，精英情結承載了過重的話語壓力之後，反倒破壞了詩歌與現實的對接。由 1980 年代中後期開始直至 1990 年代，大批詩人重新開始思考詩歌與現實的關係，並認為「詩歌的語言也就是生活的語言」〔註 78〕。生活敘事成分的介入，似乎成為詩歌自身發展的新動能。對城市生活而言，針對它的表達既可以由詞的組接實現，也可以通過一個個小事件組成的句關係展露，以事態意象取代物態意象曾經佔有的主導地位。事態句組的活躍，直接增強了詩歌的敘述性，詩人的寫作與生活就此形成互文。在成員多散居在消費城市的「他們」詩派那裏，核心成員韓東和于堅均喜好採擷都市的凡俗事態片段入詩，特別是于堅，他的詩以「在結構現代城市社區形態史和心理史上表現的材料意識與情節性的敘述特徵」最為顯著，「具有與機智空靈相反的從容與大度，並含有特殊的小說因素」。〔註 79〕在《遠方的朋友》、《尚義街六號》、《羅家生》等早期作品中，于堅在都市生活經驗裏發現了語言的運動和它自身的能動魅力，九十年代完成的《○檔案》和「事件」系列更是以語言作為表現體制的工具，形成一種「生活流」的事態語象。《尚義街六號》便如敘家常一樣地展覽了他與朋友們的日常生活：聚會、抽煙、聊天、排隊上廁所、談女人、用襯衣當抹布擦手上的果汁……文本中沒有誇飾與隱喻，完全呈現出生活素材的本原面貌，溢滿樸素的詩意。在《作品 52 號》中，詩人絮叨地講出一個都市職員簡單而瑣碎的日常生活：「很多年　屁股上拴串鑰匙　褲袋裏裝枚圖章／很多年　記著市內

〔註78〕孫文波：《我理解的九十年代：個人寫作、敘事及其他》，載王家新、孫文波編：《中國詩歌九十年代備忘錄》，人民文學出版社 2000 年 1 月版，第 19～20 頁。

〔註79〕燎原：《東方智慧的「口語詩」沖和》，《星星》1998 年第 3 期。

的公共廁所　把鐘撥到 7 點／很多年　在街口吃一碗一角二的冬菜麵／很多年　一個人靠著欄杆　認得不少上海貨／很多年　在廣場遇到某某　說聲『來玩』／很多年　從 18 號門前經過　門上掛著一把黑鎖／很多年　參加同事的婚禮　吃糖嚼花生⋯⋯。」一個都市小人物的生活細節被原生態地、通過平面瑣碎的散文風格和生活流中的「冷鋪敘」展開，這樣的技法，正可使讀者觸碰到日常原色生活中的語感脈動。其詩性敘事凸顯出詩人切入生活的瞬間角度，並帶有與生活平滑的對接感，敘述性的強化則成爲詩人完成虛構事件的活力來源，而零度的姿態又昭示出他們的審美策略。

　　無論是民間化的敘述還是學院化的敘述，詩人們都在爲擺脫世俗角色之後的經驗主體勾畫著理想形象，以敘述作爲處理想像和意識的有力機制，從而使複雜的想像在經驗結構上達到精確與平衡。這一策略也成爲九十年代至今詩歌現場的關鍵詞彙之一，並從不同詩人的心靈品質中派生。我們隨意翻開 1990 年代的詩文本，敘述的場景俯拾皆是：韓東的精練和節約，伊沙的輕鬆和幽默，侯馬的文雅和細緻，宋曉賢的執著與節奏感⋯⋯他們都將生活現實與社會情緒轉化成爲體辨自己生存狀況的文獻。尤其是徐江的《戴安娜之秋》、《有一次，去新街口》、《看球紀》等詩作，均以旁觀者的身份在敘事中挖掘都市經驗，讓非理性的肉體和靈魂一起出場，其敘事場景具有濃厚的時空感和畫面感，這也映像出世紀之交城市圖像文化對詩歌體裁的強勢滲透。從詩歌形式的角度觀之，這樣的詩性敘事將日常生活語言納入詩歌語言，呈現出生長在城市文化之中的現代口語特徵。蘊涵在日常口語中的平易與親切、詼諧與反諷等諸多要素，也進一步豐富了當代詩歌的語感空間。

　　以口語的語感承載詩歌抒寫的敘述性脈動，並不是當代詩人的專利，早在上世紀三十年代，徐訏的《日記》一詩便寫出：「我是早已衰老，／天天打算柴米油鹽酒醋薑，／在飢餓時候圖一個飽，／飽了以後就沒有花樣。／『阿司百靈；金雞納霜；／白菜一斤，粗布一丈；／八個銅子豆腐；兩毛錢白糖？』／一我的日記早變成了流水帳！」這果眞是「流水帳」，記錄的都是曾經難以入詩的庸常生活。詩的「眞實」彷彿透過一個被生活磨平的中年人之口，絮絮叨叨地傾瀉而出，宏大神聖的價值理念已然被生活現實擠壓至九霄雲外。其語調間深蘊的對恢復「日常生活合法性」的訴求，也是諸多現代文學實踐者所倡導的重要原則。戴望舒便提倡深入個體生活的內在情緒進行探險，以口語化的語感信息傳達孤獨的現代人意緒。艾青也提出過以口語寫新詩的主

張，尋求語言的散文美。九葉詩人袁可嘉在 1940 年代末期受艾略特「客觀化詩學」的影響，針對浪漫主義的激情流露，開始強調「節制」熱情之後的思想深潛，認爲詩的語言是創造最大量意識活動的工具，是象徵的，其意義多取決於全詩的結構和上下文的次序並隨時接受意象、節奏、語氣等因素的修正和補充，含象徵性、行動性〔註 80〕。因此，他十分注重對「日常語言及會話節奏」的運用，以此表達都市人的思想現狀，將語言從神聖的廟街拉入「非詩」的日常現場。穆旦在談到自己創作時也說「用了『非詩意的』辭句寫成詩」〔註 81〕，這同口語詩的傾向非常接近。不過，從一定意義上說，即便使用了散文式的口語，大部分現代詩人也依然無法擺脫「抒情」的強力控制。戴望舒退縮至內心世界，其口語自然縈繞著寂寞個體的絲絲愁緒；而九葉詩人強調介入現實的初衷，便已帶有主體承載時代話語的神聖與莊嚴，無法保持零度姿態而與抒情劃開距離。當代詩歌則不同，在城市消費語境下，精英認同的喪失危機成爲八九十年代詩歌口語化傾向所蘊涵的重要社會根源。口語表達系統隱含著對書面語言（精英文化意識）的反動，同時也是詩人謀求回歸民眾的一種方式，其美學基礎是都市凡俗性的審美追求。而都市「此在」生存的荒誕與矛盾，則是構成其詩意的主要來源。韓東說：「『詩到語言爲止』中的『語言』，不是指某種與詩人無關的語法、單詞和行文特點。眞正好的語言就是那種內在世界與語言的高度合一。」〔註 82〕抒情者採用「訴說式」的口語，便可獲得認知世界的有效手段，充分拓展其生命的內在意義。通過口語而完成的敘述，也以其一次性、現時性和不可替代性印合了城市生活的「非詩意」以及「瞬間化」的情感特點。城市生活的凡俗與眞實，使它更容易借助口語化的敘述得到呈現，任何貫注強烈抒情的虛擬闡釋，都只會拖拽甚至妨礙對其現場感的表達。

　　于堅要建立的是能夠「拒絕隱喻」或「回到隱喻之前」的，具有「流動的語感」的新語言，即回到詩歌作爲日常生命形式的本眞，能與同時代人進行最熟悉、最親密交談的話語形式，都市日常生活的口語正與他的要求相吻合。對生長在商業化時代的詩人來說，口語句式既是他們的敘事策略，同時

〔註 80〕袁可嘉：《談戲劇主義》，天津《大公報・星期文藝》1948 年 6 月 8 日。
〔註 81〕穆旦：《蛇的誘惑》，珠海出版社 1997 年版，第 229 頁。
〔註 82〕萬夏、瀟瀟主編：《後朦朧詩全集》（下冊），四川教育出版社 1993 年 8 月版，第 239 頁。

也已影響到其文本整體結構的構成。于堅的《作品 67 號》便以口語化的語言，描繪了一位悉心追求個人日常生命價值的「新型」自我形象，其詩學主題便是：要獲得真正的自我就必須承認普通的日常生命。在《作品 100 號》中：「你和大家友好相處相敬如賓／沒有誰會給你一刀／一切都很好一生都已安排／早餐牛奶麵包手紙在浴室裏／風景在窗簾後面喝茶可以減肥／現在是北京時間七點整下面報告新聞。」如日常談話閒聊一般，真實的市民生活圖卷逐層展開。詩人在都市空間中漫不經心地遊走，以貌似零度的冷漠重新布置、切割著眾生相，以口語的組接將都市空間製成可聽的標本。再看陳傻子《一個愛和不愛的電話》：有個姑娘打電話給「我」訴說愛情的痛苦，於是「我說／他不愛你／你也不要愛他／這不就完了嗎∥她說／她的心還是放不下／有時候那個人對她還挺好的∥我說／對你好和愛你並不是一碼事／我是拿人我懂／。有時候是抹不開面子∥……∥她問我／那我怎麼辦呢∥我說／你隨便愛哪一個／也比愛他要好／世界上的男人多著呢……。」在霰彈般的結構中，充斥著隨時脫口而出的白話俗語，似乎沒有任何斧鑿的痕跡。閱讀這樣的文本，彷彿是在觀看一份聊天記錄，或是傾聽一次性的語音文本。口語詞條的平順組接，也使詩歌內部現場實現了「戲劇化」的情境。

在「回歸語言」的過程中，得到強化的「口語」表現出詩人對「回歸生活」的渴望，以及他們在共時的時間結構中對主體「存在感」的瞬間領悟。進入新世紀，運用並改造口語以增強詩歌語言的敘述性，依然是多數詩人在城市生活中尋覓詩意的首要途徑。唐欣的《北京組詩》便發揮其一貫的對日常視覺素材的捕捉力，文本通篇採用漫談式的口語，聯絡著諸多現實與歷史雜糅而生的印象片段。同時，詩人對「零度」的情感姿態進行了調整，他採用大量「抒情」的語言，並與敘事性成分實現珠聯璧合。此外，需要指出的是，當代詩人在最大限度逼近生活本真的同時，某些「口水式」白話的泛濫，仍然需要引起我們的警覺。詩歌語言畢竟不能照搬生活語庫，它應該是從粗礪的日常口語中提煉出的、具有表現力的文學語言，是文字化的靈魂。如果落入口語的快意放縱與無深度的意義「陷阱」，便會在取消形式的過程中，再次受控於新的話語暴力，淪落為形式神話的囚徒。

三、凡俗中的「荒誕」

如本章第一節所述，徐遲、穆旦、杭約赫等現代詩人均善於將古典意境

與現代都市生活現實加以拼貼，在互文式的文本失衡中達到意義的互滲與融合。對當代詩人而言，這種「拼貼」意識可以保證詩歌永遠都成為「他者」的「未完成」文本。由於新詩自身已成長出足夠的話語長度，這些詩人便「幸運」地具備了與先賢對話的機會，伊沙的《告慰田間先生》便是一篇非常富有智趣的文本。兒子玩電子游戲（很可能是「80 後」一代熟知的電視遊戲「魂鬥羅」）遭遇難關，他請求父母幫他一起進行遊戲，消滅「敵人」，而詩人這時卻巧妙地將田間先生的詩歌嫁接在兒子的呼喚聲後：「他的呼喚／穿過客廳門廊抵達我的書房／像是動員：父親／假使我們不去打仗／敵人用刺刀。殺死了我們／還要用手指著我們骨頭說／『看，／這是奴隸！』」詩人將自《結結巴巴》以來一直營造的那種「語詞的愉悅」進行了相似的呈現。先賢的詩篇被嫁接至當代文本，而歷史則在被挪移的輕喜劇中，逐漸失去了由知識權力所指涉出的崇高意識。在「車過黃河」似的戲仿中，後現代的荒誕感降臨於真實，使人無法辨別真偽。幾近相同的處理方式還存在於劉春的《正午時分》中：「我在人群中擁擠著候車」時看到「一個人高馬大的洋妞」到處閒轉，彷彿「雨中的一匹母馬」，這時一個陌生人突然以布羅茨基的口氣對「我」耳語——「它在我們中間尋找旗手」。宏大意義的尋覓過程被一個娛樂化的場景置換之後，「旗手」這一象徵的所指便失去了邏輯主線。在偶然與隨意的場景中，意義彷彿面臨著產生就要須與消解的命運，正如格式所寫：「我把那個罐子／拿回家／妻子說／你怎麼知道／我要醃鹹菜」（《田納西州》）。這個罐子雕刻著德里達的讖語，真與假的概念並不是一個絕對的價值觀念，而是一種虛構符號，它們與所指稱的實物也處於游離變動的關係之中。現實生活的內在元素正是在不斷地碰撞中，瞬間孕育出新鮮而缺乏穩定感的意義，這種意義的生成既不可預料，也難以維繫。

對先賢詩句的拼貼運用，造就了一個個全新的話語場，並在雜糅的歷史片段中進入了陌生、新奇的現實，這正反襯出詩人對城市詩意荒蕪感的冷靜認知。於是，這些不安的靈魂開始秉持「言說」的姿態，以清醒的頭腦墜入凡俗瑣事之間，將多種事件拼貼並置一處，對虛妄進行不可言說的捕捉。王小龍的《心還是那一顆》寫道：

> 從那時到現在
>
> 世界上發生了很多事情
>
> 在穆斯林地區，在公用廚房

在火車要開還沒開的時候

人們已經吵得不耐煩了

再說一個三流演員都在當總統

你想會有什麼好事

走在街上疑心自己也是一齣戲裏的角色

男孩子瓦文薩突然長大了

保姆就得換上制服

馬島終於在早餐時變成了茶點

撒切爾這時才想起了丈夫

電線杆子和精神病人打了起來

媽媽下車發現雨傘沒了

而我結婚了

總之，這些都讓人納悶。

「那時」是什麼時候，讀者不得而知。一個個突兀的事件連接，缺乏任何外在背景與內在邏輯，直到詩歌最後我們方才發現，「我結婚了」才是詩人所要表達的主題。這件貌似偶然發生的事件使「我」像群眾演員一樣，為城市生活這幕含混而複雜的戲劇增加了注腳。包括「我結婚」在內的所有模糊瑣雜、交接疊合而成的事件，形成開放包容的意義統一體，在雜亂中爆發出令人難以抗拒的張力。老巢的《空著》也將伊拉克戰爭、短信、沙塵暴、工地與民工、車站、政府換屆等等光怪陸離的城市事件納入文本，以撥漁竿似的頂真修辭作為敘事方式：「排石（腸結石）需要手術／手術需要手／手在手中左右為難／左神頭右鬼臉／門上的桃符穿著古裝。」意象切換的速度之快，點染出詩人遊戲人生的生活心態。即便有焦灼不安，也大可不必當真，因為這就是生存的本相，我們對它沒有選擇接受與否的權力。再看丁當的《星期天》：「咖啡喂掉麵包／領帶繫住西服／……／一雙皮鞋一個小巷一個老婆一蹬腿就是一輩子／一個星期天一堆大便一泡尿一個荒誕的念頭煙消雲散。」充斥於這個「星期天」的意象群組稀鬆平常，彷彿它們個個都在為「非詩化」的日常生活做著解釋。「一個荒誕的念頭」或許是對某種超常規生活方式的奇思妙想，它在一瞬間便被主體「掐滅」的命運，也是生活之中再正常不過的常

規事件。對於生活，詩人無意作出批判，在浪漫激情消融之後，存在於詩行間的只有詩人對「存在即是合理」的皈依，以及近乎零度的敘事視角。

在很多詩人看來，對生活瑣象的拼貼如艾略特言及的「客觀對應物」一般，隱匿著他們的個性與激情。不過，絕對零度只是一種姿態，透過詩人對形式的實驗，我們依然可以在某些時刻穿越文本的形態外衣而深入其內部，尋覓到消隱於「零度敘事」中的主體蹤跡。劉春的《晚報新聞》便以每個版面的內容大意結構全篇；艾若在《詩人的出路》則以招聘啓事的體例，構造了三則啓事和一則詩人的應徵通告；謝湘南的《一起工傷事故的調查報告》在詩行中眞實插入了一個調查報告……這些無單獨意義的「媒介／文本」形式被整體移植或者插入，使漢語的詞彙和語法組合出語言積木似的狂歡姿態（「積木」正永遠處在話語立場不同的主體對它不斷地搭建與拆解之間）。從這些文本可以看出，處於「隱身」狀態的精神主體仍然保持著對現實的觀照溫度。爲現實「賦形」，本身就意味著抒情者對時代不捨的依戀，而「形式」正是爲實現抒情效果而服務的。如果站在宏觀角度考量其實驗性的藝術姿態，那麼，這種藝術選擇從縱向上延續了由現代詩人開創的、對詩形體式的實驗，並將臆淫與自娛的現場快樂感充入其中。這又在橫向上與臺灣詩壇轟轟烈烈的形式實驗形成參照，與林燿德、羅青等詩人實現了在共時華文詩歌空間中的文本對話。他們通過不斷嘗試各種「有意味的形式」，增強了詩歌的視覺表現力和意義新奇感。

在形式構造上，堆砌是一種方案，而抽離則蘊涵更「危險」、更需要技術性的膽識。我們看安琪的《手機》，她將詩歌的信息壓縮至一條短信的容量：「喂，誰呀／哎，我身邊有個電話你打這個號碼吧／010～69262546。」貌似普通的事件，正是現代人枯燥刻板生活的寫照，詩人將它從生活現場中抽離出來隨之放大，使其成爲生活的一個「原型」。對此，祁國做的嘗試更爲大膽。在他那裏，荒誕意味的獲得不需要依靠語詞的變形與幻象的摹造。他如亡命徒一般「瘋狂地」抽離了所有可以引起生活詩化的、修飾性的詞彙，僅僅呈現由單純語詞排列而成的骨架，《打電話》正是這樣的文本：

喂　您好　是啊

是我　還行　不忙

什麼　噢　知道了

沒問題　小意思　還湊合

當然　然而　反正

聽不清　大點聲　聽到了

真的嗎　哈哈哈　有意思

噓　小聲點　其實

還有　不過　即使

哎　煩　沒勁

累人　倒霉　夠嗆

哼　活該　媽的

不要緊　哪裏　沒關係

好說　嗯　是的

假設　肯定　一定

嘿　胡扯　扯蛋

不行　拉倒　開玩笑

嘖　對了　高見

可是　但是　如果

難講　萬一　再說

掛了　等等　最後

好　沒說的　還有

不早說　有你的　隨便

看看　就這樣　再見

這首詩沒有任何可以喚起視覺意義的意象，簡單的生活口語堆積成為一個整體的事態。詩人抽離了所有的具象，而將意義的原型結構呈現出來，縮短了讀者等待意義的時間。他在半截子的詼諧曲中，描摹出人生的共相，其散點式的圖景就是我們生活的常態。留給讀者的任務，便是依靠想像去填補語詞間的空白。他的《客廳》一詩也如出一轍：「開門／握手／請坐／上茶／這個／這個／那個／那個／握手／再見／關門。」通過幾個簡單的動作，詩人把常態的生活壓縮成一個對稱的圖式，以荒誕的方式塑造出日常生活的庸常一

面，從另一個意義上達到了荒誕美學所要求的「反常」，其批判意識也借助語言自身得以「隱秘」地實現。他和遠村等人所崇尚的「荒誕」化詩歌寫作，意在呈現一種看世界的全新角度和方法，如里爾克所說的，詩不徒是情感，而是經驗，這經驗的本質不在微言大義。詩人的理想就是在三百層的大樓裏只放一粒芝麻（《自白》），在超常規的時空比照中，將嚴肅的人生遊戲化。「開廚房的燈／亮了廁所／關臥室的燈／亮了微波」（《開關》），日常生活如同按錯開關一樣，隨時可能處於偏離的狀態，對生存產生的乖謬感正蘊涵其中。在缺乏耐心的時代，祁國竟然還寫出了取消標點、由無數個名詞堆積而成的《晚上·零》，從視覺上呈現出一條線索：它們都是「生活的虛無本質：零」。類似的名詞堆砌還出現在黃燦然的《貨櫃碼頭》裏，為了猜想集裝箱裏都有什麼，他羅列了幾乎所有的日用品，形成名詞的風暴。這純粹是詩人為了製造氣氛而為，尤其是如他所倡導的——製造沉悶，這文本便成為只適合一次性閱讀的行為藝術。不過，在刻意隱藏主體、擬現「人與存在」之分離感的同時，詩人會不會將荒誕的詩意呈現引入極端，使意義彌散到無邊無際，仍值得他們小心把握。在加繆看來，對生活荒誕性的描繪本身不是目的，作為一個開始，荒誕將伴隨我們生命始終：「生活著，就是使荒誕生活著。而要使荒誕生活著，首先就要正視它。」〔註83〕荒誕不再代表著精神的絕望與陰暗，它成為詩人內在的心理驅動力，使他們以「拒絕平庸」的反抗姿態恢復了生命的尊嚴，並在日常城市的詩美結構中沉澱出凝重的精神價值。

昆德拉說過：詩歌的使命不是用一種出人意料的思想來迷惑我們，而是使生存的某一瞬間成為永恒，並且值得成為難以承受的思念之痛（《不朽》）。任何形式的創新和實驗，思想的揚棄與昇華，目標都是為了捕捉定格在這「唯一」瞬間的意義永恒。今天，城市的當下現場仍然是這種「永恒」之美的源發之地。大眾群體多元的生活狀態觸發了詩人的詩情，使他們注重挖掘隱含在日常生活之中的事態化文本，將其作為整體性的詩歌意象進行詩意沉潛和智性加工，並以口語的方式動態呈現出城市的現代脈搏，實現戲劇化的效果。這既是詩人在美學探蹤過程中的必經階段，同時也是中國進入城市時代的內在要求。詩歌擬化了城市，而城市同樣需要詩歌，正如龐德在《休·賽爾溫·莫伯利》一詩中所寫：

〔註83〕〔法〕加繆：《西西弗的神話》，杜小真譯，陝西師範大學出版社 2003 年版，第 9 頁。

這個時代需要一個形象

來表現它加速變化的怪相，

需要的是適合於現代的舞臺，

而不是雅典式的優美模樣；

不，肯定不是內向的

模糊不清的遐思夢想；

相比起來，一堆謊言

要比經典的詮釋更強。

第六節　欲念之力與精神之思：消費文化背景下的新詩審美

　　20 世紀 90 年代以來，消費主義文化大規模進入國人的精神視野，人們的消費形式日益多樣，審美取向日趨多元，價值標準也變得遊移不定。在這樣的精神背景下，詩歌生產的媒介、傳播的途徑、蘊含的精神也發生了相應的變化，詩歌寫作與消費文化語境之間呈現出難以割捨的共謀姿態。對詩人而言，一方是注重內在精神提升的詩歌內現場，另一方是充滿誘惑之力的物質外現場，如何在兩者的夾縫之間尋求平衡，用詩歌語言表達個體意識、彰顯時代精神、沉澱文學經驗，成為繆斯拋給每個詩人的命題。在大部分詩人看來，傳統美學所期待的哲理與沉思、英雄與救贖等古典主題已不再擁有絕對的話語優勢，他們更傾向於切合消費時代的文化語境，選擇一種由欲望所驅使、以狂歡為表現的寫作方式。因此，詩人對審美對象的加工、對審美主題的營造便打上了鮮明的消費文化印記，而物欲、身體和孤獨這三個內部邏輯緊密的主題則浮出地表，成為諸多抒情者投射情感的審美聚焦。

一、物欲主題

　　新詩誕生之初，「第一次」進入現代化角色的詩人便已將視線投入現實生活。在現代國家富強意識的督導下，他們不約而同地對「物質」展開主動的追求與呈現，為社會物質文明的想像提供了合理的抒情樣式，也為有關物質

「欲望」的抒寫探索出多重的運思模式。二十世紀末葉，意識形態文化倒塌之後，消費社會佔據主導的現實使帶有專制與禁欲色彩的理想型觀念力量逐步消解。在對物欲進行正向肯定與負面批判的言說基礎上，詩人以反英雄的姿態進入超驗的境界，在開放的物質文化觀念中，理解現代主體不可言說的時尚觸覺，並把握其中的快感、孤獨與焦慮情緒。他們將個體鎖定在「物」的周圍，使「物」彙聚人的意志，成爲人類靈魂的重要支點。

　　身處消費時代，一切帶有專制與禁欲色彩的理想型觀念彷彿都被消解了，一種以物質催生精神的文明範式得以確立，並將言說者鎖定在「物」的周圍。在傳統的詩歌抒寫中，詩人往往把物質欲望看作可以操縱人心靈的精神邏輯，進而將隱匿其中的「異化」關係挖掘出來。不過，面對紛繁蕪雜的物質現場，他們大都缺乏解決物靈矛盾的合理方案，甚至陷入無法求解的困惑。也有些詩人注重強化詩歌的救贖功能，以此寄託人文關懷，楊克便寫道：「啊物質的洪水之上是精神的方舟／永恒之女性／引領我們上升」（《在物質的洪水中努力接近詩歌》）。抒情者被廣告、鋼鐵、噪音等物質的「洪水」圍困，卻因感受到「詩歌」這一「人類靈魂女祭司」的眷顧與撫慰，從而復歸心境的平和。顯然，抒情者的理想主義願望和消費社會的實際走向是悖離的，詩人並沒有沿襲前人的純粹批判思路，把「物欲」定格爲反道德的言說對象，而是以「浪漫」的精神和「詩歌」的方式，將其詩化成爲富含深厚消費文化背景的意象資源，探討其多元的存在形態。這就化解了前輩詩人單純糾纏於物欲的痛苦和迷惘，拓展了詩歌言說的寬度與廣度。更多詩人開始調整心態，與「物欲」展開新的交鋒回合。

　　立於當代詩人的審美基點，生活現場是眞實而無法迴避的，其間「物質的高潮滾滾而來，／精神的痙攣源源不斷，／兩次高潮之間，些許的冷淡呵，／誰也看不見」（朱文《小戴》）。「兩次高潮之間」的中間地帶，無疑是留給詩人的，他們的使命便是將這些「看不見」的、被人群疏遠的碎片拼接起來，抽取一點物質，賦予一點精神，調成一杯都市的雞尾酒。從具體的操作層面來看，一部分詩人選擇自我疏離的方式，有意地將主體與時代語境拉開距離，從而獲得全知似的觀察角度。于堅的《在詩人的範圍以外對一個雨點一生的觀察》便選取了咖啡館裏的靜觀視角，小雨點「在滑近地面的一瞬」搶到了「一根晾衣裳的鐵絲」，於是「改變了一貫的方向　橫著走／開始吸收較小的同胞／漸漸膨脹　囤積成一個／透明的小包袱　綁在背脊上／攀附著　滑動

著　收集著／它比以前肥大　也更重／它似乎正在成爲異類」。雨點膨脹而無蹤的一生，隱喻了人類被物欲所異化的命運迷程。我們看到，抒情者主動與物欲拉開距離，並將其巧妙地揉捏成「雨點」這個意象，他沒有進入實際之「物」，卻把「物」看得更爲透徹。在葉匡政的《午夜的商務旅行》中，物欲奇異地顯示了它岑寂、無聊的一面：「欲望，也把這樣的面具／戴在了我的臉上／一種屈服？群山寂靜／恍惚，似乎空無一物／除了這幾小片模糊的光芒，猶如幻影∥在這些人胸中蠕動／沒有地獄，沒有天堂／沒有塵埃來去／黎明遠得像一隻野兔，迷失在／他們對財富無窮的夢想中。」詩人悄悄行進至欲望人群的背後，既目睹了歡欣的場面，同時也預感到即將由欲望導致的悲劇結局。叔本華在《意志和表象的世界》中揭示過悲劇的三種級度，詩人預言的悲劇既非惡人所致，也與命運的偶然性無關，他直接指向了「物欲」過度膨脹逼使人們相互造成的綿互之傷。在傷痕的血色中，受虐者同時又是施虐者，詩人自身也是「人群」的一員，他看到「人群」卻又在「人群」之中，文本處處散發著冷靜的憂懼感。陳東東的《費勁的鳥兒在物質上空》進一步轉向物欲自我瓦解的特質：「費勁的鳥兒在物質上空／牽引上海帶雨的夜。」代表「自然／自由」的鳥兒與物質文明形成悖論式的觀念聯絡，隨著文本的深入，一切物質都進入緩慢的退化流程：「鑄鐵雕花的大門緊閉」、「機器船沒入雨霧」、「街巷又合攏於石頭」。這些物質文明的符號在雨中被解構，而詩人則以回撥歷史時針的方式實現了「自我」與「物質」的分離，從而使本雅明言及的「超現實的面貌」得到逆時針式的呈現。諸多文本啓示我們：在一部分詩人的抒情系統中，存有大量關於物欲「瓦解」的想像，其虛幻的夢境營造固然無法使他們眞正解脫，卻也能使其在分離「自我」與「角色」之後，保持一份難能可貴的清醒。

　　除了選擇自我疏離、在超驗的境界中獲得清晰的自審意識之外，另一部分詩人認識到：這個時代沒有絕對澄明的道德偶像，也沒有本質意義上的文化英雄，即使個體能夠區分出「自我」與「人群」的差異，他也無法做到與時代的完全疏離。「二環路上，桃花匆匆謝去／雨後的阜成門亮出／奧帕麗斯亮澤的肌膚／商業的青春女神！高空的建設者／夢見希望工程：共添一塊磚／燃亮白領們的一生」（西渡《阜成門的春天》）。「桃花」的離去與商業女神的登場，宣告了浪漫主義和啓蒙使命的黯然隱退，也預示著一種更爲「及物」的欲望話語即將獲得合法的身份。此時，單純對「物欲」施加粗暴的鞭撻和

阻礙，顯然就行不通了。與其逆向而行，不如嘗試與之和解，在物質世界裏覓得靈魂的支點，在商品拜物教中彰顯現代主體意識。看楊克的《1992 年的廣州交響樂之夜》：「物質的光輝和美／在城市的前胸和脊背晝夜燃燒。」物欲與青春、夢想溫情地融爲一體，它的合法性直接關涉到抒情主體的心靈自由，透過物質商品追求精神經驗，消費的目的便不單是佔有物質，而是將其化作具有象徵意味的形式。

　　走進《在商品中散步》一詩，楊克如此寫道：

　　　　無數活動的人形

　　　　在光潔均勻的物體表面奔跑

　　　　腳的風暴　大時代的背景音樂

　　　　我心境光明　渾身散發吉祥

　　　　感官在享受中舒張

　　　　以純銀的觸覺撫摸城市的高度

　　　　現代伊甸園　拜物的

　　　　神殿　我願望的安慰之所

　　　　聆聽福音　感謝生活的賜予

　　　　我的道路是必由的道路

　　　　我由此返回物質　回到人類的根

　　　　從另一個意義上重新進入人生

　　　　懷著虔誠和敬畏　祈禱

　　　　爲新世紀加冕

　　　　黃金的雨水中　靈魂再度受洗

對「商業玫瑰」的虔誠拜物以及「靈魂」被「黃金雨水」的「再度施洗」，體現著詩人的現代玄學。艾略特賞識玄學派詩人，緣於他們擁有聯結「物」與「靈」兩重世界的特質：既能仔細聆聽物質的福音，又能堅守溫柔的人性。楊克也是這樣的詩人，棲身於不以人類意志爲轉移的消費社會，詩人只有主動融入世俗欲望並吸收其經驗快感，才能將意義導入消費邏輯之外的經驗層面，爲詩意表達找到「合適的鞋子」。

　　鮑德里亞認爲物質社會的特徵是「富裕的人們不再像過去那樣受到人的包圍，而是受到物的包圍」〔註 84〕，物質文明成爲匯合或釋放所有感受力的淵藪。物欲現代性指代著人與物的關係，實則關涉到人如何通過消費「物」來釋放並運用現代感受力的問題。耿占春曾說過：「詩歌話語所具有的感受性並不帶有直接的感官滿足，它指向對其他經驗層面的聯繫，沒有話語在不同的經驗層面所建構的關聯，就沒有從詩歌話語中得到快樂的可能。」〔註 85〕因此，抒情者對物質表現出親昵的姿態，或許旨在揭示隱藏於諸多物象體驗之間的微妙隱喻聯繫。物象是視覺審美的終點，卻是詩意現場的起點，借助商品形態的物質中介，詩人隨時可以檢視自己所擁有的感受意識。「在當代社會，所有我們希望能夠表達自己感受力的地方，都有一種物質化的替代方式。」〔註 86〕這種物化的「感受方式」，充當著詩人衝破日常話語的判斷標尺。走進李建春的《百貨大樓》，物質過度、囂張並肆無忌憚地鋪排開來：「買下所有能買的東西！Ｔ恤衫，／精品屋，今年時髦的花傘，買香水／送給女朋友。她臉頰上／長一顆痣，那個從上海來的？／夢露的樣子。他在陰影裏笑，／嘴巴歪著，口水掉進音樂裏。／你加入牛仔的角逐，Lee 牌，或者／Billy 牌，Texwood，蘋果牌。」詩中商品意象的大規模呈現，彰顯著詩人面對消費時代所表現出的坦然自若。如果說物質異化了人的精神存在，使人類陷於消費關係的邏輯網絡而迷失自身，那麼這樣對「物」的大規模陳列，亦可從側面折射出正向的價值光芒。爲了不被「物」所消費，詩人反而曲折地利用了「及物」的行爲，獲得區分意義的結構途徑。

　　翻開周薇寫於新世紀的《賣身契之現代體》，詩人如流水帳般追述了她的物象街景視界：「正午，豔陽高照我走過一個又一個的行人和道路／並且　永遠羨慕／那個想親吻貓的音樂家 ∥迎面開過一輛車　又經過／一個香水味很濃的男人／他看看太陽　又低頭看我／「叭」對著我的心臟打槍／倒下的卻是一個叼煙的女人。」在移動的凝視中，詩人扮演了遊魂的角色，其所記錄的一系列轉瞬即逝的、無深度的圖像具備了完美的「現時性」特質。在對物態形象的消化與克服中，她僅僅通過與現代生活的視覺聯繫便體驗到自我與

〔註84〕〔法〕鮑德里亞：《消費社會》，劉成富、全志鋼譯，南京大學出版社 2000 年10 月版，第 2 頁。

〔註85〕耿占春：《失去象徵的世界》，北京大學出版社 2008 年 4 月版，第 347 頁。

〔註86〕〔英〕邁克‧費瑟斯通：《消費文化與後現代主義》，劉精明譯，譯林出版社2000 年 5 月版，第 331 頁。

現實的距離感，從而擬現出其主體存在的輪廓。翟永明的《對著鏡子深呼吸》和《情迷高跟鞋》則細膩而誇張地詩化了女性對「各類新鮮產品」以及「高跟鞋」的物質迷戀，這些時尚元素的作用者都是女性不斷「自戀」的身體。如果置身於狹小的現代生活空間，那麼，人類（特別是女性）的「想像性疆域」就是他們自身。抒情者們對物欲的追求，成為人類生存歷史和生活法則的影像記憶，以及為未來留存經驗的精神卷標。對詩人而言，他們更關心與日常生活相關的「此岸」世界，而其消費商品的方式與品味，正通過「物」被消費的實踐，回溯到主體的審美取嚮之中，進而標榜出主體精神位置的獨特性。

物質繁華的年代必然有屬於這個時代的文化英雄，僅僅佔有物質而喪失精神，向來不是英雄的作為。生存在日益擴大的城市與加速度的時間概念當中，任何英雄都會在下一秒鐘淹沒於行人掀起的揚塵。在世紀之交的中國，「形而上的充滿激情的理想主義和未來主義，被一種形而下的實用理性原則和現世主義所取代」。〔註87〕對物質的每一分熱愛並不具備持久性，它們在瞬間而生，旋即而死。「沒有一種為瞬間而生的液體。／時間就是短的。／十分鐘以後我可能什麼也不需要了」（王小妮《喝點什麼呢》）。日常物質表面散發出的詩意很快就被物質本身所消解，詩人無法抵達意義的深度模式，她唯一能夠做的，便是珍視每一次瞬間的生活感念、每一寸瑣碎的生活片段，通過消費日常生活素材來發散詩情。在路也的《兩個女子談論法國香水》中，「香水」這個代表物欲享樂的意象出人意料地成為想像力的來源：「我和佘小傑坐在下午的書房裏／認真地談論起一瓶法國香水／就像談論一宗核武器／這偶然得到的禮品／對於習慣海鷗洗髮膏和力士香皂的人／竟如火星一般遙遠。」透過「香水」這個物象，詩人建立起世俗化的詩意情境。她以對「遠離香水的自己」進行反諷（「粗糙的女人」），觸發人類面對誘惑時的敏銳思考，其場面和語言不乏幽默。作為欲望符號的「香水」及其建構的情思空間，正引發出詹明信所認為的「一系列永恒的當下片段」〔註88〕，它為參與實時的詩意構成貢獻著力量。

〔註87〕 周憲：《中國當代審美文化研究》，北京大學出版社 1997 年版，第 301～302 頁。
〔註88〕 〔英〕邁克‧費瑟斯通：《消費文化與後現代主義》，劉精明譯，譯林出版社 2000 年 5 月版，第 83 頁。

　　以「物」為鏡，當代詩人將生活的「在場」證據沉澱為具有文學性的異質經驗，其主體意識也在一個個日常生活的橫斷面中綿延不絕。筆者認為，詩人關於物質欲望的主題營造，一方面源於人類從來無法擺脫的、迷戀於物質享樂的自然欲念；另一方面也源於抒情者始終堅持獨立的主體精神。他們洞悉世界的空虛與荒涼，試圖在現世主義和理想主義原則之間覓得平衡。通過與現實之「物」的銜接，大部分詩人的精神意向開始對物質文化徹底敞開，其自我意識的傾注焦點完全轉向物化對象或現實，以求觸碰到生存的感性氣息。同時，他們儘量謀求精神與文化價值的雙重提升，參與並見證著當代詩歌的世俗文化轉向。

二、身體主題

　　對上世紀 90 年代以來的詩歌而言，「身體」作為一個審美主題，實則包含了一系列複雜的內容。市場化對「身體」的解放，主要體現在國人對「性」的重新認識和開放態度上，「身體」被賦予更多本能衝動的內涵，蟄伏著享樂主義的世俗傾向。這樣的精神背景，促使一部分寫作者轉向對官能欲望的極度抒發，並使身體自身份裂出「肉體」這個主題。肉體當然是身體，但它在語義上又不單純屬於生理詞彙，而是附加了都市心理和性別文化的要素，它既是欲望的主體，同時又是欲望的對象，具有雙重消費的性質。一些詩人確信，消費社會最為嚴重的病症之一，便是人類沉迷於官能敘事而導致的靈魂異化。金錢與性，正是他們構築批判話語的關鍵基點。由此，「身體」主題便和「物欲」主題共同充當了消費社會的權力語言和符號資本，並形成一系列指向「異化」的時代隱喻。

　　以肉欲的瘋狂指代城市人的精神狀態，這是新詩一個較為穩定的抒情模式。鄧成彬的組詩《豐乳時代的城市》寫道：「豐乳時代的城市／廣告十分擁擠／女人們忙忙碌碌／用鈔票施肥　時間灌溉／精心培育自己的果實／／一對對優良的玉乳／愈來愈茁壯／越來越鮮艷／極具觀賞的意義／一天天　佔據和充斥著／我們的視野。」抒情者使用了大量反諷語句，其矛頭直指城市陷於「身體化」審美的客觀事實。從本質上說，被消費的並不是「乳房」本身，而是男性與女性之間的身體聯繫，甚至是身體與商業物品的交換關係。在尹麗川的《深圳：街景》中：「乳房像冬瓜垂到地上／屁股卻飛到高空／翹的高度決定了前程。」身體退化為「物」，降格成具有交換價值的「商品」，人們

單憑其軀殼便可駕馭「幸運」的生活，而靈魂與精神的「在場」則愈發顯得尷尬，甚至有些不合時宜了。透過這些文本，我們可以發現，詩人要描述時代現實，往往需要通過「身體」這個中介物，它被擬化為城市的代碼，隱喻出一幕人群尋求即時快感、迷失於官能文明的悲劇。值得注意的是，大部分詩人選用「身體」表達批判意緒時，多擇取女性的身體符碼，對時代的塑造往往與對女性的想像密不可分，女性的性特徵和城市的罪惡形成悄然的換喻關係。豐乳與股間的氣息或許可以將人們引導至時代風景的光怪陸離，不過，它卻迴避了「男性」這一欲望的重要精神載體，也削弱了男性應負有的道德壓力和價值承擔。當然，也有部分詩人選用男性的身體意象，使其與城市形成互喻聯絡。如裴作兵便專注於運用男性「生殖器」的意象，以此作為描述「上海」這座客居之城的主要符號。他筆下的上海是「一個端著生殖器的囚徒」（《上海的囚徒》），充滿了原罪。對囚徒來說，欲望自然無從發洩，它（上海）只有通過一次次的意淫實現對虛無欲望的崇拜。即使欲望得到滿足，其代價也是巨大的：「我滿足了，像一個發胖的女皇，閹割了／所有禁不起誘惑的生殖器／然後，將這些生鏽的機器全部流放」（《冷敘述：一場現實生活的性幻想短句》）。要進入誘惑的大門，現代人需要簽定同意被「閹割」的契約方可獲得施捨，在堅挺（情慾的畸形發展）與疲軟（快感消退後的精神迷茫）之間，生殖器如同冰稜一般刺入城市，清醒而冷靜地穿透時代的種種假象，而詩人則冷靜地站在隔膜的城市之外。由此可見，諸多詩人批判「身體」，實則是在批判時代的種種不良症狀。在視覺印象之外，與精神相聯繫的肉身往往更容易旋啓時代之門，它引領我們步入一個更為深邃的內部現實。某些時候，「身體」就是時代的代名詞，它激活了我們對所居之地的關注與解讀。

在當代女性詩人那裏，「身體」成為她們以個體方式閱讀「城市」這個「文本」並解釋其意義的行為主體。以身體進入或者遠離城市的過程，都可以轉化成為對自我性別與命運的注視、追蹤之旅。重新翻開伊蕾寫於二十年前的《獨身女人的臥室》，如果說顧影自憐的女主角是在進行著欲望敘事的初步嘗試，那麼這類嘗試的基點應當是反都市的。「城市生活的整一化以及機械複製對人的感覺、記憶和下意識的侵佔和控制，人為了保持住一點點自我的經驗內容，不得不日益從『公共』場所縮回到室內，把『外部世界』還原為『內部世界』……人的靈魂只有在這片由自己布置起來、帶著自己的印記和氣息

的空間才能得到安寧，並保持住一個自我的形象。」〔註89〕本雅明的「室內」空間正如伍爾芙所說的「一間自己的屋」一樣，在女性詩歌中，「臥室」成爲女詩人慣用的意象符號。她們經歷了由家庭空間步入社會空間，再返回私人空間、與產生城市男子氣概的場所主動疏離的精神歷程，對自我身體迷戀式的閱讀姿態，見證的是抒情主體對帶有獨立、私密經驗的「肉感」現場之真實捕捉，以及主體性別意識不斷確立的回歸之路，這是一種積極的姿態。喬以鋼指出：「從女性解放的角度來看，現代化大都市的崛起，爲女性提供了更多涉足公共領域的機遇和現代性體驗。事實上，『現代性』作爲當代思想文化敘述之一種，一定程度上是被女作家的物質和想像的『在場』意義清晰地標示出來的。」〔註90〕城市固然爲女性帶來了更多的生存問題，但同時也爲她們建立私密的性別經驗空間提供了種種可能。

　　走進消費時代的詩歌文本，身體與物質的聯繫更爲密切。一方面，由它所引發的批判之音依然不絕；另一方面，消費社會對身體的塑造力日益增強，它已成爲都市人無法規避的現代風景。於是，一些詩人突破理性教化的精神藩籬，他們主動迎合身體「被塑造」的現實，將其視爲「自我存在」的經驗對照和視覺證據。既然身體被「被塑造」的命運難以免卻，那麼，它必然要遭受多方面的「變形」和「加工」，這是女性不得不正視的生存現實。今天，消費社會已經爲「身體」設計出種種「理想」的規劃，整容術便是這個時代的魔術產業。通過描寫《眉毛》，路也點染出其存在的重大意義：「眉毛在我們這個時代／多麼重要，它是女人臉上的註冊商標／……／能以生死存亡的力量／推動愛情或者命運。」既談不上性徵、也尚不具備器官意味的眉毛，實在是人類龐大身軀中的小兵小卒，可它竟能主宰自然的蛻變，既「加速了月牙兒的凋零」，又「催促著柳葉的老去」。詩人見微知著地警示女性：在男性審美視閾佔據主導地位的視覺消費時代，「自戀」或許會落入預設的文化圈套之中。再看歐陽江河的詩句：「美容院／能從她的美貌中去掉不斷成長的美。／但是剩下的依然在成長，衰老不過是／美在變得更美時顫慄了」（《電梯中》）。美容院的功能毋庸諱言，然而以「造美」爲生的它卻在「去掉不斷成長的美」，使「身體」逐步喪失個性。詩人以悖論的方式搭建起詩維框架，

〔註89〕　張旭東：《本雅明的世界》，載《批評的蹤跡》，三聯書店 2003 年版，第 51 頁。
〔註90〕　喬以鋼：《中國當代女性文學的文化探析》，北京大學出版社 2006 年版，第 84頁。

批駁了消費文化施加在身體之上的霸權，並印證出「自我形象」在消費語境中的逐漸褪色。作為原始生命力的見證，「衰老」這一悲劇式的、不可逆轉的特質使其成為可以與「物化」相對抗的力量，並與時代的主流速度展開角逐。

　　無論批判抑或投合，見證並確立起「自我」在消費語境中的具象，這才是詩人對「身體」進行審美的旨歸。維護身體的主體完整性，其實正是為了保障人類精神人格的完整，使個體不至於漩入時代整體的加速度而喪失自我。為此，一些抒情者借助詩歌的力量，他們把「身體」看作具有書寫策略的工具，將矛頭指向權力意志和文化積澱，並對其進行反抗與顛覆。這樣一來，「身體」就擺脫了宏大意義和文化理念造成的各種束縛，還原了個體本真的生活體驗，這種詩維廣泛存在於「下半身」抒情群落之中。其主將沈浩波對這一抒情群落的藝術追求有如下闡釋：「所謂下半身寫作，指的是一種堅決的形而下狀態……是詩歌寫作的貼肉狀態，」〔註91〕它追求「肉體的在場感」，而從被理性壓制的「身體」中解放而來的「肉體」則意味著要以「我們」的原初體驗證明自我的意義在場，亦即前文分析的對「自我形象」的呈現。這一抒情群落強調：「下半身」寫作的首要立場便是「對於詩歌寫作中上半身因素的清除」，因為「知識、文化、傳統、詩意、抒情、哲理、思考、承擔、使命、大師、經典、餘味深長、回味無窮……這些屬於上半身的詞彙與藝術無關，這些文人詞典裏的東西與具備當下性的先鋒詩歌無關。」〔註92〕南人有一首《中國啊，我的鞭子丟了》，單從詩題便可感受到，詩人對梁小斌的《中國，我的鑰匙丟了》採取了戲仿的手法。富有趣味的是，「丟了鑰匙」的歷史喟歎被改寫成「丟了鞭子」，而「鞭子們」竟然「都被泡在老周的酒裏」。可見，蘊含其間的「生殖崇拜」已不再與國家觀念相勾連，而是直接作用於「壯陽」的身體滋補之中。嬉戲取代了嚴肅，一幅詼諧的生活影像躍然而出。

　　在「下半身」詩人注重的官能敘事中，他們更關心通過肉體建立起與日常生活存在的敏感關聯，以及促成戲謔式敘事的意義可能。看沈浩波的《一把好乳》：「嗨，我說女人／別看你的女兒／現在一臉天真無邪／長大之後／肯定也是／一把好乳。」抒情主體的觀察點處於封閉的公共汽車空間內，詩

〔註91〕沈浩波：《下半身寫作及反對上半身》，載《下半身》創刊號，2000年7月，第4頁。
〔註92〕沈浩波：《下半身寫作及反對上半身》，載《下半身》創刊號，2000年7月，第3頁。

人以從容的語言陳述著看似「必然實現」的預言。在他筆下，「行爲的詩學」建立在城市生活的庸常之中，其文本雖然缺乏那種能夠沉澱爲經典的意義重量，卻也充分表達著抒情者瞬間的現場快感。這種快感由視覺的肉體經驗而生，最終依然回歸到對肉體的既有經驗，從而避免了指向所謂的道德、理性等宏大命題。楊黎寫有一首《在百盛……》，其抒寫語境與沈詩基本相同：「一個女兒對她母親說／我沒有戴胸罩／一件白色 T 恤／緊包著她豐滿的乳房／以及突出的兩點／這太像我年輕的時候了／母親想……。」詩人一貫堅持的「冷敘述」風格在文本結尾齣現：「在百盛廣場／一對母女正穿過／陽光下面。」可見，同樣是對現場經驗的捕捉，楊黎更注重語言狀態的零度呈現；與之相比，沈浩波則慣於使用帶有痞子語氣的語言調侃，其風格更容易與處在即興狀態的「肉體」展開意義聯絡，同時，詩歌中詞語的暴力性和敘事性因素亦得到了強化。在對「犯罪感」的快意追逐中，抒情主體用荷爾蒙符號的流動證明了自我的意義再場。

　　毫無疑問，「下半身」寫作的出現帶有濃鬱的城市文化精神色彩。荷蘭漢學家柯雷便認爲以沈浩波等爲代表的「下半身」寫作（the Lower Body group）不只是生殖器官的同義再現和色情描述，對它的評價也不應止步於「性」之中。「下半身」寫作群體還「反映了中國大城市中的『黑暗』面影，抒發了與傳統生活意識形態產生眞空的城市『年輕一代』的心境」，這種寫作顯示了通過意義運作而達到的『生活的可變性』，其反諷式的快樂經驗與未來無關，它在本已缺乏快樂感的中國大城市中矛盾成長著。」〔註 93〕在柯雷的腦海中，他或許更爲看重「下半身」寫作對城市經驗的反向挖掘，以及它和城市中的性欲、毒品消費、搖滾音樂等朋克文化之間的聯繫，以此證明「毛澤東主義的革命激情消失之後」中國詩歌視點的「下移」。按照他的理解，沈浩波難得的長詩《淋病將至》正可證明這種視點變化。因「淋雨」而生病被詩人「簡化」爲「淋著淋著／就淋成淋病了」，他遊戲式地利用了漢語的多義性，隨時爲我們召喚著另外一個關於「淋病」的意義想像，同時沒有給讀者任何涉及這種「意義」轉換的提示。在文本中，城市物質風暴對下層民眾的洗禮，彷彿都與和縱慾有關的「淋病」實現著同喻：前者是精神的，後者是肉體的，而一切「被操縱的力量」都施加在無辜的「人」身上。柯雷在分析這首詩時，

〔註 93〕 Van Crevel, Maghiel. 2008: *Chinese Poetry in Times of Mind, Mayhem and Money*, Leiden etc: Brill. p309.

不厭其煩地追憶了詩中列舉的諸多地名之具體位置，這顯然與他個人在北京的經歷有關，並且他認爲這首詩代表了「下半身」寫作的一種姿態：「『文本成爲城市叢林的一部分』激活了我們對城市這個『上下文』的理解。」〔註94〕

在評價「下半身」詩人時，謝有順以一種「新的美學原則，以及一種新的精神和話語的方式正在年輕一代中悄然崛起」〔註95〕的歷史論調強化了他們對「民間資源」的開掘和對「民間話語」的堅守。不過，更多的論調集中指向他們毫無忌憚地推崇肉體快感所產生的負面效應上。肉體的激情固然可以喚醒身體的冷漠，爲精神存在留存明證，但瞬間的、爆發式的技術呈現，大都難以保持足夠的詩意強度，人類精神的主體性也容易在性交的暴政中消弭，過剩的荷爾蒙會使「整個身體都成了力比多關注的對象，成了可以享受的東西，成了快樂的工具。」〔註96〕（馬爾庫塞語）一旦肉體本身也成爲一種權力時，它同樣可怕。如朵漁所說：由於「身體成爲不折不扣的工具，從對抗一種道德專制中建立起另一種道德專制」，「在『下半身』偉大論調的掩護下，很多身體死了」〔註97〕。他清醒地意識到「下半身」寫作不是單純的「身體寫作」，而對那些代表原始、野蠻的本質力量的生命狀態之抒寫，也未必就能與表現「人性」的目標走向一致。詩歌的貼肉狀態如果喪失了金斯伯格式的帶有侵略性的生命力流露，便很容易滑入「無倫理」的意義放逐之中，失去對現實痛感的召喚力。

梅洛·龐蒂曾論斷：「世界的問題，可以從身體的問題開始。」他還說過：「我們的經驗……靠我們的肉體存在於這個世界上，靠我們的整個自我存在於真理之中。」〔註98〕這意味著我們應該取消一切顧慮，直面自己的身體進行在場的寫作，以肉體的快感見證生命的現實性。從形式上分析，「下半身」寫作群體鍾情於對快感經驗和日常生活的捕捉與渲染，帶有濃厚的反理性色彩。不過，部分詩人過於宣揚「身體」的在場狀態，毫無忌憚地推崇肉體快

〔註94〕Van Crevel, Maghiel. 2008: *Chinese Poetry in Times of Mind, Mayhem and Money*, Leiden etc: Brill. p320.

〔註95〕謝有順：《1999 中國新詩年鑒·序》，廣州出版社 2000 年版。

〔註96〕〔美〕馬爾庫塞：《愛欲與文明》，黃勇等譯，上海譯文出版社 1987 年版，第147 頁。

〔註97〕朵漁：《沒有差別的身體》，載《意義把我們弄煩了》，人民文學出版社 2004 年 6 月版，第 108 頁。

〔註98〕〔法〕梅洛·龐蒂：《看得見與看不見的》，見 David Michael Levin：《傾聽著的自我》，孫晶等譯，陝西人民教育出版社 1997 年版，第 148 頁。

感，也容易使千篇一律的快感表達成爲機械複製時代的藝術作品。這些文本更像是城市消費文化中一個個被複製的客體，在經驗的複製與黏貼中逐漸遠離詩歌應有的尊嚴。事實上，由消費語境所引導的城市文化以身體作爲活躍的中心，肉體化的詩歌最適合表現這種消費時代的典型面貌。對「身體」進行審美的關鍵，正在於開掘其意義的最大可能性，這是對理性觀念強大的學院技術化寫作的反撥（這在齊美爾看來也是反城市化的一種表現）。即便強調它與日常生活的可感關聯，也應以「關涉靈魂和身體的雙重性質」〔註99〕實現其民間姿態。

三、孤獨主題

當消費文化已然成爲一個穩固的理論背景之後，詩人們意識到：「詩歌精神已經不在那些英雄式的傳奇片段、史詩般的人生閱歷、流血爭鬥之中。詩歌已經到達那片隱藏在普通人平淡無奇的日常生活底下的個人心靈的大海。詩人們自覺到個人生命存在的意義，內心歷程的探險開始了。」〔註100〕從于堅的話可以看出，詩人將日常生活的詩性視爲生命與靈魂的象徵，在外部世界和群體經驗愈發不可信任的時代，惟有自我的生命意識才具備超然之力，它可以使「身體」擺脫文化倫理與歷史意識的困束，以及物質對人的感覺、記憶和下意識的侵佔與控制，使其在內部世界中保持完整的自我形象。以「商品」和「身體」爲參照物，詩人的現代主體意識在消費習俗中進一步得到標示與澄明，他們不斷抗拒著被人群「同化」的命運，體驗「孤獨」營造的詩意空間。

孤獨是人類普遍存在的與排斥、隔絕相關的心理體驗和情緒狀態，物質時代的緊張、壓力以及畸形的欲念競逐造成人與人之間的生疏與隔膜，人不僅被強行取消了和自然經驗交流的可能，更重要的是被剝奪了人群之中的精神歸屬感，而對「孤獨」主題的開掘正可宣泄這種漂泊感受。事實上，當代意義上的「孤獨」是一種返回內心的精神實驗，是對存在主義哲學的頓悟與皈依，作爲抗拒被「同化」命運的精神武器，它蘊涵著詩人的意識先知。走進孤獨、創造寂寞，正是抒情個體與超驗性感受締結關聯的前提，亦是個體

〔註99〕謝有順：《1999中國詩歌年鑒·序》，廣州出版社2000年版。
〔註100〕于堅：《詩歌精神的重建──一份提綱》，載陳旭光主編：《快餐館裏的冷風景》，北京大學出版社1994年版，第260頁。

存在走向自覺的標誌。從詩人所表現出的孤獨內涵上看，他們承續了現代詩人開創的思想主題，將個體在「人群」中喪失主體性、進而喪失交流支配權的命輪繼續推轉。在城市社會，每個人都會瞬間為人群所忽略，須臾之間，我們已經滑入「異化」的深淵，無法從他人那裏驗證自我，而這個「自我」也因交流的不暢而愈顯閉塞，陷入自我本質的消解之中。諸多詩人意識到，追問孤獨之因、探索解決之法已然顯得過氣，為了求得詩意，人應該甘於成為「孤獨個體」。不過，僅僅從物質環境的感性經驗中抽身而出，單純和自身發生聯繫，顯然又容易喪失與生活現場的詩意對接。於是，他們更多地將「孤獨」悟解為一種人生普遍的生存方式，注重站在虛構的邊沿營造、抑或把玩「孤獨」帶給精神主體的「震驚」感，而不是對經驗作簡單直敘或價值判斷。歐陽江河的《星期日的鑰匙》便虛擬了這樣的場景：「現在是星期日。所有房間／全都秘密地敞開。我扔掉鑰匙。／走進任何一間房屋都用不著敲門。／世界如此擁擠，屋裏卻空無一人。」詩句的意義似乎遊蕩於既往與未來之間，無法定格所指。不過，我們依然可以從字裏行間感受到求索者的「玩味」態度，「孤獨」在這裡得到間接的、創造性的呈現。肖鐵的《孤獨者》則營造了如此的氛圍：本來繁華的城市突然空無一人，成為「喪失聽覺的叢林」，當抒情者「突然間回頭」的時候：「如果整個城市突然爆發出／海潮般的對你的嘲笑／你會不會被那股低俗的聲浪／一下子／擊倒發瘋……」城市的瞬間爆發與之前的無聲叢林形成顯著的聽覺對比，其隱喻共同指向「孤獨者」的心靈。「低俗的聲浪」重覆累加生成強大的話語暴力，真切地在我們耳邊縈繞不休，而孤獨者所領會的「無聲之境」反倒成為日常經驗之外的淨土。由此可見，中國詩人心中的「孤獨」從來都指向對自我、對存在的觀照與領會，但從陳述方式上看，自上世紀 90 年代開始，他們大都已走出對隔絕體驗的臧否，不再留戀於對孤獨體驗的自戀，轉而選擇對其進行「玩味」，甚至採取後現代的「戲擬」策略，使自我的精神窘境也能散發出獨特的戲劇魅力。

翻開《蝙蝠俠》一詩，呂約正以戲劇化的想像虛擬出「我坐在塑料充氣沙發裏／等候 batman 蝙蝠俠」這一光怪陸離的遊戲場景。女詩人將孤獨的自我置於「想像的極端化」處境之中，以「荒誕」將「孤獨」的潛在魅力深入挖掘。再看阿吾的《孤獨的時候》，倍感無趣的抒情者試圖通過電視節目打發時間，卻愈發覺得寂寞，於是主動給他的朋友以及「一位多年前的女友」打電話，然而對方口若懸河的「海聊」反而使「我的孤獨／變得更加古怪」。詩

人抓住日常生活中經常閃現卻無從追溯的心理感受，對其結果作了「極端化」的誇張想像：「今天／我孤獨的時候／就往街上走／哪裏人多就去哪裏／……／本以爲這樣可以分散我的注意力／哪裏知道／它更加強烈地喚起／我的無助／和孤／獨」。主人公將自我放逐至鬧市，這一行爲本身便具有荒誕性，而其失敗的結局又爲「荒誕」塗抹上一層悲劇的色彩，並由「孤」與「獨」在結尾的分行錯置得以具象化地表達。相較之下，非亞的《深夜的燈光如此蒼白》戲劇化成分更濃。失眠的抒情者眼前「不斷湧動」著「電腦，窗簾，書籍，鋼筆，電線，日曆和電話機」等日常事物，「我」渴望和世界交流，但撥出去的號碼卻無人接聽，於是「我，從懸崖／掉／了／下／去／沒有人聽見／靈魂在午夜的大聲尖叫」。掉落的過程由四個單字相繼呈現，從視覺上爲讀者建立起對於「高度」的某種認知。文本中的「孤獨」由物質壓力催生而來，詩人則通過荒誕的幻境讓靈魂發出「尖叫」，以墜落的方式擺脫「物」的束縛，而這種超驗性的自我救贖依然無人回應。

「孤獨」由物質壓力而生，而詩人可以巧妙地利用物質、影像等感性資源，依據生活爲「孤獨」建立起具體的想像疆域，在荒謬中確立自我與世界的瞬時聯繫，爲我們呈現出一個動態的主體。臧棣的《在樓梯上》上寫道：「我坐在十五層的一級樓梯上／感到整座大樓就像黑夜的一個鳥巢／像是有巨大的翅膀摩挲我的困倦／在那裏，沒有任何陰影能夠存活／幽靈和我擠靠在一起，呼吸著寂靜和往事。」「幽靈」是詩人喜愛的意象，雖然是利奧塔所說的無法呈現之物，但它依然成爲詩人充分把握自己並且冷靜審視外在對象的途徑。它可以飛進「本我」的思想殿閣，導引靈魂收穫神秘的超驗性感受。蘇歷銘的《黑暗之中的蝙蝠》進一步復現了這種體驗：「黑夜之中，我坦然飛翔／鬼一樣地出遊，不再讓任何人遭遇驚嚇／……／不是墳墓中的鬼火／我只期待黑夜裏自由的飛翔。」由抒情者化身而成的「蝙蝠」，實際和思想的「幽靈」作用一致，它們超脫出「物」的世界，飛翔在現實難以呈現的心理願望之間。或許，在物質世界的夢幻之中，孤獨的人看到的更多。

作爲身處人群之中卻又必須與之保持距離的特殊群體，「孤獨」是詩人建立波德萊爾式抒情模式的一種必要手段。從「迷失自我」的現象遊移到它的本質，在孤獨中追尋自我，拼接被都市分離而出的心靈碎片，這才是孤獨主題的最終指向。因此，處於文學操作層面的「孤獨」，當與現實之「物」主動觸發聯絡，詩人抒寫孤獨的目的，正是爲了恢復與「可接觸的存在」之間的

完整聯繫。看娜夜的《酒吧之歌》，兩個面對面的人交換著孤獨的心：「她是她彈斷的那根琴弦／我是自己詩歌裏不能發表的一句話／／暮秋的黃昏／抽象畫酒吧／兩個女人　靜靜地　坐著。」這與博爾赫斯《星期六》裏的場景極其相似：「在那蕭穆的客廳裏，／你我的孤寂就像兩個瞎子相互尋覓。」居室的方寸之間環繞著令人匪夷所思又徹骨冷淡的孤獨，物質空間面對面的兩個人，卻變成心靈上的「瞎子」，失去交流的能力。爲此，娜夜尋覓著解決的方案。在文本中，「寂寞」轉化成爲心靈的語言，兩個人或許只有以「交換寂寞」這一近乎荒誕的方式，才能覓得無法被現代化所「現代」的一絲溫情。正如弗洛姆所說：「人是孤獨的，他與世界是分離的；人無法忍受這種分離，他被迫尋找與他人的關係，並與他人結爲一體。」〔註101〕既然自己的孤獨已經無法產生意義，那麼交換而來的孤獨或許能夠成爲新鮮的精神質素，使自己重新獲得活力。詩人從一個側面印證了孤獨本身的豐富性，「他者」的孤獨，或許就是「我」永遠無法涉足的經驗範疇。因此，離群索居的「自我」又折返回「人群」尋找經驗，仿若「霧中的陌生人是我唯一的親愛者」（韓東《機場的黑暗》）。

在《野獸》一詩中，非亞寫道：「我出去散步，獨自一人／去會見一棵樹／（很多樹）／我並不覺得，我／是孤獨的」。抒情者心境澄明，向世界敞開心胸，雖然遠離了公眾注視而不爲人知，但他正「猶如草叢中的野獸，潛伏著／等待一個新的開始」。「孤獨」並不可怕，它爲詩人提供了精神內省進而再次接納世界的機遇，從而表現出一種正向的創造力，並成爲當代詩人想像力的重要來源。在霓虹閃爍的樓宇時空，抒情者「滅了所有的燈」，甘心遁入孤獨情境，體驗日常生活難覓的寧靜（王小妮《深夜的高樓大廈裏都有什麼》）。而朵漁則把「孤獨」對精神修煉者的重要價值坦然直陳：「出門，獨自走進／黃昏的光裏。光陰刺眼／一格一格的人群／皆與我無關。安靜／也只是叢書般的安靜／我在自己的城市流亡已久」（《咖啡館送走友人後獨自走進黃昏的光裏》）。這正契合了阿多尼斯的名言：「孤獨，也是我向光明攀登的一道階梯。」它以一種解放的力量，成爲藝術家獲得生命底蘊的力量支撐，以及向外界尋覓意義的情感起點。

〔註101〕〔美〕埃·弗羅姆：《爲自己的人》，孫依依譯，三聯書店 1992 年 6 月版，第102～103 頁。

四、尋覓「英雄」

在內部邏輯上，物欲主題集中收納了那些被本雅明稱作「超現實面貌」的物質符號，作為一個穩定的、包含美醜兩極審美取向的主題模式，它緊扣消費文化的物質可感性特徵，同時又與詩歌不斷「及物」的要求兩相應和。詩人對「物」展開主動的追求與呈現，為社會物質文明的想像提供了合理的抒情方式。而當物質滑入失範的狀態，倒置它與人的關係之時，詩人又首當其衝地立於「異化」的邊緣對其展開批判。其中，作為一個被觀念化了的社會文本，「身體」不再是簡單的審美對象，它已經成為深化物欲主題、印證異化命運最直接的承擔者。從詩人身陷物質時代的那一刻開始，他首先承受的便是經由身體引發的全新體驗，每一個身體都對應著不可複製的、擁有獨立經驗的靈魂。此外，「物欲」對精神主體性的誘惑、以及「身體」在道德堤壩前失控的現實，都促使詩人轉而選擇孤獨的主題。他們返回內心世界，以理性的「孤獨」和親近之物建立聯絡，以面向未來的姿態追尋知識和信仰，為孤獨與寂寞渲染出形而上的意味，並將消費語境中對「詩人何為」的思索推向深入。這是大多數詩人普遍持有的姿態，更是詩人應有的責任承擔。

儘管消費時代為詩人寫作提供了諸多增長點，但同時也應看到，肇源於消費文化內部的娛樂性、商業性等美感原則，始終對文藝的高雅性、精英性乃至深度模式採取拒絕的姿態，它所引領的無深度快感體驗和感性欲望的肆意膨脹，也為詩歌發展牽涉出諸多的問題。特別是新世紀十年以來，社會同質性的消解使政治、經濟、文化三者之間呈現出清晰的分裂狀態，難以相互闡釋與支持。諸多詩人秉持一種通俗實用的、迎合感性現代性的審美取向，強調個體的感官經驗和欲望的合理性。不過，在具體的操作環節上，他們或是過度停駐於私人性的物質迷戀，或是使軀體的快感抒寫墜入審美泛化的陷阱，即便通過玩味「孤獨」獲得了主體的個性體驗，卻又因強調「體驗的當下性」而耽於內心情感的潮汐，忽視了生存的歷史根基。大多數詩歌在「時間就是現在」的世俗宗教信條面前，都很難形成指向未來的尺度。詩歌走進生產線，邁向一個個「秀場」，經歷著無數「一次性」的消費，它僅能為受眾帶來瞬間的話語快感，難以形成對超驗命題的觀照，也無法造成大手筆崛起的契機，這也是當代詩歌面臨的普遍問題。

步入物質繁華的年代，理想主義的文化英雄已然難尋，詩歌與詩人共同滑入尷尬的處境：「我在睡夢中碰見了上帝／他問我過得怎樣？我說不好／上

帝很是詫異。他說／我給了你那麼高的詩歌才華／怎麼會過得不好呢？／我苦笑。上帝啊，如果你願意／請拿走我的詩歌才華好了／我就想過一個平常人的生活／有錢，很有錢，有我的詩歌那麼多的錢／我感謝你，我的上帝」（楊黎《我可不可以用我的詩歌才華換一點美好的生活》）。作者以自嘲式的對話戲擬了身爲詩人的苦痛，語言是詼諧輕快的，思想卻是嚴肅沉重的。它從另一個向度爲我們揭示出詩人的境遇，並且作出強調：如何在日常生活的「此岸」和詩歌的「意義生產」之間建立經驗聯繫，這不但是一個重要的精神命題，而且將決定著這個時代詩歌的意義。一部分詩人認爲他們的使命遠比語言的煉金師宏大，其人文精神應該與公共精神相統一，成爲公共知識分子；還有一些文學操作者認爲他們永遠只能認同一個唯一的身份——詩人，這是矢志於靈魂層面的價值擔當。畢竟，詩歌難以充當萬能的武器，因爲時代的外表堅硬無比，更重要的是，詩人永遠無法窮盡靈魂與語言之間的表達，它的有限性，決定了詩人失敗的宿命，也決定了詩歌抒寫是一種痛感經驗的瞬間表達。在「痛感」面前，無論是逃遁沉淪還是傾力反抗，都不如獨立承擔更具有當代英雄的氣質。因此，決定詩歌能否成爲經典的標準不在於技法的玄妙或是詞句的華麗，而在於其間是否存有一個獨立的精神英雄，他從被塵濁沉埋的生命群落中抽身而出，演繹著「特立獨行、甘於寂寞、秉持獨立判斷及道德良知」（薩義德語）的英雄精神，爲時代留存堅奧之美。

當今，詩人的角色早已超越了柏拉圖強調的對「神諭」的傳達者，而是更多充當著「時間」這一歷史概念的見證人。詩人在多元文化之中進行價值抉擇，打通從庸常生活到精神聖殿的意義求索之路，本身便負載著自古典時期以來繆斯賦予詩人的使命意識，同樣也遭際著西緒弗斯似的精神困苦。正如本文論及的《在物質的洪水中努力接近詩歌》一樣，詩題中的「努力」本身，隱含著這一探詢過程所必須經歷的種種磨難；同時，它又清晰揭示出詩人對這一時代的審美主題進行消化與思索之後，形成的擔當精神和超越意識。這種執著的審美理想守望，或許就是未來詩歌發展的支撐點和生長點。

第二章　新世紀大陸詩歌觀察

第一節　公共‧城鄉‧旅行：新世紀詩歌的想像視野

評論界普遍存在這樣一種說法，認為 21 世紀以來的詩歌並未與上世紀 90 年代拉開顯著的美學距離，它更大意義上是世紀末詩學的內在延伸，並在及物性、敘事性、跨文體等不同向度上頑強掘進，在生長中孕育著生機，這種言說的確切中了新世紀詩歌的某些共性特質。從寫作生態觀之，今天的詩歌現場呈現出日益開放的格局，一些曾經帶有二元對立傾向的美學觀念如「民間」與「知識分子」、「城市」與「鄉土」、「中心」與「邊緣」的分野雖然存立，但「對抗」意味已被更為頻繁的「對話」行為所沖淡，詩人的觀照視野更為寬廣，馳騁想像的土壤愈加肥沃，如楊慶祥所說的「由對抗式寫作向對話式寫作的轉變」〔註 1〕正在新世紀詩壇持續生長。「對話」意味著詩人調整了介入現實文化語境的姿態，我們至少可以抽取公共視野、城鄉視野以及旅行視野三個角度窺測其面貌。

一、公共視野

2015 年末，霧霾再次降臨京城，在 pm2.5 數值爆表的 12 月 8 日，臧棣在微博寫下《霧霾時代入門》。彌漫於北中國的霧霾釀成一場公共衛生災難，而詩人則成為災難的親歷者與見證人：

　　　　入夜後街燈如發光的螺母，

〔註 1〕楊慶祥：《重啟一種「對話式」的詩歌寫作》，《詩刊》2015 年 4 月上半月刊。

> 將古都的神經固定在
>
> 世界的盡頭。就好像時間的洞穴
>
> 被盜墓賊挖開了，它準時如同
>
> 每隔幾天就要重洗一次牌。
>
> 落葉的歌吟中，那曾經迅速分辨出
>
> 西北偏北還是西北偏西的
>
> 心靈的鐘樓，此時戴著
>
> 厚厚的口罩，慢慢沉入
>
> 比海底還廣大的海淀。
>
> 拐角處，古老的寒冷掀翻了
>
> 不止一個比墳墓還寂靜——
>
> 只留下嗆人的陰冷，在圓明園附近
>
> 激進彌漫的煤煙味如同
>
> 新上市的防腐劑，裹緊
>
> 我們是我們唯一的替身。

因霧霾而成詩，臧棣這不是第一首，當然也不會是最後一首。百年前，倫敦的霧霾便已激發起文藝人士的創作靈感，無論是《荒涼山莊》還是《霧都孤兒》，都將霧霾作為城市的文學轉喻，甚至連遊歷西歐的黃遵憲都寫下過「霧重城如漆，寒深火不紅」的詩句，記載倫敦城「氣氣皆墨」之景，於是今人往往會在這個層面上將北京與倫敦相提並置，對兩個城市展開討論。而臧棣卻在微博裏回應說：我們今天的處境好像比霧都孤兒還慘。霧都孤兒前面，還有一個人道主義的解決方案。但霧霾時代的前面，是什麼呢？在他的文本中，霧霾仿若迷幻劑，令身居其中的人產生時空錯位感。古都凝滯，鐘樓失語，人被自然災難取消了與現實的交流能力，也無法印證自己與現實的聯繫。「我們是我們唯一的替身」彷彿帶有箴言的意味，喻指人類共同的命運——我們已經無路可逃，也無處遁形。臧棣對霧霾時代的反思，富有鮮明的現場感與問題意識，並觸及帶有公共性的環保話題。事實上，自「霧霾」一詞闖入我們生活以來，圍繞它的抒寫就沒有中斷過。作為天氣意象的「霧霾」持續在詩歌中發酵，形成啓示錄式的、富有末世特徵的整體性詩學意境，彰顯

著寫作者力求穿透紙背、對接時代的實踐精神。這類文本在新世紀詩壇特別是近年的湧現，印證了諸多評論者對新世紀詩學「及物」狀態的判斷，以及對寫作者主動介入現實生活之公共意識的肯定。

在臧棣寫作這首詩的前後，關於「霧霾」話題的寫作已頗有規模，楊克的《灰霾》、徐江的《柯南道爾：在大霧的那一邊》都涉及同樣的生態問題。「太多的人用手機／發送陰鬱的街景／它們像來自地獄／或斯蒂芬·金小說／改編的電影劇照。」異國與本土的文化符號錯置雜陳，交融在徐江的文本中，體現著霧霾對抒情者意識施加的影響，它導致文本主體時空感的錯位，而異質文化符號借助「錯位」之機互相拼貼組接，碎片化的思維印象從而連綴生成整體的詩意。這體現出新世紀詩歌的一個熱點，即詩人的觀念儘管存有差異，但介入現實抒寫生活的興趣卻在不斷增強，其詩意表達也更富有當下性和時效性。「興趣」意味著想像空間和情感向度的轉移，並非完全指涉技巧層面的美學衍變。他們中的很多人拒絕單純形而上意義的寫作，也警惕那種充滿幻覺意味的精神自戀，如歐陽江河曾說的要「追求一種詩歌的痛感和真實性」，拒絕情感的表演與軟綿綿的私密經驗暴露。曾幾何時，遠離具體的生活語境，專心修繕自己的心靈孤島，從而與高逸孤絕的思想境界相通，一直是諸多詩人苦心孤詣的企慕情境。但是，完全脫離具體生活的哲思即使能夠觸及人類某些共性的經驗，也因其意象過於詭譎、語言偏向晦澀而難以進入閱讀者的視野，從而影響其生命力的延續。因此，新世紀以來的寫作者大都能從存在實際出發，有效勾連詩歌文本與生活現實，顯揚「及物」觀念。對理論界來說，詩人如何在「及物」的統攝下進行抒情、抑或是以跨文體方式達到「個人化寫作」之境界，就成為解讀寫作者經驗狀態的一種日常策略。

從「及物」的內涵上看，它並非新世紀詩歌的專有名詞，任何詩人的寫作都受饋於他生活的時代，可以說所有詩歌都是來源於抒情主體與「物」、亦即社會現實各類題材遭遇之後升發出的感思。詩歌的「及物」性能夠成為顯詞，乃是因為詩人在「如何及物」、即如何對現實生活進行轉述的層面上有所掘進，特別是在詩歌本體的技術打磨等藝術環節上建樹頗多。新世紀中國「大」事件的集中湧現，為詩人鍛鍊並發揮這種能力提供了話語場，汶川地震、北京奧運、動車事故、天津港爆炸、乃至北方的持續霧霾……由一個個事件組合出的聲響振聾發聵，啓迪部分詩人不斷提升自我的快速反應能力，將寫作者的觀照視野直接引渡至問題現場。他們在藝術的自主性、獨立性與藝術反

映現實、干預現實之間尋找著平衡，在日常生活的「此岸」和詩歌的「意義生產」之間建立經驗聯繫，使其人文精神與公共精神實現統一，新世紀詩歌言說現實的能力也由此得到了增強。

2009 年末，荷蘭漢學家柯雷到北京訪學時特意收集了汶川地震詩歌的多部合集選本，並驚訝於同一話題在短時間內竟能聚變出如此之大的規模。在一次對話中，柯雷似乎意識到他搜集的大量文字難以擺脫空泛、廉價的抒情，尚缺乏思想層面的歷史穿透力，甚至有些是在消費苦難，走入反智化的泥沼。但他也指出這種寫作向度本身所凝含的新意，西方當代詩學專有「社會評論」一脈，以此爲參照物，中國當前詩學中對「宏大問題」由實情到詩情的及物關懷，倒能成爲一種文學此岸與彼岸的精神互文。其中，朵漁的一首《今夜，寫詩是輕浮的》更是借助網絡媒介的傳播力量火速流傳，以其理性的悲憫和持久的心靈震顫之力，向新世紀詩壇傳達出獨立的聲音和智性的思考。對公共視野敞開詩心，意味著詩人能夠意識到他人生命乃是自我生命的一種延伸，而時代的病症令人無處逃遁，因此，「詩歌的私人性表達還必須建立在其深厚的公共性基礎上」〔註 2〕（張德明語）。他們對現實問題的關注，對重大事件的快速反應，雖然並非常態，卻在一定程度上復甦了文學應有的寫作倫理，有效糾偏了詩歌現場某些「倫理下移」現象，也在消解「私人性」與「公共性」之對抗中，將自我的「疼痛」與「呼吸」植入當代歷史，書寫下生命的莊嚴感與力量感。

二、城鄉視野

城市與鄉村，構成新世紀詩歌一組重要的想像資源，前者甚至被視作新詩現代性的構成基礎之一，參與到新世紀詩歌的意象空間建構和審美生成中。曾幾何時，幾乎所有詩人的寫作都要受惠於他所在的城市，一方面，詩歌以文本的方式對城市文化形態進行著語言攝影和價值剪輯；另一方面，城市文化形態通過城市話語、城市精神影響、塑造著詩人的語言觀念，催生其文本價值內核的形成。很多詩人意識到，詩歌並不是以文字簡單地留下城市的斑駁投影，它可以離開那些直接描述或意譯的、喚起具體歷史背景的題材，而走向徹底個人化的寫作，包括實驗性的個人語法、主題、修辭，廣義的視

〔註 2〕張德明：《網絡詩歌與公民意識的培養》，《長沙理工大學學報》（社會科學版）
　　　　2013 年第 3 期。

覺和聽覺形式，特別是都市人細微的情感體驗。進入新世紀，一些詩人自覺運用「底層寫作」的抒情倫理，以平實的語言為都市小人物造像，在文化遷徙中傾吐生存的沉重與艱辛；還有一些詩人注重捕捉感性印象，在世俗精神中強化生活的偶然和無限的可能性，與城市物質文化展開直接對話，捕捉凡俗生活中的瞬間心理經驗，對現代人的孤獨、虛無等體驗實現創造性悟讀。諸如葉匡政、楊克、邰筐等寫作者，都擅於以更為靈活和複雜的理論眼光重構城市與人之間的關係，通過都市意象完成對自身體驗的內化，從而揭示那些都市主流速度體驗之外的、無法被知識化和客觀化的細枝末節，建立起自屬的心靈節奏。

論及城市寫作，楊克應該是新時期以來較早關注此領域並可以被納入「城市文學史」的詩人。談到世紀末詩學價值立場的轉軌，從歐陽江河的《傍晚穿過廣場》到楊克的《天河城廣場》彷彿已經成為詩歌史變遷的文本標誌，宣告著關於廣場的宏大敘事全面結束之後，一種以追求即時愉悅性的、以商業化為推動力的城市精神的降臨。2015 年中，《楊克的詩》出版，詩人穿行在中國城市的現實場景，詩性擬現城市人的心靈時空。作為一個迷戀城市的詩人，楊克對繁雜的都市迷宮保持了解讀《尤利西斯》似的耐心與熱情，如《集體蜂窩跑出個人主義的汽車》倡導在時代主流速度中重新定位個體的「速度」，喚醒對生活細節的認知；《馬路對面的女孩》則如龐德《在地鐵車站》一般，定格陌生人之間生命剎那的相通，現代生活的微妙經驗在詩人心中神秘化地完成。楊克的詩凝聚了新世紀詩人對城市想像的主流模態，他們不再對城市文化作簡單二元對立式的價值判斷，而將其視為文化母體和詩意生發點，最大限度地調動著城市意象符號的象徵魅力，注重從人群經驗和物質風暴中疏離出自我的精神存在，在物質與靈魂之間尋找平衡支點，並試圖突破現代社會日益趨同的速度感和時間觀念，盡可能深入抵達城市個體的獨立經驗空間，將「個人化寫作」落到實處。

與城市抒寫相對應，新世紀詩壇圍繞「鄉土／田園」的想像也頗具規模。在鄉村和農業被「商品化」「資本化」而納入城市文明體系（詹姆遜語）的今天，諸多有著「由鄉入城」經驗的作家都會或多或少地體驗到某種「被排斥」感，作為「異鄉人」的寫作主體，他們脫離了自然，又自感不被城市所接納，進而產生文化異己觀念。或視城市為「他者」，吐露精神不適與文化隔膜，衍發道德層面上對城市異質文化的批判，以「走在城市和鄉村的線上」（謝湘南

詩作名）標榜其文化處境。或是在詩歌中重塑「故鄉」，將其作為反撥城市經驗，實現精神皈依的家園。如江非鍾情的「平墩湖」、雷平陽的「昭通」、安琪寄情的「父母國」等詩作中，「鄉村」或者說帶有地理標記的故鄉意象，都充當了詩人反撥城市經驗的隱喻工具，潛藏著遊子背井離鄉後的迷茫與孤獨。他們中的大多數人身居城市，卻懷戀文化記憶中的原鄉，並將現實中的地理鄉土背景化、意象化，使之被詩化成為帶有明顯象徵意味的精神喻體，指向人性的純粹、審美的和諧、心靈的潔淨與生命的健碩。鄉土形成一種「潛在的詩性結構」，它驅使抒情者走向對理想精神世界的探詢。生長在都市文化環境中的「鄉村」，其實是抒情者從內隱詩性角度和精神層面在城市中虛構而生的又一個「城市意象」。

理查德·利罕認為，自然主義筆下的城市呈向心狀態：生活被一個都市力量中心所控制；而現代主義筆下的城市呈離心狀態：中心引導我們向外，面向空間和時間中的象徵對應物。〔註3〕今天很多詩人抒寫鄉村，所表現出的正是對城市文化的「離心」狀態，實體意義上的「自然」過渡到價值意義上的「自然」，並充當起詩人內心空間與時間的象徵對應物，承載著寫作者自身的詩歌觀念。以李少君的《自然集》為例，如同在詩歌的「草根性」原則中所表述的，詩人的寫作觀同他的詩觀一致，強調本土經驗燭照下的主體性寫作，抒發來自靈魂內部的澄澈感受。取法自然，詩人找到契合自身的寫作形式，他有意規避那種盲目追新求異的象徵和隱喻，不對意象做過遠的取譬和隱喻，而從開闊的自然物象中發掘悠緩靜謐之美。鳥鳴泉響的自然風景，獨立超然的生存理想，都借助恬然疏淡的文字和原型化的意象生長在詩行，經驗表達直接而質樸。在《四行詩》中，李少君寫道：

> 西方的教堂能拯救中國人的靈魂嗎？
>
> 我寧願把心安放在山水之間。
>
> 不過，我的心可以安放在青山綠水之間
>
> 我的身體，還得安置在一間有女人的房子裏。

潛心幽谷，寄情山水，本是中國文人古已有之的精神理想。心向自然而出世，身卻隨遇而安不避入世（我把「女人」讀作現實物質世界的隱喻），身居喧囂蕪雜的城市文化之中，卻能借由山水之清暉抵達心靈之平靜。詩人並未完全

〔註3〕〔美〕理查德·利罕：《文學中的城市：知識與文化的歷史》，吳子楓譯，上海人民出版社 2009 年版，第 88 頁。

否定物質文化，甚至通過「有女人的房子」意象肯定了欲望的合理性，這顯示出詩人處理日常城市經驗的生存智慧。當代詩人也許不需要隨時在身體上作出逃離城市、回歸鄉土之舉，卻依然可以憑藉「總是能尋找到一處安靜的角落」（《我有一種特別的能力》）之本領，以「文學自然」的方式調試內心的心靈速度，使之在高速運轉的城市中實踐「減速」的詩學。由此，城市與鄉村並未形成詩人思維模式上的對立，他們可以遊刃有餘地周旋在物質文化的瑣碎細節中，以自然之心詩意地棲居在都市，並不斷向自然鄉土之「潛在的詩性結構」吸取源泉和營養。源發自古典美學的詩性生態意識，構成新世紀詩歌「先鋒」品格的又一重要標誌。

三、旅行視野

論述公共視野與城鄉視野之外，我還想提到一個「旅行視野」的概念。「旅行」本是一個行為詞彙，在今天多與休閒消費文化相關，它與「視野」形成搭配或許存有語病，但我依然固執地鍛造這樣一個詞組，是想描述新世紀詩歌另一集中凸顯的想像視野，即詩人往往通過行旅體驗打破固有連續的時間和空間感，在方位意識的不斷建立與破解中激發新的詩學想像力。特別是域外旅行體驗觸發他們在審視和想像「異國」這個他者的同時，也建立起與本土文化語境「互視」的視野，從而獲得對民族文化心理和自我身份意識的認同與反思。比較文學形象學認為在跨文化寫作中，他者形象往往投射出言說者的自我形象，多多在即將進入新世紀寫下的《阿姆斯特丹的河流》堪稱這類文本的代表。異國的河流映滿故鄉的風物與詩人對母語的遊思，抒情者對自我身份進行著持續的辨認，潛身荷蘭的風景，他看到的卻是地道的中國景象。可見，異域行旅抒寫為詩人設置出一個課題，即如何表現他們看到的「風景」，並將既往文化記憶與新銳視覺經驗鎔鑄於詩。

新世紀詩人中，蔡天新應該是最為執著地抒寫旅行的作家，跨度二十年完成的詩集《美好的午餐》記錄了他遊歷世界百餘國家的見聞與感受，「直把異鄉作故鄉」成為他對自己寫作的定位。如《從前》所寫：「從前那些我遊歷過的城市／在機翼下方依次閃現／就像一串故友的名字／被一位陌生人逐一提及。」對旅行之地的告別似乎應與傷感經驗相關，但詩人的能力在於，他經過哪裏，哪裏就被他強大的精神力所吸收並內化為情感資源。詩人的旅行「想像」不再單純與傳統意義上的想像能力相關，而演繹為思維運作的一種

模式，它需要對產生在行旅時空中的景觀文化和形象文化進行重新編碼與合成。亦即說，詩性的旅行締造出詩意的精神世界，旅行詩學折射了作家原有的文化記憶，同時幫助作家校正記憶、產生新的想像。看到巴黎的門，蔡天新想到的是逝去的母親，外在的靜態風景轉化爲內在的、對故土親人的懷戀，而詩歌中的時間錯時雜陳，經驗也實現了混融，表現出和單純「睹物思人」類作品不一樣的效果。

旅行本身所具有的對未來經驗之追求，切合了詩人浪漫而富於幻想的精神特質，它能激發出詩人的主體創造力，將他們引入世界文化的宏觀格局。特別是現代科技保證其無需竹杖芒鞋，便能穿行在大洲之間，獲得跨文化的時空體驗，並將這種體驗內化爲精神之力，打造出集中的文化景觀。伊沙說在赴美之前，便預感到所坐位置的改變會帶來眼光的變化，他的《阿拉斯加》《中歐行》和組詩《越南行》等都表現出文化的多重衝突和人類意識的嬗變多姿。再如王家新《羅卡角》、安琪《聽姜濤勸西娃買越南拖鞋》、沈浩波《東京的烏鴉》、馮晏《聖彼得堡》等詩，都在跨文化跨地域的抒寫中，或是定格新銳的視覺體驗，或是抒寫遊子的文化憂思，抑或借異域奇景抵達自我的「文化鄉愁」。無論源自何種驅使，從詩人選擇抒寫旅行體驗那一刻起，一種基於群體文化想像的個體實踐便開始生成，如沈奇所說的：進入現代社會的生存語境，作爲世界的漫遊者和內心漂泊的流浪者這一詩人本質顯然是愈加突出了。〔註4〕

英國作家阿蘭·德波頓在其《旅行的藝術》裏尤其稱贊波德萊爾，認爲他最完美地將旅行與藝術結合一身，因爲波氏認爲旅行可以將他帶到任何地方，使他遠離陌生的人群和溝通不暢的苦惱。他視自我爲沃土，對巴黎的街道、酒吧、交通工具進行著鉅細無靡的觀察以及無比繁複的描寫，將平淡無奇的日常經驗點石成金，構築起高雅的孤獨。雷蒙德·威廉姆斯曾說：旅行，或者那種漫無目的的漂泊的過程，其價值在於它們能讓我們體驗情感上的巨大轉變。如果找一本契合這種「旅行視野」和「情感變遷」的詩集，恐怕陳太勝的《在陌生人中旅行》是合適的。詩人將詩歌目之爲旅行在紙上的伸展，它是這樣一種探險：無論你走到什麼地方，看見什麼風景，遇到什麼人，你所面對的其實總是你自己，一個自我的鏡像。〔註5〕寫作者在蒙馬特山丘遭遇

〔註4〕 沈奇：《在遊歷中超越——再論張默兼評其旅行詩集〈獨釣空濛〉》，《海南師範大學學報》（社會科學版）2009 年第 5 期。

〔註5〕 陳太勝：《在陌生人中旅行》，湖南人民出版社 2015 年 1 月版，第 324 頁。

侯麥電影中的角色，在大英博物館體悟到中國佛像的慈悲，在布魯塞爾面對塗鴉時展開騁情想像，並向所有讀者提出問題：當旅行本身成爲想像的資源之後，我們如何認識它？《關於旅行》一詩對此作出回答，全詩通篇以「與……有關」的句式整飭排列，不厭其煩地列舉出一次旅行所要關涉的所有細緻入微的細節：旅行「與洗髮水有關與沐浴露浴巾有關」，「與表格有關與父母的名字有關」，「與車票機票的時刻地點有關」，「與廣場教堂鐘樓皇宮市政廳博物館城堡有關」，「與琳琅滿目花樣繁多的紀念品有關」，「與懷舊情感愛恨回憶厭倦詩歌藝術有關」。詩人認識到「背著越來越沉重的包／匆匆的腳走遍大千世界」，從熟地到陌生地並非從泥沼中拔身離開，這「只不過是一種幻覺／從一個泥沼到另一個泥沼」。如果旅行最終簡化爲帶有「操縱性」的身體位移，旅行者被概念和諸多規則圍繞困縛，則無法遠離平凡，也無從發現細節。於是，作者選擇從旅行手冊中疏離而出，專心尋找那些「有意思的東西」，比如各種各樣的茶、手串、愛爾蘭民謠等等。這些對象貌似無用，卻屬於詩人自身專屬的文化體驗，因此擺脫了現實功利性與審美的慣性。

　　將旅行視爲一種視野，或可串聯起前文言說的及物、敘事美學以及城鄉、公共詩學，旅行的目的是發現新奇，這樣的「新奇」應該具有對歷史的回溯力和向未來的前瞻性。波德萊爾在《惡之花》中也寫有一首《旅行》，它告訴我們漫遊者的目的就是尋找新奇，要到前所未有的深度中去發現新的東西。作爲意象幻覺的激發點，「新奇」不單是調整、改寫此在生活的表達方式，它還需要具備更爲高遠的、關涉人類整體性存在的精神，這種執著的審美理想守望，或許就是未來詩歌發展的支撐點和生長點，新世紀詩歌也由此表現出更多「走在世界」的特質。

第二節　簡約而不簡單：新世紀「截句」寫作論

　　「截句」一詞，古已有之，元代傅若金便以「截句」指稱「絕句」，後世部分學者如清代施補華和寫下《漢語律詩學》的王力先生也認爲「截句」之「截」，意在對律詩句子的截取而形成新詩，即絕句。這一說法雖頗引爭議，但足以說明「截句」的概念特徵，它是對詩歌原文本的規律性截取，形成的新文本相對於原文本可以獨立自足。現代語言學中的「截句」指的是一類造詞方法，很多現代漢語複合詞正是從古老的歷史文本中截取出來重新組構而

成。如「衰竭」截自「夫戰，勇氣也。一鼓作氣，再而衰，三而竭」（《左傳·莊公十年》），這是漢語中普遍的造詞方法之一。無論是「絕句說」還是造詞法，核心都在於對原文本的截取，即「截」的動作意義。新世紀詩學中也出現了「截句」這一概念，從體量上看，它隸屬短詩抑或微型詩的範疇，不特意設置詩歌題目，強調詩意的瞬間生發，且詩句均在四行之內完成。這一概念由蔣一談提出，經臧棣、霍俊明、楊慶祥、李壯等詩人和評論家持續打磨、發酵，形成當今詩學的一個顯詞，為詩歌寫作提供了新的生長點，並引發創作界與評論界的廣泛討論。

瞭解蔣一談的讀者可能更熟悉他的小說《赫本啊赫本》以及《魯迅的鬍子》，作家擅長使用頗具創意的標題激活我們的閱讀期待，引領讀者步入真摯、簡淨而充滿溫情的小說世界。在此之外，蔣一談還把他的創造力移接至新詩創作，他的詩句多為一條條用手機和本子記錄下的散句，凝聚了作家思想的吉光片羽，而「截句」概念的萌發，也源於作家的真實經歷。2014 年秋天，蔣一談在舊金山街頭一家中國武館偶然發現李小龍的一張經典照片，這次偶得激發起作家源自內心的最初衝動：「寫出和日本俳句不太一樣的既有古典味道又有現代精神的中國現代詩歌。」[註6] 截拳道大師李小龍追求「簡潔、直接、非傳統性」的工夫美學與作家的文學理念瞬間遇合，進而產生強烈的化學反應，「截句」理念應運而生。在蔣一談的影響與推動下，一批當前活躍的詩人紛紛「試水」，或是截取舊作中的難忘詩句，或是按照形式要求構思新作，追求直截了當、機智靈動的表達效果，希望發掘並延伸截句的美學可能性，甚至一些寫作者目之為揭示新的詩學理念，顛覆慣性與陳舊觀念的一次機遇。2016 年 6 月，由蔣一談主編，于堅、西川、伊沙、朵漁、臧棣、沈浩波、歐陽江河、霍俊明、楊慶祥、李壯、邱華棟、嚴彬、周瑟瑟、樹才、俞心樵、柏樺、桑克、戴濰娜等詩人參與的「截句詩叢」第一輯面世，由時代出版傳媒和黃山書局聯合推出，詩叢的出版也在體量上為我們走進截句、研究這一現象提供了充沛的文本資源。在新世紀詩學的寫作方陣中，「截句」究竟有無獨立的詩歌美學意義，它的內涵和外延是否清晰可辨，它與傳統和未來的關係到底如何，的確值得進行一次宏觀的文本掃描與理論透析。

〔註 6〕蔣一談：《因為詩歌，遠方才沒有那麼遠》，《詩歌是一把椅子》，黃山書社 2016年版，第 115 頁。

一、截句如何與詩歌傳統對話？

　　儘管蔣一談多次談到截拳道對傳統武學的超越性，進而強調截句這一形式的「非傳統」意味，但他也並未否認截句與傳統詩學（包括古典詩的「尚短」傳統與現代詩的「小詩」寫作傳統）之間的對應聯繫。脫胎於古典詩學的中國新詩本就有「小詩」一派，它以日本俳句為母體，經由泰戈爾和周作人的文化引渡，形成以象表意、注重理趣、平易纖細的審美品格。早期新詩人如俞平伯、康白情、郭紹虞、冰心、宗白華、應修人等均傾心於小詩創作，並有「繁星體」「春水體」「短詩體」流傳於世，確立了小詩的歷史形象和文學地位。「小詩運動」之後，這一詩歌體式在抗戰文學中以其「以小博大」的特質，迅速被改造為抗戰宣傳的文藝利器，並以街頭詩、傳單詩、槍桿詩等形式廣泛出現在文藝陣地上，田間的《假使我們不去打仗》便匯入時代的洪流，敲響激昂的戰鼓，臧克家、艾青、鄒荻帆、魯藜等都有此類詩作。步入上世紀八十年代，漢俳、微型詩、哲理短詩、山水小詩興盛勃發，顧城《一代人》中「黑色的眼睛」與「尋找光明」之間的強烈對比，北島《太陽城札記》用短句形式對生命、愛情乃至自由的超拔卓思，孔孚《落日》以「圓／寂」兩字觸發出的超短美學，也引起詩界廣泛的關注。借助《詩刊》和《人民文學》等刊物的推動，「小詩」或「微型詩」「一句詩」在八十年代獲得較為頻繁的出場機會，深化了寫作者和讀者對此類詩學形式的討論。或許我們過往更多強調的是 1980 年代詩歌對時代使命的承載和對英雄精神的呼喚，聚焦於文本與民族文化語境之間的張力關係，而忽視從小詩或短詩的角度對其進行觀照，發掘這類文本言約意豐的內在活力。〔註7〕實際上，新詩中的「小詩」寫作是有自身的傳統和譜系的，然其「小傳統」又如霍俊明所言，「因為特有且明顯的『短』『小』『輕』『快』一直在二十世紀強調新詩革命和運動的語境下受到忽視，或者說一直缺乏對這種詩歌應有的尊重。」〔註8〕

〔註7〕正如楊慶祥所說：「在這一時期，對這些詩歌的闡釋主要集中於表達的內容而非表達的形式，因此這兩首詩（指顧城的《一代人》和《距離》，本文作者加）在更多的時候被納入後革命時代的反抗寓言中去予以解讀，卻忽視了這種『小詩體』已然是一種意義的暗示，它文體上的『小』，本身已經構成對此時代空洞宏大的詩體形式的一種解構，並與五四人道主義傳統暗通款曲。這本身已然是有意味的形式。」楊慶祥：《文體與意境——從蔣一談〈截句〉談起》，載《文藝報》2015 年 12 月 28 日，第二版。

〔註8〕霍俊明、楊慶祥、李壯：《新詩的傳統性與當下性——截句三人談》，《文學報》2016 年 5 月 19 日，第 23 版。

　　截句與詩歌傳統的關係之一在於其形式體制和成詩規則，上世紀二十年代周作人就界定小詩爲「一至四行的新詩」，可立題目亦可無題。截句則繼承了新文學初期小詩的形式原則，要求詩歌在四句之內完成，這是一種基於形式的規範藝術。固定的形式使截句可以保持小巧的詩形體量，而不致走向散漫化。單就「截」本身而言，它又與古典詩學中的「摘句」、以及六朝時期出現的「秀句」形成某種潛在的呼應。摘句形式在律詩和絕句中多有體現，即把一首詩中一兩句精彩的詩句摘錄下來，單獨陳列。現代學者胡懷琛在《小詩研究》中曾專闢一章「小詩與中國的舊詩」探討此類問題，認爲小詩從語言節奏上還是情感律動上都與「摘句」頗爲接近。〔註9〕截句之「截」類近於摘句之「摘」，亦爲對現代小詩傳統的當代呼應。同時，截句以簡馭繁的詩質與秀句博而返約、清空簡要的審美追求也存有承續和轉換，一些截句作者正是從其「舊作」中提煉語句，定格作品。看似簡單的抽取，實際上又形成了一組新的對話關係，而新文本究竟是延伸還是縮小了原文本的意義呢？看沈浩波的「世界——／這盲人的美瞳」〔註10〕，兩句詩截取自他寫於 2012 年的一首《梯子不用請橫著放》，原詩如下：

　　　　給我一架梯子／讓我筆直向上／撕掉藍天／如撕掉自己的頭皮／撕掉滿身膏藥——／朵朵白雲／出溜著下來時／順手／掐死飛鳥／捏碎山峰／捋掉樹葉／把光禿禿的樹／拽起來／像拎著少女的頭髮／扔進虛空的洞／世界終於安靜／但屋頂的瓦／像人臉一樣冷漠／瓦下的梁／狗一樣盯著我／死硬的牆壁／窺視癖的窗戶／囚禁我的房屋／刷著油漆的草地／我放了一把火／把它們燒成灰燼／拎起一桶王水／從我自個兒的／頭頂澆下之前／深情看了一眼／世界——／這盲人的美瞳。

按照沈浩波自己的說法，他對這首二十多行的詩歌並不滿意，唯獨最終形成「截句」的末尾兩行，他始終難以割捨，進而意識到「閃光的詩歌往往隱藏在一些平庸的詩作中」，而詩歌「可以更簡潔，更直接地抵達內核」〔註11〕。當詩人像古人一樣「摘句」時，詩歌的意義疆域也悄然發生著衍變，原詩中的抒情主體「我」穿梭在冷峻的意象世界，源發自生命本體自我否定意識的

〔註 9〕胡懷琛：《小詩研究》，商務印書館 1924 年版，第 61 頁。

〔註 10〕沈浩波：《不爛之舌》，黃山書社 2016 年版，第 115 頁。

〔註 11〕沈浩波：《不爛之舌》，黃山書社 2016 年版，第 115 頁。

「暴力」美學無處不在，主體與現實世界之間的矛盾關係難以調和。經由「摘句」之後，詩歌的語言節奏較之原作適當放緩，話語的硬度也有所減弱，意義焦點遊移至「盲人」與「美瞳」的悖論關係上，指向人與世界之間難以真正溝通的命運。事物和現象的枝蔓不斷去除，其意義表達更為單純、直接，如駛入快速路一般迅捷抵達意義深處，指向更為深遠的諸種可能性，這正是「摘」或「截」之魅力所在。

　　形式之外，截句與小詩、新徘、微型詩等都強調詩歌在生成過程中的「瞬間」效應，力求從一時的情調與景觀中妙悟永恒，以有限觸發無限，以精神此在抵達未來經驗之彼岸。這種以一寓萬的效果如李壯所說，來自於寫作者「強大而突如其來的直覺，這種直覺應當是神秘的。不是內容本身的神秘，而是呈現方式的神秘：它一直都在那裏，被日常經驗和工具語言的灰塵所遮蓋，詩人通過語言的擦拭和穿刺，突然使它復活，呈現出我們不曾見識過的光彩。」〔註12〕作為內心空間與現實世界的中介，詩歌是詩人賴以表達的特殊語言，他們所妙悟到的「瞬間」心理流動抑或觀察到的「瞬間」視覺信息，可能很多人都體會過，但內心經驗的神秘性難於言表，對普通人而言更奢談用文字寫出，唯一能夠打開、恢復這種體驗的也許就是詩。因此，截句寫作者關注的並非純粹是語言的內容，而是讓文字、意象交融、組合的方式。喬納森在《結構主義詩學》中就已指出：「一段文字是否是詩，未必取決於語言本身，而取決於文字的排列形式」，因為「形式的轉換給讀者帶來了視覺上的詩意期待」〔註13〕。當我們讀到「午夜的花／午夜的披頭散髮」〔註14〕，「自在，自己不在了」〔註15〕，「烏托邦之愛……烏托邦致癌！」〔註16〕這樣精短的句子時，與其說是在品讀詩歌，毋寧說是在與作者分享一次創意。「花」與「頭髮」，「自在」與「不在」，「愛」與「癌」並置，後一個意象皆由前一意象觸發跳躍而成，精警獨特。前後兩個意象在韻律上的和諧與意義上的對峙，保證了詩歌的張力，從而給讀者留下深刻的震驚印象，語句雖短，卻也有清晰牢固的結構。

　　上世紀九十年代以來的新潮詩強調敘事性因素的加入，抒情逐步被一條

〔註12〕霍俊明、楊慶祥、李壯：《新詩的傳統性與當下性——截句三人談》，《文學報》2016 年 5 月 19 日，第 23 版。

〔註13〕曹存有：《談余光中詩歌的結構形式》，《語文學刊》2009 年第一期。

〔註14〕蔣一談：《截句》，《新星出版社》2015 年版，第 30 頁。

〔註15〕樹才：《心動》，黃山書社 2016 年版，第 94 頁。

〔註16〕桑克：《冷門》，黃山書社 2016 年版，第 10 頁。

條事態的具體信息所取代，甚至出現「反抒情」的聲音，還有一些小詩作者過份強調詩歌對哲理的承載功能，將詩歌打造成名言警句。而截句則從散亂的事態碎片或是哲理說教中抽身而出，詩人們普遍重視抒情，深知必須以真情的營養澆注短小的詩行，杜絕矯情和故作玄虛。如周瑟瑟的詩集《栗山》便是融合詩人精神清理與精神自溢的寫作，詩歌的意象結構與詩人的精神狀態融為一體。父親的靈魂、家鄉的親人、故土的風情……如生命的風貫穿於截句之中，抒情的因子也如寫作者的呼吸一樣，印證了他的精神存在與心靈狀態。從抒情的角度言之，截句強調對精神主體內宇宙的多維呈現，力求為釋放情感提供多元的渠道，捕捉靈心一過的流動起伏，在情感的自然性和自發性上作足文章，對應了新詩的抒情傳統。

二、「截句」是否具備獨立的美學特質？

除了對行數有明確的規定外，「截句」更像是一個形式美學的口號或是帶有標籤性的詩歌話題。作為一種與當代生活貼合密切的寫作方式，操作者們並未對其詩體本身提出明確而穩固的建構信息，在寫作手法上也尚未形成相對一致的技術向度，因此從嚴格意義上說，「截句」還處於概念的自我完善與豐富中，尚未完全定型。同時，在這一概念提出之前，具有類近截句形式特徵的短詩並不少見，如果我們認為「截句」具有或者有潛力具備獨立的美學特質，那麼就必須要在通覽文本的基礎上，對其語體形式、情感向度、詩義結構專向勘察，以窺測其美學獨立性是否存在。筆者以為，注重捕捉「瞬間」經驗、挖掘生活的動態情感信息、在抒情的方式上刻意雕琢、潛心打磨句子的銳度與力度、賦予意象以開放性的意義內涵……這些截句寫作者們集中表現出的美學風貌可以為截句的某些美學特徵賦形，但它們同時也是一首好詩（無論是截句還是其他）都應具備的。因此，在截句這個概念尚未充分發酵之時，不宜過早為其美學蓋棺定論，輕下斷言。我們或可從「平衡」的角度出發，看寫作者如何通過「截句」重新定位自我與世界的聯繫，構築精神主體與現實的平衡、整體情境與意象的平衡、當下與未來的平衡，從而在「平衡」的維度上考查其詩美特質。

1、「即興」與「難度」的平衡

截句體量短小，很容易給一些人造成誤解，認為它的門檻很低，甚至不需要結構意識的參與。實際上，很多截句文本的背後，都有著結構更為宏闊的原

文本支撐，正如于堅把截句的片段與原詩理解爲「磚與房子」的關係〔註17〕。即便那些非從原文截取而重新創作的文本，往往也是詩人在進行經驗沉澱、過濾之後，從龐大的語言系統中提純而成的結晶體。即興寫作的行動表象背後，應該有充足的「難度」元素爲其保駕護航，由此方能保證詩意不流於浮泛。與「難度」遇合，部分詩人充分調動意象的力量，追求意在象外的形而上旨歸，以增加詩歌的耐咀嚼力。于堅的詩歌寫道：「神聖的白日　大海在吞噬自己的野獸／盛大的乳房。」〔註18〕白日、大海、野獸、乳房形成意象群組，似乎很難指涉具體可辨的經驗，然而能指元素彼此配合，交融互動，共同隱喻著某種自然的秩序，不同所指之間的協調與契合，也確保了它們彼此的補充關係。曾幾何時，一些詩人主張放逐意象，讓帶有生活氣息的事態主導詩句，一時間敘事性元素被奉若圭臬，詩歌情境也逐步被現場化、故事化甚至段子化，過度依賴偶然與巧合的因子。而截句作者在打磨整體情境的同時，更注重詩歌由事態意象向句意象、詞意象回轉，認爲好的句子抑或詞語本身就具備獨立於詩歌整體的力量，由此倡導重新發現詞語，回到意象，用意象提取事物的光。看朵漁的句子：「他經常將自己質疑得走投無路／孤立得像一枚閃閃發光的犀牛角。」〔註19〕意象上的異質混成彰顯出奇崛的思辨意味，提供給讀者新奇的美學體驗。「閃閃發光」的犀牛角蘊含著詩人對孤獨精神的正向認知，「孤獨」既是個體的悲劇性體驗，又是抒情者與超驗性感受締結關聯的前提，亦是個體存在走向自覺的標誌。可見，截句賦予意象一個更爲自由開闊的空間，意象既是詩人從生活中深鑿而來的，帶有強烈的個性特徵，同時也應超乎個人，指向意蘊更爲立體的普遍性和他者性經驗。

　　截句與「難度」遇合的又一層面在於詩人如何處理他們的情感。很多寫作者意識到：詩歌描繪的並非全然都是情感的沸點狀態，將跌宕起伏的抒情線索在心理時空中不斷沉澱、緩緩伸延，也許能夠抵達更爲深遠的境界，正所謂以「慢」搏「快」，反撥淺寫作或是段子化的詩歌。比較有代表性的例子是蔣一談寫下的「山這邊有一座寺廟／山那邊有一座教堂／誦經和唱詩的聲音在雲端相遇／不擁抱，也不分離」〔註20〕。寺廟與教堂恰如兩幅凝滯的風

〔註17〕原文爲「截句比原作輕，但它們還是有一塊磚必須的重。」于堅：《閃存》，黃山書社 2016 年版，第 118 頁。
〔註18〕于堅：《閃存》，黃山書社 2016 年版，第 94 頁。
〔註19〕朵漁：《出身》，黃山書社 2016 年版，第 80 頁。
〔註20〕蔣一談：《詩歌是一把椅子》，黃山書社 2016 年版，第 7 頁。

景，各甄其態，安守靜謐，然而抒情者卻沿著聲音的軌跡一路追尋，最終在天空中覓得圓滿互生之境。文本在凝固的建築、飛揚的聲音、語詞的碰撞等場景間迴環疊印、巧妙銜接，將詩化的人生體驗融情於景，氤氳著詩人對安寧、寬容、和諧的企慕之心。詩歌語詞與意象簡單通透，頗具散文之美，然其內在的精神體驗又是高度精緻化的。需要言明的是，截句的「難度」並非單指技法層面，其心理和想像層面的「難度」應成為詩人的觀照重心，特別要通過簡約潔淨的語句揭示精神的當下痛感，方能彰顯短句的力度與重量。看蔣一談「我想脫下影子／影子也想脫下我／我們同時摔倒在地」〔註21〕，「今晚哭泣的時候／她讓眼淚滴在製冰盒裏／她不想辜負自己的眼淚」〔註22〕。與影子纏鬥，將眼淚冰凍，我們在詩人想像的突襲中體悟到難以言明的精神痛感，這是生命的自我洞察，是寫作者對心靈最隱秘的痛感經驗之拷問。讓疼痛感的綿力透過語詞釋放而出，正是截句由內向外透射出的精神穿透力。

2、「短句」與「意境」的平衡

截句最多四行，基本採用短句佈局，簡潔、短促、精悍，以此帶動語感節奏。寫作者們有意與晦澀的意象和纏繞的句法拉開距離，力求做到「讓句子回到句子」，通過句組在意義結構上的承轉、組合、斷裂、對峙確立詩意，讓文本一次成像，有如古人「口占」一般，擬現靈思妙想的原生狀態，達到「天然去雕飾」之美，而那些圓潤、複雜而精密的結構自不入詩人法眼。如果用繪畫比喻截句的話，它更像是對日常生活場景的一次次「速寫」，以句子為線，勾勒事物的輪廓，點到為止而不對其內裏再行雕琢。由此而觀，截句多包含三類意境構成模式，一是從瞬間的生活事態裏捕捉思想的吉光片羽，如朵漁的「一對兒老夫妻，互相不搭理／沿著河邊溜來溜去／得有多少年的廝磨／才能造就那樣的若即若離。」〔註23〕生活即景的語象化為詩歌的意象，細小的齟齬與厚重的情感織造出綿長的韻味，讓人讀出平凡小景中的生活真義。霍俊明的「在樓裏住久了／回到老家平房／夜裏走動總覺得下面還住著人」〔註24〕，身體返鄉，精神卻依然無法擺脫都市生活的束縛，對故鄉的血脈記憶和精神「離鄉」的糾結與矛盾，借助微小的詩歌閃電得以照徹。平靜

〔註21〕蔣一談：《截句》，新星出版社2015年版，第5頁。
〔註22〕蔣一談：《截句》，新星出版社2015年版，第3頁。
〔註23〕朵漁：《出身》，黃山書社2016年版，第42頁。
〔註24〕霍俊明：《懷雪》，黃山書社2016年版，第83頁。

的語詞下，掩映著寫作者的漂泊意識，意境層次細緻豐富。

　　二是在抽象的空間內思量人生奧義，哲理意味濃鬱。如臧棣的「如果你眞想點燃的話／道德不是廣場上堆起的乾柴／而是桌子上細長的蠟燭。」〔註25〕燃燒的乾柴與蠟燭形成一組悖論，詩人隱晦地提醒眾人，道德不是綁在火刑柱上的高蹈表演，它居住在我們的生活細節中，應當時刻踐行。從意義結構上看，三個句子各司其職，首句引出事態，後兩句通過悖論的角力，滲透出主體的道德關懷。語句雖簡，但依然是一個完整的抒情結構，且意義潛藏在意象對峙而生的張力中，形成言近旨遠的意義氛圍。

　　三是以展覽的方式排列意象，追求意義的開放性與未來性。如楊慶祥的「遠方的狗吠／城市的歸人」〔註26〕，蔣一談的「深秋的長椅／半開的棺木」〔註27〕，諸多意象疊加出的情感空間形成整體性的象徵語境，且意旨含蓄，意義不斷向未來延伸，有如半成品一般餘興未盡，充盈著言外之意，不同的讀者可以之找到各自殊異的生命體驗。可見，雖然講求留白藝術，避免把話說滿，但截句作者依然重視句子與情境的關係，句節奏與寫作者抒情的內心節奏互動齊鳴，文本融合多重對比關係。短句法與深意境相遇合，可謂象清意沉。

3、「當下性」與「超越性」的平衡

　　在某些詩人看來，截句是對當下愈演愈烈甚至有些泛濫的「鄉土情懷」「故鄉抒寫」「神性寫作」的一次糾偏機遇，它能夠直接地讓詩回到現場，回到當代人的日常呼吸之中。部分寫作者也認識到，過份強調詩歌的當下性，或多或少會影響詩歌的意義生成。一首好詩需要「接地氣」，與當下的話語現場發生聯繫，但詩歌的魅力在於語句的召喚性和對未來的想像力激發，正如卞之琳的《斷章》既是生活小景的樸素拓寫，又以「看風景的人」與「被看者」的相對主義美學啟發讀者的哲思，因此截句寫作也應「力在象外」，給予意義一定的留白空間，使其充分燃燒。臧棣的截句集名為《就地神遊》，書名便暗含了意義的當下生產與未來發散的動態聯繫，看他的句子：「桌上，一枚深紅的大棗／離你不過半米，但有些生命的感覺眞的很奇怪／比如，要眞正抵達紅棗的含意／你還得走上兩萬里。」〔註28〕詩人將抒情主體、紅棗、距離等

〔註25〕臧棣：《就地神遊》，黃山書社2016年版，第42頁。
〔註26〕楊慶祥：《這些年，在人間》，黃山書社2016年版，第60頁。
〔註27〕蔣一談：《截句》，新星出版社2015年版，第31頁。
〔註28〕臧棣：《就地神遊》，黃山書社2016年版，第17頁。

似乎完全沒有可比性的事物置於同一事境，人無限接近紅棗卻無法全然理解它，這是認知意義上的悖論，卻由當下的「事態」引渡出更為深遠的內涵，即在快節奏的時間體驗中，人類往往忽視對身邊事物的深層閱讀。「紅棗的含意」到底為何，其實並不重要，它只是詩人敘述的背景和媒介。人與紅棗的關係成為一種整體的生活隱喻，我們可以藉此反思那些被經驗世界規範好的秩序，詩歌的意義含量也由此增強。

與過往的「小詩」以及當下同類詩作相區別，截句詩叢中的作品均不加題目，仿若古人作「無題」之詩，以使讀者不過度關注詩題本身所承載的具體時代、時間、地理、事件信息，而將注意力直接聚焦句子本身，在保留更多從當下語境觸碰未來經驗可能的同時，也更容易走向跨語境的寫作。談到詩題的作用，可以說它並非單純就是詩歌內容的主題概括，某些時候，它與內容共同構成了詩歌的意義結構，典型案例就是北島的《生活》與「網」之間的張力關係。再如，如果讀到「在中國／每一個人遇著／都在問：／『吃了？』」這樣的句子，在沒有標題的情況下，我們會理解為詩歌對國人語言習慣的一種「戲仿」，或是對普通生活場景的一次提純。但熟悉這首詩的寫作背景之後，原來它竟是賈平凹的少作《題三中全會以前》。題目與詩句對應之後，讀者的經驗被限定在溫飽問題的層面。顯然，詩歌的豐富性受到了題目的制約，難以向外擴散。這一例證或許說明，截句寫作對題目的取消，恰恰解放了詩歌文本與被理論界關注的「本文」、亦即詩歌產生的社會、歷史、文化語境的過渡糾結，語句紮根在當下的現實土壤中，它開出的花朵卻是面向未來的。

三、截句的未來空間如何？

當下，圍繞截句的討論日趨激烈，諸多反對的聲音也不絕於縷，且意見多聚焦於對「形式制約內容」的批評。截句的章法結構較為自由，不像古典絕句或小令那樣講求起結、過片，沒有固定的法度，易導致內功不夠深厚的寫作者率爾下筆，淺薄隨性的「碎片化」「雞湯式」「快餐化」作品泛濫。在筆者看來，對截句沒有必要施以過度的批評甚至苛責，因為這一形式強調的是創作的參與意識，對於內質美學原則未作過多的規定，我們更適宜從詩歌「行動」的現象學角度進入截句寫作。周作人早就說過：「我們只要真是需要這種短詩形，便於表現我們特種的感興，那便是好的，此外什麼都不成問題。」

〔註 29〕當評判一首截句的優劣時，我們或許應當思考這樣的問題：與非截句相比，這首詩有哪些專屬自身的特徵，這些特徵是否獨立自足，可以形成使之成為截句的美學元素。或許一首成功的截句至少應具備三個條件：一是如截拳道一般快慢有序、乾淨利落、一氣呵成的語感，力求片言奪魄，讓精確的意象瞬間直擊生命和世界的真諦；二是捕捉普通人習焉不察的心靈細節，將其置於「難度」提純的運思流程中，融深邃的玄想與剋制的反諷於一爐，打磨知性思考力；三是以現實或思維的斷章、碎片複製、還原進而重構生活的秩序，讓龐雜巨大的生活經驗經過截句的轉換，生成另一種指向未來的全新經驗，在現實與未來之間製造想像的「張力」，揭示未來的更多可能，達到微言宏旨。語感、難度、張力這三個要素，恰恰又與截句的形式特徵相輔相成。

朱光潛先生評價新詩時曾說：「形式可以說是詩的靈魂，做一首詩實在就是賦予一個形式與情趣」，「許多新詩人的失敗都在不能創造形式，換句話說，不能把握住他所想表現的情趣所應有的聲音節奏，這就不啻說他不能做詩。」〔註 30〕無法綜合處理形式與趣味的平衡，或許也是當前詩人創作的薄弱點。寫作者們普遍缺乏形式意識的自覺，對詩形建設的探討並不充分，體式實驗也尚未充分展開。如果我們不再糾結於截句的文體獨立性和創作泛化等問題，而是從積極方面思量，則會發現截句寫作風潮促使我們復歸「詩形建設」這一新詩傳統，其文本既有整飭、均齊而和諧的建築之美，同時短小的語句與大幅頁面的空白產生形式張力。如蔣一談的「霧中奔跑」〔註 31〕區區四字，卻給每一位讀者留下了充分的想像空間。你可以把詩句本身想像為一個奔跑的人，而留白空間則與「霧霾」形成了某種呼應。通過截句，語詞的意義與視覺的意義構建起聯絡渠道，它調動起閱讀的新鮮感和衝擊力，豐富了讀者的感知空間，也在視覺層面建構起意義的未來性。

形式之外，截句的意義體現在它對「趣味」的追求，如截句詩人所認為的「好玩」也是一種現代詩歌的詩意所在。截句對應了古典詩歌的遊戲傳統，以獨特的意象和節奏賦予詩歌個人化的標識。「我沒有來得及阻止／這件事的

〔註 29〕周作人：《日本的小詩——一九二二年在北京清華學校講演》，《清華週刊.文藝增刊》1923 年 3 月 16 日。

〔註 30〕朱光潛：《給一位寫新詩的青年朋友》，《香港大公報》1941 年 1 月 16 日，第 1011 期，1941 年 1 月 18 日，第 1012 期。

〔註 31〕蔣一談：《截句》，新星出版社 2015 年版，第 13 頁。

發生——／一個小女孩／在吹避孕套」〔註32〕。成人與兒童對事物的認識存有差異，尷尬的事件本身足以引發讀者會心一笑。再如「雨滴在天上跑步／誰累了誰掉下去」〔註33〕，詩人建立起虛構的童話世界，顛覆了對「雨」的認知慣性，且趣意盎然。「早晚兩粒：契訶夫／白菊既然清火，那就替陶潛餵餵花貓／每兩週給杜甫寫一封信／地址還是原來的：莎士比亞」〔註34〕，這不禁讓人聯想起第三代詩人張鋒的那首《本草綱目》。這首詩的作者臧棣以輕鬆寫意的遊戲性言辭稀釋了神聖宏大的意義，並強化了詩歌與作家生存體驗之間的現實聯絡感。趣味的滲入，使諸多詩歌情境與制度化的生活世界形成鮮明對照，玲瓏的詩行承載趣味的內容，又切合了都市人快節奏的閱讀需求，極易喚起讀者對詩歌的關注。

綜上所述，截句已經在詩歌閱讀與傳播領域刮起了一陣新風，且尚在持續升發的過程中，它並非意義的結束，而恰恰是意義的開始。如果截句寫作能夠在堅持經驗提純、難度運思的基礎上警惕軟性語言以及格言警句的滲入，自我否定與自我建構同步生長，那麼它當可被視為新世紀詩學的又一重要節點而具備更多獨立研究的價值。從行動的意義言之，截句給了詩人一個反躬自身，適當降速的機會，如楊慶祥在其詩集後記中所表述的：「哪怕是最日常的生活，只要細細咀嚼，總能咂出些淡淡的滋味。前提是，你還可以靜坐幾個小時，在快節奏的生活中說：停。讓詞語和感性重新籠罩你的心靈。」〔註35〕讓我們跳脫時代主流速度和群體經驗的限定，依照自己的心情降速緩行，重新發現路邊的風景，或許就是截句美學的行動意義。

第三節　新世紀詩歌寫作：在「減速」中抵達心靈

自上世紀90年代以來，詩歌現場始終籠罩著「及物」這一關鍵詞，諸多寫作者主動遠離了曲高和寡的「泛文化」抒情或是個人私語宣泄，開始把焦點投射在周遭的日常生活中，試圖以「及物」的方式調整詩歌寫作與生活現場的關係，從瑣碎的個人日常空間中發掘詩意。這便造成了一個顯而易見的結果：詩歌與現實之間呈現出愈來愈緊密的勾聯狀態，而作家似乎也找到了

〔註32〕伊沙：《點射》，黃山書社2016年版，第45頁。
〔註33〕蔣一談：《截句》，新星出版社2015年版，第55頁。
〔註34〕臧棣：《就地神遊》，黃山書社2016年版，第19頁。
〔註35〕楊慶祥：《這些年，在人間》，黃山書社2016年版，第117頁。

言說現實、特別是城市現實的合理方式。在抒情者看來，城市既是一個物質現實，又是一種心靈狀態。閱讀城市，就是解讀城市化了的自我，也是從內部瞭解城市的過程。爲此，文學操作者們通過對城市的抒情與緬想，表達現代化的思想體驗，他們尤其關注由城市文明催生而出的現代速度觀念，在「速度」抒寫中觸及現實的眞實層面，進而爲抵達心靈現實尋覓通道。

按照文化精神的內涵，現代性精神包含人們通常所熟悉的理性、啓蒙思想，李歐梵則從時間意識出發，認爲它的基本涵義在於「現在是對於將來的一種開創，歷史因爲可以展示將來而具有了新的意義」〔註 36〕。民國初年的西風東漸，使中國經歷了前所未有的開創性變化，其標誌便是現代時間觀念的形成，以及一代人對國家風貌的想像。在這樣的想像中，作爲凝聚著文化衝突與心理震盪的焦點之物，汽車、火車等交通工具改變了千百年來傳統人文場域建立起的速度感。它使人們的流動更爲頻繁，同時造就了現代社會在空間、速度以及主體形態上的變革，這直接影響到文學藝術的再現技藝。在現代新詩中，「速度」本身蘊涵了豐富的時間與空間意識，它爲抒情者帶來了觀物方式的巨變。郭沫若、李金髮、徐志摩都有過在行駛的火車上觀物的類似經歷。鄉野田園被列車的速度連帶形成流動的卷軸，傳統風景因速度的裹挾而產生「異變」。郭沫若曾向宗白華講述過自己在日本的經歷，他和田漢從博德乘火車前往二日市、太宰府，詩人歎道：「飛！飛！一切青翠的生命燦爛的光波在我們眼前飛舞。飛！飛！飛！我的『自我』融化在這個磅礴雄渾的 Rhythm 中去了！我同火車全體，大自然全體，完全合而爲一了！」〔註 37〕從這些話語中，我們可以支離出詩人自身的審美現代性追求與機械速度體驗的契合，其「近代人底腦筋」與「工業文明」融會之後，新的感覺形式應運而生。與汽車相比，火車憑藉其摧枯拉朽似的速度感，更容易構成宏大歷史敘事的物質象徵基礎，它那種穿透原野的巨大聲勢，顯現出機械力量對傳統靜態田園文化的碾壓與顛覆。詩行中的每一句話意義方向都極爲一致，這便是馭速而行的目的地——融合時代與民族願景的現代都市。現代中國文人鍾情於速度的快感，並試圖超越儒道傳統中那種追求「靜」的文化精神；而他們

〔註36〕 〔美〕李歐梵講演詞：《晚清文化、文學與現代性》，大學學術講演錄叢書編委會主編：《中國大學學術講演錄》，廣西師範大學出版社 2002 年版，第 251 頁。

〔註37〕 郭沫若：《郭沫若全集》（文學卷第 15 卷），人民文學出版社 1989 年版，第 121 頁。

所歌頌的，正是疾速狀態中所蘊涵的「動的文明」。如未來主義者一樣，汽車的疾馳，工廠機械的噪音，火車站的鳴響，飛機的推進器，鐵橋的輝亮，戰鬥艦的黑煙等，都是他們藝術的題材。於是，世界獲得了一種新的美──速度之美。

我們注意到，無論是現代文學，還是新時期文學，諸多抒情者不約而同地在文本中抒寫對「速度」的崇拜之情，其中氤氳著強烈的國家富強觀念。因此，車輛的聲音既可以「如村婦般／連咒帶罵地滾過」（艾青《馬賽》），「聽那怪獸般的汽車，／在長街短道上肆意地馳跑」（馮至《北遊》）；也可以「像從遙遠的山林傳來的／百鳥的歌聲……」（艾青《北京的早晨》1980）。無論是嘈雜的噪音還是和諧的樂聲，汽車的引擎聲本身自然沒有變化，它只與詩人的歷史使命感相關。

綠原在 1985 年作有《現代中國，仲夏夜之夢》一詩，「一輛輛『豐田』，一輛輛『奔馳』，一輛輛『福特』，一輛輛『雪鐵龍』」被「我獨自駕著一輛國產『火箭』牌輕便摩托，／一擋，二擋，三擋，一下子超過了／所有的先行者，飛馳在二十一世紀的國際高速公路上」。這裡的能指與所指一目了然，日德美法四國的現代化速度，最終將被「國產」的高速度所超越。與其說是為了在高速公路上體驗國際化的飛馳，倒不如認為是「趕英超美」的理念再現。正如邵燕祥早在三十四年前寫下的《中國的道路呼喚著汽車》中的豪情：「我們要用中國自己的汽車走路，／我們要把中國架上汽車，／開足馬力，掌握方向盤，／一日千里，一日千里地飛奔……」兩首詩都借汽車的速度偉力構築強國之夢，可謂異曲同工。當北京第一條地下鐵道開通時，眾多詩人紛紛為這一現代化交通工具詠唱讚美詩，甚至喊出「哦，我的地下鐵道！／多少人等你等白了頭」這樣的詠歎調。無論是「摩托車」還是「地鐵」，都是現代化的技術性符號，並指向一種速度感。高速的路網、地鐵的隧洞，正是從政治理想向經濟願景過渡的空間。在空間挪移中，現代速度符號這類有型的、易辨的意象便成為抒情者感知現實、反映現實最有效的材質。

環顧上世紀 90 年代以來的詩歌現場，速度意象依然積聚了知識分子對其生活世界和思想世界的所有觀念。不過，隨著城市變得越來越趨向於物質主義，以及作家個體精神時空與國家意識形態觀念的日益疏離，他們對「速度」的認知也不再單純地聚焦於正向的價值肯定，文學想像中開始集中出現針對「速度」的敵意。作為思想建築師的詩人，他們往往能夠比民眾更為敏銳地

捕捉到「提速」的快感。同時，其快感也如曇花一現般難以為繼，因為任何現代速度內部都蘊涵有權力的運作，這樣的權力加諸抒情者心靈之上，便令其產生層層壓迫感。于堅在《便條集‧149》中便表達了抒情主體對「汽車」的憤恨：

> 我害怕汽車
>
> 我恨透了汽車
>
> 它強迫我聞　強迫我聽
>
> 它強迫我給它讓路
>
> 它忽然在我身後大叫
>
> 把我嚇得跳起來
>
> 它飛馳而去
>
> 把污水和灰塵潑到我身上
>
> 它趕走了老虎
>
> 像惡霸一樣耀武揚威
>
> 它是真正的鐵血宰相
>
> 我無法用革命來對付它
>
> 我無法造反
>
> 這是來自我身體的反感
>
> 一個熱愛步行的人的反感
>
> 從呼吸道肺葉和耳膜產生的仇恨
>
> 從被鐵和玻璃刺傷的眼睛
>
> 產生的仇恨　與思想和主義無關
>
> 我不能用語言去表達我的憤怒
>
> 我不能告訴這個滿懷憧憬的城市
>
> 我是一個仇恨汽車的詩人！
>
> 我不想成為人民公敵
>
> 我只有憋住呼吸
>
> 繼續步行

作爲「反感」契機的「汽車」，象徵著某種超越性的東西，它所引領的速度成爲現代人無法規避的權力。這就是說，主人公由於遇到帶有超越性的力量，才引起認識主體脫離賦予它的現實（包括自身在內）。在這裡，「賦予它的現實」就是速度社會的野蠻規則，而「認識主體的脫離」則來源於「我身體的反感」。詩人不再對汽車這樣的現代符號帶有任何技術上的崇拜，他只想從常規的汽車世界中逃脫出來，拒絕被其對象化，然而他唯一能夠選擇的便是主動降速之後的「步行」（而且是憋住呼吸的步行）。

如同巴黎的漫遊者用皮帶牽著海龜在路上散步，以此來反抗交通工具等物質的快速循環、抵禦速度的暴力一般，詩人對步行的熱愛著實屬於現代社會的英雄行爲。它的價值在於發掘出作爲單一個體的都市人所能反抗城市的最爲自主和有效的方式，雖然其間充滿著悖論似的調侃與無奈。「現代化的目的是爲人生的，是爲人性更人性地棲居在世界上。但這個基本的目的離我們到手的一切似乎越來越遠。悖論，越現代化我們就離人性越遠。」〔註38〕器物發達與人性壓抑形成的生存悖論，使我們不得不重新思考人的主體性問題。現代詩人穆時英早就提出過人遭現代都市「壓扁」的命題，臺灣詩人張默也在《飛吧！摩托車》中用每行僅一字的「無／重／量／的／飛／翔」強調著同質的都市經驗。「飛翔」的人類在享受速度的同時，也在犧牲著思想的「重量」。布希亞（Jean Baudrillard）說過：「駕駛是一種驚人的健忘形式」。汽車掃蕩了封閉小鎮式社會的種種限制，加速了身體的眞實運動，然而人的自由思想卻被這種速度衝碎了，這自然引起詩人的警覺。

于堅的步行舉動，對抗的是汽車對身體施加的外在暴力，而王敏的《換一種方式到南京》則指向交通工具施加在人身上的「內在暴力」，並對這樣的思想暴力進行著反撥。詩人從成都坐火車到南京，列車要經停西安，「我沒有到過西安／我很想在火車上／看一看西安的古城牆」，但是一覺醒來，乘務員告訴「我」半夜時已經路過西安了，於是「我」感到「我的身體／躺著穿過了西安／我變成了一個兵馬俑／爬起來的時候／首先想到的是／我的盔甲」。詩歌末篇寫道：「也許，在公元／2001 年的多天／我應該換一種方式／走路，到南京／讓一匹駿馬／從身邊／飛馳而過。」詩人乘坐火車，已然喪失了郭沫若們欣賞移動風景的心境，雖然擋風玻璃外的風景不斷流動，但它的「播放」速度和畫面卻是無法選擇的。速度施加給人一種習焉不察的話語

〔註38〕于堅：《拒絕隱喻》，雲南人民出版社 2004 年 1 月版，第 207 頁。

暴力，乘客只能被動地接受它，而喪失了主動觀察的權力。所以，詩人的身體借助火車通過了西安，而思想卻無法捕捉到任何關於西安的現實印象，只能寄託於另一種方式——走路。可見，從「乘車」到「步行」，文學家對行進方法的選擇，彰顯出其思維方式的新質。于堅曾說：「我們正在以落後過時爲理由毀滅大地這個與生俱來的永恒者，同時造就著一個敵視生命的永恒。……一種流行於現代美學中的觀念正在影響著人們，通過現代藝術對複製品的肯定，昔日創造者們的永恒世界已經成了神話。」〔註39〕走下車輛，用腳步丈量大地，或許是喚醒都市人麻木的最後處方，也是人類重新接近「大地」這個「永恒」經驗的唯一良策，它成爲城市文人抒情視角轉變的鮮活體現。

意識到器物發達對人性造成的壓抑之後，詩人們開始實踐著種種諸如「步行」的嘗試，追求楊克在詩歌中多次言及的「緩慢的感覺」。在降速的瞬間，抒情者個體從群體中離心而出，而城市的本質也在偶然事件中得到揭示。更進一步說，透過器物的龐大壓力，他們切實感觸到自身與世界的關係發生了變異。現代詩人穆旦在《城市的舞》中便已將「車輛」、「噪音」和「巨廈」比喻爲囚室，它們對人類看似善意的「邀請」，實則是詩人對「人與城市」主客體顛倒和混亂的無情反諷。「汽車像光亮的甲蟲／在危險的興奮中飛跑／人群向四面散去／空隙結束了尋找」（顧城《機器在城市裏做巢》），年輕的詩人以純眞的城市觸感，描摹著一幅看似童話、實則可怖的畫面。機器取代了人，佔領了街道，在城市裏築巢繁衍，而人只能被其驅使、四散而逃。又如譚延桐寫的：「機器就是我們這個時代的演員」，而「在機器的眼中，／我們也是毫無生氣的機器啊」（《一個機器壞了》）。機器的腳步和引擎的叫喊逐步取代了人自身，將人異化成無血骨的機器。「時間在鋼鐵裏是有形的」（康城《模具》），而鍛造鋼鐵的人卻漸而無形，甚至喪失存在的深度。這都表明：沒有「人的現代化」而只有「物的現代化」，這種前途依然充滿未知的險情。

既然存在於現實中的物質主義傾向將都市人的觀察力限制在統一的速度指標上，那麼「降速」就成爲城市現實中一種具有破壞性的力量，降速之後的觀察者可以克服人群的匿名性，在日益趨同的速度感和時間觀念之外，獲得更多個人化的異質體驗。在減速的過程中，詩人們時常會構築起一片充斥著寂寞與孤獨的情感空間，以揭示物質發達與精神冷漠的普遍矛盾。如同現代詩人廢名寫出的「汽車寂寞／大街寂寞／人類寂寞」（《街頭》）一般，汽車

〔註39〕于堅：《拒絕隱喻》，雲南人民出版社2004年1月版，第208頁。

與大街的寂寞，其實都是人類內在寂寞的外延。很多當代詩人在面對汽車意象時，都採取讓意象符號本身充當詩歌的抒情主體，將個體生命依附在交通符號之上進行抒情。在歐陽昱的《公共汽車之歌》裏，具有生命的「公共汽車」便喋喋不休地發出「爲什麼我沒有起點和終點」、「爲什麼我們互相之間都無所謂」、「爲什麼誰也不和我說話」、「爲什麼我老在一條道上跑」、「爲什麼我不會思想不會動情」等等疑問，而所有的疑問也彙聚於一個看似簡單的答案——「因爲我是環城公共汽車」。仔細品味便不難看出，公共汽車所環繞的城市行程，再現了城市人周而復始的單調生活：冷漠而僵化，平板而整飭，缺乏希望亦不會絕望。機械規律的生活本相既屬於公共汽車，更屬於乘坐它的都市人。這一意象深刻地穿透了都市的所有現實，它踏出的生活越是與我們重合，我們便離自身的「機器化」越近。趙麗華也有一首《汽車眼裏的路》，同樣將生命意識賦予機械。詩歌這樣展開：「我」乘坐的汽車有了嘴巴，並且「能說出簡單的、機械的話」，「更重要的是它比我看到了更多的路」，詩行隨之由「汽車」的眼睛所能觀察到的視野鋪開，它甚至能看到「一條路在微笑／一條路在哭泣／一條路因爲愛上另一條路／而失重／而交合／而飛起來」。在意義無蹤的行旅中，作爲寂寞的主體——無論是車還是人，都無法從穩定、客觀、可證實的理性知識角度來思考城市亦或人性。詩人無意將個體的寂寞昇華至哲思層面，她僅僅依靠、攀附著汽車的視線，將寂寞鋪撒在充滿感性與幻覺的、變形變意的道路之上。寂寞由此生發出奇妙的詩學魔力，成爲詩人自身裏性的標誌。

作爲一種當代社會的核心物品（鮑德里亞語）〔註40〕，汽車奔湧在城市的街道上，成爲相異空間的連接者，同時它的內部也形成相對封閉的獨立空間。對充當私家車的小轎車而言，它以家庭私密情感空間的延伸（或者說換位）爲標誌；對充當空間聯絡線的公共交通工具（比如大型公交車和地鐵）來說，它將廣泛的社會關係與乘客相隔離，同時按照一定的規則與秩序在臨時空間內建立起一個人數相對穩定，而人際關係卻隨時組合、拆解，再組合、再拆解的不穩定空間，構成一個特殊的小社會，從而成爲當代新詩對交通工具內部空間觀照、表現的重點（奇特的是詩人反而很少關注轎車空間中的情感運作）。既然公共交通工具可以構成「一個相對封閉的微型權力運作空間，

〔註40〕 〔法〕讓·鮑德里亞：《物體系》，林誌明譯，上海人民出版社 2001 年版，第75 頁。

表現著當代人個體及其與社會關係的一個截面」〔註41〕，那麼，詩人情感空間的營造，就自然而然地圍繞空間內的某種社會關係展開。如我們所知，社會關係是人與人之間的關係，選擇什麼樣的人作為被「看」的主體，自可指明詩人自身的抒情位置和心靈支點。

現代詩人常任俠寫有抒情長詩《列車》，他描述了奔馳的火車中充納的人生萬相，微縮著機械文明操縱下的現代人類世界。整列火車幾乎裝著具有不同生存心態的人，這些人被票價分出了差異：「一等二等只有少數人的舒適，／三等你再動搖也得向著同一方向走，／四等只有這樣一條長長的路，／走盡了黑暗才有光明的日子。」借列車之力，詩人揭示出一個濃縮了的等級社會，但他並沒有因為貧富懸殊而對未來失去希望，只有到達「這列車前進的終點」，才會「有衣服有睡眠有飲食」。當然，詩人僅僅相信有希望的存在，至於解決方案，在他頭腦中仍然是懸而未決的。相較而言，生活在當代的伊沙有一首《又寫到公共汽車》，觸及的也是常任俠似的貧富問題：「在這腦滿腸肥的城市裏／竟然還有比我更窮的人／整個夏天／我曾在擁擠的公共汽車上／給三位下崗的女工讓座。」詩人抓拍的僅僅是生活中一件稀鬆平常的小事，文本結尾卻昇華出意味，「我」知道：「一個真正的富人／可從來不會讓我／因為他們／從來不坐公共汽車。」抒情者以調侃的口氣，對「富人」作出缺席的諷刺。在相似的公共空間內，兩位詩人均批判了金錢造就的等級制度，但二人在情緒上的差異卻涇渭分明。前者以階級批判的眼光俯視人群，而後者則在強大的商業時代壓力面前，積攢了越來越豐富的思辨特徵。詩人更多地通過語詞走入現實的內部，與時代作著充滿智性的周旋，以融合自身體驗的方式鑄造日常生活中的詩美。由此可見，寫作者對公共交通工具內部空間的情感表達，很容易產生差異性意義明顯的詩歌文本。用福柯的術語來形容，汽車是一種異位（heterotopias），是一種包含並共存著多種異質性空間力量的流動的基地（site）。〔註42〕

生存在現代社會，區分這些所謂種種「異質性空間力量」並非易事，特別是在公共汽車、火車、地鐵這樣人員流動頻繁的空間，沒有哪一股力量是

〔註41〕　徐敏：《汽車與中國現代文學及電影中的空間生產》，載朱大可、張閎主編：《21世紀中國文化地圖》（2005卷），上海大學出版社2006年8月版，第182頁。

〔註42〕　〔法〕米歇爾‧福柯：《不同空間的正文與上下文》，見包亞明主編：《後現代性與地理學的政治》，上海教育出版社2001年版，第22頁、第19頁。

一成不變、穩定存在的。「一列火車／我走遍所有的車廂／找不到一個／我認識的人」（岩鷹《在一列火車上》），抒情主體以帶有荒誕意味的行爲，揭示著他無意識中期望的、對「震驚」體驗的重新遇合。他意識到在這樣的空間內部，惟有不斷在陌生人中尋找「熟人」，才能隨時確立自己與陌生人群的差異性，從而避免被火車的速度所規訓。在公共交通工具中，每一位剛上車的人都會「急切地從人群中／伸出手臂，緊緊抓住搖晃的弔環／將心中的重量交給駛入黑暗的地鐵」（葉匡政《北京地鐵》）。如同臧棣在同名詩歌裏所設計的，「他」只有追隨車站的人流，與匆匆而過的乘客建立視覺聯絡，方能熟悉一張張與己無關的陌生面孔，「學會／緊挨著陌生的人，保持／恰當的鎭定」。詩人擬現出時代主流速度對個體的塑造力，從一個側面揭示出精神主體的清醒存在。

在《公共汽車上的風景》中，張曙光看到的風景都是心靈的「植物標本」。詩人深知自己所搭乘的公共汽車「在一個／少年人的眼中，不過是一個／移動的風景，或風景的碎片／但眼下是我們存在的全部世界／或一個載體，把我們推向／遙遠而陌生的意義，一切／都在迅速地失去，或到來」。這樣一個活動房屋式的、「交替轉換著布景」式的舞臺，使所有人看到的都是「熟悉事物的重新排列（或解構）」。除非乘車的人自己主動與景物建立心靈上的聯結，不然，他就無法觀看到任何多於其他乘客的畫面。工具本身無法釋放感情，也不會挽留多情的詩人，要突破「遙遠而陌生的意義」，在冷漠的鋼鐵空間裏揀拾起都市生活的親和力與溫暖感，唯一的支架依然是詩人的心靈。羅振亞曾援引西渡的話，認爲九十年代詩歌中的現實「並不是先於寫作而存在的現實，而是在寫作中被發明出來的」〔註43〕，「而發明的動力即是想像，它拓展了詩歌審美的資源，豐富了它的可能性」。〔註44〕沈浩波對公車上的小女孩兒「一把好乳」的聯想正是基於這種想像，而黃燦然由在地鐵裏看到十六七歲的少女「跟小男友親嘴、擁抱」，從而想像她的小男友將長大，結婚，甚至「她要給他生幾個孩子」（《在地鐵裏》），同樣是羅文所指的「在寫作中發明的現實」。在臨時性生成的內部空間裏，詩人惟有成爲語詞的「發明家」，方可抵禦交通工具內部空間壓迫下的「思想暴力」，超越它所強加的窗景和審美速

〔註43〕 西渡：《歷史意識和 90 年代詩歌》，載《詩探索》1998 年第 2 期。
〔註44〕 羅振亞：《九十年代先鋒詩歌的「敘事詩學」》，載《文學評論》2003 年第 2 期。

度。從另一個層面講，由內部空間建立起的「緩慢」的時間性，在一定程度上滌除了諸多來自城市外部空間的思想規束，它便於詩人找到聯繫既往與未來的經驗焦點，以重新構築話語的平衡。

第四節　「青年寫作」的多重維度：以天津詩人爲例

按照普遍的認知習慣，評論界往往認爲天津詩歌寫作善於從個體上尋求突破，卻難以在審美和修辭上形成統一的整體風格，其抒寫也較少與天津城市的地域文化有機結合、實現互喻。今天，這種判斷仍然是客觀有效的。不過，如果把視線聚焦在青年詩人群體，我們可以看到，他們中的大多數人已經告別了諸如成長抒寫、青春宣泄、叛逆獨行等「80後」或「90後」作者曾經鍾情的母題。詩人深知詩歌是個人化的藝術，但也不願爲此遠離現實生活，將經驗圍於個人情感的象牙塔中。諸多抒情者開始尋求內心世界與外部世界對話的渠道，主動與時代語境建立對話聯繫，並積極介入周遭的日常生活，其文本具備了某些指向終極價值的審美趨向，在爲新世紀詩學整體風格的塑形貢獻力量的同時，也形成了某些尚不夠獨立澄明、卻也在積極成長之中的群落共性。

一、追求詩歌倫理與藝術倫理的平衡

近些年來，無論是從詩作數量上還是詩學影響力上看，王彥明都可謂天津青年詩人的重要代表。他追求沈穩的寫作，擅於在日常生活的細枝末節中發掘拙樸之美；在技法上，或許是有意迴避那些「時髦」的修辭和「瑰麗」的聖詞，他的詩歌語言平實而自然，融合了諸多生活語彙，又極具智性之光。就筆者本人的閱讀感受而言，王彥明是一位頗爲懂得捕捉細節、發散思維的詩人。從細節出發，詩人將自己對人生、世界的哲思觀感納入抒情主人公的智性視界，他的詩作既具樸素的情感，又不失靈性，兼存情智之美。短詩《愛情》正發源於我們隨處可見的小場景，抒情者看到「李曉愛付倩」這樣的字句「被刻在樹幹上」，而自然力早已將情侶當年刻下的承諾分裂成「一道深深的疤痕」，此時「我只是想知道／此時的李曉和付倩／是否已經像童話裏那樣／幸福的生活在一起？」一道稀鬆平常的痕跡，卻被「愛情是否永恒」的宏大命題演繹出新的意味，融含其中的是詩人對時間與承諾的充分思考。再如《一隻大雁可以排成個什麽字》，詩人特意把小學課文《秋天到了》中我們耳

熟能詳的那句「一群大雁往南飛，一會兒排成一字，一會排成人字」作爲題記，而詩文卻寫到一隻脫離組織的大雁，它被抓住烹製成菜肴，此時的抒情者迫切想獲知「現在這隻大雁，它／可以排成個什麼字。／死亡的氣息／正在逼近。／而我多像那瓦罐中的大雁。」小學課文演繹的謠曲和「大雁」在現實中的悲劇處境形成鮮明對峙，而那些試圖在思想上獨標一格、和時代話語暴政展開角力的英雄們，同樣要面臨與這隻大雁相似的處境，他們無朋無黨，離群索居，危機四伏，這正是思想先行者的精神困局。

在發現生活細節之外，我們注意到，王彥明及諸多青年詩人並沒有陷入某些「80 後」寫作者所持有的「道德懸置」與「無焦慮寫作」之中，恰恰相反的是，他們能夠有意地走出「淺酌低唱」的境界，在藝術與道德之間尋求表達的平衡，其詩作也氤氳出更多「社會批評」的氣息。王彥明的《苦於》便道出都市人的諸多無奈，而《殺驢》則從「底層關注」的角度，將他對弱者的哀憫盡情吐露。還有王偉寫下《我思念的村莊病了》，詩人爲物質化對鄉村文明的侵蝕憂心不已，並希冀傳統人文情脈的復歸；夏超的《支教生活》緣於其真實經歷，在與學生的交流中，抒情者「自我的記憶」與「時間的現場」不斷發聲牴牾，而詩歌的現實意義也由此生成。

作爲一名優秀的青年詩評家，「說真話」是王士強對當下詩歌寫作與評論的真實呼喚，這也構成他創作的一個思想基點。如同廚川白村早已指出的，寫作的源頭來自於一種對「詩化之苦悶」的紓解，王士強的詩作也帶有同樣的特質。他擅於站在某些「龐然大物」的對立面，將隱含其中的政治、權力關係揭示而出，並對受其壓抑的個體加以撫慰。《牛人》一詩寫道：「在這片神奇的土地上／每天都有奇跡／到處都是牛人／牛人浩浩蕩蕩拆房子／牛人威風凜凜掀小攤／牛人奮不顧身攔上訪／牛人字正腔圓唱讚歌……」，詩人選擇最直白、簡省的表達方式，胸懷坦蕩地鞭笞著那些尸位素餐、作威作福者的醜惡嘴臉。在另一首詩作中，作者採用後現代式的拼貼語法，將文學雅言、政治願景、戀人情語並置一堂。「冬天來了，春天還會遠嗎」、「明天會更好」、「人生而平等」、「爲 XXXX 服務」、「我愛你」等語句同陳，當我們回溯詩歌的題目時，一首《謊言》的悖論張力便瞬間釋放。在詩題面前，一切甜言蜜語都變得軟弱無力，文本的思想也在不斷的祛魅中抵達它的深度模式。他還寫有《隱晦的春天》，「春天」本應指涉美好未來、萬物萌生，具有開放氣度，而「隱晦」則關乎時代普遍的狀況和公開的秘密。如詩人所說，我希望而今

的隱晦未來可以變得不再隱晦，眞相大白，水落石出，眞正的春天早日到來。可見，王士強詩歌的精神向度，既與他對自我心靈的個體認知牽涉密切，更與對「人」之普遍價値的關懷和呼喚相伴隨形，這體現出詩人一貫堅持的、對普世價値的持續探索。

二、以「內斂」的方式與世界展開對話

　　自上世紀末葉伊蕾寫作《獨身女人的臥室》至今，天津詩壇並未再次出現深睿標舉性別解放旗幟、張揚女權思想的女性詩人。這些抒情者往往和她們所安居的城市風格達成默契：內斂、平靜，偶露鋒芒、進而速歸本眞的樸實之境。她們注重將情感作「內斂」化的處理，以使每一寸的抒寫都能落到心靈實處。値得注意的是，所謂「內斂」並非源指某種詩學技巧，而是她們眞實地、與世界展開對話的方式。其中，常英華的詩作充滿了對情、境、悟的求索與探問，個人詩集《尋》正印證了這種情思追逐。她詩意地悟讀生活，把生活的美與醜都看作跋涉的常態：「觸動心靈的感知爬滿一生／走進深處／希望和絕望都從深處來／用完美與缺憾的筆／繪豐富的顏色」。（《深處的顏色》）「我們忙於瞬間歡愉／甘願一生中毒，忘卻了／生命的快樂絕不是生命本身／而是向更高境界的延伸／痛苦也絕不是生命本身／而是中毒之後的折磨」（《毒》）。個體的生命意識與哲理思考融合之後，詩人爲我們剝下世俗的外衣，並引導我們身至一片開闊的澄明之境。注重雕刻靈魂——成爲常英華長久守望的詩歌理想。

　　打開伊沙「新世紀詩典」收錄的文本，我們讀到了毓梓的《夢境》，抒情者在夢境中追尋著父母的足跡：「我緊緊的跟在後面／焦急，卻逐漸變成了透明人」。每個人的夢中感覺都大相徑庭，對它的描摹與復現，正體現出作者對人類神秘狀態的獨特探索。評論界過往爲女詩人附加的那種「溫情的訴說」和「繁複的抒情」在毓梓身上並不明顯，也許受惠於繪畫創作，她擅長將情感不動聲色地隱含在充滿戲劇化效果的畫面場景中，客觀上達到「冷抒情」的藝術效果。如《劇》一詩，作者以一幅「幽暗的浴室」作爲舞臺，其間「媽媽坐著／給姥姥擦腿／我跪著／給媽媽擦背」，三代女性以肢體的撫慰作爲無聲的語言，滲透其中的「孤獨」難以排解。而《異化》和《男人卻叫「風流」》都具有爲女性群體代言的意味，前者寫主人公在展覽中與一幅畫作遭遇，作品描摹了一位「下垂，拉長／眼角鬆弛」的醜婦，於是主人公感到畫中人的

悲劇在於「抓不住一條繩索／於是身體裂變／細胞畸形／牙根鬆動／多麼的無法控制／無從把握」，而當她走進別的展區時，聽到「女人們的高跟鞋／高貴的發出聲響／而我也不自覺的／摸了摸眼角的皮膚」。這裡的能指與所指一目了然，在今天的社會語境中，女性的生存依然無法盡然擺脫男性這條「繩索」的牽制，而「高跟鞋」正是男權視角對完美女性的教化與規訓。再看《男人卻叫「風流」》，詩文通篇都在爲「破鞋」釋義，二婚、不守活寡、女人稍有出軌……都會被罵作「破鞋」，文本在此戛然而止，讀者再次對比詩題方才恍然大悟，原來詩人以稍顯苦澀的幽默戲謔了男性群體，並對其做出缺席的審判，情緒收斂，但力道厚重。

毓梓追求從多元角度解讀「我」之存在，她的詩也具有濃重的現場感。相較而言，與她教育背景一致、從年齡上看也均屬「85 後」，即俗稱「小八零」的詩人高博涵的精神向度更爲集中。她喜歡在虛幻的精神時空、例如夢境之中雕琢情思。看《蔓生的城》，抒情主體「內心蔓草叢生／內心無助的曠野／渴望被虛無侵蝕至斑駁」，詩人似乎很難釐清自己與生活的關係，以「虛無」來喚醒「存在」，悖論式的表達恰恰反襯出抒情者的精神困擾。這一困擾指涉何方？或許《我們都是眞誠的人》一詩給出了答案：「身爲不可測的人類／你難道絲毫沒有意識到自己行爲的逆反嗎／在你微笑的時候你在哭／在你悲傷的時候你在自足／在你遺憾的時候你正體驗著悲壯的快感……」。表裏不一、言不由衷甚至失語的狀態，難道不是現代人的生活群相麼？由此可見，詩人營造的虛幻時空並非靈魂的凌空虛蹈，它從一個反面投射出精神主體面對現實時的無力和刺痛，而她多年的文學積澱，也足以支撐其情感表達。

三、從多元角度切近詩歌的「抒情性」

詩歌是抒情的藝術，這本毋庸置疑，但近些年來諸多「放逐抒情」的言論，以及詩歌與多種文體之間的交流互滲，都影響到它本應具有的抒情性表達。新世紀以來，應和抒情性回歸的詩壇風氣，身在天津的這些繆斯的追尋者們也沉湎其中，爲個體私語尋找理想的表達方式，以使情感有所依附。柴高潔的寫作便受到非常濃厚的、中國傳統抒情美學的影響，他多是借回歸自然以表現自我，或寫童年記憶、或言心靈即景。看他的《致友人——兼懷年少》：「昨夜的燈／是一條不穿衣服的小河／流著時間對青春的沉默／……／當衣櫃裏藏著的童年／開花結果／一艘遠洋的船從夢裏的河／青澀中流過」。淡淡的憂傷、

淺淺的哲思與文本構築的明淨畫面相得益彰，詩人的情感如一幅水墨畫般緩緩展開，餘香不絕。同樣的運思方式還存在於邢廣悅的《望鄉》中，主人公在對一片落葉的深情摩挲中感觸到「家鄉的紋路」，他捏碎了葉片，卻聽見「兒時我家鄉的林中歡樂」。在情感陷入低潮的時候，「故鄉」這個超現實的情境或可引領抒情者建立專屬自我的感覺結構，用以緩和社會文化及歷史脈絡對個人經驗的衝擊。

相較而言，馮蘆東的詩精神表達比較多樣，既有《八號精神病院》、《白鯊》種充滿與時代對峙感的分裂抒寫，同時還有《野花》這般自然清新的作品。在《野花》中，母親告訴「我」一種叫作「芫梵苗」的野花，嘗來便有一絲甜留存口中，「也許以後還要把母親告訴我的告訴給我的兒女／「芫梵苗」如今還有一絲甜，留在心間」。詩歌的字裏行間充滿了詩人對母愛的追憶與懷戀，洋溢著溫暖的氣息。我們發現，在這些青年人的詩心中，歌頌父母之愛成爲一個比較穩定的情感向度和審美主題。無論是光雙龍的《父親的手》、《想念——寫在外婆忌日》，還是邢長清的《母親的名片》，都可覓得發生在兩代人之間的溫情對話。其中，三墨的《我爹是個獸醫》視角頗爲獨特。詩歌分爲四段，每段五行，頗有建築形式的整飭之美：「我爹是個獸醫／春天，他用去勢刀／精準的閹割豬們發情的叫聲／春天，他用自製的獸藥／塗抹在騾子和我的瘤子上」。孩童對父親技藝的崇敬，以及父親對孩子的關愛通過詩人樸素而不失詼諧的抒寫得以展示，雖然全篇未提及任何對父愛的頌贊，但這並不影響詩人情緒的表達。

初讀馮磊的詩作，往往通篇洋溢著浪漫主義的古典餘韻，詩人的情感表達曉暢而自然，偶而還會點綴一層憂鬱的暗調。不過，當讀到《說這話的人》時，便能感覺到詩人對時代「語感」的瀟灑把握。「離了空調可咋活／說這話的／都是吹著空調／的人／……／活得真沒意思／說這話的／都是最近還活著／的人／／這首詩寫的還行／說這話的／都是看過這首詩／的人」，文本演繹著說唱者的輕盈節拍，充滿調侃之氣，現代人對生活的所有態度被詩人以輕鬆的句式解構了，而他個體的語感也與時代的整體脈搏合一共生，從而使其想像在經驗結構上達到了精確與平衡。封原和鬼狼的詩也多以表達現代都市人的情感爲主，觸及現代意緒的流露。在封原的《城市監察員的總結報告》中，「城市裏／人們／圍成巨大的圈子／掏出槍／一個頂住另一個的脊背」，而「人質與劫匪／在此已毫無區別」。現代人的悲劇正在於：他們如同木偶一

般被放置在諸多預設的關係之中，既無選擇的權力，也無逃離的自由，身處其中的人要同時扮演著受虐者與施虐者的雙重角色，這充分說明，在體制的光環下，純潔的人無從尋覓。鬼狼的詩往往短小精悍，如機關槍一般的口語表達使讀者可以充分領略到閱讀的「快感」，看他的《廣場上紅色的『東方紅』推土機》：「1987 年，我第一次見到／這些傢夥／巨大／通身紅／突突地伸個大舌頭／奔跑在田野／藍天／白雲／黃土地間／鄉民勞作／一縷縷青煙／是美景／2009 年，銀河廣場／它們／昂首挺進／推掉樹木／草坪／推掉記憶中一抹／『東方紅』」。在詩人眼中，推土機已經成為與人性對立的、盲目推進工業「現代性」進程的猛獸，它「扎入」了都市人的心臟，暴虐地破壞著人類的生存空間。在這個龐然大物面前，任何反抗似乎都會陷入徒勞，可謂現代性的迷咒。

總之，如果我們以「抒情性的復歸」定位天津青年詩人的創作，似乎不那麼妥當，因為這些詩歌的耕耘者們始終在堅守自我、詩意營造個性化的精神田園，因此，用「抒情性的多樣表達」更能概括他們的創作實踐，也更準確地契合了這一代人的寫作風貌。當然，偏重營造希臘小廟，便容易遠離時代語境，使詩歌缺乏煙火氣息；而在技術上過份依賴於直覺和感性，以及冷色調的抒情，也會使詩歌讀者陷入審美疲勞，無法建立對其持續關注的興趣；此外，大部分詩人還處於詩藝的「爬坡」期，尚未形成穩定的詩風和意象譜系。這些問題都昭示給我們一條真理：對天津青年詩人來說，機遇與挑戰並存，而作為讀者，我們理應抱有信心。最後需要言明的是，由於筆者的閱讀範圍有限，對詩人、詩作的選取與解讀必然會有疏漏；對群體共性的論說之辭，也並非天津青年詩人專屬獨有的特點，它同樣屬於這個時代詩歌美學的整體範疇。因此，說天津青年詩人「走在」新時代、而非正在「走進」新時代，應該是客觀的。

第三章　個體詩學的文化掃描

第一節　靈魂自治者的詩歌旅行：論李少君的詩

　　陽春三月，水草同色，李少君的新詩集《神降臨的小站》〔註1〕如約而至，為春日詩壇帶來清新景象。詩集收錄了作者近年的精華詩篇，延續著詩人遣情自然的現代詩思和追慕古雅的情感旨趣。他多以自然景物作為興發對象，同時不忘人間煙火，擅於從生活現場就地取材。其精準的控制力和恰適的分寸感，保證了情感表達的純粹、潔淨與精緻。品讀這些修心之作，正可於淺淡間讀出醇厚，細微中領略宏義，傾聽詩人精神內部的輕逸言詠，欣賞靈魂自治者的曼妙舞姿，為詩歌的「物我」關係、意義結構以及閃爍在字裏行間的吉光片羽作一次梳理與沉澱，靜心體悟自然對語言的神奇復魅。

一、「物我」關係的當代詮釋

　　評論界多以「自然詩人」為匙開啟李少君的詩歌之門，寫詩之於他既是才情的迸發，也是自然的流露。中國古典詩歌中的自然、山水之作多摹寫物我渾然、萬化冥和之圓融境界，倡導世人不以心為形役，而將心靈融入山林，以致「物我共生」的哲學層面。李少君的詩歌也頗有現代意義上的「越名教而任自然」的意味，自然的色彩和聲音、寧靜與勃動在詩人筆下相映成趣。如《暮色》一詩遍佈炊煙、青山、晚鐘、飛鳥等古典意象，在都市文化語境

〔註1〕李少君：《神降臨的小站》，作家出版社 2016 年 3 月版。本文所有詩歌引用均出自本集，不再單獨標注。

中恢復了現代人與傳統田園鄉愁的心理聯繫。而《疏淡》一詩文如其名，寥寥數筆之間，冬日細雪未消、群鴉還散復聚、房屋稀稀落落的冬日即景躍然而現，諸多澄澈的自然意象雲集詩行，形成純意象詩的輪廓。詩歌末段寫道：「背景永遠是霧濛濛的／或許也有炊煙，但最重要的／是要有站在田埂上眺望著的農人。」人的生命與自然的生命不經意地融彙在一起，和諧共存，互為依賴，意象畫面高度契合生態整體主義的觀念，也如詩人自陳：「自然不是一個背景，人是自然中的一個部分，是人類棲身之地，是靈魂安置之地。」〔註2〕這不禁召喚出我們對陶淵明「曖曖遠人村，依依墟裏煙。狗吠深巷中，雞鳴桑樹顛」的緬想，人不能過度干預自然，但自然也要由人點亮，方能散發鮮活之氣。從技術角度言之，詩人反撥著那種盲目追新求異的象徵和隱喻習慣；從詩性方面來看，李少君對開闊的自然物象中蘊含的安詳、靜謐充滿敬意，疏淡的鄉野田園與「人」遇合之後，更富包孕性和縱深感。他筆下的田園圖景既是詩意想像的產物，是詩人的精神棲所，卻也不難在真實中覓得，因而其肌理構成更為切近當下人的生活經驗。

深入眾多樸素的自然意象，唯有「雲」、「風」與「水」在詩集中不斷交映互現。雲的空靈、風的活潑、水的躍動，使詩人的「筆中自然」不僅停留在字面紙間，它們安靜、鮮明，為詩人瞬時而生的心靈印象作出立體拓影。《三亞》一詩正構建出這般場景，身處喧囂躁動的現代都市，「我」最迷戀的依然還是那些迷離夢幻的椰風海韻，在美好的自然記憶面前，「我」分裂為兩個聲部：「一個我淪陷其中，另一個我超然於外。」「我」的分裂導致意義悖論的產生：生活被習俗的力量中心所控制，而「記憶中的自然」則是游離於這種俗常經驗之外的全部個性體驗，它充當起內心空間和時間的客觀對應物。主人公心嚮往之，卻身不能至，這是現代人普遍面臨的人文困境。在城市中復活自然之心，正是為了暫時擺脫那個強大的話語中心，保留梳理或重建內心經驗邏輯的可能。

由此，抒寫自然、寄情山水在李少君這裡成為一種策略，它既是模山範水、天人合一之古典美學的現代版呈現，同時也氤氳著詩人的當代玄思。他對山水的觀察是雙重的，「第一重是古典式地看，在這裡他發現了傳統、概念、文脈；第二重是現代式地看，在此他看到了日常、當下和自我。」〔註3〕詩人

〔註2〕李少君：《我與自然相得益彰——答周新民問》，《芳草》2013年第1期。
〔註3〕楊慶祥：《在自然和肉身之間——關於李少君的詩歌》，《當代作家評論》2012

曾在短詩《自白》中表露過對大自然這一「靈魂」殖民地的嚮往，希冀成為青草殖民地、山與水的殖民地、笛聲和風的殖民地的居民。傳統意義上人支配自然的主客體關係在這首詩中被徹底地顛倒，人類不僅不能把自然「對象化」隨意支配，而且角色反轉，成為被自然「殖民」的對象。這種逆向思維如詩人自陳，「接近中國傳統的『天人合一』觀念，但又帶有現代性思維，比如自然與人的分立，比如『殖民地』的概念」〔註4〕。面對不假言說的自然，人只能扮演觀察者的角色，無法僭越其本性而為山水立傳，為自然賦值。自然與人的主客關係倒置之後，它的神性脫穎而出，《朝聖》一詩寥寥兩行，卻為我們清晰勾勒出「神性」的兩個向度：

　　　　一條小路通向海邊寺廟

　　　　一群鳥兒最後皈依於白雲深處

如果說海邊的寺廟代表著高於凡俗人生的宗教境界，那麼潛身雲朵的「鳥群」意象則勾連出詩人對「神性」的另一重理解：在我們這個缺乏普遍宗教信仰的國度，尚未有一位固型的、統一的神靈（如西方的「上帝」）出現，因此，由「鳥群」指涉的自然，就成為帶有泛神色彩的象徵物。神秘的自然可以隨時在凡俗的日常瑣事上顯揚神跡，左右人的精神進退。為自然的神性加注——這一主題在《神降臨的小站》《荒漠上的奇跡》中不斷復現，其間的「自然」已進化為現代人精神企慕的神性對象。人們希望把自己融彙到萬物自然之中，感受神跡，滌蕩心靈，以之反撥現代都市主流速度對個體心靈體驗的裹脅與破壞。如《山中一夜》所寫：「在山中，萬物都會散發自己的氣息／萬草萬木，萬泉萬水／它們的氣息會進入我的肺中／替我清新在都市裏蓄積的污濁之氣。」這啟示我們，李少君詩歌中的自然既是真實的物象呈現，還是一種內化在現代都市人心中的心靈結構。它反撥都市的快節奏，希冀詩意還原一個古典氣息濃鬱的、能夠使人復歸心靈平和的精神場域。「青山綠水」既是古典詩學的現代傳承，也是新詩現代性中「城鄉現代體驗」的重要一環，它對應的不再單純是古人對生死無常的慨歎或政治失意的悵惘，而增添了更多「現代城愁」的意味。

　　李少君曾說過「青山綠水是最大的現代性」〔註5〕，倡導為古典自然美學

　　　　年第6期。

〔註4〕《李少君詩歌創作談》，《名作欣賞》2015年第13期。

〔註5〕李少君：《青山綠水是最大的現代性》，《光明日報》2015年7月6日第13版。

賦予當代品格，使崇尚「物我交融」的傳統詩學生長出現代藤蔓。《南山吟》中人居於景，海天一色，雲起雲落，物我相生，清澹自然。而《玉蟾宮前》《平原的秋天》等詩中，萬物之間形成的對話取代了單純的「物我」對話關係，我們彷彿能夠聽到房屋向河流與田地作出的喃喃低語。「在這裡我沒有看到人／卻看到了道德，蘊含在萬物之中／讓它們自洽自足，自成秩序」（《玉蟾宮前》）。即使沒有人的參與，萬物依然可以合理地生長，它們與人位格一致，均含有神性，秩序牢固而穩定。回觀《自白》的結尾，詩人寫道：

> 但是，我會日復一日自我修煉
>
> 最終做一個內心的國王
>
> 一個靈魂的自治者

尊重自然，不干預萬物的內在秩序，形成詩人處理物我關係的一個向度。另一層面，在宏闊的自然世界中，李少君並沒有失去對人類獨立意識的關注，無論是「內心的國王」還是「靈魂的自治者」，隱含的依然是一個精神歌者的偉岸形象。他敬畏自然、擁抱萬物，但身處自然又能維持審慎的心態，不被它所同化進而喪失主體性，這氤氳出現代人的獨立精神，也是寫作者強大意志力的表徵。有的時候，詩人甚至將自然的局限性和盤托出，「自然之筆」可以勾畫精妙複雜的晨曦、天空、溪流，卻描繪不出抒情者「淩晨走出家門時／那一陣風寒撲面而來的清冽之氣」（《自然之筆》）。自然無法理解人對於「清冽」的感官體驗，也無從徹底探入人類的精神內核，正如人類無法全然掌控自然一樣，二者相伴相生，保持著自己的獨立性。或許在詩人看來，這才是現代意義上的物我關係。

二、風景抒寫的詩義結構

和崇尚箴言式寫作或隱喻表演的詩人不同，李少君似乎有意在文本中保持一種「冷靜」的姿態，既不無所顧忌地釋放潛意識，也較少直接對事物加以否定。雖然也有《某蘇南小鎮》那樣對「青草被斬首，樹木被割頭」的驚愕，《在紐約》中揭示摩天樓給人造成的精神壓抑，《虛無時代》中對信息大爆炸的擔憂，不過這種直抵問題實質、彰顯批判鋒芒的文本並未構成李少君的抒情主線。他多以風景入詩，把意象與景觀抽絲撥繭似的逐層呈現，熔自然景物與人文情態於一爐，使詩歌形成隱顯適度的意義空間和沖淡平和的情感旨向。文本中往往潛藏著一個不斷移動的「觀察者」形象，他對城市的建

築、街道的人群、鄉野的草木、天空的星辰作出攝像機式的拍攝與回放。散點意象的平滑連綴、依靠短句向前推進的語言節奏、敘事性成分的廣泛參與，保證了詩歌的語義結構明澈，能指的秩序也趨向平穩，文思嫻熟，一氣貫成，很少給人以斷續飄忽之感。

　　拒絕觀念寫作和語詞表演，並不意味著詩歌就遠離觀念。實際上，李少君諸多詩歌都具有類近的詩義結構，他借助意象斂聚所形成的結構張力傳遞自我觀念，完成對事物的評價，使思想得以彰顯。從概念上說，詩義結構意指寫作者對詩義停頓的安排，即詩人在抒情過程中對不同的意義層次（在詩義結構中被稱之為環節）所作的相對獨立的暫時性中止。看《自由》一詩，全詩五段，意義出現兩次停頓。前四段寫到春風可以自由吹拂，鳥兒可以任意飛行，溪流可以隨時流動，魚兒可以隨便串門，末段「人心卻有界限／鄰居和鄰居之間／也要築起柵欄、籬笆和高牆」在意義上明顯地與前四段形成對峙。人通過百般努力創造出的壁壘，卻是與人自身的本質相反的東西，人與自然的失衡，正發軔於人與人之間的心靈隔閡。其間，「不自由」（人類內心的隔膜）與「自由」（萬物之間沒有界限）形成簡單明瞭的對照關係，構成李少君文本的主要詩義結構。

　　在具體策略上，這種對照共生的意義存續關係表現為兩個向度：一是兩次停頓構成的兩重意義互相「對峙」，前一重多為現實生活場景的陳列以及抒情者對自身當下處境的靈性感悟，敘事性成分較濃，後一重則從現實模態進入心靈模態，以放鬆的心態點染意象，逐層深入對人類深層文化心理的揭示與探問，兩次停頓之間的情感態度多為「對立」式的存在，這在《自由》《霧的形狀》《瀟湘夜雨》《上海短期生活》《並不是所有的海……》中均可尋見。《霧的形狀》全詩四段，前兩段抒寫自然之霧：「霧是有形狀的／看得見摸得到的」，後兩段寫「唯有心裏的霧啊／是隱隱約約朦朦朧朧的／是誰也不知道它是什麼樣的形狀的」。由「霧」象徵的自然，可以被演繹為人類心靈生活的反向呈現，意義的對峙清晰分明。自然的可把握、可體驗與人類內心經驗的纏繞難解共陳一詩，微言大義，曉諭意味濃厚。再看《瀟湘夜雨》，詩歌以敘事開始，回到家鄉的抒情者發現故土的一切都是新的，甚至「開出租車的司機居然不會講當地話」。「新」的體驗帶給詩人震驚與失落，詩歌的第一重意義油然而生。意義的第二個停頓發生在詩人遠離城鎮喧囂，回到家中，與夜晚獨處之際：

還好，到了夜晚，坐在家裏

我打開窗戶，聽了一夜雨聲──

只有這個是熟悉的

這淅淅瀝瀝下了一整夜的雨啊

就是著名的瀟湘夜雨

「瀟湘夜雨」很容易使人聯想起馬致遠的《壽陽曲》，遊子漂泊在外，聞聽雨落，聲聲滴人心碎。李少君的「夜雨」頗似在現代意境中植入古意，恢復了當代人與古人的心靈聯絡。只不過，古人是遊子思鄉鄉難歸，而當代人則歸鄉而不識鄉，前者是地理場域的「難歸」，後者則是精神領域的不融。故鄉之於遊子的地理時空距離不斷縮短，然而心理距離卻被無限放大，於是寫作者自出機杼，用一場瀟湘夜雨啓示我們，那一場亙古不變的雨，就是遊子對家鄉的全部記憶與眷戀。古典的雨勾連著寫作者的文化記憶與故土情結，而夜的沉靜反撥了白天的浮躁，使詩人的心靈得以降速，經驗能夠沉澱、化合進而增殖。《並不是所有的海……》一詩單從題目上看，詩人似乎欲言又止，使詩歌對未來的意義充滿召喚。意義的兩次停頓對立由「並不是所有的海／都像想像的那麼美麗」和「但這並不妨礙我／只要有可能，我仍然願意坐在海灘邊／凝思默想，固執守候」構成。一方面是現實中大海的渾濁，爛泥的污穢；另一方面，停留在抒情者人文理想中的那個廣博、純淨的大海意象坍塌之後，詩人依然希冀與海面夜空同體，與波濤潮聲爲伴。經歷了理想誕生（對海的美好嚮往）──破滅（現實海洋生態的破壞）──堅守（人文精神領域對海洋想像的重構）的思想變遷，詩人實際爲我們塑造出一個動態的情感過程，以現實自然的凋敝開端，以內心自然的圓融結束。由此可觀，「自然」不僅是李少君的言詠焦點，還是詩人力求達到的心靈狀態。

除了意義停頓之間的對峙關係外，詩義結構的第二重表現在於：意義雖然還是「兩次停頓」，但它們之間的存續關係不再對立，而是後一個意義源發自前者，並對前者形成了遞進式的超越，詩歌整體的情感旨向保持線性般的流暢前進。如《故鄉感》中，前三段是一個意義停頓，抒寫詩人收集到的來自各類人群對於故鄉的感受，它可以是「熱氣騰騰的早點鋪」，是「磨剪子餚菜刀的吆喝聲」，是戴望舒筆下「結著丁香一樣的哀愁的紅顏女子」。諸多感受借助意象擬現，寓指故鄉體驗的豐富與細微。詩歌尾段寫道：「但是，最打

動我的是一個遊子的夢囈：／院子裏的草叢略有些荒蕪／才有故園感，而闊葉／綠了又黃，長了又落⋯⋯」。一個「故」字，本就包含時間消逝之意，對故園的感受與懷舊的經驗聯動而生。如發黃的照片一般，歲月的痕跡賦予記憶以歷史感，葉片周而復始地穿行在「其葉沃若」與「其黃而隕」之間，或許意指故園經驗既是個體特殊的心靈體驗，但這情結也會在其他個體的精神空間中流轉，於特殊之中抵達普遍，形成人類共性意義上對家園的回望與思念。文本的意義流變體現在「對他者故園感受的呈現」到「抒情主體自身對故園感的認同」上，詩義結構爲「客觀現實」加「主體感受」的遞進模式。再如《四合院》《春》《河內見聞》等詩也延續這一結構，先以白描手法勾勒出一幅自然圖景，進而以抒情主體鮮明而具有穿透力的情感抑或觀念收尾，生活與思想渾融無間，合二爲一。

值得注意的是，李少君詩歌的很多意境都與「夜」或與之相關的意象聯繫，如《春夜的辯證法》《夜深時》《異鄉人》《夜晚，一個人的海灣》等。短詩《春夜的辯證法》僅一段，意義結構不再「兩頓」對照，而是線性貫通：

> 每臨春天，萬物在蓬勃生長的同時
>
> 也會悄悄地揚棄掉落一些細小瑣碎之物
>
> 比如飛絮，比如青果
>
> 這些大都發生在春夜，如此零星散亂
>
> 只有細心的人才會聆聽
>
> 只有孤獨的人才會對此冥思苦想

對普通人來說，夜晚僅僅是一種時間概念，人們利用這個段落睡眠休憩，調節身體，而詩人則將更爲豐富的精神信息附之其上。與被日常經驗裏挾的「白天」相比，夜晚爲敏感的詩人提供了難得的機遇，它可以成倍放大詩人的孤獨感，使之遭遇比白天更爲細微奇詭的經驗，比如「飛絮」「青果」這些「細小瑣碎」之物。在《夜晚，一個人的海灣》中，孤獨的抒情者面對夜晚的海面，他的精神疆域脫離了白天種種習俗、規則的約束，向四方無限拓展，使抒情者如王者般自由暢快。此時，在平滑推進的意義結構之外，文本還隱含著一個「潛在的詩義結構」，指向未出現在詩句中、卻時時與「夜晚」經驗對照的「白天」亦即「日間」經驗。如果說夜晚造就了詩人饒有趣味的孤獨，那麼日間則與之相反，它的話語暴力壓縮了主體的思想空間，使之無暇觀照

自身，更難言面對真實的自我。詩人正如守夜人一般，依靠夜晚的「掩護」悄悄回歸心靈的正常軌道，借助大量的智性元素和高密度的思維信息，為日常庸眾拆解城市的寓言。

三、「智性」與「趣味」聯姻

　　新世紀以來，城市化的加速擴張，自然生態的日益凋敝引起諸多詩人重視，一種發軔於當下的生態詩學開始在新世紀詩歌中蔓延，並形成相當的聲勢。寫作者有意疏離真實的話語現場，他們身居城市卻返觀鄉土，懷著感傷經驗回望自然，追尋曾經的素樸本性，抒發遠離原鄉的切膚痛感。而取道「文學中的自然」並將其作為詩意生成的重要來源，就導致詩人的「理想人文生態」在時間上指向對過去的懷戀和對未來的希冀，而對現實則充滿批判意識與否定精神。此種抒情策略固然可以有效防止世俗經驗對內心的干擾，卻也容易受到個體經驗的限制，沉入淩空虛蹈的空想狀態。在李少君看來，詩人的文本當與他所處的時代有所交集，詩歌呼喚自由、自然、自發，要接續上生活的煙火之氣。抒寫自然，並不等於遠離當下，更不可簡單歸結為抵抗抑或批判。好的寫作者應當是那種能夠在當下的話語環境中找到「自然」，領會到自然之風骨並與之和諧相處的智者。由此，李少君的「自然意識」既指向對現實自然生態的憂思，同時也涵蓋了他與內心「人文自然」交互融合後的怡然自得之感。

　　理想的人文自然，在李少君筆下表現為一種寵辱不驚、疏淡自由的情感姿態，身處蕪雜的話語現場，他卻依然保留著成為「隱士」的可能：「他會遠離微博和喧囂的場合／低頭飲茶，獨自幽處／在月光下探親抑或在風中吟詩／／這樣的人自己就是一個獨立體」(《新隱士》)。詩人啟示我們：想成為隱士並不困難，只要他的情感具有方向性，能夠依照人格內在的生態自覺，從具體細微的人或事物中發掘善意的一面，便有可能為個體心靈覓得自足的棲所，從而恢復人與歷史的對應聯繫。這種運思狀態，依賴於詩人對感情經驗的知性鍛造與轉化，其文本充盈著智思妙想，正所謂以小景物寄寓大哲學。如《二十四橋明月夜》和《涼州月》等詩，單從題目上便使人聞察清遠深美之古韻，前者敘寫現代人在橋上互發短信的即時場景，迅捷的通聯方式置換了古人「青山隱隱水迢迢」的時空距離感，帶有古典意味的思鄉念友之情與當下現場融合之後，一種新的詩情被激活。《涼州月》寫道：「今夜，站在城牆上看月的那個人／不是王維，不是岑參／也不是高適／——是我。」詩人

跳脫出集體的審美習俗和象徵慣性，以個體心靈穿越歷史，觀照當下。「古典」充當了起興的媒介，而在日常時間中構建起的個體歷史感與獨立意識，才是寫作者的抒情旨歸，詩人處理日常城市經驗的智性可見一斑。他從現代人習焉不察的情感中提煉出詩意，詞語運用清朗明澈，思想與智慧相連。這昭示給寫作者們一種思路：以「及物」的姿態走進瑣碎的生活細節和建設靈魂世界的精神田園之間，可以並行不悖。

除了智性，「趣味」是我們體悟李少君詩歌得出的又一關鍵詞。從學理上說，單純的「趣味」很難被規入任何現成的理論，而它一旦與知性智慧貫通，便使詩不但具體可感而且生動耐讀，從而成為獨特的美學向度。李少君擅於將錯綜複雜的事物化繁為簡，在平淡無奇的凡俗小事之間尋找「超常規」的組合方式，並通過文本的內語境將其連綴一身，其詩意生成的秘密大抵如此。如《春天裏的閒意思》採取將雲朵、春風擬人化處理，使之被賦予孩童般的心神，甚至「惡作劇」不斷，飛動著盎然情趣；《在坪山郊外遇螢火蟲》中的螢火蟲竟然是靈魂在黑夜出遊時「提著的一隻小小的燈籠」，想像之奇譎讓人驚歎叫絕；《京郊定製》彷彿受到熱播劇《私人定製》的啟示，抒情者滿懷自信，認為自然萬物如流水、樹蔭、蟬鳴皆可定制，在鬧市之中定製出一個陶淵明鍾愛的自然並不困難，但問題是「在這個紅塵滾滾的時代」卻無法「定製一個願意安靜地隱居於此的君子」了，詼諧間投射出詩人對世人心態的無力與無奈感；《摩擦》《仲夏》文本語言俏皮幽默，事態現場迫近感極強，無論是身體與時間的摩擦，還是蜘蛛捕食飛蟲的過程，都被寫作者的攝像鏡頭逐一定格，時間流逝難以抗拒、弱肉強食無法逆轉的道理，經由抒情主體淡淡點出，形神雋永而餘音繞梁。再看《黃昏，一個胖子在海邊》和《風箏》，前者描述一個「人到中年」的胖子渴望看海的經歷，「滄海落日」與胖子「巨大的身軀」對峙而生，畫面頗具諧趣，平中透奇，張力頓顯。後者寫一位以公園為家的孤獨老漢放風箏，結尾一段「你走過時／你看一眼天上的風箏／他就看你一下／你才注意到那是他的風箏」。生活的真實置換了讀者關於「孩童放風箏」的思維定勢，走筆輕盈的語言和讓人頗感意外的事象背後，是詩人的悲憫情懷，玩笑裏含有辛酸，輕鬆裏蘊藉沉重。凡此種種，想像獨特，語言精細，展現了寫作者詩維運思的靈動多變。

與神為伴，與詩為侶，在繆斯的燭照下，李少君已經找到了最適合他的音色。他秉承古典自然美學的倫理傳統，以今人思維為之注入當下意識與個

性特質，從而育成其詩歌的內在精神。從新世紀生態詩學整體角度觀照，諸多詩人或是緬想過去的風景，或是想像指向未來的生態福音，對於現實，他們多以否定態度賦寫生態悲劇，進而上升到對反生態的倫理批判。而李少君的價值，恰恰在於恢復並豐富了人與當下心理時空的生態聯繫，既然過去難以回返，彼時之未來尚未出現，那麼對人類心靈「此在」的自然生態進行深入探索與精細打磨，正拓展了生態詩學的理論疆域，於當下開啓古典之詩意，也應成為新世紀詩歌先鋒性特別是「對話性」的重要表徵。總之，經過多年的實踐，李少君的詩歌美學已趨向圓融、穩定，不著力於藻飾的絢麗與象徵的奇詭，更無涉貴族化與神秘主義傾向，諸如圓順洗練的語言，邏輯清晰的意象群落，對接心靈的場景與畫面，既保證了詩歌語境的通透大氣，又暗合了古典詩學含蓄凝練的美學傳統，而取自日常瑣屑細節的語料歷經寫作者妙思加工後，強化了詩意的昇華能力，顯得清新質樸，言近旨遠。或許，能夠保證李少君一以貫之持續寫作的，正是緣於他那特別的能力，「總是能尋找到一處安靜的角落」（《我有一種特別的能力》），讓自己隨時隱身在「亭子裏僻靜的暗處」，開啓內心的獨我時間，投身詩歌這一具有「具有宗教意義的結晶體」〔註6〕。能夠隨時從時代主流話語中抽身而出，從現實中挖掘美好，於群體間回歸個體，這既是思想的能力，更需要詩人對赤子之心和生態理想的堅守，如他在《致——》一詩中的動情表白：「一切終將遠去，包括美、包括愛／最後都會消失無蹤，但我的手／仍在不停地揮動……」

第二節　「每一首詩都是一條命」：讀李輕鬆的詩

在當代詩壇，李輕鬆是一位以激情貫注寫作的詩人，面對流派蕪雜、立場多元的詩歌現場，她從未隨波逐流，而是主動與世俗保持距離，孤寂而安靜地剖析人性中的一個個黑暗瞬間，在精神的谷底鑄造詩情。從上世紀80年代初涉詩壇一直到90年代，她沉醉於陌生而混沌的微觀心靈世界，以濃重的主觀色彩步入文字的競技場，通過語詞間的辯駁、詰問和意象的非常規組合，抒寫幽深宏富的原生態經驗。既含現代主義的前衛之美，又深融尊崇生命的

〔註6〕李少君曾在答記者問時說：「詩歌就是最好的內功修養之路，可從中通向大道。因此，詩歌是具有宗教意義的結晶體，是一點一點修煉、淬取的精髓。」李少君：《詩歌乃個人日常宗教——答〈晶報〉劉敬文問》，原刊《晶報》2007年3月10日。

人文傳統，個性純粹卓然。進入新世紀以來，詩人意識到個體經驗的有限性，
在堅持詩歌抒情本質的前提下，她嘗試調整姿態，「由內而外」地返回日常空
間，對身邊生活採取「及物」的觀照，從而拓展了言說範疇。可以說，李輕
鬆的寫作是在迂迴與起伏的不斷探詢中走向成熟的，無論是狂野飄逸、還是
平實沉靜，每一次調整都是爲了更好地釋放血性與激情。在喧囂浮躁的商業
年代，她能夠以澄澈之心，堅守神性寫作的立場，實爲難能可貴。

一、破碎之殤：痛感抒寫的策略轉移

　　在李輕鬆的早期作品中，破碎、崩潰、墜落、血色這樣的詞彙俯拾皆是，
抒情主體大都深陷「靈與肉」的雙重痛楚，包孕詩人自身的病態因子。在衛
校求學期間，她過早地接觸到死亡的腥氣，如《像水一樣倒出來》一詩所寫：
「那年我十七歲，每天走過地下室幽深的洞門／或像幽靈一樣穿過林立的掛
圖和屍體／一種怦然的炸裂聲響起。」解剖室如同地獄的入口，將詩人引至
死亡的邊緣，使她體驗到生命的脆弱。當她進入精神病院工作之後，這種感
受變得愈發強烈，她恐懼那些扭曲、殘缺的靈魂，卻同時迷戀著癲狂者的思
維方式。「瘋癲」既帶有精神殘缺的遺憾，卻也容易使主體獲得特殊的觀察視
角，爲精神存在尋求表達的豐富性。於是，詩人放棄了向世俗尋求詩意的努
力，僅憑藉強烈的言說欲望，在病態的維度中建立專屬的美學體系，爲痛感
尋覓棲所。在她看來，痛感是詩人的宿命經驗，它爲詩人提供了生機，甚至
具有創造力。脆弱與生機並存，正是痛感所具有的悖論特質，也是詩人抒情
策略的源頭。霍俊明曾以「悖論修辭」〔註7〕界說李輕鬆的創作，它既指向語
言，更內含著其思維的運作方式。在悖論意識的指引下，白骨可以幻化爲花
瓶，玫瑰先要被碾碎才能香氣四溢，死亡竟然是生命的開始……極端對立的
思維顛覆了詩人早已確立的美學觀念，形成了屬於她自己的破碎美學。她期
待瞬間的暴力之美，正如同一位「懷抱瓷器的女人」，隨時「等待一種破碎的
炸響／一種快意的窒息」（《微音》）。美要在難以預知的碎裂中生成，要經由
痛苦的洗禮方可抵達，這種思維的悖論仿若「菊與刀」的對峙，暗合著東方
美學的詭異色調。

　　有了如此的感覺定位，詩人開始與痛感達成默契。在她的視界中，習焉

〔註7〕霍俊明：《「愛上打鐵這門手藝」——李輕鬆訪談錄》，未刊稿，參見《李輕鬆
　　　詩歌創作研討會論文集》，2008 年。

不察的日常經驗損害了人類的創造力，使他們在主流話語中喪失差異、極度失語而無法清晰表達自身。為了重新樹立自我，為主體找尋合適的音色，詩人選擇以自戕的方式，首先向自己開刀。如《冬天到哈爾濱來看雪》一詩寫道：「我願意被刺傷，我體內的蝴蝶／因這場冰雪而有了格外的意義。」抒情者以稍顯偏執的姿態去迎接鋒刃，痛感經驗強烈且難以仿傚。也正因主動求「痛」，象徵生命力的蝴蝶方能破繭而出，使抒情者在寒冷中感受到愛的氣息。在「破碎美學」的統攝下，病痛褪去恐怖的外衣，成為詩人的益友，她喊出「讓病與病相愛」的豪言，視疾病為宿命體徵：「吃藥是一種慰藉。一種暗示／對於疾病，人類日益不安／而我已與之結婚，漸成一體。」（《阿斯匹林》）「藥」的無效正說明主流經驗的不可靠，既然疾病難以驅散，那麼，不如選擇以積極的姿態，讓軀體在高燒與炎症的痛苦中「排出精神的毒素，排出雜質」（《一場發燒》）。經過疾病的洗禮，精神主體涅槃重生，向純淨回歸。可見，在李輕鬆那裏，「病痛」是一把雙刃劍，一方面消耗著肉身，另一方面卻激活了才情，正所謂「先痛而後快」。

應當說，詩人以對病態之維的著迷進行精神自救，和痛感展開對話，以報復「自身最醜陋的部分」，縱容「生命裏最自由的部分」〔註8〕，其目的在於製造差異，強化精神的在場感。為此，她選擇了內視點的抒情策略，以自我的主體感覺為座標，將心靈的潛意識宇宙看作詩意的發源地，使文本世界與其遙相呼應。我們注意到，李輕鬆詩歌中的抒情主體很難呈現出有形的、肉身化的完整形象，它們或者化身為風，寄靈於獸，託物言情；或者變幻成幽靈，漫遊在充滿自由與禁忌的心靈世界。借助與神秘的事物相親，詩人感到「寫詩就像是靈魂附體，借肉體蘇醒，卻借靈魂飛翔」〔註9〕。她將世俗的羈絆拋至身後，以輕逸的靈魂御風疾進，劃出一道自由的快感弧線。然而，宿命的《歧途》卻使「我總是向著與自己相反的方向行走／風聲卻提醒著崩潰／……／我呼喊著自己　找不到我。」抒情者深知絕對的自由乃是一種虛妄，如果執意追逐，理想與現實的裂痕便會加劇延伸，牽扯出更為劇烈的痛感。在詩句中，「我」的精神正如福柯所描述的「癲狂者」一樣，處於人格分裂之後的破碎狀態。依照科學解釋，精神病患者眼中的世界缺乏完整性，他們不受傳統語言習俗的控

〔註8〕 李輕鬆：《寂寞轉身二十年》，《詩刊》2007年第10期。
〔註9〕 霍俊明：《「愛上打鐵這門手藝」——李輕鬆訪談錄》，未刊稿，參見《李輕鬆詩歌創作研討會論文集》，2008年。

制，易於在壓抑中獨闢蹊徑，從而接近真理。李輕鬆正是抓住了這種思維方式的互文聯繫，爲抒情主體營造心靈的內部對話，甚至共置多重人格於一身，將「內視」的策略具體化。這些靈魂大都陷落在城市的人流之中，難以清醒自辨，生存的懸浮感使「我」只有置身夢境，方可實現交流，「我與夢中人的身份說話、交談／彷彿我自己並不存在」（《對一個夢境的重述》）。夢中之「我」享有無限寬廣的心靈世界，它彌補了被現實規範之「我」的精神壓抑，爲抒情者的情感釋放提供了渠道。於是，抒情者的靈魂分裂成相悖的黑白兩面，一切矛盾都在身體內部「左」與「右」的意識碰撞中得以紓解：「這是從我的左手到右手的問題／它們互相垂問，它們相對，相背，得不到回答」（《底蘊》）。「自我」與「本我」形成複調式的對話，而詩人更爲看重充滿異質的「本我」經驗，正像詩中所說：「最終我們將從正常回歸異端／被扭曲的心，終將被精神病所撫慰」（《精神漫遊》）。正常與異端邊界漫漶，恰恰說明瘋狂的不是詩人，而是整個世界，如布魯克斯的話：「詩人表明真理只能依靠悖論。」〔註 10〕他們以此抗拒俗常的羈絆而到達精神高處。

　　李輕鬆曾講過：「我強調『孤島』意識，那是留給自己最後的屬地。」〔註 11〕在心靈的孤島專心耕耘，使她在「左手寫詩，右手焚稿」的個人化抒寫中重獲心理平衡。她只爲自己寫詩，疏遠現實生活，這種抒情策略可以有效地防止世俗經驗對內心的干擾。不過，在理想中飛翔固然充滿快意，卻也容易受到個體經驗的限制，沉入凌空虛蹈的自閉狀態。新世紀以來，詩人嘗試走出早年的混沌記憶，理性看待生活的煙火之氣，其表現之一便是對抒情者所處的「高度」進行調整。在《與雲相親》《生活的低處》等作品中，詩人試圖放低姿態，回到人間，向凡俗的生活事物致意。從《煎魚》《一道湯》《一頓早餐》《你好，親愛的廚房》這樣的詩題便可以看出，詩人調整了和內心相對應的關鍵詞，生活詩意的溫暖使她認識到「一首詩就是一種方法／跟自己和解，再跟世界和解」（《一首詩》）。她不再刻意設置身體內部黑與白、左與右的角色衝突，而是以一個完整的生命本體姿態進入瑣碎的生活，發現其中妙不可言的仙境。在《來杯茶》一詩中，這種「及物」的轉變表達得直截了當：「讓我收起那些銳器吧，讓我學會喝茶／用清水洗臉。學會跟自己說話／

〔註 10〕〔美〕布魯克斯：《精緻的甕——詩歌結構研究》，郭乙瑤等譯，上海人民出版社 2008 年 8 月版，第 5 頁。

〔註 11〕李輕鬆：《我願意遠遠地凝望你的臉孔》，《文學界》2009 年第 3 期。

炒菜、煲湯，避過一些危險的瞬間／那些平淡的事物，正漸漸地顯出它的力量。」詩人身處日常生活卻又與之拉開距離，透過「清淡的物質」，她學會以微笑面對時代的病症，爲痛感找到新的棲息之所。

此外，爲了追求經驗的澄明，李輕鬆還特意調整了抒情的「速度」，減緩了行走的步伐。高速化的時代風潮將每個人捲入其中，使他們遺失自己的節奏，只有返回抒情時代，放慢速度，學會停頓，「向著與大眾相反的方向／向著眞理的缺口處，蝸行」（《……慢下來》），才能避免「因飛得太快而失去自我」（《行走與停頓》）。詩人正希望藉此突破語詞的限制，獲得返身的能力。實際上，無論是加速的飛翔，還是減速的寫作，她的終極目標都是從主流經驗中抽身而出，以帶有痛楚感的割捨，執拗地向心靈掘進。在精神求索的過程中，詩人的情緒逐步恢復常態、回到人間，詩情特質也由滯澀向澄明轉移。這種澄明，既是感性的顯現，也是本體的敞開，廣遠、自由而充滿詩意。

二、本色寫作：構建女性的心靈詩學

以破碎爲美，感受炸裂與犧牲的快意；以神秘爲美，呼吸花朵與鮮血的腥氣。李輕鬆詩歌中的上帝，或許就是她本色的精神自我。和不穩定的外部世界相比，充滿悖論的複調節奏既是她的思維步伐，也是與女性生命結構相契合的話語方式。正如詩人所認爲的那樣，充裕的虛幻基因是繆斯賦予女性的特殊能力，她們憑藉獨特的認知方式和身體、心理體驗，建築「虛幻」的詩學空間，凸顯女性的本質力量。一些論者指出，李輕鬆在某種程度上並未以「女性詩人」自我標榜，在操作層面，她漠視對男性話語霸權的解構，文本中既無張狂、自戀的主體形象，也少有性意識的裸露表演，從而缺乏與同代女性詩人的精神呼應，這種論斷未免顯得偏頗。我們看到，李輕鬆對女性創傷經驗的意象化揭示，對內在精神世界的深入挖掘，亦從「人性」的角度觸及女性本質的生存現實，建立起自我「流動的生命經驗」，將詩歌引入深邃廣博的心理時空。她對女性生命始終懷有敬意，不願迷失於「概念」的森林；同時，那些對女性意識的簡單化、條目化解說和欲望化、身體化表達，也引起她的警覺。在詩人看來，「女性意識並非僅僅是強調感官的刺激，內心的暴力，身體的革命，欲望的放縱，其實還有更深層的東西，更堅硬的東西，我一直在試圖觸摸到這東西。」〔註12〕由此可見，在官能快感之外，站在靈魂

〔註12〕 《與輕鬆一起舞蹈》，《遼河》2005 年第 2 期。

的高度思索女性族群的命運，發掘更爲「深層」與「堅硬」的內在心靈經驗，正是其女性意識的重要表徵。

　　既然詩人孜孜不倦地渴求觸摸「深層」與「堅硬」，那麼，對女性群體命運的關注和對個體意識流動的體察，便形成她表達女性意識的兩個清晰方向。在曾經穩固的性別秩序中，女性美任憑男權話語來賦值，她們難以繪出完整的自我形象：「這幽閉而倦曲的河蚌，我將對誰展開？／雙手解開河面的微風／我裸露到什麼程度，才能瞭解／我自己的珍珠，是不是沙石」（《宿命的女人與鹿》）。「珍珠」的迷人光彩，需要河蚌屈辱地展開母體，裸露於世人才能被發現，這便複製了女性「被看」的歷史命運。宿命驅使她們擔任悲劇的主角，淪爲兩性祭壇中的犧牲品。李輕鬆筆下的女性人物大都充滿了創傷性的經驗，透過《對「威拉咖啡館」的敘述》，詩人凝視著一位「穿著潔白長裙的女人」，她在生命攀爬的過程中一次次被男性摔倒，遭受著無情的撞擊。「潔白長裙」聯絡著純美高貴的聖詞，蘊含著水一般晶瑩剔透的、抒情者心中的理想形象。「她」在咖啡館中的遭遇正是身爲女性的宿命：「人生不過是重覆一個動作，穿衣脫衣／醒著睡去，彷彿一個女人的一生。」粗暴的玷污使女性的「潔白」漸漸衰退，最終陷入生命的庸常輪迴。在《頹愛》中，詩人對命運的追問之聲得以延續：「所謂命運，是你注定的雙手／伸向我體內的根系　滋潤我觸痛我／摘取我一生的桃子。」詩人沒有沉溺於新生命誕生的即時歡欣，其間的肉體痛楚，殘酷得難以抹平，這是微觀個體的創傷，也是生命群體的共鳴。站在族群的悲劇宿命面前，詩人顯然不會安於現狀。那麼，她會選擇何種途徑尋求改變呢？這便涉及其女性意識的另一方向：進入個體的自我時空，通過心靈經驗的營造，抵達人性的伊甸園。

　　維護個體意識，注重心理建模，這來源於女性個體本質的、流動奔放的生命經驗，鐫刻著抒情者不可磨滅的精神印記。以「孕育」爲關鍵詞，詩人可以用「它吸盡了我的精華／我只剩下那空空的囊袋」（《十分鐘，年華老去》）吐露女性人生走過場似的失落感，也可以抒寫「你通體透明的樣子使我安靜，撫摸／我一生中最嬌嫩的綢緞／最幸福的閃光」（《燈籠》），贊美母性愛的光輝。如同一枚硬幣存有兩面，對於女性群體命運，李輕鬆往往以冷靜的姿態，剝離世俗對族群的意識纏縛，在哲思之境漫步；對於微觀個體經驗，詩人時而流露出性情的一面，或是舒緩，或是柔美，以愛心爲燭照，經營著感情的世界，氤氳出溫暖的色調。如此一來，《頹愛》中的母性形象雖然承襲著肉體

之痛，卻依然可以在痛感中發出吶喊：「你致命的愛　已使我終生頹廢。」在諸多女性主義詩人那裏，愛情主題由於涉及兩性的直接對話，似乎最容易成為被解構、批判的目標。然而，在李輕鬆筆下，不乏渴望愛情並為之獻身的狂熱辭章　「這傾向我的容器，巨大與荒涼／逼近我！這顫動罌粟的器官／至高。至美。我在迎上去的一瞬／已傾盡了我自己！」（《我愛，我便永不回歸》）詩人坦誠表露原生態的性愛訴求，沉溺在激情燃燒的唯美狀態，其筆感細膩、敏銳，直抵生命的本眞。

在愛情與欲望的經驗表達中，詩人從不避諱性愛描寫。每逢欲望的誘惑降臨，她筆下的女子大都會採取「自閉」的姿態，甚至對其懷有仇恨，但眞正經歷過之後，她們反而通過這種「墮落」體悟到極致的美。這些女子是「嗜血」的，這血水由她們所期盼的男性之愛賜予。《血在吹》寫道：「你的生命，使我感覺活著／……／為什麼我喜歡被你拆卸的感覺／一種快意的裁剪……」又寫道：「那動著的莖蕊，被秘密覆蓋著／彷彿一種罪惡。我的身體在傾滿的瞬間／也被掏空。自罪與自罰。」詩歌的字裏行間充斥著矛盾與悖論，女性的生命自省須借助男性力量的激發，這是否會重新跌入菲勒斯中心的陷阱呢？不難看出，抒情主體所經受的「自虐」與「自責」的糾結，正是人性原欲和道德律令的牴牾，是「本我」與「自我」的鬥爭，內部對話特質明顯。李輕鬆寫性愛，並將其視為拯救女性心靈「自閉」的良藥，其女性意識中主動「受虐」的成分，以及在被「拆卸」中獲得快感的話語呈現方式，乃是詩人對自身感受力與認知力的維護與挖掘。這是她所一貫珍視的痛感經驗，是對愛情臨界狀態的智光燭照，沒有任何褻瀆性愛或是放棄主體性的意圖。李輕鬆說：「我只能愛，我只為愛書寫……／我在愛中恩怨兩清——」（《耳語》）。詩人的傷痛逐漸被愛情撫平，她的心態也愈發平和。

李輕鬆對性經驗的個體化加工，似乎與精神分析學說的相關觀念吻合，性的體驗即是欲望的滿足，它在一定程度上轉移了抒情主體對既往傷痛經驗的關注，促使個體心靈與外部世界達成和解。在潛意識轉化中，詩人注意到「身體」的豐富與複雜，將其塑造成核心意象。一方面，「身體」是一個整體性的概念，它指向女性族群的宿命歧途。身體之痛即是群體命運的隱喻，它不止存有快感，還帶有疲憊與疼痛、衰弱與殘缺。以身體為鏡，諸多不完美的經驗躍然而現，憑藉殘缺之美擊碎了男性鏡像中的女性規範。另一方面，詩人擅於把「身體」轉化為感知世界的方式，發掘個體隱秘而幽暗的內部經

驗。對詩人來說，來源於身體的感覺包含雙重意味，一是「膚淺的快樂」，二是「更深處的感覺」〔註13〕，它們是平等的。亦即說，感性的滿足和理性的深入可以並行不悖。在尊重身體的基礎上，她以抒情的柔版為「行為之愛」奏響樂章，在「臨時的天堂」裏探索男女之間無限的可能性。「你用身體做炭／在燃燒的火與仇視中／把女人焚毀的同時先把自己焚毀／這本身充滿了意義」（《懸瞳》），激情的點燃使雙方陷入毀滅的極致，意義在涅槃中脫穎而出。有些時候，抒情者甚至可以「不用思想穿行／有時我的皮膚可以預先抵達」（《夜行》）。作為身體的具象，「皮膚」兼具某些專屬大腦的思維功能，成為產生思想的母體。這樣一來，「寫你自己，必須讓人們聽到你的身體」〔註14〕便不單純是對主體「存在」的在場感描述，「身體」同樣具備了生產知識的功能，它替代了既有的哲學、思想和經驗，為詩人表述外部世界充當著表意符碼，正如詩人所言：「我相信了我的身體，比相信真理還有力量。」（《你好，親愛的廚房》）

翻開《水的蔓延》以及《碎心》等作品，李輕鬆還會把身體看作未經污染的，如水樣純潔的象徵符號。她對身體深懷敬意，男女之間的水乳交融既是肉體形而下的原欲滿足，也是兩性以身體的坦誠互相印證生命之真實、尋求思想和諧的形而上哲思，它最終指向一條開放的交流之路。在《懸瞳》中，詩人高聲宣告：「你最初的情人　最後的母親／都必將是我。」融合少女情懷與母性光輝的角色定位，有效調整了女性詩歌片面強調主體性所造成的話語失衡，為兩性之間實現平等對話創造了機遇。詩人一貫主張要與男性達成和解，通過對自身的親近，疏遠那些反人性、反自然的寫作。為此，她闢出一條個人化的通道，抒寫女性的心靈詩學，這樣帶有詩人「固執的血型，容顏與命運」、以及「一貫的步伐」的文本操作，正是她始終堅持的「本色寫作」。

三、意外之美：突破規範的語藝運思

對於詩歌，人們大都有一個通識，即它是語言的藝術，更是心靈的藝術，詩人的使命便是為表情達意製造合適的「鞋子」，思量語言的出場方式，這直接關涉到其心靈經驗表達的力度與強度。為了尋找開向世界的窗口，李輕鬆不斷地打磨語言、雕琢技藝，在完美呈現心靈的同時，凸顯出語藝的原創性。

〔註13〕 李輕鬆、萬琦：《顛覆一：對話錄》，《詩歌月刊》2004 年第 7 期。
〔註14〕 張京媛編：《當代女性主義文學批評》，北京大學出版社 1992 年版，第 197 頁。

在當代詩人中，她的語言風格頗為前衛，從初登詩壇開始，詩人便意識到語言的諸多限制，唯有突破語言的顯在力量，方可從審美習俗中拯救出詩歌。因此，她選擇打破規範的、極度自由的語言，綜合了李白的奇詭飄逸、史蒂文斯的抽象玄妙、以及普拉斯的尖銳極端，以語言的殘酷宣洩情感、構造美感。借助對多種語言機制的調動，詩人將血液的濃度與溫度注入文本世界，使「張力」這一模糊的概念在具體的操作中呈現出「意外之美」。

一是頻繁使用疑問句和感歎句式，營造整體性的抒情氛圍。如《碎心》所寫：「這是什麼地方？我在與誰相愛？／我自身中最墮落的部分／為什麼瞬間站在了高處？／我一向仇視的欲望，為什麼／美到了極致，或極致以外？」身體的自然召喚勢頭強勁，肉體的狂歡使抒情主體迷失在感性與理性的邊界，社會規範和道德準則崩塌了。在快感的體驗聲中，主體不斷叫號著、追問著，形成密集的話語風暴。懷疑語氣的重覆與疊加，實則是肯定性聲音的內部加強，主體從懷疑自否逐步轉向泰然自若，最終觸發超越性的快感。在情緒即將衝破堤防、噴湧而出的微妙時刻，詩人往往又選擇感歎句將躍動的精神定格，如《鴉王》：「烏鴉，你幸存於我的詩篇／你如漆，像葬禮一樣黑！／你以一鴉繁衍數鴉，以身軀敝日／以一種滅絕拍斷怒放／烏鴉烏鴉，我的飛翔！」戲劇獨白式的語言和不斷以喟歎語氣出現的「我的飛翔」與「飛翔一樣高」迴環往復，形成詠唱的效果，情動於中而形於外。借助「追問者」和「詠歎者」的句法形式，詩人追求情感的自然、直接、充滿快意的表達，較少刻意節制，然「縱情」卻不「濫情」。在《桃花為什麼這樣紅？》一詩中，兩種句式交相登場。詩人以「桃花為什麼好」的疑問開篇，一方面提出問題，使讀者獲得閱讀期待；另一方面，她又巧妙地為讀者埋設了思維陷阱。讀者大概期望讀到桃花的「顏色、氣味及形狀」之美，這些構成了傳統審美習俗中對桃花之「好」的判斷依據，但詩人的意圖恰恰在於超越這種思維定式。「桃花是多麼危險啊！」「紅色是我的宿命，多麼迷人哪！」一詠一歎，都是對桃花原有意味的一次次解構，透過句式之間形成的情感張力，文本氤氳出整體化的抒情效果，浸含詩人本色的審美體驗。因此，疑問與感歎句式不僅增強了語感，同時還顯露出調節意義的能力，它使詩人的情感表達張弛有度。

二是通過對意象的遠取譬，打破本體與喻象之間的審美慣性，形成對峙、多義的語言效果。在李輕鬆的意象譜系裏，每一組意象都對應著一種獨特的心靈經驗，如《我的青春敘事》中「我的循環學。被水火相容／那些青春敘

事，都有一個套路／一個模式。讓我取來水中的魚／火中的栗」。水與火本來無法溝通，卻充當了抒情者心靈的經驗兩極，呼應著詩人「在水與火之間留連，漸漸地向澄澈靠近」〔註15〕的詩觀。這種悖論氣質同樣投射於「桃花」與「鐵」的意象，抒情者的詩歌理想深蘊其中。「桃花」不再是「宜其室家」般繁茂興旺的象徵物，它冰冷地生長在詩人體內，與曖昧和虛無的精神特質融為一體；而「鐵」也不再是城市化的符號、文明的利器，它和某種「返觀」式的回溯經驗相關，通往靈魂的歸屬地。「鐵是我血液裏的某種物質」（《讓我們再打回鐵吧！》），「打鐵」就是鍛造內心傷痛的創口，使它們堅硬起來，這門手藝其實和寫詩相通。「通紅的鐵伸進水裏／等待著『哧啦』一聲撕開我的心／等待著先痛而後快」（《愛上打鐵這門手藝》），痛感的意外之美，抗拒著生活的平庸，鐵如真理一般堅韌，灼燒著生命中的脆弱，經過粗糲的洗煉，詩人實現了精神的淨化。此外，李輕鬆經常將主體精神形象作「擬物」化的處理，如「飛鳥」和「魚」的組合運用，藉此體驗「鷹擊長空，魚翔淺底」的奔放自由。她還喜好以「母獸」自喻，讓身邊的動物替她讀出大段的心靈獨白，毫無顧忌地表達情感。抒情主體由人類「降格」為動物，從日常經驗的束縛中完全解放出來，這使得詩人在表達詩歌觀念之外，可以收放自如地駕控詞彙、馳騁幻想，抒寫自己的語言。

三是在堅守詩歌抒情本質的前提下，向詩以外的文體敞開自身，熔敘事功能、戲劇手法於一爐，以增強話語方式的此在性和佔有經驗的本真性。參照戲劇的形式，她綜合調動場景結構、內心獨白以及旁白、多聲部對話等一系列效果，並將其納入詩歌文本，如《對一個夢境的重述》開篇寫道：「時間：某個深夜或不確定／地點：任何一個場景或不確定／人物：我與另一個我，或不確定／一切都沒有重述的可能。」對超現實的夢幻場景進行虛擬或者重述，其行為本身便充滿荒謬。脫胎於戲劇的結構同樣出現在《對「威拉咖啡館」的敘述》之中，「畫面就這樣出現了。一個雜亂無章的咖啡館／有些昏暗。一張桌子像個死寂的人／椅子互相擁擠著。一個女人／一個穿著潔白長裙的女人目光暗淡／還夾雜著一絲的恐懼。」詩人將舞臺布景植入詩歌，登場人物眾多、來去匆匆，眾生聚集在時空高度凝縮的場景，如同艾略特「戲劇化理論」的闡釋，詩歌形態像一幕小小的戲劇那樣人事物兼備。再看《世上是否還有第三種性別》一詩，我們已經很難界定它究竟屬於詩文本還是劇本。其中純粹分

〔註15〕　《李輕鬆詩歌及詩觀》，《詩選刊》2008 年第 11～12 期。

幕、布景、情節大綱、人物出場動作、角色之間的戲劇性要素一應俱全，文本內部充滿對立混成的戲劇衝突，完全擬現出一套戲劇化的詩思結構，使得文本之間在質地上走向趨合，深融詩人的經驗自覺。同時，李輕鬆還經常在文本內部插入多聲部的對話，使抒情者完全角色化。一方面，現實之「我」與心靈之「我」的相互牴牾，在文本內部形成交鋒，暗合抒情主體的心理糾結；另一方面，為了實現心靈內部的經驗交流，詩人時而會為「我」的傾訴虛擬一個聽眾。在《懸瞳》《浮夏》《夢緣》《頹愛》等詩作中，總有一個與女性抒情主人公對話的男性形象，即「你」的存在。他深入抒情主體靈魂的罅隙，以其溫暖肉體、感召靈魂的神性力量，成為主人公情感的依靠，也使讀者觸碰到詩人內心柔軟的一面。總的來說，李輕鬆注重化合多種心靈經驗，強調意象的客觀間接化呈現，渲染文本內部的聲場效果等等，都在不自覺中回應了「新詩戲劇化」的理論呼喚。敘事與戲劇性成分的加強，有助於她的語言凸顯立體感與多樣性，其目的都是為了更加切近詩歌的抒情本質。

在《下一秒鐘》一詩裏，詩人寫道：「無人能見，我下一秒鐘的破碎／……／無人能喝，我下一秒鐘的酒／……／無人能看，我下一秒鐘的煙火／……／只為一個人寫詩是真理／一個人類的留白，一人閱遍。」這就是李輕鬆的寫作姿態，寫詩就是她對自我的一次擁抱，她以詩療心，以文自救，甚至「每一首詩都是一條命」〔註16〕。她渴望做條激流，奔騰不息，但拒絕變成溪水，融入他人的大海，更不願追隨任何流派，淹沒於喪失個性的沙漠。商業時代的喧囂蕪雜，加速度的名利拷問，難免會使某些不堅定者選擇隨波逐流，在虛幻的名利場中迷失心性，最終走到詩歌的反面。而李輕鬆對寂寞姿態的執著堅守，對世俗功利的置若罔聞，時刻證明著她是這個時代的背叛者。她帶著自己的荒謬，化精緻為粗糲，變破碎為至美，不斷在探索中求變，藝術取向豐富多元，這使得我們很難以某一種觀念來概括她的寫作。作為遼寧省最優秀的詩人之一，地域獨特的薩滿文化感召了她，使她在純東方式的神秘主義中獲得精神滋養，但她更喜歡漂泊的感覺，思想居無定所、信馬由韁，所經之處，皆可視作故鄉。作為女性詩人，她歌頌愛情、抒寫欲望，但言說姿態和理論視野遠非「女性視角」或「女性詩歌」可以涵蓋。在操作層面，她迴避意識優先的女性主義寫作，與諸多概念保持著謹慎的距離，僅僅依靠個體經驗的自然流露，最終進入超性的和諧境界。在今天的詩壇，敘事性元素

〔註16〕李輕鬆：《每一首詩都是一條命》，《詩潮》2007年第6期。

逐步放逐著抒情甚至在「反抒情」，而李輕鬆卻能遠離商業化的時代喧囂，用心靈護祐著精神家園，爲當代漢詩守衛著抒情的陣地。其執著與偏執正如《夾縫》一詩所說，這是「白羊星座上的女人」宿命的抉擇，就像同爲白羊座的梵高一樣，她豔羨葵花自由的綻放，崇尚暴力美學的鋒芒，在虛幻中抵達神性寫作，融會這般氣質，她的詩歌方才不落俗窠，獨標一格。當然，在降低觀察高度、回歸生活的過程中，詩人時而受到抒情慣性的影響，僅僅表達「回歸」的姿態，尚缺乏對日常生活具體事象的深入沉潛。由「內」而「外」的策略轉移，要求詩人在抗拒「平庸」的過程中，繼續以開放的姿態和理性的哲思，編織生活與內心的靈異因緣。

第三節　擇善而從，以眞爲美：屠岸詩歌的精神向度

　　作爲中國新詩發展歷程的見證者，屠岸先生在西詩翻譯與新詩創作領域成就卓著，他將「年輕的詩心」與「哲學的理趣」融合一身，年至耄耋依然保持著豐沛的詩情。作爲浪漫的歌者，他以一顆淳樸而眞實的心靈表現自己，忠實於內心的感受，以眞摯的情意介入詩歌創作，借詩歌釋放天性中的感情成分，吐露細膩的感覺，顯揚熱忱的情意。作爲堅定的鬥士，他始終聽從於歷史的召喚，強調以眞爲美，拒絕任何虛僞與矯飾，以此作爲詩歌「眞」與「僞」的鑒定法則。作爲繆斯的使者，他的詩作涉及題材寬泛，自然景物、異域見聞、感遇寄興、人生瑣感皆可成詩。如詩人自己所總結的，他的詩歌包含了對祖國的熱愛，對人民的忠誠，對社會生活的干預，對人類命運的關注，對人生和宇宙奧秘的探索，……這些將是詩歌的永恆的主題。〔註17〕他的詩歌創作幾乎涵蓋了新詩所能融合的眾多審美主題，其精神向度豐富而多元。

一、以「美」與「眞」抒寫愛的主題

　　從上世紀40年代起，屠岸就對濟慈的詩歌情有獨鍾，濟慈詩歌中對自由的渴望、對人間溫暖的嚮往和一以貫之的道德良知，深深暗合了屠岸的美學觀念。他甚至將其視爲冥中知己，通過《夜鶯頌》《秋頌》這些文字逐漸驅散

〔註17〕　《迎接詩的新時代——在中國詩歌學會召集的「1998年迎春北京詩會」上的發言》，屠岸：《深秋有如初春》，人民文學出版社2003年1月版，第373頁。

了心中的苦悶，重獲心靈的平靜。因此，屠岸的一些詩歌運思、意象取用甚至是美學思想都頗顯濟慈之影。在濟慈的詩句中，抒情者的情感大都凝聚成對美的讚頌，透過《希臘古甕頌》一詩，他提出了著名的格言：「美即是眞，眞即是美。」屠岸認爲濟慈所說的「眞」，乃是指的經驗。「強烈的經驗通過藝術凝固下來，便成爲永恒的美。」〔註18〕在時間的長河中，只有「美」可以長久地存留下來，散發歷久彌新的生命力。追求藝術的本質之「美」，也就是追求純潔、自然的生活之「眞」。由此，屠岸表達出這樣一種觀念：詩歌的要務就是力求美與眞的統一。他的詩歌也以「美」爲藝術目標，以「眞」爲審美尺度，並以「善」爲精神準則，不斷探詢詩歌的藝理之美，抒寫生命的新生之美，追求理想的堅韌之美。

　　擇善而從，以眞爲美，這是屠岸譯詩的原則，也是他創作的方向。作爲莎士比亞詩歌的權威譯家，他極爲推崇莎士比亞所說的，通過對一系列事物的歌詠，表達他所主張的生活的最高標準：眞善美的結合。莎士比亞宣稱，他的詩將永遠歌頌眞、善、美，永遠歌頌這三者結合在一起的現象：「眞，善，美就是我全部的主題，／眞，善，美，變化成不同的辭章；／我的創造力就用在這種變化裏，／三題合一，產生瑰麗的景象。／眞，善，美，過去是各不相關，／現在呢，三位同座，眞是空前。」這幾行詩選自莎士比亞的十四行詩集，他強調詩篇的存在價值在於實際的情感和想像經驗的完美交融，由想像力所衍生出的眞實，如果能與人類美好的價值取向保持一致，那麼這種想像力就是眞實的，是一種崇高的境界，這也正是屠岸一再宣敘的詩學觀念：「泱泱秋水，／浩浩秋水，／悠悠秋水⋯⋯／一座詩屋／宛在水中央；／塞吉的歸宿，／眞善美的故鄉：／所謂伊人／宛在屋中央⋯⋯」（《詩屋神遊》）。塞吉（Psyche）是希臘神話中的心靈之神，她的歸宿亦即是詩人的精神家園，如詩句所說就是「眞善美的故鄉」。同時，詩句化合了《秦風‧蒹葭》中的節奏和辭句，它與傳統詩學調和鼎鼐、鎔鑄一爐。《蒹葭》中臨水懷人的「企慕情境」與這首詩中抒情主體對精神原鄉的執著追尋，使古今人文精神在靈魂的高度焊接一起，復活了東方古老的神性美學，這也是屠岸詩歌創作的一個特質：他時常穿梭於中西之間，將諸多紛繁異質的意象鎔鑄一爐，使其在有限的詩行空間內產生思想的交鋒與對話，從而呈現出奇趣的張力效果，這是詩人價值追求與藝術追求的平滑融合。

〔註18〕屠岸：《傾聽人類靈魂的聲音》，湖北教育出版社 2002 年 5 月版，第 201 頁。

　　在與詩論家對話時，屠岸表示：「如果說我的詩有一種基本主題，我認爲就是愛，詩歌創作必須體現愛，必須敢於說眞話、寫眞情，要敢愛、敢恨、敢於歌頌、敢於抨擊。」〔註19〕他的第一首詩《北風》正是在愛的驅使下寫出的，詩人回憶當時自己住在上海，冬令時見到被凍死在路邊的「路倒屍」，精神受到很大的震動，於是用詩句記錄下這段悲慘的見聞：「北風呼呼／如狼似虎／寒月慘淡／野有餓殍。」一種悲天憫人的氣質彌漫在字裏行間，一顆「年輕的詩心」所具有的鮮明正義感躍然紙上。此外，詩人的「愛」還具有十分廣闊的施展空間，這裡有《給茜子》中那種對情人的愛，有《政治犯》中那種對國家的愛，有《從裂縫中滲出的語言》中那種對家鄉的愛，甚至還有《語言的鬼魂》中那種對漢字的熱愛：「我一輩子在偷學魂魄轉換術／叫ABCD化身爲橫撇豎捺／我是鬼魂們的朋友／但永遠是方塊的俘虜──／不，永遠是她的兒子。」世界文化的薰染，並沒有使詩人丟掉民族文本的根基，漢語的魅力始終如信仰一般印刻於他的腦海，使其堅守著漢語與漢詩的民族精神。

　　英國浪漫主義詩學對主體情感的推崇，使屠岸的詩歌往往具有濃烈得化不掉的奔放情感：「我的心──在蕩！」（《心蕩》），這「一顆鮮紅鮮紅的血珠／從狂跳的心臟躍出，／霎時間／燃燒成／整個火焰的宇宙！」抒情者燃燒自我，將主體化身爲宇宙，洋溢著現代人的蓬勃朝氣和熾烈情感，正與郭沫若《女神》中的狂飆突進精神頗爲相近。但是，屠岸筆下的抒情主體所標示的自我，實則是「有節制」的自我，他時刻注意調整自我與世界的關係，借助西方詩學言及的「古典的剋制」，讓每一分情感都有具體的落實，以避免靈魂的凌空虛蹈和感情的過渡泛濫。有的時候，他喜歡在詩句中設置內在的對話者，亦即「你」的形象，這在他的詠物詩以及紀遊詩中出現的頻率極高。通過潛在對話者的營造，抒情主體的個體之愛有了明確的指向，其精神屬性反而更爲澄明。

　　更多時候，詩人的「個體之愛」凝華成爲與時代相伴而生、與人類族群結合而成的「大愛」，同時依然保持著鮮明的個性色彩。看《眾鳥齊鳴》，「眾鳥飛來北京，只因『鳥巢』一瞬間巍然屹立」，這裡有賈誼的鵬鳥、莎士比亞的鳳凰、雪萊的雲雀、愛倫・坡的大鴉、濟慈的夜鶯、華茲華斯的布穀鳥、波德萊爾的貓頭鷹、柯爾律治的信天翁……先賢們所詠讚之飛禽攜帶著「吉

〔註19〕屠岸、吳思敬等：《詩歌聖殿的朝聖者》，《詩潮》2005年3～4月號。

祥和福祉」，「把美和眞的不朽／把青春和博愛……／統統請進同一個夢裏」，使之成爲「最珍貴的禮物」贈送給五洲健兒。這首詩凝練了詩人創作的主要特質：奇詭瑰異的想像、噴薄的情感律動以及至善至美理想世界的構建。詩人將對奧運、對祖國的熱愛和自己的意念想像鎔鑄一體，雕琢出美妙的夢幻之境，用個體的畫筆爲時代塗抹亮彩。我們之所以說屠岸表達的是一種「大愛」，除了他對時代、國家、民族的情意之外，還因爲他能夠將自我之愛推己及人，在人類共通的情感空間中尋覓對話之可能。如《告別辭·節哀》中「讓心靈與心靈契合，向永訣告別！」的呼號，《插曲》中「我」和「異我」「爲追眾人的行列／覓求永久的亮光」最終實現同一。人類只有互愛，方可化解矛盾，實現普世的「愛的哲學」。在《雲岡》一詩中，詩人祖露了他的人文理想：「我們信仰的／是美的禪學／我們皈依的／是美的宗教／只要每個人的心裏／都有一尊美的佛／整個世界／就到了大同。」一種執著的浪漫信仰貫穿詩句，氤氳著宗教般的救贖氣息。只有儘量消除人類心靈之間的芥蒂，以「美的宗教」作爲人文信仰，方能達到「大愛」之境。因此，詩人對「愛」之主題的抒寫，仍然與其「眞善美」的價值觀念聯繫緊密，情感之愛、生活之眞、心靈之善、藝術之美實則是相伴而生的一個整體。

二、以「客體感受力」品悟詩意哲思

在抒情中，屠岸推崇濟慈提出的「negative capability」並將其譯爲「客體感受力」。他對這一概念做出詮釋：「客體感受力就是強調我們要保持一種新鮮的感覺，使我們每天醒來都能發現一個別樣新鮮的太陽。我認爲一個詩人要保持旺盛的創作力，他就要帶著新鮮的目光看待、審視、觀察這個熟悉的世界，就要有客體感受力，就要拋棄舊有物而全身心地擁抱新鮮事物、讓它們成爲吟詠的對象，達到眞正的物我合一。」〔註20〕

如果要我們爲詩人的這一原則加以梳理，那它可以分爲兩個維度，首先便是「力求新意」。這是一種摒除既往經驗、拋棄原有自我、指向未來的詩觀，它要求詩人具有將熟識事物陌生化的能力。這一思想的核心部分也基於對「舊的自我」的放棄，他們需要全身心地與新的事物、新的情緒合一，推陳出新——正是鑒定一首詩歌成敗與否的必要前提。在濟慈的「古甕美學」昭示之下，屠岸寫成《落英》一詩，集中表達了「求新求變」的美學觀念。在詩句

〔註20〕屠岸、吳思敬等：《詩歌聖殿的朝聖者》，《詩潮》2005 年 3～4 月號。

中，眾花多已凋謝，而賞花者並未減弱賞興，反而認為「看綠葉如湖波也是奇異的感受」。他深知：任何絢爛都難以逃避消亡，因為「宇宙間萬物都遵循運動的規律」。於是，抒情者言道：「世界曾一度擁有燦爛的落英，／瞬間的存在屹立為美的永恒。」這不禁讓我們想起昆德拉說過的：詩歌的使命不是用一種出人意料的思想來迷惑我們，而是使生存的某一瞬間成為永恒，並且值得成為難以承受的思念之痛（《不朽》）。藝術家的使命正是為了捕捉定格在這「唯一」瞬間的意義永恒，對群英來說，綻放固然撩動人心，而凋零也不失為一種曼妙的美，對它進行藝術定格，同樣具有詩意的審美價值。詩人對這種「美」的再發現，正是基於一種運動的、不斷循環的自然觀和宇宙觀，是他深邃哲學意識的流露。

讓我們再來看《紙船》這首詩，在末句作者寫道：「世界上常有失敗和勝利的交替／幻象卻永遠保持著不敗的魅力。」如果對這兩句進行深入讀解，我們或許能夠進一步窺見作者的哲學觀念。群英綻放和落英繽紛是一種交替，而失敗與勝利也會時常輪轉。作為詩人，不必在絢爛與冷寂的兩端徘徊不前，苛求絕對的美，因為「幻象」是不可盡然把握的，而美也是無法盡然呈現的，藝術的魅力正是由它的有限性所決定。因此，屠岸不刻意去解釋美的方方面面，而是筆力天然，點到為止，讓美停留在最豐富最朦朧的一刻。看《雨水》：「雨水是黑白的昇華和幻化／是線條漾出的樂波。」而「黑與白」究竟孰輕孰重，究竟指向何方，詩人並沒有給出確定的答案，因為「雨水的黑白，不可破譯／正如一個美麗的夢／任何詳夢者都是癡駭的／只有初生的嬰兒明白／為什麼她這樣美麗」。既然詩歌具有不可完全解讀性，那麼對創作者而言，他們也無須深究物象的所有機密，只需表達一種天然的、朦朧的感覺，讓情緒停留在瞬間的感動之上，便已足夠。屠岸的詩歌正是具備了這種「點到為止」的特質，他善於運用辯證性的哲學觀念展開運思，使詩篇充盈理趣的氣息。同時，他不再固守物象原有的意義聯結，而是大膽賦之以新意，諸如「孤獨等於自由，／等於擁有心靈中無數的夥伴」（《告白》）、「黑暗由光明蛻化」（《質變》）、「讓絕望催動希望／讓死萌發生吧」（《心感》）之類的語句層出不窮。當面臨愛情與死亡這兩種人類普遍情感時，詩人辯證地指出：「愛的愈深，／痛苦就愈嚴酷，愈嚴酷；／愛的愈純，／喜悅就愈強烈，愈強烈。／／大痛苦擁抱大喜悅，／在烈焰裏輾轉，騰躍，／化為青煙一縷／向宇宙飛躍。」（《愛的戲謔》）愛情是痛苦與歡欣的產兒，喜悅本就該與苦澀並存。在

《死亡》中，這種辯證的哲思得到進一步明示：「死亡／不過是／生的律動／用另一種形式／永恒地互續。」個體生命的消失如同腐葉凋零，而賜予我們生命的巨樹常青，詩人將個體生命的短暫易逝和人類族群的綿延永恒兩相對照，從而消解了死亡所沾染的哀涼之氣，賦予其正向價值。此外，詩人的哲思往往具有詼諧的趣味，理性卻不生硬，如《「夫天地者，萬物之逆旅；光陰者，百代之過客」》一詩中「從外地歸來」的主人發現「誤帶回了旅社的鑰匙」，而「自己家門的鑰匙／卻已失落在異鄉」，主人公沒有因此而沮喪，因為「家本來是旅舍／而每個旅舍／都是／出竅靈魂的／──豪宅」。空間的轉化無法拘束抒情者的思想，只要帶有「家」的觀念，那麼四海皆可幕天席地，縱意所如。「家」隨思想而動，與其說它是一個建築實體，不如說是一種思想觀念，這正是哲學意義上對「家」的精到解讀，頗顯新意。

如前所述，力求新意，抒寫哲趣，這是屠岸言及的「客體感受力」的維度之一。那麼，在棄絕定勢思維之後，詩人需要「全身心地投入客體，感受客體，擁抱客體，物我合一」〔註21〕，這正是它的另一重維度。我們來看《海的獨語》，雖為寫海，詩人卻沒有直接吐露對海洋的主觀情愫，而是使抒情主體與所詠之物相互包容，形成靈魂的互動：「我永遠奔騰　永遠動蕩／……／如今我環抱全世界／讓年輕的人類／在搖籃的永恒的動感裏／做嬰兒的夢……」詩人與大海達到「物我一體」的境界，在他的自然觀念中，自然滋養著人類族群，是人類成長的搖籃，與它的精微、博大相比，人類是渺小的。但是，我們也能夠覓得解決之道，化平凡為神聖，那就是「只要把自然當朋友，而不膜拜他」（《登山》）。詩人的理想世界源自人與自然的和諧，他將希望歸於未來：「但願有一天／人，能夠用七絃琴／預言大自然的全部吉凶／彈奏出雄渾的旋律：天人合一」（《想不到》）。「七絃琴」所具有的法力，實則是文藝應該追求的終極目標，它號召人們從生態整體主義的觀念出發，演奏「物我兩忘」的合鳴曲。由此可見，通過對「客體感受力」的運用，屠岸可以遊刃有餘地在抒情中駕馭浪漫感性與深邃理性，情感自由且貫穿哲趣，以哲理給予文學以深層的智慧和理性。

三、以堅定的文學信仰追求終極關懷

屠岸曾說：「沒有詩人的『我』，就沒有抒情詩；沒有抒情，就沒有詩。

〔註21〕屠岸：《客體感受力》，《詩刊》2005 年第 19 期。

問題是一個怎樣的『我』，是高尚的靈魂，還是卑瑣的小丑。」〔註22〕詩歌領域裏「我」的本質，表現在他是否能夠通過抒寫自我，以嚴肅的態度和時代建立默契，有效處理浪漫氣息與時代風尚的關係。聶魯達曾說一個詩人若不是一個現實主義者，就是一個死的詩人，而一個詩人若僅僅是一個現實主義者，也是一個死的詩人。屠岸多次援引這段論述闡明現代主義與現實主義的脈絡聯繫，現代的觀念和幻化的詩藝可以將詩歌塑造成具有啓示性的藝術，但從根本上說，詩歌的目的並非要使人滯留在如夢如幻的超現實領域、遠離人間煙火、逃避塵世的浮華與喧囂，而是要給予讀者以深刻、厚實的內蘊。說到底，也就是平衡藝術信仰與生活現實的關係，將詩歌引向因終極關懷而產生的、趨向人類本質的價值內涵。在屠岸半個多世紀的詩歌創作中，他從未以現實主義、浪漫主義抑或現代主義者自居，而是始終忠於現實並與之保持有效的對話，這成爲其創作的重要精神向度，其間蘊含的人文關懷和價值追求，又體現了詩人心中始終堅定不渝的英雄特質。

縱覽屠岸的詩歌創作，其中包含有較多的詠景詠物詩，山川、花木、奇石、鳥獸等自然之物皆可入詩，如《樹的哲學》《文豹》《枯松等》等，詩人認爲此類詩歌既屬於他個人，但也隱含了豐富的時代氣息和複雜的政治內涵。可見，感物興懷只是表象，託物言志方顯實質。他敢於穿透時代的黑暗，勇敢地拒絕平庸、迎戰死亡，爲人類引領光明的出路。如同處女作《北方》一樣，屠岸與詩歌結緣的契機，正是建立在對善與惡的本眞認識、進而對「惡」進行批判的基礎之上的，爲了充當「時間」這一歷史概念的見證人，他的詩歌負載了自古典時期以來繆斯賦予詩人的使命意識。爲了澄明眞理，他往往選擇批判者的姿態，「擔當」與「批判」——既是知識分子的良心所在，也是其追尋的終極意義的價值中樞。於是，我們看到，當歷史的天空撥雲見日之後，屠岸寫下了《喉之歌》，詩行中分明有一位眞理的擎旗者，他面對扼殺眞理與戕害生命的「黑暗的陰間」厲聲呼喊，將十年浩劫定義爲人類文明的倒退。如今，「現代迷信的塵霧」盡然散去，詩人滿懷敬意地爲張志新們唱起英雄的輓歌，爲未來奏起「理想的頌歌」和「勝利的歡歌」。這一類作品還有《遲到的悼歌》《爸爸，我求你原諒……》等，詩人極力肯定英雄們在現代迷信的暴虐與血腥面前依然昂首、面對厄運毫無懼色的鬥爭精神，他用文字洗刷歷

〔註22〕　《詩論・文論・劇論——屠岸文藝評論集》，人民文學出版社 2004 年 1 月版，第 4 頁。

史的荒謬，將清白還原人間，把希望留給未來。

在屠岸的詠物詩和紀遊詩中，城市建築和人文風貌也成爲他特別關注的審美對象，這其間飽含詩人對都市文明偉力的驚羨與贊美：「宙斯和玉帝都在押寶／注視著股票市場的指數／繁星閃爍如屏幕上的阿拉伯數字／天琴的音樂不如電腦敲擊聲美麗」（《深圳組曲》）。城市由上班族的腳步踩踏而成，奏出一曲充滿勇氣與自信的時代強音，城市文明引領人類進入新的家園，成爲與人類命運休戚相關的第二自然。不過，在澎湃心潮與都會脈搏發生強烈共振的同時，詩人也清醒地意識到：城市不僅指代著不斷爬升的現代性奇跡，它還是美醜並置、善惡錯雜的。看他寫於上世紀 40 年代末的《進出石庫門的少年──詩句的碎片》一詩，城市充滿了壓迫、壟斷、疾病、腐敗、欺瞞、暴力，成爲罪惡的淵藪而搖搖欲墜，這正與九葉詩人的現實主義都市批判形成和聲。而《九十年代的「秀」》則是他爲世紀之交所作的注腳，在詩歌空間中，城市人成爲一個個木偶，他們受控於一條無形的線，而現實成爲一面魔鏡，只能照出人們的社會角色，卻使人喪失了本眞的自我。於是，「我」對巨大的魔鏡「舉起了投槍」，希望以這樣的方式顛覆城市一元思維對人類自由的戕害，使人類從「世紀病」的折磨中抽身而出。這兩首詩同爲對城市的批判，前者指向政治的黑暗，後者則指明單純追求經濟現代性所潛藏的巨大危機。在《甦醒》一詩中，這種立足於城市文明對政治暴力和經濟失衡的雙重批判得以延續，抒情主體現身於不堪回首的噩夢之中，夢中的歷史化作一間「引蛇出洞惑人的」、「野有餓殍的」、「紅海洋恐怖的」、「和尚打傘緊箍咒的」監牢，當夢幻者終於從歷史黑暗的噩夢中驚醒時，他發現自己從一場政治的噩夢滑入另一場由現代化膨脹所導致的經濟噩夢。這場現實的噩夢充斥著細菌滋生、生態失衡與道德失範，實則是困束現代人的新的監牢。詩人首先傳遞出這樣一種理念──現實和夢境同樣可怕且無法逃避，他警醒地指出：人類的命運就是「獲得自由與失去自由同步」。由此，文本既浸含有作者本人不願提及的歷史痛楚，同時他也超出個體之外，穿透我們日常熟識的現實表象，爲整個族群鳴響了警鐘。

我們知道，文學精神價值的最大體現在於終極關懷，「終極」是指向未來經驗的尺度，它超越物質而存在，是人類理想的存在目標，它的非物質性和超越性具有類似於「全知者」的神性能力，給人以「無限」的神秘之感。在對這一目標展開叩問與追尋的過程中，詩人首先需要承認自己經驗的有限

性，對未知世界保持虔誠的姿態，對終極目標保持必勝的追求，由此方可在有限的生命中實現自我超越，爲他身處的時代和遙遠的未來織造默契，這正是屠岸的信仰。雖然詩人曾不止一次地闡明自己與神的疏離：「十年迷航後，我更信無神論。」（《在聖伯特利克大教堂門前》）但我們依然可以在其諸多詩作中尋覓到宗教的氣息。他多次以福音、上帝、天使、造物主等意象幫助自己完成奇異的想像，借助宗教教義宣揚「真善美」的價值理想。我們固然不能憑此就簡單認定他受到了基督教文化的薰染，但筆者以爲，詩人與宗教意象的聯姻，恰恰體現出他立足於有限、在有限中把握無限的詩人精神。他洞悉單一個體在人類群體價值面前的渺小，並把這種清醒的認知轉化爲對終極關懷不懈的追求，對未來保持敬意而又滿懷希望。他從不強調自己的詩人身份，因爲在他的心中始終對詩人的稱謂懷有某種敬畏，只有詩和人結合在一起，才叫詩人，因此他覺得自己尚不夠格。埃爾・阿多在《內部堡壘》曾說過一句話：「在古代，哲學家不是撰寫哲學著作的人，而是過哲學家生活的人。」我們完全可以把它移植到屠岸先生身上，他從本質上就是一位知行合一的「過詩人生活的人」。從藝術角度言之，唐湜說屠岸的十四行詩是「澄明的理性與智慧的抒情」〔註23〕，其實，這句評語可以推廣至他所有的詩歌創作之中。從思想角度言之，他的創作經歷了由個體的價值理想抒發向集體理性靠攏，進而向哲思復歸、探索人類生存主題的過程。無論身處何時何地，他的詩作都起始於對繆斯的祀奉，完全忠實於心中詩神的召喚，爲靈魂而唱，爲時代而歌，拒絕任何功利目的，詩歌就是他生命的全部意義所在。因此，他無愧於繆斯的眷顧，更無愧於「詩人」的聖名。

第四節　與城越遠，與詩越近：冰釋之詩歌閱讀札記

第一次讀到冰釋之的詩是在《作品》雜誌上，那一期刊登了他的一首《陌生的城市》，抒情者表達了一個當代都市人困居於符號化世界的焦慮意識：「到一個陌生的城市／和語言有距離／和胃口有距離／和睡覺的方式有距離／即使潛入人群／和人群也有距離。」在地域差別日益縮小、文化逐步同質化的今天，我們很難在地理遷徙中感受到文化的異己感。而抒情者卻始終無法和

〔註23〕唐湜：《理性和智慧的抒情──讀〈屠岸十四行詩〉》，《詩刊》1987 年第 11 期。

他所安居的城市和諧共處，「和語言有距離」意味著他無法獲得暢快表達自我的機會，也缺乏足夠的被認同體驗，「和胃口」以及「和睡覺的方式」有距離代表了生活習慣上的水土不服，這種不適應症貌似每個人都曾經歷過。可是，詩人經驗的弔詭之處在於，他竟然和「人群」也產生了距離，無法與城市中的「人群」融合而成為孤單的個體。如果我們能夠釐清詩人產生這種意識的原因，那麼我們或許就能夠接近冰釋之詩歌的思想內核。他的寫作，很多都是圍繞著當代都市人的城市意識所展開的。

一、塑造「超現實」語境

　　所謂城市意識，在筆者看來指的是詩人在抒寫他所生活的城市時所流露出的思想意識，這類情感表達因為與城市文化關涉密切，因此可以看作是具有社會象徵意義的文學行為，是現代化歷史進程的文本轉喻。我們注意到，冰釋之的詩歌創作分為兩個時期，從上世紀 70 年代末開始進入詩歌創作，進而在 80 年代初與孟浪、郁郁創辦了民刊《MN》，到 1988 年又與默默、白夜創辦了《上海詩歌報》，這可以看作冰釋之詩歌創作的第一個階段。2001 年開始，冰釋之再次開啓了詩歌寫作的閘門，一批新鮮的文本應運而生，2004 年他編印了《回到沒有離開過的地方》，2009 年出版了詩集《門敲李冰》。從新世紀發端至今，可以看作詩人創作的又一個新階段。集中觀照冰釋之前期的創作、也就是寫於上世紀 80 年代的文本，可以發現作者的寫作偏重於城市意識的表達，文本氤氳著極強的「都市人」心靈氣息。他以一個城市漫遊者的姿態在城市的邊緣遊索，希望發現人們習焉不察的生活細節，並以現代主義的詩藝將其作碎片化的呈現，文本的詩維運思往往注重瞬間的經驗捕捉，這就和與他同代的上海「城市人」詩人群的寫作形成了共鳴。

　　在 1986 年的「現代主義詩群大觀」中，第一次有人以群體形式提出「城市詩人」的口號，以抒寫「城市詩」的方式標榜其價值體系。他們將城市看作產生藝術的唯一空間，並頗具使命感地承擔起抒寫城市的任務。這個被評論家朱大可描述為「焦灼的一代和城市夢」的群體在詩藝上承接了現代主義詩學對都市人日常生存哲學的關注，著力尋覓都市符號的新鮮質感，以反抒情的事態語言確立其主體的知覺空間。冰釋之雖然沒有以「城市詩人」標榜自身，也沒有刻意強調文本的城市經驗表達，但他的創作卻和那些倡導此類抒寫的詩人形成了某些一致的美學向度，特別是在表達生存經驗上，他探索

出一條適合自身情感表達的獨特路徑，如《無題》一詩這樣寫道：

　　　　電影院放飛的黑色鴿群

　　　　驚動了四川路上的梧桐葉

　　　　黑色的蘇州河

　　　　此刻

　　　　正悄悄穿過雨天的城市

　　　　大街上還是人群

　　　　警察在指揮交通

　　　　那個故事比生活要美好

　　　　而生活

　　　　不應該只在銀幕中閃耀

在詩歌的末尾，冰釋之注解說這首詩寫於「1982 或者 1983 年，似乎是《都市裏的村莊》觀後」。查看相關資料可知，這部電影上映於 1982 年，在 1983 年內連上兩期《大眾電影》的雜誌封面，如此看來，它稱得上是當年頗具影響的影片。詩文的首段以「黑色鴿群」和「黑色的蘇州河」兩個意象搭建起詩歌的空間結構，動態的鴿群與靜態的河流被統攝在「黑色」之中，詩人似乎無意賦予這個陰鬱的顏色以更豐富的衍生義，他所採擷的所有語象都停留在自身的意義範圍內，甚至有些「反意象」的冷抒情意味。或許這就是生活本真的現實呈現，單一的意象無法牽涉到更為豐富的隱喻，它們只有結合起來，才能從整體上形成集群式的象徵效果。天空的鴿群與地面的河流都與晦澀、陰暗的心靈感覺相連，但它們又是兩條永不相交的平行線，或可讀解成影像世界與現實世界之間的距離與裂隙。果然，詩歌的第二段寫到了這種「距離」，詩人從電影院走出，腦海中也許還縈繞著影片插曲的旋律——「在那迷人的夕陽下，有一隻蜻蜓正飛翔。它那金色的翅膀，載著我美好的理想。」但當他走出影院大門的那一刻，現實世界的喧囂與浮躁也許無情地解構了電影賦予每個觀眾的浪漫感覺，理想主義的世界坍塌了，取而代之的是分裂的現實世界，作家由此迸發出電影中的「那個故事比生活要美好」的感慨。

　　詩人發出這種感慨，或可彰顯出他內心深處對現實世界的某種不適應，甚至是某些「不滿」。貌似冷靜的事象還原背後，依然是一顆焦灼的心。和同

時代很多注重「遠取譬」的寫作者不同，冰釋之的詩歌語象都來自於周遭的日常生活，但又不是對生活現場的直接還原，其文本空間更多時候有些「超現實」的意味。像《死亡研究》《回想幸福》《誤會》等詩作，都是從生活中微小的細節（如時間細節、行為細節、語言細節等）入手，敏感地挖掘其中的某一點，進行詩意的營造。讀這些詩，很難感受到整體性的象徵與有目的的指涉，我們僅能捕捉到一些由事態化意象點帶出的語感，以及抒情者在語感背後建立起的那個表意漫漶不清、輪廓模糊不明的超現實語境。看《死亡研究》：「我們都已死去／某個下午不是星期天。」詩歌的開頭就以族群的死亡為人們昭示出詩歌的文化語境，「死亡」意味著個體突然喪失了一切既往與未來的經驗，從而化身為茫然的個體。也意味著個體徹底超脫出現實社會的規約，可以憑藉一個曖昧的身份重審這個世界。「在那本很厚的書裏／我們追過鐘聲」是死亡之後的「我」對生前之「我」的人生總結，追逐鐘聲的過程，就是我們被時間所操控、為了一個虛無飄渺的人生目標不斷追尋的人生軌跡。當我們死亡、透明之後，誰都不願再重覆這種一維的、雷同的成長線索，而是願和天空、鳥類同體，自由地翱翔於天際。詩歌的結尾意味頗深：「在人群輕信落日的時候／我們在街上青色的死去／死成我們生前的模樣／晚風吹過／我們的頭髮略有幾分真實的飄揚。」按照本雅明對波德萊爾詩歌的評述，波氏恰能從熙熙攘攘的「人群」中分離出「自我」這個孤單的個體，現代主義詩歌的秘密也基源於此。「人群」代表著物質城市的普遍速度和統一目標，個體深入其中，便失去主動選擇自我速度之可能，他的身體被控制在兩點一線之間，心靈也受集體意識的制約無法確立自我的節奏，從而陷入「失語」的泥沼。冰釋之這首詩歌中的抒情之「我」能發現「人群輕信落日」，是因為「我」已經擺脫了現實社會的時間控制，這裡的「落日」便可以理解為現實施加給人的種種知識與規則。抒情主體以帶有荒誕意味的行為，揭示著他無意識中期望的、對本雅明言及的「震驚」體驗的重新遇合。他以「死亡」的方式從「人群」中擺脫而出，克服了人群的匿名性，從而避免自己被城市的速度所規訓。

在《回想幸福》中，詩人彷彿進入了無意識的領域展開抒情：「你年輕的傍晚時分／寄養在幻想的窗前／舉棋不定／身後有熟悉的風向你走來。」詩人應用了「夢幻」的思維，挖掘了無意識領域的吉光片羽。對幸福的回想是由一幅幅抽象畫式的印象片段組合而成的，這些印象彷彿來自於作家的精神

頓悟，而其情感表現則與超驗經驗和所指的不確定性相關涉。直到詩歌的最後一句「一個理想的女子打傘飄出花店」，我們彷彿讀出了和龐德《地鐵車站》與波德萊爾《給一位交臂而過的婦女》共通的某種情感。只不過，冰釋之利用抒情者的夢幻意念再造了一個「美麗的邂逅」，利用超現實語境表達了他對稍縱即逝的幸福感本身的把握。在上世紀80年代的詩歌寫作中，這樣的寫法無疑是新穎而現代的。再如「很多年前的手臂／等著很多年前／一枚鮮美的果子／穿過樓板／停在樹枝閃動的窗外」（《他們的故事》），「多年以後你在等一個下午／多年以後你看見了一個下午／有很多女孩在秋天拐彎的時候／下午盯上了你　從頭到腳／你被下午逼近屋內／整夜坐在寫字臺前／躺在床上的丁點工夫／下午的皮鞋聲由遠而近／在你耳旁一閃一閃」（《發生在下午》）。這些印象流都遙指著一個夢幻般的記憶時空，詩人不斷捕捉意象化的思想片段，將其作蒙太奇式的排列呈現，抒寫著一個個內蘊豐富的深層主體世界。在超現實的城市意識流動中，冰釋之將抒情主體不為人知的潛意識揭示出來，用直白的語言營造出詭異的夢境、或者如同幻境的生活場景。這種充滿歧義的超現實寫法可以引領讀者進入城市的精神內部，以潛藏在抒情者心靈深處的另一面情意，將「看不見的城市」形象化、心靈化。

評論家朱大可曾經說過，對生活在城市中的詩人來說，都市文明的知覺核應該是現代都市和它的子民。表現城市意識的關鍵，正是探詢都市「人」的概念和精神。我們之所以在都市文化的範疇內談論冰釋之的文本，正因為其寫作既包容了城市的諸多物象符號，以都市場景作為抒情主體情感發生的空間，同時還把都市人的現代意緒和生活經驗作為主要關注對象，並不斷展開多變性與創新性的詩意聯想。冰釋之在上世紀80年代的這些創作，正是將物質重壓之下的「孤獨」作為文本的心理肇始，以夢幻般蒙太奇的手法擬現超現實的文本空間，側重於表達瞬間的、稍縱即逝的感覺片段。不過，這種詩意運思的方式在彰顯精神主體存在意識的同時，也容易被近乎雷同的痙攣感或是精神痛感所吞噬，易於滑入自我的意識迷津，難以處理更為豐富的生活素材，其藝術表現力很可能受到既有模式的制約。從這個意義上說，冰釋之在新世紀重新投入詩歌現場之後，其寫作表現出更為多元的姿態。

二、反思城市生存法則

一些評論過冰釋之的論家都提到過《山崗》中的一句：「我的朋友點燃了

一支煙／我的指尖／有家鄉的一場大火。」現實中的一點點火光，點亮的卻是詩人心中久存的故鄉情結。這首寫於 1986 年的詩寫得如此質樸：「想起這裡的雨就想想／家鄉　是遠方的妻子沉沉睡去／而我醒來／眼前的山脊直抵窗戶。」身居都市卻患了都市的懷鄉症，不禁讓我們聯想起戴望舒的《對於天的懷鄉病》。冰釋之和前輩詩人一樣，困於都市現場而懷念那個精神上的鄉土田園。我們或可據此認為他對都市經驗持有一種拒絕的態度，至少在情感的某些方面，他是不適應的。「雨」代表著自然，它不是工業時代的產物，而成為一個靜謐、安詳而不失浪漫的精神意象。雨水沖刷著都市的喧囂浮躁，開啟了「故鄉」在詩人記憶中的印象投影，這是詩人精神上的返鄉之旅，他希冀著建立一個「城市中的田園」，進而回歸那種傳統的、令人心情平靜的經驗世界。或許在《陌生的城市》裏，詩人告訴我們他要逃離的原因：

> 街道在提示你
>
> 樹根在提示你
>
> 裙子的呼吸在提示你
>
> 廣告的表情在提示你
>
> 路口總是提前出現
>
> 要去的地方
>
> 總是向前左右再向前
>
> 約見的人要比計劃慢一點
>
> 想說的話要比腹稿偏一點
>
> 只有夜晚是你熟悉的
>
> 忙亂以後的床是你熟悉的
>
> 平復情緒的煙點燃以後
>
> 你想起另外一個陌生的城市
>
> 你知道
>
> 這個城市一如往常
>
> 只有你是陌生的

街道、裙子、廣告等都市物象對「我」造成的種種「提示」，實際上是對我們生活作出的刻板規約，在先入爲主的提示面前，人類遭遇任何新鮮的經驗，都成爲一種虛妄。彷彿每一天的生活都是被計劃好的，約見到的每一個人、想說的每一句話也都千篇一律，難言新意。這正是現代人日常生活的眞實點滴，看似幻覺的夢魘早已成爲我們懵然不覺的生活面影。但詩人也爲自己保留了一重空間，這便是令人熟悉的「夜晚」。「平復情緒」之後，抒情者想起「另外一個陌生的城市」，這個「語詞城市」和抒情者經歷的「現實城市」的唯一不同在於，只有他自己是陌生的。在大都市的空間強力壓迫下，所有的外觀逐一喪失其物質性，不再存有外部與內部的界線，人的內心世界遂成爲可供觀賞的外部景觀。只有進入夜晚某個充滿夢幻意識的時刻，詩人才能從「人群」中抽離出自我，建立波德萊爾式的漫遊者視角，這是他發現城市、解讀人群的前提條件。

當城市文化已經成爲新世紀的一個顯詞時，冰釋之的文本也發生了一些變化：一方面，從上世紀 80 年代便存在於詩歌中的、與城市現實的對峙感和「精神不適」依然存在。如《這個被燈光逼進小巷的雨夜》一詩的情感旨向，和早期寫的《山崗》一脈相承。作爲浪漫記憶的小巷，指涉著寧靜、溫馨，兼有古典之美和啓蒙之趣，但現實是殘酷的，小巷「已經順著水的方向走遠」，「我」明知它已經無法復原，卻執拗地表示：「我還將依著雨的暗示靠近／只要站在這小巷的雨夜裏／只要還看得見這燈光和屋檐／我明白／我就無法融入 21 世紀的現在。」作者表達出「不融」的姿態，強調了一直存在於其精神內部的與現實的對峙感和分裂意識。他也寫出一系列帶有「追憶」色彩的詩歌，如《想回去》中對舊居、母校、玩伴、歲月的懷戀；《重歸陽朔》對往日人文風景的追思，凡此種種，都曲折映像出抒情者和現實存在之間的緊張關係。

另一方面，在「及物」寫作已經成爲一種潮流的今天，詩人也嘗試著借助「物質」的媒介，通過「消費」的行爲深入城市文化內部，緩解精神個體與現實語境的不適應感。和那些純然拒斥現實城市經驗的詩文相比，這些文字體現了抒情者與城市文化的主動接近。比如，他就打算從容地《深入一場酒吧》，抒情者頭一次孤身來到酒吧，「試圖以觀察員的身份」一窺其間究竟。這種「觀察」起初並不順利：「音響太吵／我吼了三百聲，弄清了啤酒的價格／光線迷亂／我觀察了五百遍，沒敢肯定那位的性別。」在清醒的狀態下，

我的「觀察」舉步維艱，於是「我」只能喝酒，當酒意微醺之際，抒情者卻意外地和新奇經驗遭遇了：「冷豔如克里奧派屈拉的年輕少婦／將洶湧的寒戰劃過我心肌／來吧，古董／這是一趟開往醉都的列車／哪兒醒了哪兒下車。」因為酒醉而迷失觀察員的身份之後，抒情者回歸了「人群」，這才實現了「深入一場酒吧」的初衷，這或許可以看作詩人的城市意識在新世紀的一次調整。當發現一直試圖逃離和規避的城市語境已然成為其生命的牢固背景之後，他唯有接受這種文化的洗禮，切近物質文化才能避免被物質所消解。透過「主動求醉」的消費行為，抒情者獲得令其「沉醉」的感官體驗，時空意識倒置錯亂，文化信息蕪雜紛繁，一切快感都難以持久，一切美好都無比脆弱⋯⋯在此類虛無的經驗中，他意外地逃離了現實社會施加其身的話語壓力，在虛無的經驗中抵達某種平衡。

通過冰釋之的經驗呈現，酒吧的空間意義便不只停留在物質消費的層面，作為凝聚文化消費的場所，它的獨特構造正易於詩人表達隱秘的情思欲想。在音樂與酒精的薰染下，現代都市人與欲望之間那種曖昧不明的糾結關係成為詩人的現場主題，這使得都市「欲望之力」成為具有象徵意味的行動。在消費空間內，始終困擾都市人的孤獨、虛無等壓抑感得到暫時性的釋放。這裡沒有時間的規束，也沒有道德的鏡像，它傳達出一種虛妄的自我指涉以及主體的隔絕體驗。如同德里達所說：「超驗所指的缺席，使指意領域無限擴展並且使之成為無法終結的遊戲。」〔註24〕如此說來，《深入一場酒吧》中的主人公主動「求醉」的過程實則暗含著主動尋求意義的積極姿態，如王宏圖的論述：「在這類特殊的空間中，人們原有的鏡像世界便開始動搖碎裂，各式零散的元素在酒吧這類恍惚迷離的氛圍裏漂浮，在這一特殊環境的刺激與暗示下，它們紛紛開始重新組合，耦合成了新型的自我與世界的鏡像。」〔註25〕

調整自我與時代的關係，除了借助消費的行為求取意義之外，詩人還注重利用文本傳遞一種帶有「中年寫作」特徵的人生體悟：或是從歲月流轉、時光荏苒中突然有所神悟；或是在撫今追昔中吐露某些滄桑之感；抑或是放鬆心態，以平和閒淡的態度從生活的瑣屑之處覓得美感。和時代的對峙感逐步減弱之後，詩人漸而透過文本表露出帶有明顯縱深感的歷史意識，並構成

〔註24〕 J. Derrida. *Sing and Play in the Discourse of the Human Science. In P.Rice & P. Waugh (eds.). Modern Literature Theory: A Reader*. London: Arnlod.1996. p.178.

〔註25〕 摘自王宏圖：《作為欲望迷宮的酒吧》,《深谷中的霓虹》,花山文藝出版社2002年1月版。

其「中年寫作」的顯在特徵。比如，老友相聚本是人生充滿快意之事，而抒情者卻從中捕捉到蒼老帶來的精神無奈：「我們老了　而且越來越老／因爲恐懼時光飛逝／我們選擇聚會強作挽留／因爲年輕需要證明／我們　成了每個人青春的人質。」（《聚會》）一首好詩的標準首先是要使人「心動」，冰釋之對「我們老了」的陳述是平靜而超然的，但氤氳其中的歲月滄桑感和精神無力感卻力透紙背，令人難以紓解的蒼涼傳遞到讀者的周身。在吐露個體的滄桑背後，作家知道，對於自我而言，每個「小我」的歷史其實都是大同小異的，甚至「連死亡方式也大同小異／每個人的歸宿也是集體的歸宿」（《其實》）。在今天這個時代，個體要想從集體主義的時間中突圍而出，覓得獨屬自我的精神存在感，實在是一件困難至極的事情。與其和集體時間角力對抗，倒不如放鬆自己的心態，把歷史看作一種可以被詩歌所召喚的素材，從中讀出人生之況味。看《潮濕的歷史》，詩人在一個「潮濕的冬天」躺在搖椅上，而精神卻完成了一次穿越之旅：「我躺在搖椅上／將日子潛回 1931 年／紅色的河面上／泊著革命的眼睛。」文本中的歷史碎片成爲抒情者此在記憶的證明，窗外是「血腥的歷史」，窗內是現實的劇情，兩者同時在抒情者的頭腦中交叉閃現，一種新奇的、仿若後現代般拼貼而成時間意識油然升發。《邀請歷史過情人節》中，詩人對歷史的解構力度更爲強大，當「我們終於活到了公元 2000 年以後」，抒情者發現「在那個時間節點的背後／我們和老子和莊子和孔子／遙遙相望」，「如今／老子還在山間布道／莊子在九天巡遊／孔子越過國界在流浪 ∥情人節一拐彎／我的女兒出生在時間的前面／歷史誕生在未來」。詩人的寫作策略依然是把古今事件錯置雜陳，在事件的「混亂」中解構了線性的歷史，賦予其更爲豐富的闡釋之可能。一個個「穿越」而來的事件看似複雜多變，但作家的內心或許輕鬆如常，他能夠看淡歷史，遊刃有餘地把歷史作爲詩意的策源地和語感的生發所，足見其心態之平和。

我們注意到，冰釋之在新世紀寫下一系列「行走自然」的詩，如《千年古鎮同里》《莫干山》《山門已遠》等。與自然美景相遇時，詩人看到和狹仄的都市街道完全不同的開闊景色，爲其宏博大氣的形廓和悠遠綿長的生命感所震撼，從中體悟到深沉、穩定、純潔、自然的精神氣息，其中比較有代表性的是他的組詩《香格里拉》。這組詩在冰釋之的創作中屬於篇幅較大的文本，抒情者來到古老的河床，與藍天白雲相遇，與山坡上的牛羊和人群相識，亙久綿長的古道傳說和神秘莫測的地方景物賜給詩人空前的衝擊感，抒情者

由衷地慨歎：

　　站在高原，就站在了精神的高點

　　在高處，缺氧的文明

　　造就神奇的醫術

　　宗教開啓智慧的山門

　　思想的藍天

　　清澈了

　　愛情的白雲更白

　　生活簡單了

　　我重新分配陽光和月亮

　　分配水和森林

　　將欲望調整到

　　比發展低得高度

　　將未來調整到

　　比活著高的高度

抒情者與雲比肩、與天相鄰，簡單質樸的人生信條滌蕩了來自都市人的心靈世界。他意識到和造物主的神奇相比，一切「物欲」都是不值一提、可以捨棄的。但是，抒情者無法叛逆現實的生活，並且，他擔心自己「一旦走下高山／與亂世和現實狼狽爲奸」之後，「是否還得從新站起」。的確，當抒情者離開香格里拉，重新回到生活現場之後，他必須放棄建立在那片神聖處女地上的所有美好想像，重新適應現實的規則。而消費社會的規則之一，正如鮑德里亞所說的那樣：「人們不再像過去那樣受到人的包圍，而是受到物的包圍。」〔註26〕欲望都市帶給現代人的焦灼意識，成爲一種城市病症，對居於其間的人不斷產生著壓抑。冰釋之能以相對平和的心態抒寫他看到的自然，但是一種對當下不離不棄的介入意識又促使他不得不關注時代的病症，身在

〔註26〕〔法〕鮑德里亞：《消費社會》，劉成富、全志鋼譯，南京大學出版社 2000 年
　　　　10 月版，第 2 頁。

自然，反觀都市，成爲他的文化抉擇。由此，我們就不難理解爲什麼作家在「離開城市很遠」的莫干山，卻憂慮這裡的毛竹和動物會因瀝青公路的鋪設，被運往「人類的餐桌」（《莫干山》）。在《千年古鎮同里》：「太湖瘦了三分之一／魚類絕滅了三分之二／水質劣了三分之三。」記憶中的同里在消失，替代它的卻是一個個「性展覽」和低劣的商業包裝，千年古鎮被「打扮得新貴一般耀眼」，歷史的厚重感早已被今人踐踏得屍骨無存。詩人意識到一隻「看不見的手」，「也是逐利的手」（《山門以遠》）肆無忌憚地控制著我們的周遭生活，甚至已經開始將觸角伸向遠方，它蠶食自然、吞噬歷史，成爲純美事物的對立面。這些文字讓我們看到冰釋之的一顆赤子之心，在他心中永遠存有那個充滿童眞的、不假言說的自然。

可以說，從接觸繆斯開始，冰釋之就注意利用詩歌揭示現實的陰暗一面，無論是人性的虛僞還是個體的孤單，抑或是物欲的橫流與自然的被踐踏。批判作爲一種意識，標明了寫作者對待話語現場的態度。在前文所舉的那些言詠自然的詩句中，已然能夠洞悉冰釋之批判的筆鋒。看他寫於新世紀的很多詩句，都能感受到其批判的話語目標更爲明確，詩風也在融合智性與理性之後顯得更爲通透。如《藥》寫道：「長大後，藥只有白色和黑色兩種／它是冷漠的醫生向病人傳遞關懷的方式。」藥物的種類千奇百怪，所應對的疾病也各有不同，然而詩人能夠從視覺入手，將藥物分爲冷冰冰的兩類，使一個沒有任何感情色彩成分的名詞瞬間有了溫度——它指向當今醫患之間緊張的關係。在不同的地點場合，藥竟然還有醫學層面之外的、社會學意義上的「功效」。比如，「在鋼鐵一樣純樸的車間裏／藥是性是群眾的生活／是年輕女工與車間主任的一場纏綿」，而「在泥濘的機關裏／藥是無色無味無形的氣體／你和處長都有平等享用的權利」。當我們熟悉了時代的生存法則之後，抒情者發現「人的活動大概有兩種／給別人吃藥　或者／吃別人給的藥」。細細忖度，簡單的施予與被施予的關係背後，隱藏的是這個時代最大的悲哀，亦即人生存在簡單、粗暴且無法規避的權力關係世界，人類只能被動地接受遊戲的規則。利用小小的藥片作爲生發點，詩人見微知著地對現實人類生存的法則作出批判，「藥片」成爲對都市人群身體欲望、物質欲望的一種隱喻。再如《一眼望不到盡頭》中有這樣的句子：「北方舉起一盞小康的燈／一代人洶湧的奢靡／頓時淹沒了／幾千年精心培育的克儉」。「物欲」誘惑著人類，使人類社會「白天是謊言／夜裏是欺騙」，人們忘記了懺悔與反思，跌入異化的陷

阱不可自拔，這是我們面臨的集體命運，也是人類即將或者說正在遭遇的最大危險。

三、注重「精神性」的提升

詩人是生活的歌者，也是自我心靈的見證人，他們的每一行文字都源於與日常話語現場的主動對話，通過思維的煉金術，富含詩性與智性的文字方才誕生。從閱讀者的角度進入一位詩人的寫作，其實就是一個探索與發現的過程。我們需要站在寫作者的角度，揣測他要應用何種文化視角以及文學的方式，對他所經歷著的那個時代作出詮釋。讀冰釋之的作品，正能透過他的文本，感受到詩人對周遭生活敏銳的感應力和表現力；同時，時代變遷、生活變動賦予詩人文本的意識流變和詩美特徵，也昭示出時代文化對文學內部的強大塑造力。從上世紀 70 年代末至今，冰釋之與詩歌結緣已有三十餘載，他的寫作貫穿了整個 80 年代以及新世紀至今，其間雖有所中斷，但諸如生活化語感、事態化意象等詩歌內質特徵以及孤獨意識、批判意識等精神特質是一以貫之的。如果從整體角度考量其文本的情感向度以及詩美特徵，大概可以從兩個角度來進行。

首先，冰釋之早期文本中的抒情主體對於生活大都極為敏感，擅長從細微之處觸發心靈的經驗，或是抒寫精神上的游離失所、焦灼不安，或是意象化地吐露人際交往中的瞬間情懷，文本容量不大，但智性十足。人與人交往時產生的思維千變萬化，稍縱即逝，難以捕捉更難於賦形，但冰釋之的《S 與海》《誤會》等詩卻以恰適的意象，為虛無的感覺勾勒出清晰的輪廓。《S 與海》寫到抒情者對友人的想念：「我只是把你想成／一輛快車　拐過街角的模樣／很動人。」《誤會》中抒情者與客人握手致意，儘管手與手緊握一起，但雙方心靈的隔閡與陌生感仍然難以袪除。在剛剛相識而沒有話題的「真空」時刻，詩人寫道：「茶水尷尬地一動不動／茶杯毫無表情地透明了／你我的關係／客人們僵死在最初的幾秒鐘裏。」「茶水」和「茶杯」的意象承擔了將交際雙方的尷尬心理具象化的使命，它來源於現實圖像又非對其單純臨摹。在剎那間，恰到好處的意象疊加外化了賓主雙方的內心情愫，其本身就是物態化、知覺化了的語言。詩人可以熟練地運用意象蒙太奇的方式構築詩歌的情感空間，其間充滿對生活智性的思考。在智慧之光的燭照下，雨水和人類「是害者與被害者的關係」（《會見雨季》），而我的那件襯衣竟然可以「翻來復去／摹仿

了我十年」(《像我》)。用個體的象徵語像勾連凡俗的生活細節，這是詩人自發選擇的思維結構。

其次，進入新世紀以來，冰釋之的詩歌除了探問個體的孤獨、深入自我的心靈之外，還體現出更多「向外轉」的特徵。他能夠潛心於自然田園，在大氣象中洞察古今，收穫更爲廣博的人生體驗；同時，他還有意在個體經驗與人類普遍之間尋覓對應聯繫，其詩歌視野更爲宏闊，語言也更爲透明。詩人還寫下一系列觸及親情、友情的文字，如《沒有出路的出路在哪裏》中從父輩身上反躬人生，得出「我的孩子有一天也評價他的父親／我永遠不懂，他說／他追求的沒有出路的出路在哪裏」的結論。既是詩人的個體感悟，也因觸碰到人類代際生存的眞相而富含哲思。《母親》一詩源自作家眞實的經歷，垂危的母親最終離世，沉溺於痛苦的抒情者卻表現出難能可貴的清醒：「我知道，不久樂聲會響起／母親的靈魂會成爲天空的一部分／我心底升起的巨大悲痛／也只是人類經驗的一絲歎息。」個體的苦痛在人類綿長的經驗面前，顯得那麼微不足道，時空的錯位感和人生的弔詭感共生於文本，情感在深沉的表達中抵達哲學的範疇。整體而觀，作家告別了青春期寫作那種激情宣洩或是喃喃自語，在思想上表現出更多的「中年寫作」的思辨特徵，從而強化了其作品的精神內涵。

最後需要言明的是，冰釋之的詩作始終存有一種理想主義的精神，雖然洞悉物質時代的現實牢不可破，即使回溯到鄉土田園的經驗範疇，也無法眞正做到「逃離城市」，但他依然保有一顆純粹之心，不斷以理想的吶喊喚醒我們對美好的嚮往。這也許正是詩歌在今天這個時代存在的價值，詩歌不能改變任何現狀，但它至少可以讓我們知道自身面臨的危機，可以不斷啓示我們另一個理想願景的存在，激勵我們心嚮往之，上下求索。在《想飛》一詩中，詩人直接表達了純美的願望，抒情者希望能夠如鯤鵬展翅，逃離物質社會的利益誘惑，最後自由翱翔於歷史與未來的兩端，抵達精神的自由境界。也許這理想之境始終還是一個虛妄，但我們必須懷有希望，才能爲精神建立一個牢固的支點，如詩人的文字：

> 在願望之前
>
> 在願望的大山高高隆起之前
>
> 我想飛

飛出思想的邊際

用翅膀揮動山川的語言

第五節　在低處生成的詩意：馬新朝詩歌印象

　　受地域文化精神的浸染，中原作家多以鄉土民情作為其寫作母題，並各有向度地形成自己的氣血印記。如劉慶邦筆下的豫東平原、閻連科筆下的耙耬山系、劉震雲筆下的黃河古道，都為當下文學的地域寫作書寫下濃墨重彩的一筆。身為「文學豫軍」中的詩歌領軍者，馬新朝的詩歌文本同樣包容了中原地區的文化歷史、民風民俗、自然地貌，他以其文化反省意識回望歷史，觀照當下，並通過新作《響器》將對「原鄉」的懷戀之情詩意傳承。在詩人的心靈深處，鄉愁始終是一個解不開的情結，他的寫作資源正是那「村東連綿的山巒／村西睡著的潤水河」（《我有十萬兵》）。詩人將故鄉經驗視為一種穩健的傳統與創作的底色，他以富含哲思精神和歷史意識的「現代感」去潤澤鄉村，特別是挖掘、組合、呈現那些日常司空見慣的物象、詞語背後的意義細節，採取旁觀者的視角探索具體事物背後的神性，使其恢復與歷史的聯繫，也使意義在相互融合、轉化中增殖出新的內容，讓一個個「硬詞」變得柔軟可感。在他看來，兼具硬度與力度的疼痛感是精神存在的標誌，是詩人「沉默的語言和由語言所構成的文學身份」〔註 27〕。從細小卻綿延持久的精神痛感出發，詩人不斷找尋著、發現著那個真實的自我，也將浸染其血色的文字引渡至雄渾、大氣的藝術境界。

一、天然的鄉土情結

　　一些西方學者認為現代主義文學起源於一個形象，即一個遊蕩在城市街道上的孤獨者。這一形象暗示了現代文學由鄉土進入城市的動態過程，並將現代人離群索居的孤獨感成倍放大，使之成為各種感受力的淵藪。對詩人而言，現代城市提供給他們諸多生活的便利，但「技術」對人主體性的操控，人在「機器」面前的失語，以及人與人之間逐步的冷漠與猜忌，導致抒情者產生對城市的自覺牴牾情緒，進而身居城中卻謀求逃離之道，對之進行反撥。

〔註 27〕琳子、馬新朝：《一個越寫越好的人──馬新朝訪談》，《中國詩歌》2013 年第 3 期。

由此，一種升發自城市中的「逃離」情結被寫作者納入詩意生成的範疇，而詩人精神的目的地，則是與城市文明形成對峙般存在的文化「鄉土」。在馬新朝的新詩集《響器》中，城市人的生存感受荒誕而怪異，與自己的孤獨相遇，竟也成爲虛妄之事，如《復合的人》中的表述：

> 他想獨自呆一會，清靜一下
>
> 他試圖剝離自己，把體內眾多的人臉，眾多的
>
> 噪音，眾多的車輛，光，速度，揚塵
>
> 剝離下來，但沒有成功
>
> 他無法成爲純粹的人
>
> 他是一個複合體，混濁，迷茫，獨自坐在燈光下
>
> 身體仍然是一條交通繁忙的敞開的大街

從喧囂的人流中抽身而出，獲得心靈獨處的機會，卻顯得如此之艱難。人無法成爲他自己，最直接的原因緣自「他」被膠合在各種關係之中，難以釐清脈絡線索，更奢談退身而逃。「他」需要依照不同的語境扮演各異的角色，因而體內聚集了「眾多的人臉」，精神的迷茫狀態與身體內部的「繁忙交通」形成一組悖論，指向現代都市人靈肉分離的普遍現實。一個又一個單向度的人生活在他人的眼光之中，爲信息所牽制，爲欲望所裹挾，爲速度所綁架。在「混凝土的語言，鋼筋的語言／利潤和疾病的語言」風暴中，詩人唯獨失去了「自己」的語言，甚至，「鋼鐵水泥正緩慢地滲入我的肉身」（《堵車》）。

　　「城市」意象與城市人的生活並不是馬新朝詩歌的觀照重心，但詩人仍然通過體量有限的文本闡釋出他對城市的理解，其間充盈著精神上的緊張意識和美學上對「城市」的隔膜感。如果單看《街區的黃昏》這一題目，恐怕頭腦中擬現出的是一幅經過一日喧囂的城市即將在夕陽中步入安逸與沉靜的畫面，而詩文卻設置出一組對比意象：老人與小女孩。「深陷於霧霾」中的老者蒼老衰敗，在場地上嬉鬧的小女孩則「笑聲甜甜」，如若沉溺於這種對比關係，很容易建立起「老者／兒童」與城市「晦暗的過去／光明的未來」之意義聯繫。但深入悟讀便能體會到詩人的眞意，因爲「她們的笑聲甜甜的，小小的／含在黃昏的口中」，而黃昏呢？詩人開篇便已提到：「街區的黃昏／在公交車的鐵皮上展現出細細的裂紋／公路那邊，住宅樓正在向遠處／滑行，

幾乎觸及到了未知。」寫作者的情感與經驗在「黃昏」面前不斷收聚，卻難以形成指向未來的明確意義。如果說城市代表著簇新的未來經驗，那麼立足其中的個體已然無法體會到這種無目的感的「未來」究竟意義何在。代表青年文化的「笑聲」被分裂成細紋的黃昏吞沒，或許隱喻著詩人對城市無規劃、無目的盲目拓展之迷茫憂思。生活在這樣的場域，任何一個人都無法安詳地享受自然之美，因為他的肉體和靈魂一日千里，無從安頓，好像總「有一個聲音在我的耳邊催促著：快走，快走／你不能停留，你只是個過客」（《美景》）。由此，曾經迷人的速度神話形成了新的話語暴力，它不再是詩人豔羨的目標，相反地，它被諸多生活在城市的詩人視為個體精神的壓迫者。一切速度和高度，都讓敏感的寫作者心生疑惑，漸生逃離之意。

逃離城市、回歸鄉土，這是新詩誕生至今一個穩定的情感主題，諸如戴望舒對故鄉「青的天」那般懷戀，在百年新詩中綿延不絕。在新世紀的今天，於城市空間復活文化鄉土，彷彿成為流行的審美策略，也是很多寫作者「轉型」的重要表徵。不過，對馬新朝而言，源自鄉土的詩學理念是他寫作的骨血，即使面對紛繁蕪雜的多元文化形態，他也從未動搖過初心。因此，「鄉土」既是馬新朝的寫作資源，也是他的精神原點。對他來說，抒寫「鄉土」不是回歸，而是他天然具有的情結。無論是先前的詩集《幻河》《低處的光》《花紅觸地》還是如今的《響器》，澗河、馬營村、黃土、平原、母親、大哥等來自「故鄉」的意象頻繁出現，在詩人筆下熠熠發光，難以被他割捨。特別是馬營村，更是詩人精神最後的依靠，他在《馬營村的房屋》中滿懷虔敬地表達了對「有著植物屬性」的故土老屋之企慕。作為祖父、父親、「我」生存的屏障，「這些用黃土和磚瓦建造／的房屋，也是用靈魂和肉體建造／用水與火，眾多的遠方／或人的命，建造的房屋——」。房屋的內層存留著每一代人的文化記憶，它甚至有了靈性，可以呼吸，通曉悲傷，其靈性空間甚至大於人的精神存在，可以無拘無束、信馬由韁地行走於原野。如果我們展開河南省的地圖，便不難找到讓詩人傾心的這些地理位置。可以說，馬新朝的詩歌是緣於現實的言說與歌唱，正是以現實「鄉土」為紐帶，他的詩心得以展開。

在文本中，詩人所熱愛的「馬營村」，往往保持著被「抽象化」的存在狀態，它指向讓人類繁衍不息的代際經驗傳承、穩定的人倫結構、健碩的精神人格與拙樸、開闊的自然萬象，它非某一時某一刻的真實存在，而是融合作家童年記憶與理想人文想像之後育成的「精神原鄉」，是承載遊子人文理想和

美學觀念的、最為恰切集中的意象。因此，馬新朝筆下的鄉土便有了雙重姿態：一方面是當前話語闡釋模態之外的、完全由作家精神理念描摹而生的鄉土；一方面則是現實的、帶有痛感經驗的鄉土。透過其魔幻與現實交融的抒寫，我們能夠窺見到理想田園與現實情態的巨大反差。依然是中原的現實鄉村，卻被各種苦難衝擊著、震撼著，原本附加其上的美好詞彙如磚瓦的碎片，不斷從屋頂向下滑落，沉入地底，難以復原。疾病、貧窮、宅基地揖押著故土的鄉人，中原腹地還生活在上世紀 60 年代的光影中：「蘿筐裏裝著年貨：全家僅有一點豬肉，雞，魚／粉條，饅頭，也裝著孩子們的目光」（《高處的蘿筐》）。蘿筐「怪異而飢餓」地懸掛著貧困，也牽扯著遊子的痛楚之心。這首詩很容易讓人聯想起海子最後的那首《春天，十個海子》，文本中的海子熱愛那空虛而寒冷的鄉村，堆起的穀物則要應對一家六口人的胃。與海子相比，馬新朝對鄉村之「痛」的言說更加具體，他將這痛感抽絲剝繭，進而發現鄉村的貧窮僅僅是物質上的表象，而深層的危機在於其時間上的停滯，它沒有了深度，內容已空，缺少鈣質，從而喪失活力：「起風時，人就變形，人走著，像飄擺的髒布／土堆上的雞鳴聲裏，血色素少了幾分／愛情去了外地，水在河裏沒有動力／一個癱了的身體」（《看上去》）。鄉村失去了與過去乃至未來的聯繫，從而在歷史河流之中變得漫漶不清，成為「怪胎」般的存在。

平原、河流、植物──構成馬新朝經營鄉土經驗的意象譜系，其中尤以「平原」最為顯揚，因為《響器》一集中的大量情境，都發生在這坦蕩的平原之上，它的開闊讓所有事物無法遁形，然而它又是寂寥的。平原「什麼也留不住，即使一滴鳥聲／萬物隱循，人在散落／像內心的貧困」（《高度》）。它的唯一特徵便是「空」，這裡的「村莊空了，房屋空了，樹空了」（《無常的信號》），「平原的那邊是村莊／村莊的那邊還是平原，空空的／什麼也沒有。沒有一個思想／也沒有一個記憶」（《它們掠過》）。平原赤裸著它空虛的本相，悄無聲息，無遮無攔，難以匯合成富有生命力的信息，也被抽離了思想的根基，無法抵達任何高度。站立在現實的凋敝之上，抒情者看不到鄉村與歷史的根脈聯繫，由此發出感歎：「有著無限生殖能力的黃土大地啊，為什麼／長不出一個皺紋」（《黃土一望》）。闖入抒情者視野的，卻是荒誕不經的一個又一個「幻象」，這些由速度催動的幻象不斷閃回，意義臨時而短暫，難以穩定持久。如同《速度》中的奇景：「地平線上的弧線／在跑，在跳動，燃燒／平原在跑，在喘息，人也在跑／只剩下速度，速度／那些水泥，鋼筋，弔車，

村莊，飛禽，走獸／都在奔跑，喘息／一刻不停。」鄉土的平衡感被現代化的速度魔咒所顛覆，平原上事物的原本面貌和穩定意義被掏空，幻象由此而生，使觀者不得不望而生疑，因爲「那些移動著的人和樹，也許／並不是他們自己」（《幻象平原》）。更具體地說，「樹，未必是樹，人，未必是人／那些在幻影中晃動的人，樹，池塘／天亮時，也許只是寒冷中顫抖的幾點雲影」（《贋品》）。即使是睿智的詩人，恐怕也無法擦亮眼睛，分清幻象中的人、風、光以及影子。由此，「幻象平原」這一意象隱含了詩人對鄉土在精神現實層面的憂慮，相對於日益凋敝的物質現實，鄉俗、親情、倫理的遊移與滑動才是抒情者的痛感來源。當理想中的房屋、響器和富有生命力的「水」遠離平原的時候，活在它上面的人便化成了行屍走肉，不受生命的約束，卻也無從知曉自己的姓氏、家族、植物的屬性與村落的名字。

二、田園中的精神守望者

在馬新朝筆下，鄉土的過去與當下構成多組「傳統──現實」、「靜謐──喧囂」、「自然──非自然」、「質樸──貪婪」、「熱情──冷漠」、「和諧──混亂」的意義悖論。「悖論」是鄉土存在於馬新朝詩歌中的立身方式，詩意也在悖論的夾縫中得以生成。或許詩人已經對現實的鄉土產生難以磨滅的質疑，難以對其人文生態建立起充足的信心，然而他不願輕易地臧否事物，而是靜默地去找尋被宏大事物遺漏的些許細節，哪怕是一滴眼淚的溫度，也足以支撐詩人完成一部詩章，因爲這經驗是眞實的、源發自內心的。

對詩人而言，詩歌對於現實鄉土人文的拯救力度極其有限，甚至難言美好的前景，但詩人的使命便是用語詞去拯救不斷滑落的人文世界，即使那僅僅是一種願景，他也要按照繆斯女神的指引，憑藉其使命精神和擔當意識踐行理想。於是，讀者稍加留意便不難讀出，馬新朝在揭示現實之凋敝的同時，也時刻反思著與文化傳統的對接之道，他把自己化爲鄉土田園中的精神守望者，這個精神形象針砭當下，懷疑未來，卻唯獨堅守「過去」的時光，從而顯示出對過往歷史的敝帚自珍。詩人寫鄉土，寫他的大哥、母親以及一切活著的、故去的親人，卻很少爲其他個體塑形，唯有「老人」和「乞丐」形象在其詩歌中多次出現，從而具有了固型化的意味。

從表象上看，詩人揭示底層貧困無助的生存現狀，爲那些終日在村舍前曬太陽的老人，爲傍晚困居在城市橋洞下的乞丐痛心。如果沉下心來究其內

裏，我們便能發現形象背後的深層涵義。他的底層人物抒寫與自我形象建構之間，其實有著非常直接的內在邏輯聯繫，《老人》一詩最爲典型：

> 舊時代的容貌，表情
>
> 還在。他們從村莊的深處，舊棉絮裏
>
> 走出來。那個蹲在牆根曬太陽的
>
> 老人，一百年，一千年了
>
> 還在。並使用著同一個姿勢
>
> 多年前，我從這個影子裏
>
> 走出來，成爲另一個影子
>
> 在世上晃蕩。這些影子紮根很深
>
> 成爲混沌的一團，已經
>
> 與村莊，往事，牛鈴，小四輪
>
> 板結在一起。

「曬太陽」的老人——這一形象或許隱喻著存在於中國鄉土文化中那些難以言明的精神質素。他的身子與影子塗滿青黑色，混沌不清，姿態卻如礁石一般，持續不滅，歷經千百年的歲月流轉和文化衍變，依然通過代際的傳承，艱難而頑強地存留下來。「老人」是鄉土世界文化心理的象徵物，也是民族性格和文化習俗的承載人。「同一個姿勢」屬於老人，也屬於詩歌的寫作者，它化爲神聖的儀式，代表著守望與期待。在變動不安的鄉村裏，唯有不變的東西才最爲可貴，把回望的姿勢保持下去，讓下一代人也能繼承老人們的「影子」，鄉村的文化香火才能延續，才能將人倫精神繁衍下去。

再看「乞丐」的形象，在《乞丐》《傍晚的橋洞下》《唱戲的乞丐》等作品中，這一形象反覆再現，如《乞丐》中的段落：

> 一個人在成爲乞丐前
>
> 一定會放下：整潔的身子，高傲的內心
>
> 把自己降低，再降低
>
> 當他低於萬物，低於這個黃昏
>
> 低於純粹的食物，或一碗清水時

　　　就會有地平線，海拔，河岸，房舍

　　　伸出手來，拉著他

除了作爲詩人底層關懷的對象，「乞丐」還充當著詩人理想精神形象的代言人。「整潔的身子」與「高傲的內心」屬於日常凡俗審美的範疇，如果不拋棄這種千人一面的形象，就無法抵達詩歌的奇異彼岸，開啓獨特的美學範式。乞丐的特質在於他的「低」，身份低於常人，姿態低於常人，然而卻比任何一個昂首挺胸的人都更加接近土地，接近「地平線」，因而可以觸碰到更爲豐沛的自然氣息，從中獲得經驗的啓迪與精神的給養。所以，當詩人與乞丐的目光相遇時，不由得發出這樣的感歎：「他是我的前生，還是我的今世／或是另一個我，我與他有著一個黑暗的通道／在石頭裏見過面」（《傍晚的橋洞下》）。貧困的乞丐無法被時代所接納，它如枯葉一般被狂風拋擲到角落裏、橋洞下，卻意外獲得了常人無法企及的視角，從而脫離了凡俗的現實。當身份、地位、容貌遭遇「刪減」之後，乞丐逐漸失去了與現實諸象交流的機會，他的精神變得單純明朗，語詞也脫離了各種修辭的圍追堵截，愈發骨感、純粹、開闊、透明。借助「村莊裏的老人」和「城市中的乞丐」之形象群組，馬新朝試圖重新構築文化鄉土，恢復它與歷史的聯繫。「老人」對歷史艱苦守望的悲壯之美，「乞丐」那種去除雕飾之後的純粹之美，形成詩人精神內部堅硬如鐵的骨感美學。他需要借助某種超現實的力量，或是調動蘊含在自然之中的神秘氣息，幫助他找回鄉村失落的榮光，而「夜晚」、「黃土」與「風」，以及中原上的「響器」則成爲詩人所依靠的力量。

　　「夜晚」爲詩人提供了一個契機，所有白天的邏輯無法整合的怪誕、神秘、奇異的事情都在這個時段潛流暗湧，時隱時現，它或許更接近內心的眞相。當你在夜晚俯身傾聽黃土時，「黃土中依然能夠聽到自遠而近的呼吸聲／捧一把黃土，就有脈搏跳動」（《中原的黃土》）。而夜晚的風也顯得弔詭而魔性：「夜晚，平原上的人／不要問風的事情，不要弄出響聲／把平原讓給風／你聽，鬼魂們正在一起用力／晃動著大地。萬物移位／石頭和樹都不會呆在／原來的地方，河流倒掛天空」（《夜晚與風》）。「夜晚」與「風」遇合，吹「亂」了事物的日常秩序，「風推著沙灘，轉動。死去的人，牲畜，長蟲，記憶／不斷地從細沙上起身，向遠方／走去」（《冬日，陪友人遊黃河》），所有微小的事物重新聚合、排列，形成新的記憶序列，而時間也不再保持永遠向前的姿態，它或而停頓，或而倒退，使歷史與現實錯置，時間與空間重組，抒情者

的文化記憶也被神秘的、無所不能的「風」和其他氤氳泛神氣息的自然物所喚醒。

　　鄉土上的守望者相信一個亙古不變的定理——人的精神意識非單純現世的存在，它可以借助風、借助夜晚、借助響器被傳承、召喚進而復現，即所謂魂魄不滅。因此，現世之「我」完全有可能與來自「過去」的我產生對話，也許，我的「過去」就潛藏在開闊的平原上，居住在亮亮的河水中，甚至化作一場煙塵、一片花瓣。其中，「響器」的力量動人心魄，它可以召喚靈魂、引導亡者步入一個又一個輪迴的旅程。在中原文化中，響器（也就是鑼鼓傢夥）在鄉民的婚喪嫁娶等重大事情中扮演了極其重要的角色，而馬新朝詩歌中的「響器」既是世俗紅白兩事的助興者，同時還是神秘全能的通靈者。它的音響高於世俗的時間、懸浮於歷史之上，甚至能邀請神靈，與「神」相約。響器見證了鄉土世界的人丁繁衍：「一代一代人啊／在響器裏進進出出」（《響器》），它依照演奏聲音的起承轉合演繹出音響各異的「轉靈」調子，幫助逝者的靈魂順利穿越陰陽兩界，也為逝者在陽間進行最後的紀念。響器的調子多是哀鳴的，如哭聲一般，這是「金屬的哭聲／姓氏的哭聲，樹木和牛羊的哭聲／組成平原上的村莊」（《響器》），「哭聲」裏包含著祖輩的思想、先賢的精神、鄉村的倫理、平原的風俗。借助大自然對這「哭聲」的接納與傳播，祖輩的音容笑貌漸而清晰起來，從無形到有形，響器的「哭聲」變得可知、可感，能夠被破譯，充滿原始的雄性偉力。它「是村莊裏一再論證的中心／是魂，是命」（《火焰》），是它喊住了村莊，阻止了村莊的不斷下沉。

　　詩人說：「響器裏人影晃動，響器裏／有祖先的面容和話語」（《響器》），響器的音樂裏站立著人、莊稼、植物、村舍，無論是動物、植物、建築乃至人都有了神性，事物的諸多元素不再有位次之分，位格趨向一致。因為響器的存在，歷史的諸多片段被連綴一身，曾經遠離當下的、輕飄飄的歷史生長出重量，如黑鐵一般厚重。響器彷彿是萬能的，能夠以現實之「有」召喚過往之「無」。但某些時候，它在建構歷史的同時也會割裂歷史，呈現出局限的一面。詩人在《遺忘》一詩中揭示出「響器」的這種負向效應，滾燙的響器喚醒了我們對家族史、村落史的文化記憶，卻「一遍又一遍地／把小路捋直，把平原上的溝溝坎坎填上歡樂」，於是，「沒有人記得這裡曾經是戰場」。將彎路轉化成直路，喻指「響器」有時會簡化我們對歷史的思考，使我們忘卻歷史的細節，甚至忽略這片土地上曾經發生過的真實。這樣一來，幫助人們延

續歷史的「響器」又成為遮蔽歷史的罪魁禍首，詩人的「悖論」式思維由此展現。「響器」並非萬能，如果放棄自我的主體性，將拯救時間與歷史的希望全然託付給它，恐怕就會跌入新的話語霸權。由此，馬新朝在建構一種對話模式的同時，或許並不希望為模式所控制，因此他對意義模式的「建構」與「拆解」往往同步展開，使其文本充盈著思辨之力。

三、站在「低處」的寫作

認識一位詩人進而潛入他的詩歌，最迅捷的方式莫過於閱讀詩人對自我寫作觀念的陳訴。當《響器》呈現在面前時，我們可能會受閱讀習慣的驅使，自覺或者不自覺地在故紙堆中揀拾他言說的詩歌理念，隨之我們便會感到些許失望，因為詩人不事張揚、低調內斂的為人風格與他的行文品格形成了嚴密的互文。他很少對諸如寫作技法、詩歌觀念這些相對抽象的概念作過多闡釋，即使偶有透露，往往也是以謙恭的姿態，站在低處談一些對文字的理解：

> 詩的寫作有多種，一種詩是生命的流淌，它看起來平靜、樸素，卻有底蘊；一種詩特別注重技藝，在語言上出新出奇。俄羅斯 19 世紀的文學多是寫人的命運，寫苦難，寫靈魂的，因此名著林立，而 20 世紀的歐美文學多在技藝上出新，新觀點新流派目不暇接，也是名著林立。兩種寫法當然都可以寫出好詩來。寫生命的詩少了技藝的修飾，容易裸露，所以，要寫出人的疼痛感，它的細節應以靈魂為底色，這樣才不會陳舊；而注重技巧的詩，容易被它表面的繁華所遮掩，內容被技藝置換，這也是當前一些詩的通病。〔註28〕

或許這就是馬新朝對於詩歌的認知，沒有炫目的理論，卻充盈著深邃的思考：詩歌要寫生命，特別是表現人精神的痛感經驗；詩歌需要技巧，但作為形式的技巧決不可喧賓奪主，凌駕在靈魂之上。正如《論主義》一詩中的反諷：「一盤炒青菜裏／也許含有五種以上的主義。」詩人認為這些「玩弄藝術的人」褻瀆了詩歌，也埋沒了他們自己，這些詩人的詞語「像一些美人，權貴，巨富／話語滿滿的」（《洛陽牡丹》），熱鬧之中卻令人生疑，因為它們「細小，萎縮，內向，沒有光照」（《南裏頭》）。炫目的形式表演無法抵達宏闊的精神世界，這是當下詩壇面臨的普遍問題，既存在於技法之中，更印證在觀念之上。

〔註28〕　《馬新朝詩歌及詩觀》，《詩選刊》2011 年 Z1 期。

　　奧登說過：「在任何創造性的藝術家的作品背後，都有三個主要的願望：製造某種東西的願望，感知某種東西的願望（在理性的外部世界裏，或是在感覺的內部世界裏），還有跟別人交流這些感知的願望……對交流沒有興趣的人也不會成爲藝術家，他們成爲神秘主義者或瘋子。」〔註 29〕馬新朝應該也是奧登言及的感知型詩人，具有融合理性外部世界與感性內部世界的能力，他並非不願談及他的創作理念，爲詩學之路指明一個方向，只不過更多時候，他鍾情用文本承載他的理念，如《詞語》《寫作》《喚醒一首詩》《一首詩生成》等作品，都以意象和形象化方式來說話，爲我們揭開作詩的秘密與規則。他在耕種「象徵的森林」的同時，也埋設出一條條小徑，供有心的讀者去發現和探知。在他看來，詩歌是神聖而高貴的，它有一道隱形的門檻，只供懂得它的人進入。寫作者的心要穩，要學會從浮躁的話語現場收束精神，「扶著冬天的那棵古槐，扶著虛空中的光／站穩並強大，骨頭不再搖晃」（《寫作》）。「骨頭」將詩人的寫作姿態意象化，同時指向事物去僞存眞、由表及裏之後的本質。當心沉下來之後，寫作者便能夠聽到世界在他身體中走動的聲音，他的內心逐漸強大起來，可以自由地召喚村莊中的植物，用心中的鐵去磨礪詞語，讓它遭遇光的洗禮，形成語言的秩序。

　　早在寫《秩序的形成》一詩時，詩人便指出所謂寫作就是「日復一日」地將「那些／不安分的詞語」固定下來，詩人活在詞語中間，他的使命便是將那些「隱姓埋名，與時間鏽在一起／散落於各自的暗處」的詞語重新召集、聚攏，讓他們「從附地的流水中找到各自的／骨頭，血，肉，以便站立起來「（《詞語》）。爲此，在盛產語言的年代，他「選擇沉默，選擇語言與語言之間短暫的空白／和安靜」（《盛產語言的年代》），因爲「沉默是另一種言說，是陰陽兩界／達成的無字的契約，在無地／沉默說出了一切」（《祖先們》）。懂得沉默，昭示出詩人對語言的敬畏，他只需要站在低處，保持「向下」的姿態，任來自各處的紛亂語言在體內燃燒、爭執、吞噬或是互相滲透。因爲，神在低處，在詞組中，詩人則需要站在低處，清掃內心，磨利詞語，讓字詞背後的疤痕與傷痛裸露出來，正如《向下》所說：

　　　　那些過於高大，光彩，美麗的事物

　　　　不在泥土中，也許只是一些幻象

〔註 29〕〔美〕威‧休‧奧登：《牛津輕體詩選》導言，見〔美〕哈羅德‧布魯姆等：《讀詩的藝術》，王敖譯，南京大學出版社 2010 年版，第 125 頁。

> 無法觸摸，泥土才是一切存在的眞實
>
> 許多年後，許多高度之後，我
>
> 才重新在莊稼的根部，找到了這種眞實
>
> 我反身向下，泥土裏雷聲轟轟
>
> 有著藍天，花朵，鳥鳴。是我們出發
>
> 和歸來的地址，也是存放
>
> 我們死亡的棺材

反身向下，低於村莊，沉入泥土——構成詩人的寫作姿態，也是他一貫堅持的「章法」。他說過：「我的存在，始終都在低處，低處才是我的靈魂的安居之所。」〔註 30〕爲此，他不留戀甚至警惕高處的事物，而執著於將生命化入泥土，化入一個個細節、一個個詞語。當他棄置宏大的觀念與理論之後，文本便成爲詩人唯一値得信賴並傾情投入的對象，他潛心於每一首詩歌的「小」空間，沉入其中雕刻每一個詞語，打造每一段句子，目之爲觀念交流的渠道。如他所說：「寫作就是留住或者重新撿起這些細節，一滴眼淚可能要比一個事件的輪廓更重要，寫作就是留住這滴眼淚的溫度。」〔註 31〕

　　按照詩學界普遍的認知，由「第三代詩」開啓的「詞意象」向「句意象」的美學遷徙，已成爲我們理解新時期以來詩歌的一個重要維度，特別是進入新的世紀，文本現場被注入更多「日常化」、「口語化」的語言材料，「句意象」又開始向「整體情境」過渡。亦即說，日常語詞的不穩定和流動性特點，造成我們在閱讀當下很多詩歌時，很難從某一個詞語、句子中捕捉到「詩眼」，即詩歌的主要情感旨向。詞語、句子包括段落之間需要在變動的組合中不斷磨合，進而以其整體呈現出詩意，這就使我們逐漸告別了以往閱讀習慣中對箴言式語句和典型意象的留意與捕捉。而《響器》這部詩集、包括馬新朝以往所作詩篇所呈現出的，是一種融合古典美學與現代美學的「詞意識」思維，所謂「用詞語提取事物的光」（程一身語）。平原、鄉村、藍天、河流在他的詩句中與自然、和諧、穩定、健康的心靈狀態相勾連，其象徵模態沿襲古典田園美學的軌跡，意義相對穩定、持久，共同指向理想的人文境界與精神時

〔註 30〕琳子、馬新朝：《一個越寫越好的人——馬新朝訪談》，《中國詩歌》2013 年第 3 期。

〔註 31〕單占生、馬新朝：《詩人訪談錄》，《詩刊》2010 年第 7 期。

空。再看其個人化象徵，能指與所指之間往往也能保持一貫的意義聯結，如頻繁出現的老人、乞丐意象，是詩人自我歷史觀念和詩學思維的投射物。藍天、河流等自然意象，承載的是詩人前世的文化記憶。同樣是自然物象，夜晚與風則喚醒詩人精神的神秘一面，為抒情者告別日常庸俗經驗、開啓自我內部時空建立機緣。再有便是貫穿始終的、地域性文化特質顯揚的「響器」，它能自由穿梭在人類的前世與今生，能夠為時間招魂，將一個個記憶的碎片連綴起來，修復凡俗者日益萎縮的文化記憶，使其最終找回自我在歷史中的位置。可見，無論是古典象徵還是個性象徵，馬新朝都在有意打造屬於他個人的、穩定的語詞象徵方式。在一部詩集的體量裏，能指與所指各司其職，意義穩定，很少為了追求語言的快感和修辭的奇異而陷入盲目、隨意的滑動過程，因此保證了其詩歌的意義平衡，也對當下詩歌現場中某些意義混雜的亂象進行了有效「糾偏」。在他筆下，每一個詞都指涉著一種真實，每一首詩都構成一個完整的世界。

　　向古典人文精神和象徵傳統的復歸，構成《響器》的重要美學特質，當然，這並非說詩人不懂得經營「現代」。就技法而言，詩人經常通過意象蒙太奇般的連綴運動建立整體性的詩意，如《曠野》和《陰雨天》等詩，諸多位於散點觀察「機位」的意象往一個內在的中心聚攏，詩歌整體性的意義情境應運而生。再如《五行詩 32 首》和《小鎮集市》等作品利用詩體形式的變化，或是在狹小的文本空間內捕捉靈感的吉光片羽，或是以有形的、整飭的詩行形式承載無形、失序的商品符號和物質信息。而絕妙奇異的想像也如星斗一般，散佈在文本的天空，如「高大的門樓下，黑木頭們說著清朝的話」（《高大的門樓》）、「死去的嗓音，在岸邊染色的花瓣中醒過來」（《河邊》）、「窗子太小，開在高處，二十幾道目光／擁擠著出去，捆著了一隻雨中的灰麻雀」（《縣醫院》）。詩人將詞語之間的聯繫進行了巧妙的重置，使語詞碰撞出的意義既具有別出心裁的「陌生化」之美，又未偏離原有的軌道，依然能夠抵達意義的目的地，這正是詩人構建詩歌世界的秘方，如他在《喚醒一首詩》中的自況：「一條狗對著某一個形式吠叫／我要換上一兩個詞，以便讓它們的吠叫／像樹枝一樣有些弧度。」詩句恰切地將詩人的修辭觀念具象化呈現，對他而言，技法可以讓詩歌長出「弧度」，告別日常語詞的平庸與單調，但技法決不能凌駕在語詞之上，不是詩人去發現語詞，而是語詞在為自己尋找著理想的精神棲所。因此，詩人和語詞的遭遇，實在是一種難得的機緣。可貴的是，

馬新朝在持續的寫作中始終珍惜著他與詩歌的緣分，他懂得文字的重量，拒絕輕浮的修辭表演，而用眞誠的情感去撫摸詞語；他珍視時間的細節，保持著與歷史自覺的對話與介入意識，虔誠地爲先輩的影子拓形，這種對詩歌的虔敬與赤誠令人企慕。在這篇閱讀札記的最後，我願意以詩人《浸滿了黑暗的石頭》中的一句作結，他寫道：「我用眞實鋪路，走在思想的途中。」短短的一行詩，集聚了寫作者的人生體驗與美學觀念，它對詩人自己和我們所有人，都不啻爲一種激勵。

第四章　有關新詩的圓桌對話

第一節　思想之力與藝術之美的遇合：關於邵燕祥長詩《最後的獨白》的對話

主持人：羅振亞　批評家，南開大學文學院教授、博士生導師
對話者：陳愛中　批評家、文學博士，哈爾濱師範大學文學院教授
　　　　劉波　批評家、文學博士，三峽大學文學與傳媒學院副教授
　　　　盧楨　批評家、文學博士，南開大學文學院副教授

一、時代政治下的個人命運與尊嚴

　　羅振亞：作為當時蘇聯的「第一夫人」，阿利盧耶娃和比她大 20 歲的丈夫斯大林之間原本有一段令人企羨的婚姻。後來由於斯大林暴君式的專制、焦躁與嗜酒成性，她們的婚姻漸漸出現裂痕。特別是進入蘇聯強制推行農業集體化的 20 世紀 20 年代末期，就讀於莫斯科工業學院的阿利盧耶娃，回家後把從老師、同學那裏聽到有關農民飢餓和被流放等眞實情況反映給斯大林時，斯大林氣憤至極，沒多久工業學院成了「大清洗」的重災區，不少和阿利盧耶娃接觸過的人被捕，這無疑加重了阿利盧耶娃對丈夫的失望情緒。1932年 11 月 7 日，在慶祝十月革命十五週年的晚宴上，飲酒過量的斯大林當眾和一個女子調情，令阿利盧耶娃妒忌、生氣，而且對阿利盧耶娃異常粗暴，用連名字都不叫的「噯」的強硬口吻讓她喝酒，把煙頭和橘子皮往她臉上扔。受不得侮辱的阿利盧耶娃憤怒地離開，第二天早上，人們在斯大林的別墅裏

發現她倒在血泊中身亡，身旁放著哥哥帕維爾‧阿利盧耶夫送給她的瓦爾特牌手槍。對這位年僅三十一歲女性的夭亡，官方宣稱是死於急性闌尾炎，而後有人又說她是自殺，甚至懷疑是斯大林除掉了她。總之，她的死至今仍是一個解不開的謎。

儘管對阿利盧耶娃的悲劇有所耳聞，但是當今年 7 月底站在莫斯科新聖女公墓的阿利盧耶娃雕塑前，望著她似沉思又似眺望、神情憂鬱的美麗頭像，聽著解說員讀著墓碑上的碑文時，我的心還是被強烈地震動了，想了很多、很久。其中，也自然地想到了邵燕祥的長詩《最後的獨白》。它所展現的時代政治和個人命運之間的關係如何，邵燕祥的人稱視角選擇是出於什麼目的，對於那一段逝去的異域歷史記憶，邵燕祥是怎樣把它轉換為一種詩性體驗，他的轉換是否成功，讀者能夠從中悟到一些什麼？我想這個話題的討論和思考是很有意義的。

陳愛中：《最後的獨白》寫的是一個女人為爭得尊嚴，不惜以死亡的極端方式和命運、時代抗爭的故事。阿利盧耶娃擁有的榮耀無人可比，但這些在她的眼裏遠遠抵不上生命尊嚴的重要。她無論是作為妻子還是作為學生甚至是作為母親，都無法真正踐行其中的任何一個角色，特殊的身份決定她不能如普通人那樣獲得自由的生活，只能作為斯大林的影子符號而活著。共和國第一夫人的稱號在成就她的政治生命同時，也毀滅了她作為女人的人生內容。在先驗的命運安排面前，迷失的阿利盧耶娃要麼繼續徹底迷失，要麼重新出發，尋找屬於自己的轍跡。這是沉重而悲壯的選擇，無論選擇哪條路途，最終都是以死亡為結束。「醜小鴨本來會有別的命運，／為什麼一定要變成孤獨的天鵝？」追問之下，阿利盧耶娃選擇了重歸個體生命的尊嚴，「就是最柔弱的花蕾／也不在粗暴的叱令下開放」，詩展現了另一樣式的宮廷人文畫卷，一個足以母儀天下、內心卻孤獨無依的皇室家庭女性。

劉波：最後的獨白，來自斯大林的妻子阿利盧耶娃細膩的女性口吻，但給人一種震撼人心的力量。雖為獨白，卻也是一次對斯大林的公開批評，更是寫給那些前蘇聯人民以及所有追求自由理想的苦難者。全詩有著溫情的回憶，美好的體驗，也帶著幽怨的傷感，深深的屈辱，這一切都源自一個三十一歲的前蘇聯少婦之心。「第一夫人」光鮮的面紗背後，內心卻積存著諸多的痛苦愁緒和不滿。她的獨白是將那個時代高壓政治下的個人命運，作了一種真實的還原，既是對時代悖謬的記錄，也是權力毀滅人的見證。這樣敏銳的

時代捕捉，能讓很多有著苦難經歷的人產生情感共鳴。詩中雖未直接書寫斯大林的罪行，但已從側面反映了他對國家實行強權，對妻子和孩子冷漠而殘忍。阿利盧耶娃看似是在權力中心的主體，實際上已成為了斯大林時代的邊緣人，這就是那個時代的政治給阿利盧耶娃所帶來的悲壯。在那樣的時代政治下，她沒有隨聲附和，而是出示了自己不屈的信念，甚至不惜以死亡來作最後的救贖。

盧楨：邵燕祥的詩向來不刻意追求個體心靈與世界外物之間的秘密對應，而是基於時代現實進行抒情。在共時性的歷史追憶中，阿利盧耶娃對命運的懷疑、追悔乃至反戈一擊又形成一個歷時、清晰的反思流程，她決心「對命運／最後來一次無力的反叛」，然而「我無力埋葬一個時代，只能是時代埋葬我」。明知失敗的結局，為何還要以肉身去撬動時代的砧板？大概，從反抗「土耳其的後宮女奴」這一角色開始，她走向死亡的命運便已注定。受到俄羅斯文化傳統對於生存的堅韌和原罪意識的浸染，詩人將主人公設置為「我是有罪的」，其罪孽並非源自性惡論所詮釋的「原罪」，它無法通過個體的祈求消失，更不能依靠政治體制的自我改造化解。如果想做一個「聽話者」，就必須成為它的衛道士甚至幫兇，因此人之「罪」恰恰是由時代所賦予和規訓的，詩人揭示出自由個體和政治體制緊張而不可調和的對立關係。救贖需要依靠人本能的提升，甚至要借助「死亡」才能回歸完滿。肉體死亡的失敗，恰是靈魂抬升的開端，死亡的救贖，消解著隱含於「無力的反叛」這組悖論之中的蒼涼與無奈。作者為主人公賦予道義的力量，她的痛苦與解脫不僅屬於個人、也具有一種整體性的話語指向，這是對集權政治下卑微個體生存的總體性隱喻，並不斷喚起我們對本民族深層精神結構和歷史陰暗面的思考。

二、高貴靈魂的跨時代對話

羅振亞：我在一些場合說過：作為泱泱詩國，中國的抒情短詩已臻出神入化之境，但史詩與抒情長詩傳統卻相當稀薄。因為史詩與抒情長詩既需歷史提供機遇，又要詩人具備兼容大度的藝術修養；東方式的沉靜與個人經驗、承受力、客觀理性的牽制，也決不允許中國詩人過份涉及艾略特《荒原》似的領域。進入當代詩歌的歷史時段後，這一缺憾表現得愈加顯豁，詩人們在藝術探索的過程中，或則激情難以一以貫之，或則想像力不夠豐富，或則視點過於散亂，和表現對象之間無法實現理想的契合。而任何一個詩人或詩歌

運動成熟的標誌就是史詩與抒情長詩的誕生，否則都難以企及輝煌。我閱讀《最後的獨白》時比較欣慰，它在藝術層面有不少突破，其中最主要的是它在近五百行的抒情長度中，以持續不衰的激情狀態，達成了作者和阿利盧耶娃這兩顆高尚靈魂跨國度、跨時代的內在對話。雖然文本時刻演繹著阿利盧耶娃的心理戲劇，但是由於蘇聯與中國歷史轍痕、體制構造的相似，由於作者邵燕祥文革後和阿利盧耶娃一樣遭遇過「找自我」、「找靈魂」的心理體驗，以及對阿利盧耶娃同情之理解的書寫態度，所以詩歌又總是充滿「弦外之響」，不斷輸送能夠激發被觀照者、作者、讀者的靈魂共振源，這樣就在一定範圍、程度內改寫了中國抒情長詩的歷史風貌。

劉波：詩像出自阿利盧耶娃之手，尤其是那語氣和情感，那孤獨和困境。但它卻是一個中國詩人在「找靈魂」的過程中所寫，這或許才是詩令人信服的原因。阿利盧耶娃自殺前究竟有無如此表白，無從可考。但邵燕祥替她在告別之言中深情地回顧了一生，其中有感激和理解、怨恨與憤怒，有懺悔和反思、悲憫與同情。在詩裏邵燕祥是轉達者或獨白的記錄者，實則也是詩的靈魂。他需要感同身受地切入阿利盧耶娃內心，通曉她的人生經歷，更需明白她自殺前絕望的掙扎和痛苦的糾結：一方面作情感獨白，另一方面歷數罪惡，雖然一個人的靈魂之痛會隨死亡消逝，但另一個人的罪行和千百萬人的苦難何時會是盡頭？邵燕祥通過阿利盧耶娃之口，透露了斯大林的冷漠和殘暴。開篇的「你的記憶裏有幾頁／關於我的？」質問應是夫妻間的秘密私語，可阿利盧耶娃卻將這一冷遇公開化了，「我是誰……」在斯大林眼裏，妻子也是奴僕和役從，更何況他人？她也揭示了當時的生存真相：「烏克蘭的糧倉成了餓死者的棺槨」，一些人「已死於秘密的槍決」。整個國家的輝煌下面隱藏著身體的壓抑與煎熬，思想的管制與禁錮，以及與自由相悖的精神屈辱。阿利盧耶娃和邵燕祥，都是有著不畏強權的高貴靈魂，惟其靈魂高貴，才顯出了這首詩在對歷史承擔中的悲情與厚重。

盧楨：詩彷彿上演了一臺獨幕劇，主人公化身為「我」，傾吐弔詭的命運歷程和情感波折，「我」的話語統攝力異常強大：對丈夫形象的勾勒、對命運的重新假設、對俄羅斯景色的刻畫、對晚宴的追敘……種種片段敘事都被「我」的意識流所整合容納。不過，詩人使「我」的抒情仍有「古典的剋制」。他設置了內在的傾聽者，亦即「你」的形象，用以指代斯大林以及女主人公的親朋好友。在第七章中，「我」走出紅場，凝視廣場上的鴿子，人稱突然連續轉

化，先是全知全能的聲音響起，接著彷彿是源自上帝對主人公的詢問，隨後又好像是神祇的喃喃自語，人稱不斷變幻，「隱含作者」與主人公話語重疊，清晰地爲我們揭示出詩人與抒情主體的內在聯繫。他借助神性的聲音吐露對女性生命的憐憫，而主人公對精神世界的堅守，也寄寓了詩人的理想追求。從這個意義上說，這首詩便不再單純是「靈魂的憐憫」，而上升到「靈魂的對話」。邵燕祥說到晚年才發現「只有自由思想、自由意志，獨立精神、獨立人格，才是一個人的靈魂」，並用「臨終」的眼不斷地「找靈魂」，熱愛生活又不屈從於生活，《最後的獨白》可視爲邵燕祥一次自我剖析與自我啓蒙的完成。

　　陳愛中：《最後的獨白》以豐沛的想像、細膩的文筆，再現了阿利盧耶娃之死的緣由。當它把事件原因都圍繞斯大林和阿利盧耶娃的家庭情感糾葛展開時，這種文學書寫顯得生動有力，躍然紙上。而第一人稱的敘述視角，爲無法公開表述的憤懣情感的抒發、控訴提供最佳的言說方式，它從追問開始，將阿利盧耶娃和斯大林十多年來的生活軌跡、思想矛盾與情感變化一一具現出來，這種類似於遺書或日記體的私語式語調，既增加了人物感情的悲涼，又加劇了人物之間的情感衝突，凸顯了阿利盧耶娃的悲劇性格。詩的作者邵燕祥在長達二十一年的「右派」生活中，充滿了人生的悵惘和屈辱，其境遇和漂泊、孤獨之感，和阿利盧耶娃有相似之處，寫起來自然鞭闢入裏。他說他寫作就是要「睜眼看世界」、「睜眼看中國」、「睜眼看自己」，這種對民族、國家、自我的反思和懺悔精神借助詩的抒情主人公之口表述出來，具有縱向的歷史反思精神同時，也具有了橫向的悲愴共鳴，無論是邵燕祥還是阿利盧耶娃，他們所思考的絕不是個體的、特殊的單一命運悲劇，如果考慮很長時期以來，中國和蘇聯之間的「同質同構」關係，那麼《最後的獨白》彰顯出的就應該是眾多的中國「阿利盧耶娃」的獨白。

三、情感「不等式」與斯大林的起伏

　　羅振亞：一般說來，屬於內視點的詩歌藝術是以抒發情感爲旨歸的。但是在具備一定長度的抒情詩內，時常也會有帶著某些性格、心理特質的人物形象隆起。典型的抒情佳構《最後的獨白》中，就閃回著抒情主人公阿利盧耶娃及其丈夫斯大林的影像。「我」眞摯而熾熱的情緒宣泄裏，有兩句令人非常喜歡，「就是最柔弱的花蕾／也不在粗暴的叱令下開放」，它堪稱阿利盧耶娃人格與性格的形象寫照。她的隱秘心靈天平上，自由要遠遠重於地位與榮

耀，所以洞穿了自我身份是丈夫的妻子、朋友、伴侶、士兵、聽眾，更是奴僕和役從的眞相後，「寧可玉碎、不爲瓦全」，毅然奔赴死亡的約會，以捍衛自己的尊嚴，儘管她爲遺下的一雙兒女牽腸掛肚，對故鄉、同學和一切美好的記憶百般不捨。她是敢對強權說「不」的人，是勇於揭穿和諧假象的「鬥士」。而她眼中的「他者」斯大林，在政治場上擁有輝煌的過去，能夠爲事業和理想獻身，堅強無私，而同時也是獨裁、冷漠、殘暴的化身，對妻兒、下屬和國民概莫能外，曾經愛過的人他可以視若草芥，對持不同政見者能夠大開殺戒。這個形象完全解構了人們心目中那個偉大、智慧、磊落的領袖印象。

盧楨：新聖女墓地上阿利盧耶娃的頭像被安置在雪白色的大理石方柱上端，純潔的白色與墓主人高潔的靈魂形成互文，這也是雪的標誌。在詩中邵燕祥有意將「雪」打造成沉重的積雪、狂風卷起的雪崩、埋葬馬匹的雪堆，它們共同充當著嚴寒的幫兇。可以說，主人公對雪與嚴寒的傷痛記憶，都指向了丈夫斯大林以及由他所象徵的權力符號系統。這既包含著對斯大林個人的殘暴與偏執的否定，也揭示出集權體制冷漠的特質。女兒斯維特蘭娜曾說，母親和父親就像是一支小船繫在一艘遠洋巨輪上，充滿了不和諧。而阿利盧耶娃的悲劇正在於對這情感「不等式」的執著與堅守，她也一直生活在這種夢想裏。愛上了愛情本身，勝過自己的孩子、青春和生命，然而她眼中曾經的那個堅強、勇敢、值得依靠的高加索青年，如今卻異化爲濫權者和獨裁者。她不清楚丈夫的心裏她是什麼身份，也無法覓得一個完整的自我，身份的錯置感使她倍感迷惑。也許從「你相信酒」開始，她的情感悲劇便開始了。

陳愛中：在蘇聯時期和建國後的中國，斯大林都是以導師和崇高角色出現的。這是神壇上的斯大林，而非人間的斯大林。《最後的獨白》通過阿利盧耶娃的視角揭示出另一個面孔的斯大林，專斷粗俗，冷酷無情，「你總是燃燒的胸中／一顆心爲什麼驟然冰冷？」面對「烏克蘭的糧倉成了餓死者的棺槨／回答我的祈求的，／竟是英明的偉大的沉默」。她的嘲諷道出了一個被個人崇拜衝昏了頭腦的高傲的斯大林，他顯然不會關注妻子的喜怒哀樂，體會其內心的苦衷。一屋不掃，何以掃天下？沒有舐犢情深的天倫關懷，沒有耳鬢廝磨的情人私語，自然無法將蒼生擱置在心上，善良、正義自然無法提及。列寧在其政治遺囑《給代表大會的信》中就認爲斯大林爲人太過粗暴，不適合做蘇共總書記，應「任命另一個人擔任這個位置，這個人在所有其他方面只要有一點強過斯大林同志，這就是較爲耐心、較爲謙虛、較有禮貌、較能

關心同志，而較少任性等等」。聯想後來發生的大清洗運動，真讓人感歎，《最後的獨白》描述的斯大林和列寧的評價、建議的斯大林，一個視死為安慰的枕邊人和一個生命垂危的政治導師，得出的結論竟然如此驚人的一致。

劉波：詩以告白的方式，抒寫了阿利盧耶娃自殺前絕望的吶喊。她無法在現實的意義上說服自己活下去，因為靈魂不能安穩地落實下來。雖然貴為奧林匹斯山上「第一夫人」，但她寧願別人不知道她，更不願做「掛在別人脖子上的女人」，她只願過普通人的生活。在國家權力的最高層，她覺察到了自身的渺小乏力，無法改變丈夫的強權意志，更無力改善被流放的「十二月黨人」的境況；但她一生做人問心無愧，她沒有像丈夫那樣做殺人的劊子手。「我的手上和良心上／不曾沾著同伴的鮮血。」這才是富有尊嚴的言說，與其苟活在世，不如以死相抵。因為她懂得：「人活著／不僅僅為了麵包」，還需要有更高的生活權利。她的死亡，對更多前蘇聯人應是一種警醒：你們必須起來反抗強權。她對斯大林的抱怨，最後都化作了死亡的嘲諷：開始拯救她的斯大林，最後將她推向了死亡。「上帝是公正。／上帝是權力。／劊子手得不到懲罰，／上帝在哪裏？」將希望寄託於斯大林身上，已無可能，她轉而追問上帝時也遭遇了難題。阿利盧耶娃需要通過一種了結來為短暫的人生劃上句號。

四、獨白中的兩種修辭

羅振亞：《最後的獨白》的話語方式恰切地外化了阿利盧耶娃內心的「風暴」，它便於調控節奏的輕重急緩，「我」的意緒噴湧如酣暢而遒勁的瀑布，具有一氣呵成的情緒動勢和情思衝擊力，直指人心；但是它也潛伏著很大危險，稍有疏忽即會滑向單調、沉悶的泥淖。好在詩人和抒情主人公內在精神世界的豐富壓著陣腳，同時獨白中穿插的「劇詩」和象徵兩種修辭手段，或則以「我」與丈夫及身邊世界關係的建立、日常生活場景與細節的引入，加強抒情指向的客觀性，或則以言此即彼的形而上含義追尋，擴大意象、人物和全詩的內蘊容量，從而使詩避免了走向自閉或失控窘態的陷阱。像阿利盧耶娃想到死後世人的反應時寫道：「誰留心巨大的椴樹干上的一隻螞蟻？／誰記得涅瓦河的一圈水紋皺起又歸圓寂？……一切比我活得長久的，你們／誰會懷念起一個小小的女人？／我無權像那小小的藍色花／祈求：勿忘我！」幾乎每個意象都飽含既是自身又有自身以外含義的功能，諸多意象組構的情

緒空間自然帶有言外之意，它像是自言自語，又像是說給朋友、後人，自己心理的矛盾和同他者的潛對話，都充滿了一定的戲劇性。

　　陳愛中：《最後的獨白》表面上看是阿利盧耶娃的獨語，離開人世前「顧影自憐」的悲語。但實際上詩中貫穿的卻是俄羅斯人近現代的悲愴歷史。詩中提到的名字葉賽寧、布洛克、馬雅可夫斯基，皆為同時期的俄羅斯詩人，身前都面臨婚姻愛情的困擾，最後皆自殺身亡。十二月黨人革命失敗後雖被流放，但卻唱出了俄羅斯最偉大的愛情悲歌，他們的妻子為愛情不離不棄，寧願放棄優越的生活，陪同夫君奔走遠方。邵燕祥在寫於 1995 年的《悼安娜‧拉林娜》中說「正像我們讀舊俄文學和歷史作品，把涅克拉索夫長詩《俄羅斯女人》所寫的伏爾襲斯卡婭等人籠統叫作『十二月黨人的妻子』」，她們「是在為自己的丈夫，同時也為丈夫的也是自己的信念做出的犧牲中，完成了獨立的人格。」但對於阿利盧耶娃來說，慷慨赴死卻有著更悲壯的意義，「我是娜娃，不是伏爾襲斯卡婭，／卻趕赴十二月黨人的／荒涼的西伯利亞。」命運的亂點鴛鴦譜，造成了俄羅斯近現代歷史上的眾多情愛悲劇，而阿利盧耶娃因為困窘於現實和理想的巨大鴻溝而尤顯得悲涼。因此她的獨白也就超越了個人，象徵著俄羅斯民族的情愛歷史與不堪命運的抗爭歷史。

　　劉波：該詩的突出特徵是「獨白體」的運用。自始至終，詩人均以文辭優美的獨白表現一種深沉的現代意識，一種拒絕和解的公民立場：「我無力埋藏一個時代，／只能是時代埋藏我。」時代的悖謬在此是一個巨大隱喻，它是有良知的人對抗時代的重負。因此這首詩很大程度上帶有「我控訴」的成分：不僅控訴個人，也控訴那個荒謬的時代，這可能才是該詩契合獨白體的重要體現。在詩中詩人還嫻熟地運用了象徵手法，它多處以當時的社會狀況影射強權給人民帶來的苦難，在厄運和「難於重建的生活」之間，在「嫁給權力」和奔赴死亡的邊界上，阿利盧耶娃就象徵著苦難的人，她以自我的遭遇指證了一個時代的空洞。這種象徵寫作所呈現的不僅是深刻的思想，更接續上了俄羅斯白銀時代詩人們崇尚正義的傳統。詩人很好地把握住了詩意和史實之間平衡的尺度，使這首詩在二十多年後的今天仍具有歷史價值和現實意義。在經歷了眾多劫難後，邵燕祥在 80 年代寫下的這份控訴文字。看似在寫前蘇聯的強權災難，實則也引出了一代中國人所遭遇的人生之困。這或許就是借他人之口抒自我胸中塊壘。現在讀來，這部長詩不僅有語言之美，更有思想之力；既是對歷史的自我反思，更對當下現實有借鑒之意。

盧楨：本詩中的兩種修辭體式值得注目。一是「戲劇獨白體」的運用，《最後的獨白》可謂詩歌與戲劇「文體互滲」的典範。艾略特曾將詩的聲音分爲三種，其中第三種是當詩人試圖創造一個用韻文說話的戲劇人時自己的聲音，這時他說的不是他本人會說的，而是他在兩個虛構人物可能的對話限度內說的話。阿利盧耶娃和斯大林，正是艾略特言及的這「兩重」虛構人物。在文本空間內，女主人公即將選擇自殺以擺脫丈夫的話語控制，這構成充滿極端化色彩的戲劇情境。其臨終的精神排遣方式則是向文本中的「你」即斯大林這個「無言的聽話人」遣情排憂。同時，詩人在副題中提到的「劇詩片段」這一修辭文體也值得注意，爲什麼不是「詩劇」？又爲什麼只寫一個「片段」？按作者的說法，他將區別於一般抒情詩和敍事詩的戲劇片段稱爲「劇詩」，並成就了這首長詩。眾所周知，長詩的寫作不太可能依靠瞬間的靈感爆發一蹴而就，更多需要詩人「形而上」的積累。這首長詩正融合了浪漫主義的情感表達與現實主義的人文觀照，又絕非審美泛化意義上「兩結合」，它揚棄了純粹浪漫式的主觀抒情，走向了更爲沉靜的精神內省，使情感在隱顯之間張弛有度。

原載《揚子江詩刊》2012 年第 1 期

第二節　世紀初詩歌（2000～2010）八問

新世紀詩歌已經走過第一個十年，有許多值得進一步回顧與反思的地方。鑒於此，《詩探索》理論卷於 2011 年設立「世紀初詩歌（2000～2010）八問」專欄，請詩人、詩評家就新世紀詩歌的若干問題談自己的看法，以期能夠總結近年詩歌發展中的經驗與教訓，對於當今及以後詩歌良好生態的形成有所助益。

1. 你對新世紀以來的詩歌生態滿意嗎？你同意有學者所認爲的這一時期是中國詩歌生態最好階段的說法嗎？

基本滿意，從寫作生態來講，相對更爲開放的文化大環境爲詩人提供了自由的空間，便於他們馳騁文思；就傳播方式而言，網絡化寫作被諸多文學操作者所接納，詩論壇、詩博客乃至新興的微博詩歌，都將詩歌文本的傳播納入一個信息化的廣闊平臺，通過虛擬社群的方式，文本的發佈不再困難，

而詩人之間的交流也變得更爲頻繁；再有，詩歌國際化交流的加速也使得漢語詩歌表現出更多「走在世界」而不是「走向世界」的特質。不過，將此時期作經典化的定格依然顯得爲時尚早，畢竟這十年還沒有形成相對穩定的詩人代表，現期作品也有待於經歷歲月的考量和淘洗。

2. 世紀初的詩歌在藝術方式、美學取向等方面發生了哪些明顯的變化，請予以簡單歸納。

　　新世紀詩歌和上世紀 90 年代詩歌是一種內在的接續關係，尚未形成足以使它區別於前代的獨立風格。在對其作出「整體平淡」的評價基礎上，也有一些較爲集中的徵象：（1）諸多詩人尋求「及物」的寫作，主動與時代語境建立對話聯繫，他們積極介入周遭的日常生活，使其文本的「煙火氣息」濃鬱了不少；（2）在重大事件如地震災難面前，諸多詩人表現出極強的承擔意識，並引發詩壇對詩歌藝術倫理與詩人道德倫理進行了深入思考和討論；（3）詩人對城市題材和城市意象的關注，促使一種新的都市感覺結構的生成，詩歌的審美主題更多地體現出消費時代的特質，多與物欲、身體、孤獨等體驗相關。

3. 網絡作爲新生事物對於新世紀詩歌有怎樣正面和負面的影響？它是否可能改變中國詩歌發展的某些基本格局？

　　網絡帶給詩歌的影響是多重的，從 2000 年以來，「詩生活」、「靈石島」、「詩江湖」、「揚子鰐」、「流放地」等優秀的詩歌網站和詩學論壇紛紛崛起，爲新詩增加了強勁的推力。一些刊物利用這一平臺實現了網絡化，拓展了其生存和傳播的空間；部分詩人借助博客、微博發表作品，增強了發表和閱讀的自由度；諸多詩歌愛好者憑藉參與論壇發言，實現了與詩友和同仁的交流，使他們眞切體驗到「進入」當代詩歌的現場感，並使其長久以來對中國詩歌的「想像」落在實處。可以預測，詩歌寫作的電腦化和傳播交流的網絡化會將中國詩歌的發展引致新的「狂歡」之中。不過，網絡讓詩人的寫作駛向快車道，這未必是好事，它的負向效應顯而易見。在眾聲喧嘩的表象背後，依然可以看到「剪貼文化」、「快餐文化」造就的大量廉價複製的文本。或是毫無情感介入地堆砌詞句，冠以語言實驗的名號；或是對生活瑣事喋喋不休，難見思想的火花，這正是網絡詩歌創作存在的「去難度化」、「片面口語化」、「表演性」等負面問題。操作上的簡單化和現場的浮躁化，增加了讀者遭遇「垃圾」文本的機會，也容易埋沒那些眞正閃光的佳作。

4. 你對現在詩歌刊物的狀況滿意嗎？現在的民間詩刊發揮著怎樣的作用，和八九十年代相比有無變化？

不太滿意。和上世紀末相比，民刊的繁榮僅僅局限在外部表象上，除了裝幀變得越來越華麗、吸納的作者越來越多之外，它們大都缺乏鮮明的思想定位，從而使其思想界限漫漶不清，難言立場。在地域性因素和同仁性影響的雙重扭力下，民刊與民間立場那種曾經的對應關係彷彿不那麼緊密了，大量關係稿、人情稿的出現，勢必會損害一個刊物應當保持的穩定品格和獨立聲音，也影響著其藝術增長點的拓展，民刊的整體狀況正是當前詩歌現場的微觀縮影。

5. 在「娛樂至死」的時代氛圍中，詩歌與娛樂文化、流行文化之間是怎樣的關係？如何看待某些詩人的炒作行為？

這涉及如何處理詩歌與大眾流行話語的關係問題，近年來，社會同質性的消解使政治、經濟、文化三者之間呈現出清晰的分裂狀態，難以相互闡釋與支持。詩歌生產的媒介、傳播的途徑、蘊含的精神也發生了相應的變化，詩歌寫作與消費語境之間展現出難以割捨的密切聯繫。對詩人而言，一方是注重內在精神提升的詩歌內現場，另一方是充滿誘惑之力的物質外現場，如何在兩者的夾縫之間尋求平衡，成為繆斯拋給每個人的命題。在娛樂文化的浪潮中，部分詩人秉持一種通俗實用的、迎合感性現代性的審美傾向，將大眾文化對「物質」的關注作為審美基點，強調個體的感官經驗和欲望的合理性，從非理性的層面進入生活現場，這正應和了流行文化即時性、消費化、符號化的特點，又與詩歌「及物」的寫作向度兩相應和。而部分詩人的「炒作」行為，只能引起受眾對其「詩人之身份」的關注，而非「詩人之文本」。作為流行文化的推力之一，「炒作」是再正常不過的，需要甄別的是炒作的內容。

6. 當今口語詩歌有著怎樣的成就和誤區，如何看待它未來的發展？

從現代文學開始，口語詩便經歷著褒貶不一的解讀與判斷。今天，它的成就與誤區同樣明顯。成就毋庸多言，只需明確一點，口語詩不是被「發明」出來的，它的誕生源自現代漢語本身所具有的諸多魔性，當它們與詩人自我的精神膽識和文字感知力相融時，好的文本自然誕生。而誤區體現在三個方面：首先，模仿性寫作盛行。部分寫作者不顧自身的精神氣質和知識背景，

直接對前人的文本進行模仿，借其骨架並不斷試圖置換其間詞語，演繹所謂新意。這實際上是概念先行的詩歌寫作，其奉獻的大都也是機械複製時代的文本。其次，很多詩人認為口語寫作就是消解「難度」，規避宏大敘事，還原生活細節，這使得他們非常容易滑入審美泛化的陷阱。日常生活實在和文本影像之間的差別消失之後，詩歌的「經驗中介」作用反而陷入了尷尬。再有，一些寫作者長期沉迷於無節制的技巧炫耀，使得文本處於意義的彌散狀態，空有語言快感和形式新意，卻又因強調「體驗的當下性」而忽視了生存的歷史根基，大多數詩歌在「時間就是現在」的世俗宗教信條面前，都很難形成指向未來的尺度，詩歌走進生產線，邁向一個個「秀場」，在經歷無數次「一次性」的消費之後，僅能為受眾帶來瞬間的話語快感，難以沉澱出持久的意義。為了口語寫作的發展，寫作者應該使用那些符合自己精神氣質和藝術感覺的語言，從精神上追求「寫作的難度」，以爽利的口語言說生命之精神。

7. 應該如何定位詩歌寫作與現實生活的關係？在藝術的自主性、獨立性與藝術反映現實、干預現實之間，當下的詩歌是否存在偏差？

詩歌寫作與現實生活無法實現完全的契合，也無法實現絕對的剝離。今天，消費主義的時代語境不斷質問著詩人：如何在日常生活的「此岸」和詩歌的「意義生產」之間建立經驗聯繫？一部分詩人認為，他們的使命遠比語言的煉金師宏大，其人文精神應該與公共精神相統一。這裡所言及的公共精神，既包含著獨立人格精神、社會公德意識，還融含了自制自律的行為規範與對「底層」生存價值的平行認同，特別是對「底層」的關注，成為詩人與時代銜接的重要渠道。這種集體形式的「社會關注」，在地震詩歌中已有體現。還有一些文學操作者不贊同詩人應該是公共知識分子的說法，他們只認同其唯一的詩人身份，並強化了詩人的精神承擔意識。總的來說，面對現實世界，詩歌難以充當萬能的武器，因為時代的外表堅硬無比。更重要的是，詩人永遠無法窮盡靈魂與語言之間的表達，它的有限性，決定了詩人失敗的宿命。所以，我們不難理解，為什麼在災難面前，朵漁會以《今夜，寫詩是輕浮的……》作為詩題，在災難的黑暗之上進行抒寫，無異於對黑暗的掩藏與逃避。詩人要想名實相副，就必須時刻懷有對周遭環境的洞察力，既能承擔現實中的種種痛感，又能在道德良知的督導下進行獨立判斷，用良心承擔歷史的真實，為時代留存堅奧之美。

8. 您認為當前詩歌創作存在著怎樣值得注意的問題？

　　如同我在談口語詩問題時提出的，彷彿口語化為寫作者降低了門檻，諸多寫作者亦步亦趨地追隨著「經典」的背影，靠模仿來寫作，甚至將絮絮叨叨的生活語言直接充當詩文，暴露出審美經驗的局限與匱乏。其次，一些詩人為了「及物」而「及物」，拒絕任何深度模式的影響，而令其文本停留在對物質外在或者生活局部的描述層面，實為一種無效寫作。再次，也有些作者純粹是為了製造氣氛、強行與時代建立聯繫，不斷在詩歌中堆砌名詞，將日用品、家電、書籍報刊等名詞一股腦兒地呈現其中，形成話語的風暴，使文本成為只適合一次性閱讀的行為藝術。另外，在表現抒情主體對時代的關注上，一些抒情者只能生硬地圖解所謂「關懷」、「憐憫」、「憤怒」這些空洞的概念，卻無法令其和自身心靈發生共鳴，這使得他們的情感流於表面，缺乏力度，甚至陷入廉價審美的窠臼。

原載《詩探索》2011 年第 4 輯

第三節　對話：城市詩及其現狀

對話者：張立群　批評家、文學博士，遼寧大學文學院教授，《中國詩人》編輯
　　　　盧楨　批評家、文學博士，南開大學文學院副教授

　　張立群：為了能夠把「城市詩及其現狀」談得更為透徹，在具體介入話題之前，能否先談談你對這一課題研究的一些體會？在你心中，究竟什麼樣的創作才算城市詩？這其實涉及到城市詩的概念。

　　盧楨：感謝《中國詩人》對話欄目主持人，我在讀博期間的學位論文和目前幾項研究課題都與你所言及的「城市詩及其現狀」相關。就這一研究課題而言，將「城市」與「文學」這兩個概念作為一個整體性的研究對象進行分析時，其研究方式基本可以歸納為兩種形態：一是李歐梵「上海摩登」式的，採用城市符號學或社會學的角度，以文化研究的姿態穿越文本，從文學的外部研究深入其內部。另一種方式則是諸多中國大陸學者慣於採用的，如研究城市文本中關於都市的呈現方式、符號系統以及城市文學的代際關係（如從「海派」到「新海派」的上海文學研究等等），這是將文學內部研究主動與外部話語現場相結合的文本實驗。它們都在「文學——文化」的天平兩端不

斷遊移，只因側重點的傾向不同而產生觀照上的差異。

從我的研究角度出發，無論是「城市詩人」還是「城市詩」都很難進行明確的界定，也難以形成穩定的概念。在上海「城市詩」詩人群還未登場之前，從沒有哪個詩人或者群體單純地以「城市詩人」標榜自身。況且，這也容易產生某種錯覺，是生長在城市的詩人，還是寫城市題材的詩人？而「城市詩歌」的概念則更爲複雜，它首先來源於一種題材上的定義，即對都市風貌、都市生活的文本反映。如孫玉石先生所言：「城市詩意識，即注重在現代城市中崛起的科學發展與物質文明的現代意識。它首先以異質文本的方式誕生，並針對新興現代文明做出最迅捷的反應。」（孫玉石：《論郭沫若的城市意識和城市詩》，《荊州師範學院學報》（社會科學版），2002 年第 3 期。）不過，由於詩人或者評論家的思想脈絡殊異，究竟哪些詩歌屬於他們所理解的「城市詩」，始終分歧雜生。此外，單純以「城市詩歌」作爲研究對象，也很難說清郭沫若、艾青、戴望舒、穆旦這些受到過現代主義影響、深刻體察並表現城市文明的詩人就是所謂的「城市詩人」，他們的詩作就是「城市詩歌」。對其進行概念化的界定反而容易偏離學理上的嚴謹，甚至受到概念本身的局限。基於此，我更願意以「城市抒寫」這一行爲概念取代「城市詩歌」、「都市詩」之類的文本概念，以便在「民族國家」的視野外圍尋找更爲具體、微觀並且生動的分析單位。

在概念上，我以新詩中的「城市抒寫」來概指具有「城市詩」特質的這類文本。「城市抒寫」是具有社會象徵意義的文學行爲，是現代化歷史進程的文本轉喻，同時參與構成了新詩特別是現代主義詩歌的美學基礎和倫理來源。這一「抒寫」本身勢必要在器物層與人性層兩個向度上，將城市進行主題化或實體化的詩學處理，以呈現其風貌與人情。其器物層向度主要體現在詩人對城市物質符號的變形抒寫和心靈加工，而探詢都市「人」的概念和精神則是它向縱深發展的標誌，亦是新詩城市抒寫的核心內容。一方面，我們所涉獵的文本大都以都市場景作爲抒情主體情感發生的空間，以都市人的現代意緒和生活經驗作爲主要關注對象，並引申出物欲、身體、孤獨等穩定的心靈主題；另一方面，詩人自身的主體性同樣會因城市生活的影響浮現於文本，並「不斷展開多變性、多元性與新穎性的想像空間」（羅門語）。

此外，「城市抒寫」，既包含著對「文本中的城市」的勾勒與擬現，同時還應關注「城市中的文本」，亦即城市文化對詩歌內部運作的影響，以及它與

詩歌締結雙向互喻關係的過程。城市抒寫既是以詩歌深入城市建築、制度乃至現代人的紛繁意緒、在詩行間充當歷史見證者的詩學行為，同時，處於「現代」核心位置的「城市」作為諸多詩歌文本的策源地、傳播地以及文人經驗的發生地，本身也會對詩歌文本的內部元素，如詞彙、意象、節奏產生潛移默化的影響。

張立群：記得上世紀 90 年代初期接觸新詩的時候，有位同樣喜歡詩歌的朋友說：當下的詩歌創作一個很大的問題，就是很多作者似乎還在距離現實生活很「遙遠的地方」寫詩。當時，對這句話有些不解。後來，逐漸進入到詩歌領域，才發覺「遙遠的地方」其實應當是創作觀念意義上的，其中隱含著一個詩人的成長記憶、現實創作心態等複雜問題——顯然，「不在場」或說「不及物」是不能寫出現實生活的發展和變化的，能否在這樣一個涉及創作實際甚至接受現實的前提下，談談「城市」的意義？而創作觀念的改變等話題，是否還有一個傳統的、歷史的、文化的背景問題？

盧楨：在以往的詩歌抒寫中，我們往往能夠看到一系列帶有「反城市」傾向的詩歌，基緣於對城市不良風氣、環境污染等負面因素的牴觸，抒情者樂於在現實之外建構一個「遙遠」的田園世界，以使心靈有所依附，這大概與你所提及的「遙遠的地方」有所關聯。不過，在目前大多數詩人眼中，城市與田園（或者說城市之外的時空）不再是簡單的二元對立關係，這個「田園」的存在完全依賴於詩人對城市超速發展的各種不適，或者說就是一個治療「城市病」的「處方」大集合。亦即說，有哪種城市病，就會有與之相匹配的田園精神療治。因此，任何「反城市化」乃至反「現代化」依然是「城市化」的特殊支脈，表面上的不及物其實恰恰緣於抒情者對所及之「物」的種種不滿與不適應。詩人已經沒有現實的田園、鄉土空間藉以逃避，他只能接受城市生活的現實，並在這個現實的基礎上擬化超驗的感覺空間。

如果說「及物」的詩學策略與城市文化有所關聯的話，這裡應當存在著歷史文化的影響。和 80 年代相比，很多人把 90 年代的詩學目之為「斷裂」維度的詩學，那麼，在與宏大話題分道揚鑣之後，如何以一種更為灑脫的姿態進入城市語境，與消費時代的審美風尚並駕齊驅，已成為城市文化形態向所有詩人提出的問題。在今天，城市的審美風尚已經完成了由啟蒙模式向消費模式的轉變，無論對城市接受與否，它都已經成為影響當代詩歌詩意形成的、無法規避的理論背景和思想策源地。身處消費時代，一切帶有專制與禁

欲色彩的理想型觀念彷彿都被消解了，一種以物質催生精神的文明範式得以確立，並將言說者鎖定在「物」的周圍。在這種情形下，「及物」就成爲諸多詩人必須要考慮的審美策略。如果說以往的詩人還在對「物」以及「物欲」進行批駁的話，那麼今天的詩人更願意以「浪漫」的精神和「詩歌」的方式，將其詩化成爲富含深厚消費文化背景的意象資源，探討其多元的存在形態。正如楊克的《在物質的洪水中努力接近詩歌》，詩題本身便說明問題：物質的洪水永遠無法褪去，這是詩人要面臨的現實，與其批判洪水的暴力，不如學會游泳的技巧，以輕鬆的心態暢遊其中。

張立群：由於我們所說的「城市詩」其實隱含著一個在新詩的範疇中談的前提，所以，「城市詩」的歷史、自我建構等等，就與新詩的發展史以及 20世紀中國的現代化、城市化過程密不可分，能否就此對所謂「城市詩」進行階段性的概括和問題式的總結？

盧楨：從歷史角度考量，新詩對城市風貌和現代人情的表現可以追溯至其誕生之初，現代都市語境衍生出的種種消費習俗與生活方式，豐富了新詩拓荒者的話語資源，拓展了他們的詩學經驗。郭沫若、艾青喟歎的工業之力，李金髮、邵洵美踏出的異域之音，都將擁有錦繡氣象的城市作爲新的抒情背景。「詩與城」的經驗聯絡在現代派詩人和九葉派詩人筆下得到集中的高潮呈現：現代派詩人以實驗主義的精神，在語詞中探詢都市人的微觀心靈經驗；九葉詩人則以對人類共性生存境遇的哲學反思，將現代詩歌的城市抒寫推向成熟。

與現代文學相比，新時期以來詩歌城市抒寫最直觀的特色便是出現了一批有組織的城市詩人社團和詩歌刊物。在 1986 年的「現代主義詩群大觀」中，第一次有人以群體形式提出「城市詩人」的口號，以抒寫「城市詩」的方式標榜其價值體系。這個被評論家朱大可描述爲「焦灼的一代和城市夢」的群體，由張小波、孫曉剛、李彬勇、宋琳四人組成。在詩藝上，他們承接了現代主義詩學對都市人日常生存哲學的關注，著力尋覓都市符號的新鮮質感，以反抒情的事態語言確立其主體的知覺空間。不過正如「焦灼的一代」這個群體命名，他們將物質重壓之下的「孤獨」作爲城市詩的心理肇始，其藝術自釋正揭示出他們自身存在的一些弱點：敏感而脆弱，接近孤獨也容易被痙攣感所吞噬，易於滑入自我的意識迷津，難以處理更爲豐富的城市素材。在爲城市詩歌群體建設奠基的同時，他們也爲後代詩人留下了一系列需要解決的問題。

　　步入世紀之交的上海，我們可以看到新一批詩人建設城市詩學的努力。
這裡有「上海城市詩人社」（該詩社目前由上海市黃浦區文化館主管，有定期
編印的詩歌民刊《城市詩人》），以及從中裂變出來的「新城市詩社」等。眾
多寫作者共同以詩歌在民間的詩性追求為起點，以城市人與物質都市的角力
為主要審美主題，秉持現代主義等多種創作手法，借助藝術沙龍和網絡論壇
的方式，為城市抒寫的群體建設展開新一輪的探索。2006 年，由詩人鐵舞選
編的《忘卻的飛行──上海現代城市詩選》出版，並被列入《畫說上海文學
──百年上海文學作品巡禮》一書。民刊《城市詩人》、《新城市》等，也成
為城市詩歌的鮮活文本。此外，一系列專門以現代城市為描述對象的城市詩
人也活躍起來。葉匡政便善於運用平淡的語言，在城市人的生活間歇展示生
存的無奈與滄桑，書寫心靈主義的《城市書》；楊克則以調侃、遊玩的姿態步
入城市迷宮，狡點地化解了城市生存狀態中靈與肉的互峙，並時刻保持著深
入血肉的情感投入，他的文本正代表了新世代詩人解讀城市時那種既投合又
曖昧的複雜心態。

　　綜合來看，認識現代城市的性質，從而回歸人類自身，反思人與城市的
關係，這是自上世紀 20 年代起中國現代詩人便已關注的城市母題，並且始終
貫穿在百年新詩對城市的抒寫之中。面對都市文化形態，現代中國詩人大都
能以開放的心態，與之展開情思互動。這些抒情者們不僅將一個個不安的靈
魂具象化了，而且以文本化的方式，通過詩歌文體的語言符號和節奏單元，
建立起城市文本的文體美學特質。都市的動態世界與眩目文明所帶來的精神
惶惑感使抒情者們深刻意識到，在找出潛藏在他們心中的詩神與美神之前，
首先亟待確立的是現代主體的獨立精神形象。只有這樣，他們才能超脫出庸
眾的審美慣性，進入城市的背面把握美之奧義，凸顯繆斯所賦予的詩靈。在
文本操作上，詩人們普遍注重情感的表現力，揚棄了古典詩歌以及傳統自由
詩過於直敘的情感生成原則。他們依靠其知性智慧和文體意識的自覺，最大
限度地調動著城市意象符號的象徵魅力，採用超現實的手法營造豐富的暗示
效果，使文體洋溢著「前衛」與「創新」之美。因此，詩人對「城市詩學」
的詩美運思，或可成為中國新詩現代化的首要表現和重要途徑。

　　張立群：城市化的進程總與社會現代文明程度、經濟結構的變化密不可
分。我印象中的當代中國城市化進程的突飛猛進，大致總體上可以從 90 年代
算起。其間，全球化的影響（包括設計模式借鑒等等）似乎也不可忽視。這

樣的城市化過程自然爲詩歌帶來了新的內容，能否在談論二者關係的時候，對直到此時才出現「較爲標準的城市詩」予以分析？

盧楨：上世紀 90 年代是中國城市發展的起飛期，消費時代的到來也爲新詩提供了多元的發展機遇。伴隨著城市化轉型，中國從「鄉土中國」到「都市中國」的新社會形態，正在或者已經成爲既定的經驗事實和物態風景。在面對城市時，詩人更爲注重捕捉感性印象，強化生活的偶然性和無限的可能性，而 80 年代所積累的那種文化負載則不那麼重要了。可見，市場語境的到來使得城市與城市人所負載的「聖詞秩序」（國家富強觀念和民族願景）坍塌了，取而代之的是詩人對文本的直接進入，他們生活在文本之間，也在自我主體中見證著城與人，體悟著都市人的情愫。

同時，消費時代也爲城市詩歌帶來了更爲集中的審美主題，這使得 90 年代以來的城市詩更趨向於「標準」或者「較爲標準」。布雷德伯里認爲城市是啓發詩人產生現代意識的源泉，無論是波德萊爾還是艾略特、惠特曼……城市詩的標準應與是否表達出新奇的個體意識有關。可以說，中國的時代語境使得詩歌寫作與消費文化之間呈現出難以割捨的共謀姿態，並鼓勵著詩人顯揚個性。如果說此時詩人的城市抒寫較爲「標準」，那大概是得緣於他們懂得如何在人群的普遍物質經驗中尋覓到屬於自我的心靈速度，主動地成爲「人群中的人」。

張立群：談及 90 年代以來的城市詩，以我爲例，會想到楊克、葉匡政、謝湘南等詩人。他們的城市題材創作既涉及到城市人的精神面貌、生活現實以及流行的說法如「城市欲望化」，至於在具體書寫上，則包括城市意象、空間結構等等，能否結合這些方面談談城市詩在意象、文化、空間上的多義性構成？

盧楨：我覺得從詩學的範疇來說，意象、文化、空間是一個整體，作爲一種物質力量的彙集，都市的各個意象都凝聚著屬於它們的空間觀念、地域關懷以及文化意涵。在空間呈現之外，它們同樣也是文化的結構體，存在於藝術生成與消費的流程之中。對 90 年代以來的城市詩歌進行觀察，基本可以勾勒出詩人喜愛選取的城市意象譜系：首先是咖啡館、酒吧等消費空間意象，詩人以其鮮明的主體意識與消費語境混融，並將主體對現代性蹤跡的追尋寄託在意義空間的一次次重建之中；其次是汽車、火車等交通意象；再有是街道、廣場、居室等建築空間意象。

我以廣場這個意象舉例，西方語彙中的廣場叫作 plaza 或 square，它是指幾條道路相交而成的空地，進而成為露天集市的場所。挪威建築理論家諾伯格・舒爾茲認為廣場是城市空間結構中最重要的元素，和西方城市相比，把廣場作為城市的中心，在中國大致出現在 1949 年後。特別是建國十週年的天安門廣場改造工程使其一躍成為世界第一大廣場，郭沫若為此作出《頌北京》，辭藻氣象非凡，詩篇氣勢恢弘。在這樣的政治型廣場上，人群的聚集孕育著政治的宏力，廣場凝聚成為國人的精神聖地，它以巨大的空間尺度樹立起政治與權力的威嚴，這一意象所代表的精神向度，也由「五四」時期多重聲音的交相輝映轉化成對一種強音的受洗膜拜。而從歐陽江河的《傍晚穿過廣場》開始，詩歌中的「廣場」開始了功能轉型和文化轉場，知識分子的廟堂情結已然在歐陽江河穿過的「廣場」中裂變了。看楊克的《天河城廣場》我們便不難發現，傳統「廣場」那種平面化的建築形式已被一個不斷向上延伸的商業化建築所取代，它的詞義也在細小的敘事中被地產商置換為商品概念的組成部分。與歐陽江河穿過的平面化的、政治化的廣場相比，楊克的「廣場」情結包含著面對商業化氣息的坦然與鎮定。「廣場」的空間告別了開闊與單調，行走其間的人們也不再感到孤立和脆弱，因為它的含義早已將「貌似莊嚴」的集體主義形態換喻了，「事物的木質」也在與「商業的玉臂」（黃燦然語）之親密接觸中不斷遽變動搖。抒情者對欲望的細節化透視最終取代了對政治的宏觀膜拜，於是，廣場逐步成為一個意義寬鬆的空間，詩人的自我意識也與新的都市經驗達到統一。從對「廣場」這一意象的認知考古中，我們或可看到城市文本所具有的多義性。

張立群：如果說謝湘南的詩，已經以打工者入城的方式寫出了社會底層及相應的結構，那麼，世紀初十年詩歌乃至研究意義上的「底層」、「打工詩」、「鄉下人進城」的說法，是如何揭示當代城市詩的構成的？在今日生活已無法離開城市話題的背景下，我們應當如何看待城市詩及其發展，又如何在保留其概念的同時，防止其淹沒於大量的創作之中，當然，這個問題其實已涉及到城市詩的理論問題？

盧楨：一般來說，同時將城市與鄉土經驗融入詩歌具有兩種維度，一部分人採取將城市文化視作主體的宏觀視角，將「鄉土」歸結為「另類」的城市體驗；還有一部分抒情者（如諸多打工詩人）始終無法擺棄現代詩人那種「由鄉入城」的啟蒙經驗，對待城市文化，他們依然投射出「他者」的眼光，

「走在城市和鄉村的線上」（謝湘南語）正是他們的文化處境。顯然，「打工詩歌」屬於城市抒寫的範疇，其詩人的審美取向大都圍繞兩方面展開，一是對城市的不適應、并由此衍發的對城市之「惡」的傳統批判，展開對地理故鄉的懷戀。二是通過對自身底層位置與身份的辨認，表達出一種對自我價值的質疑或確認，反映出維護自我尊嚴、追求平等公正和自我價值認同的主體意識。可見，「打工詩歌」是城市話語的特殊表達方式，並從一個獨特方面確證了城市大語境的真實。不過，在馬克思言及的「亞細亞的歷史是城市與鄉村無差別的統一」的歷史特殊性面前，它的生命獨立性或許會走向衰微。畢竟，以「鄉村」意味著「傳統」，以「都市」意味著「現代」，都已因鄉村整體納入城市廣義的審美標準，從而顯得過時了。

今天，我們的生活已經可以和城市生活形成完美的「互文」關係，這樣一來，主持人對城市文學的外延漫漶不清之擔憂是非常必要的。既然城市已經成為詩學表現的一個焦點，那麼，城市詩文本也應設立相應的「門檻」，避免「概念」被「文本」吞噬的現象出現。一些詩人的城市抒寫大多停留在都市外在或者局部描述的層面，經驗式、符號化的弱點使他們的文本缺乏深度，難以展示「城與人」無限的豐富性與悖論性。還有一些抒情者有意識地進行了文本層面的技巧實驗，以仿若後現代似的技術分解著歷史縱向和生活橫向的深度，這非常容易滑入審美的泛化。同樣，對技巧的過份沉迷也使他們長久處於非理性的無根狀態，難以形成超越意識，這同樣是當代詩歌存在的普遍問題。城市抒寫的目的是發現新奇，但問題是，這樣的「新奇」應該具有對歷史的回溯力和向未來的前瞻性。總的來說：城市抒寫要形成穩定的文學和文化象徵，唯一方法只有緊緊抓住表現「人性」這一主線，由此方才有可能在晚生現代性文化的經驗雜糅中，告別人文精神的羸弱不足，擔負起知識分子應有的精神承擔使命。

張立群：今天關於「城市詩」的對話，初步涉及了「城市詩」的概念、歷史、發展以及當前的現狀。應當說，在當下書寫城市已成普遍傾向的背景下，「城市詩」從詩歌整體創作中獨立出來，成為一個「有效」的分支以及如何實現有效的理論建構，又成為一個新的問題。當然，這同樣是一個複雜的問題，我們期待能夠在另一次探討與對話中進一步深入！

原載《中國詩人》2012 年第 2 卷

第四節　百年新詩：本土與西方的對話

主持人：羅振亞

對話者：李少君　中國作協詩歌委員會委員、《詩刊》副主編

　　　　燎原　　山東威海職業學院教授

　　　　蔣登科　西南大學中國詩學研究中心副主任、期刊社副社長

　　　　馬新朝　河南省作協副主席，詩學學會會長

　　　　大解　　河北省作協副主席

　　　　默白　　湖北省建行副行長、詩人

　　　　羅振亞　南開大學文學院副院長

　　　　曉華　　江蘇省作協創作室副主任

　　　　盧楨　　南開大學文學院副教授

時間：2015 年 7 月 4 日上午 8：30～11：30

地點：湖南婁底金香大酒店三樓會議室

文字整理：盧楨

主持人的話

　　各位詩友上午好，這次論壇的議題是中國新詩與西方現代派詩歌的關係。應該這樣講，中國新詩不是偶然孤立的文學現象，更不是神秘莫測的「天外來客」。突破閉鎖態勢的開放性發生發展機制，決定了它們的質地構成不僅來自現實土壤的艱難孕育，更導源於古典詩歌與西方現代派詩歌的雙向催生；尤其是中國新詩對古詩傳統自覺的斷裂性選擇，使它與西方現代派詩歌的關係更為切近。因此，從新詩與西方現代派詩歌的關係入手回望其百年歷程，就成為一個富有持續生命力的學術論題。

　　卞之琳曾說過：「不從西方『拿來』，不從西方『借鑒』，就不會有『五四』以來的新文學的面貌」；袁可嘉也說「新詩現代化的要求『完全』接受以艾略特為核心的現代西洋詩的影響」。也就是說，「五四」以來的中國新詩一個重要的特徵便是有一種受動性生成與引發模式，注重對西方文學思潮的吸納與借鑒。面對幾千年強勁古典傳統的「五四」時期，不借助外來詩學力量做矯枉過正的偏激革命，新詩的生命之樹就難以破土，所以西方各種文藝思潮順理成章地被援引入境，並給當時的詩歌探險者們以堅實的支撐。而後七十餘年間，現代意識強烈的中國詩人無不注意運用西方現代派詩歌的形式材料鑄

造自己的詩魂，他們中許多都是留過學或熟悉外文的青年學子，有的就置身於西方現代派詩的背景中。如穆木天讀到拉法格、瑪拉美的詩如獲至寶，李金髮對《惡之花》手不釋卷，蠱惑於晚唐五代詞嫵媚的何其芳在班納斯後的法蘭西詩人那兒找到了同樣的沉迷，卞之琳對西方現代派詩一見如故，穆旦作爲中國詩人被人認爲其最好的品質卻是非中國的，以至於北島認同北歐氣質，顧城選擇洛爾迦，王家新從史蒂文斯那裏獲得心境啓迪，楊小濱引入奧登的諧趣技巧都是明證。那麼，爲什麼會產生中國新詩人紛紛用西方現代派詩歌的形式材料鑄造自己的詩魂這種文化現象？或者說新詩人與西方詩學遇合的契機何在？同一西方詩學流脈對不同時代中國詩人的影響存在著哪些差異？就形成了詩學討論的話題。

其次，任何借鑒都不是亦步亦趨的模仿；所以面對西方現代主義詩的異質文化系統時，中國新詩能從現實、讀者與自我需求出發有所揚棄和調整，由此跨越了盲目仿傚、原樣演繹西詩形態的柵欄，保證了西方詩歌的東方化。那麼這種創造性的揚棄和背離有何表現和特點？它對異質文化系統有何「增殖」和「變異」？效果又如何？當然，新詩的引發模式和反傳統姿態，容易讓人感到新詩潮與古典詩歌傳統無緣而對立，實際上這是一種錯覺。即便是在接受西方現代派詩學的過程中，詩人們也未曾忽視現代文本與古典詩學的文化血脈，他們採取斡旋中西詩學的態度，一方面從西方「拿來」和「借鑒」，另一方面還注意將新詩與古典詩歌兩相融合，使其呈現出一種漸進的成熟性。爲了給現代情緒尋找合適的形式寄託，新詩自覺結合縱的繼承與橫的借鑒，向古典詩歌和西方現代派詩歌兩個影響源同時開放、雙向汲納，這成爲我們立體認識新詩的一條有效渠道。那麼，在接受西方現代派詩學的過程中，新詩人和新詩流派是如何具體地去處理新詩與古典詩歌的關係，值得我們去深入勘探。

此外，還有個現象足以引發我們的思考，那就是受西方現代派詩歌影響最大的中國現代主義詩歌既沒有波瀾壯闊的現實主義大潮獨領風騷的殊榮，也沒有常動不息的浪漫主義潮流蔚爲大觀的幸運，更從未取得過舉足輕重或與後兩種潮流分庭抗禮的主導、中心地位。它好像先天就有些孱弱，後天又有些水土不服，所以總是步履艱難，處於一種被割裂的狀態。或者說現代主義詩潮在中國一直沒有根深葉茂，只是現實主義大潮邊的支流而已。爲何現代主義詩潮命運如此坎坷多難？這種現象背後有著哪些文學或非文學因素的

緣由？今天，在交流和聯繫意味著一切的 21 世紀，新詩在處理和異域藝術營養的關係過程中，留下了哪些經驗和教訓？新世紀詩人又該如何促成外國藝術經驗本土化？這是值得每一個詩歌寫作者去深思的，請大家暢所欲言，圍繞這些問題展開爭鳴與對話。

新詩與西方詩學遇合的契機和表現

李少君：新詩現代性這個概念本身，應該就包含著與西方詩學的交流和對話，我們理解新詩現代性的內涵，可以從馮友蘭先生一段著名的話來入手，他在《西南聯大紀念碑文》中說過：「我國家以世界之古國，居東亞之天府，本應紹漢唐之遺烈，作並世之先進，將來建國完成，必於世界歷史居獨特之地位。蓋並世列強，雖新而不古；希臘羅馬，有古而無今。惟我國家，亙古亙今，亦新亦舊，斯所謂『周雖舊邦，其命維新』者也！」這句話對我們的啟示是巨大的，意思是說，無論是從國家的層面上講還是從文化的意義上衡量，居於現代層面的「中國」來源於「舊邦」的歷史文化積澱，但它自身也存有內在創新的驅動力。這種「亦新亦舊」的特質同樣可以應用在我們對「五四」以來新文學、特別是新詩的評價上。張旭東在探討「五四」新文學時有一個說法，我覺得是很有道理的，他指出在「五四」之前，我們常常把中國經驗等同於落後的經驗，而將西方經驗目之為進步的象徵，由此就在中國與西方之間建立了一種對立關係，這種關係直到「五四」新文學運動才得以鬆動。「五四」之後，中國文化受西方舶來經驗的激發，展現出與世界同步的一面，中國詩歌作為文學改革的首要內容，也在告別傳統詩學、吸納西方現代詩學的過程中產生了諸多新銳要素，由此成為新文學的一面旗幟。如胡適言及的「新中國新文化新文學」中，新文學的一個重要內容就是詩歌，而中國文化的核心和基礎也是詩歌，所以新文化運動以新詩作為突破口是有道理的。新詩向西方學習從而取代舊體詩，正是中國在上世紀初葉文化變革的顯在縮影。

曉華：這確實是中國新文學以來一個貫穿始終的話題。從根本上說，沒有西方文化的引入就沒有中國新文化的誕生，當然也就沒有中國新文學的誕生，這一文化間的引發和激蕩比我們認為的要早得多，雖然，這樣的引發與激蕩有主體內在的衝動和欲求。回顧新詩的發展史，它的起伏跌宕、光榮與頹唐、高峰與低谷與中西的詩學交流幾乎成正弦的曲線關係。與一些理論家

當下對母語的企求不一樣的史實是，當我們主張回歸傳統的時候，就是現代詩走下坡路的時候，而當我們被認為「數典忘宗」的時候，恰恰是我們的詩歌得以舒展身軀自由呼吸的時候。所以，我願意不無偏激地說，中國新詩的源頭是西方的，她的精神氣質是西方的。對新詩而言，不是只有中國的才是世界的，而是只有世界的才能是世界的。其實，不唯新詩如此，其他文體也不乏如此。而且，不唯中國，整個東亞，以及世界其他地區的文學，都有相似的情形。這不只是一種文學的事情，甚至文化的事情，而是不可逆的現代化的整體進程。

燎原：中國現代詩歌這個概念本身便昭示我們一個問題，它首先跟傳統的古典詩歌是不一樣的。從文化的層面上說，中國在「五四」之前還是一個傳統意義上的國家，內在的文化根基相對穩固，流動性不強。到了「五四」時代，世界上那些突飛猛進的現代國家文化形態對中國產生了內在與外在的影響，將其捲入現代性的浪潮之中。一些先行者已經意識到，只有和這個世界性的潮流同步接軌，才能走向真正的現代。而中國新詩作為一種最敏感的時代生活要素，它需要對現代性潮流作出恰適的反應，尤以那些現代主義氣息濃厚的作品為甚。今天，新詩已行至百年，我們考查它的實績時，應該觀照這些浸潤西方現代派氣息的文本，無論是現代文學三十年中的先賢詩人，還是朦朧詩和第三代詩中的代表詩人，其藝術氣息或多或少都會受到西方現代主義文學的影響。可以說，西方現代主義文學在很大程度上造就了中國新詩人。

羅振亞：你們都指出西方影響對中國新詩生成乃至文化建構的重要意義，我認為如果從更具體的詩學層面來透析這個問題，就可以將這種契機及其表現作更為細緻的描述。西方現代派詩學之所以能夠與新詩人的審美遇合，乃在於其富含新意的意味構成因子和技巧形式，中國新詩人吸納了西方現代派詩學的形式技法，並引發自身產生了一系列的藝術新變，諸如意象的並置疊加、對錯覺幻覺夢境的探尋、對音樂感的崇尚等，都與西方現代派詩歌有深層的相通。特別是在西方現代派詩歌的激發下，中國新詩逐步確立起一系列異於傳統詩歌的「反常」品質，比如在象徵意識層面，諸多新詩人認同波德萊爾、龐德、艾略特等人的客觀對應物、思想知覺化原則，把創作看成一種象徵行為，認為沒有象徵就沒有藝術。他們在各自的詩學平臺辛勤耕耘，最大限度地張揚意象的暗示效應，從而賦予新詩更多闡釋的可能性。從

形式自覺的層面入手，可見中國新詩不論在哪個時段都將形式因素當作詩歌魅力的憑依，並促成了藝術的陌生新鮮和形式美。種種富於實驗色彩的現代化外衣，賦予詩一種獨創意識與先鋒品格，它打開了文學的多種可能性向度，提高了新詩的藝術品位。

　　在形式認同之外，中國新詩對西方詩學還存有一種內在的精神上的認同。法國學者米歇爾‧魯阿稱卞之琳、艾青等受西方文學影響的現代主義詩人在思想本質上都是中國式的，蘇珊娜‧貝爾納更乾脆地斷言戴望舒「作品中西化成分是顯見的，但壓倒一切的是中國詩風」，彷彿中國新詩在精神意味層面與西方現代派詩歌無緣而對立，這也是一種錯覺。實際上中國新詩不僅借鑒了西方現代派詩歌的技巧形式，還接受了西方現代派詩歌的精神情調，在精神情調的接受上雖不比形式技巧那樣直觀，但卻更本質內在，並在詩歌觀念、詩意構成、詩情主旨、感覺情調等多方面有所體現。如現代詩人追尋《惡之花》和《荒原》的腳步，開始視醜、惡、夢等頹廢事物為生命生活的原態與本色，從哲學高度把握現代人的生存困境與生命異化的痛苦，表現出感傷化的詩歌情調。這種苦味情思恢復了現代人心靈中存在的卻常被人忽視或不願提及的消極面，在現實主義、浪漫主義詩人密切注視時代現實而對人的心靈有所忽視或重視心靈中昂揚樂觀的晴朗面而輕視心靈中悲苦低沉的陰暗面時，它的抒唱無疑構成了對時代心靈歷史風貌的必要反映與修補，這是非常有意義的。

　　盧楨：我想從西方現代派詩歌與城市文化的關係入手探討新詩融合西方詩學的問題。可以說，與城市結緣，正是西方現代派詩歌自身發展的必要途徑，也影響到上世紀以來中國新詩的發展。對新詩來說，西方現代城市文學也是其發生的一個重要契機。現代中國詩歌的生長，同樣伴隨著詩人對城市和鄉土認識的變遷，這就在某些方面與西方詩學實現著近似的轉換模態。在簡明可視的物質現代化符號面前，部分國人自然會建立起一種參照體系，並在對制度名物的豔羨與學習中，時刻表露出試圖超越的進取心態，如郭沫若的《筆立山頭展望》那樣。這既與現代國家富強意識相關，又與西方的城市精神（現代器物文化引領的速度感、進取心、民主意識等等）密不可分。在具體操作上，中國那些擅於抒寫城市、表現城市人心靈狀態的詩人，其大多數都注重化合西方現代主義手法，重視文學先驅的精神影響，如凡爾哈倫之於艾青、波德萊爾之於李金髮、桑德堡以及法國後期象徵派之於現代派詩人、

里爾克之於鄭敏、艾略特之於孫大雨、袁可嘉、穆旦……詩人們不斷嘗試各種「有意味的形式」，將異域城市詩學與本土文化經驗相融合，進而確立自身的美學觀念。新詩文本的城市化，正是中國新詩現代性的一個重要特質。而這一特質的形成，與西方現代派詩學的影響是分不開的。

詩學借鑒中的創造性背離

羅振亞：在我們向西方「取經」的過程中，要注意其文化接受的偏枯性與變易性。我們應該看到，除卻初期的象徵詩派思想意蘊與技巧手法從形到質齊頭並進、後朦朧詩在體驗上對西方現代主義詩自發認同外，其他詩派都基本停浮於藝術形式和手法的「拿來」。或者說它們有意突出強調西詩與本民族固有血脈相通的某一方面，而對其他方面則故意省略。舉例來說，戴望舒自稱向果爾蒙、魏爾侖、凡爾哈侖尋找的只是表現形式，九葉的當事者袁可嘉表明他們僅僅「吸收了現代派詩歌的表現手法」以傳達傷時憂世、揭發時弊的精神旨向。這種明知故犯的主觀偏重取捨，使中國現代主義詩在大多數情境下，只承襲象徵主義技巧的外衣，骨子裏的象徵意象體系乃至情感構成都根植於東方式的民族文化傳統。中國現代主義詩人這種離心力與向心力交織的人生態度和情思活動結構，包孕著最終向現實主義依歸的可能，所以他們或則讓象牙塔融入些現實風雲，或則徹底由長籲短歎的現代主義轉向現實主義。比如，早年醉心於超驗神思和純粹形式的王獨清、穆木天，經鬥爭觸動後誠服於社會功利，寫下不少批判黑暗抒發愛國之情的詩篇；現代派詩人抗戰後紛紛走出狹窄的「雨巷」與纏綿的「夏夜」，自覺結合個人命運和祖國前途歌唱；突破更明顯的九葉積極反映對人生的思考和重大社會題材；朦朧詩承繼九葉寓大我於小我中的現實主義精神，將懷疑痛苦覺醒追求的心靈音響上升為時代情思主旋律，而臺灣現代詩也同樣經過了關注知性到表現鄉土現實人生視像的歷程。我認為中國現代主義詩歌對西方現代派的「創造性背離」，如它不斷向現實主義的趨攏合流，正是其生命力得以伸展的必要保證。

蔣登科：羅老師講到了「創造性背離」，這其實點出了一個事實，即中國文化與異質文化之間存在衝突、背離是必然的。如何在這種衝突和背離之中重建中國文化和新詩藝術，是每個現代詩人都必須面對的問題。在新詩發展史上，這種「背離」現象是很常見的。

盧楨：我理解的「背離」是一種向度，或者說是一個穩定的姿態，而「創

造性」導致的結果就是蔣老師提到的「重建」這個話題。我們能夠看到，中國詩人對西方詩學並非純然全盤接受，而是吸收與轉化並行。比如在意象的層面上，一些詩人篤行「橫的移植」，如李金髮、邵洵美將歐詩中的都會動感意象直接引入，其驚異的象徵意境和頹廢效果，豐富了新詩的美感構成。而一些「現代派」詩人則實踐「縱的繼承」，以實現個人化抒情爲旨歸，將都會語境與古典意境鎔鑄一體，如戴望舒、卞之琳的「荒街」、「占城」，施蟄存的「桃色的雲」、徐遲筆下「都會的滿月」等，都拓展了新詩的象徵疆域。從這種縱的繼承出發，我認爲新詩人對西方現代詩學的接受帶有明顯的增殖與變異。像艾略特的《荒原》，它勾勒出現代城市人精神世界的荒蕪殘像，在其影響下徐志摩、孫大雨都有過戲仿類的作品，直接指向都市秩序之森嚴和人性的冷漠。上世紀 30 年代現代派詩人也耽讀於荒原，何其芳說過：「我讀著 T.s. 愛里略忒，這古城也便是一片『荒地』。」但他們在構建自我經驗時，並沒有放棄文化傳統中的古典精神，而是將中國古典詩學中優美、恬淡、拙樸、深遠的美學風格賦予新詩，從而使他們的經驗表達與傳統風俗聯絡不斷，成爲東方式的對荒原精神的回應。這些詩人站在文化融合的交點上對荒原意識進行著創造性悟讀，既對「荒原」精神表達敬意，又保持了本土心理特質和文化特色。

　　蔣登科：盧楨提到的這種「重建」、或者說「背離」屬於合理層面上的，能夠借助背離重建中國新詩的藝術觀念和文化秩序。但我們要注意，詩歌借鑒西方而產生的背離實際上有兩種情形，一種是合理的，還有一種是被動的、非合理的。有些人對民族文化傳統持虛無的、自卑的態度，因而急於去認同別人以求得到被別人認同，於是將西方的東西不加選擇地搬進來，造成了與中國文化和中國現實的完全背離，導致了中國新詩發展的迷茫與混亂。

　　在上世紀 90 年代的詩歌界，不少人都大力呼籲「詩歌精神的現代化重鑄」，而重鑄的關鍵又是「科學地處理詩歌中的中西關係」，這是針對當時一些詩歌操作者盲目追求西化，全盤（而不是有分析的）照搬（而不是借鑒）西方，不管中國人的生存狀態和思想境遇，浸淫在一系列諸如私人體驗、原欲噴射、解構遊戲、語言狂歡中而提出的，如果任其發展，其結果必然是「昨夜西風凋碧樹」。如果我們總結上世紀 90 年代詩歌的經驗教訓，其中很大一個問題就是這種自尋的「非合理背離」，這與搬用者的文化心態密切相關：對本民族傳統、文化、詩歌藝術等都失去信心，以虛無主義態度對待本土文化

傳統，而把外國的東西不加分辨地都視爲圭臬，這當然會與本來存在的中國文化精神和眼下的現實發生背離，難以獲得建設性的力量。這個問題直到今天依然值得引起我們的重視，越是強調「交流」，越不能輕易丟棄自我。

曉華：這個問題可能比較複雜，關鍵是不能陷入到中西的二元對立思維中去。既然如振亞兄所說，中國新詩是對古詩傳統自覺的斷裂性選擇，使它與西方現代派詩歌的關係更爲切近，那麼就應該在整體性的格局中思考中國新詩的傳統，來認定它的特質，它應該是整個世界詩歌的一部分，是整個現代詩歌的一個版塊。我是在這樣的座標中來檢驗中國詩人與中國詩歌的。從這個意義上說，新詩之新不僅僅在於它的語言形式，而在於它的文化品性，在於它是否具有現代性。如果僅僅從語言形式以及詩學修辭上說，古白話時期以及民間歌謠也有現代漢語詩歌的形式，但我們卻不能簡單地認爲它們是現代詩。這個視角也可以用來對新文學以來的古體詩的寫作進行思考，古體詩也可以用於表達現代人的生活，只要它的精神與價值取向融入了現代性，那它也可以是現代的，也是新詩的一部分。剛才盧楨談到了現代詩人對城市的表達，以爲現代詩人在表現城市時更多地運用了現代主義的手法，具有現代主義精神，確實具有說服力，其實，應該將這一思路貫徹到底來檢驗其他詩歌類型，比如鄉土詩。就如剛才大家談到的臺灣詩人的鄉愁表現，再比如我們這幾天研討的婁底詩人對鄉土的表現，與傳統的中國傳統的山水詩、田園詩和思鄉詩有沒有區別，我以爲是有的，這區別就是詩人對當今社會的體認，城鄉的體認，價值觀是不同的。如果我們一說到鄉土鄉愁，就是傳統詩詞的心情意緒，這就錯了。

新詩對傳統的吸收與轉化

羅振亞：剛才談到新詩對西方現代派詩學「創造性背離」的問題，事實上，因爲本土文化扭力根深蒂固的影響，新詩在接受外來經驗時尤其注重對古典詩歌的借鑒融合，從而在百年發展中呈現出一條「有跡可循」的線索。如我在論壇開始所講到的，新詩自覺結合縱的繼承與橫的借鑒，向古典與西方兩個影響源同時開放，雙向汲納。其所體現的民族化、現代化流向間的起伏消長，構成了自身複雜的歷史進程。可以說，新詩自誕生起就力圖融會中西藝術，實現西方詩的東方化和古典詩的現代化，進行背離性創造。

李少君：「五四」以來中國大陸的新詩發展、特別是現代主義詩歌的發展

是不完整的，我的意思是說它受到了太多外在因素的影響，比如持續的戰亂、多變的政局等等，沒有形成一個完整的借鑒西方並實現本土轉化的過程。即使到了新時期，朦朧詩人和第三代詩人廣泛受到西方的影響，但他們所處時代的詩歌依然難言「完整」，也沒有創造持續的高潮，比如北島的後續作品就始終沒有超越他早期的《回答》。和大陸詩歌的「不完整」或者說「未完成」相比，臺灣詩歌則是一個相對完整的參照系。中國大陸三四十年代的現代主義詩潮，在臺灣那裏得到接續與生長。今天來看，臺灣的現代主義詩歌運動是一個完整的受西方影響的過程。像洛夫、余光中、羅門等詩人，已經建立了相對成熟的理論體系。當時臺灣主要有現代、藍星、創世紀三個詩社，最初都以「橫的移植」作爲行動指南，就是注重西方經驗，忽視甚至拋棄中國經驗，這就和穆旦強調的那種「非中國性」類似。很多詩人都表示自己的創作主要受西方影響，比如學英語出身的余光中，提倡超現實主義的洛夫，都認爲中國詩歌要主張西化。我覺得有意思的是，這些詩人的代表作卻都顯示出強勁的「中國」的一面。余光中的《鄉愁》、鄭愁予的《錯誤》、洛夫飽含禪意的《晚鐘》，都表現出對中國文化精神的傾心。也就是說，這些詩人學習著西方超現實主義的形式，但其文本的內在精神是中國的。比如「鄉愁」、「禪思」，都是純粹東方的精神母題。像余光中這樣一個曾經強調極端西化的詩人，卻也宣稱中國是最美最母親的國度，而他要做屈原和李白的傳人，詩意地將藍墨水的上游命名爲汨羅江。如他那樣，詩人們意識到用西化排斥民族化會走向歧途，於是進行了有意識的文化糾偏，最終走向的還是民族化的道路。

燎原：少君說我們現在的詩歌與臺灣相比還處於「未完成」的狀態，我倒有不同的認識。比如北島，他作爲新時期之初的啓蒙者，開啓了朦朧詩的輝煌，也開啓了一個時代的寫作模式，其思維上的質疑精神，筆法上的冷峻態勢，都與現實主義詩歌主導的那種高亢贊美氣息是不同的。在那個時代的精神背景下，他已經完成了自我，而非要到六十歲八十歲才可以叫完成。至於他們是否有第二次創造力，這個創造力能持續多久，那是另一個層面的問題。

李少君：北島曾經表達過他最喜歡的當代詩人是柏樺和張棗，這兩人也屬於那種西化傾向很明顯的寫作者，但我們反觀張棗的《鏡中》以及柏樺的《在清朝》，這兩首詩都是在精神上最中國化的詩。實際上我想要表達的觀念是：我們要把中國新詩受西方影響這個命題放在一個完整的觀察角度上進行，亦即把臺灣納入我們的觀察視野，他們在形式上追新求變，但內容和精神上並

沒有拋棄與中國文化的勾連，這就很符合剛才我引用的馮友蘭的觀點：「惟我國家，亙古亙今，亦新亦舊，周雖舊邦，其命維新。」中國文化精神中有講求維新的一面，但也有永恒的不變的東西。這些年我在討論詩歌的草根性問題時說到過一個觀點，即中國文化現代性的第一步是向西方、向外學習，但很快這種學習的視角就應該由外轉內。這個內是什麼呢？就是我們的文化傳統，就是本土性和草根性。這種學習的視角是不斷向下來挖掘的，但最終目的是向上的，是要建立一個中國人形而上的現代意義世界。一種觀點認為，中國古典詩歌的意義世界是由唐詩建立的，唐詩為中國文學貢獻了大量的經典化意象和文化精神，如李白的豪放、杜甫的憂患、王維的超脫、白居易的閒適。今天，人們遇到高潮的情感需要表達時，往往引用的還是唐詩宋詞的意義世界，而我們當代生活的意義世界暫時還沒有建立。所以越是全球化，越是與西方交流，我們自身的文化鄉愁反而就越明顯。很多人看不清趨勢，還在一味推崇西方，其實新詩要完成自身，最終還是要回到中國傳統上來的。

　　默白：羅老師在論壇開始提到了「斷裂性選擇」的問題，無獨有偶的是，我昨天看到一條新聞，是搜狐文化採訪韓東寫詩的經歷。韓東說他們這代人寫詩時並沒有一個延續性的傳統，中國古典傳統對他們而言只是作為一種象徵而存在。如果把這些觀念聯繫在一起，就會形成一系列的問題。比如，中國新詩的源頭是否單純只與西方發生聯繫，新詩百年特別是近30年是否形成了自己的傳統。我認為中國新詩在語言這個層面上，其精華或者說內核還是屬於本土的，新詩語言對傳統的繼承主要體現在語言的意義上。西方詩學注重對宗教哲學觀、人類群體命運的觀照，也包含對自然萬物的觀照，而中國傳統詩學講求對民族、國家、社會之命運的精神投射。相較之下，中西詩學的側重點是有區別的。一首好的詩歌，一定是那種中西方藝術交融的文本，而其精神內核應當反映的是我們本土的經驗。所以說，百年新詩已經形成了一種內部傳統，這是屬於中國的基因，同時它還包容著從西方借鑒而來的形式技巧和思想內容。作為寫作者，我們要時刻反思這種傳統，它是我們不可忽視的創作資源。

　　燎原：中國詩歌與西方現代主義的關係是不言而喻的，「五四」以來的新詩人往往都是熟悉西方現代派詩歌的，對其文本背後的哲學文化內涵也頗有瞭解，今天也是如此。我重點想說的例子是昌耀，因為曾經有人跟我探討過昌耀的文化資源問題。按照一般讀者的認識，昌耀生活在青海，從條件上來

說缺乏接觸到更多西方現代主義思潮的機會，而實際上並不是這樣。我在寫《昌耀評傳》時參照過他自己當年的一些履歷，也看了一些詩人的回憶性文章，說昌耀上世紀 50 年代從朝鮮戰場回來之後，在河北榮軍學校的時候讀了大量國外現代詩人的作品，如萊蒙托夫、希克梅特、洛爾迦、聶魯達，都是他喜愛的詩人。1979 年他平反復出之後訂的很多刊物都是世界文學類的，可見他對西方的領會很深。但我們現在看到的昌耀是一個中國的詩人，是一個屬於青藏高原的寫作者，是把青藏高原的大地、宗教、原生文化和民族文化寫透了的一個朝聖者。西方詩學文化對昌耀來說，是一個巨大的資源，這種異質文化啓發他重新看待傳統，使他對傳統產生了新的認識和感覺。由此我們再反觀海子的寫作，他的寫作路徑和文化精神空間，無疑與他特殊心理取向上浩瀚的經典閱讀相關。在同時代的先鋒詩人都把歐美現代主義文學奉爲圭臬並作爲寫作資源時，海子則不可思議地將東方與西方的兩大古典文化系統作爲自己的源頭。其中的東方古典文化系統，由中國先秦文化典籍、古印度的兩大史詩和基督教的《聖經》所彙集；另一支的西方文化系統由黑格爾、康德、歌德、席勒、荷爾德林爲代表的德國古典哲學藝術和更爲遙遠的，以詩人荷馬、薩福以及埃斯庫羅斯等三大悲劇詩人爲代表的古希臘文學所彙聚。他熟悉西方文學，並從那裏汲取營養，然後將之作爲資源，或者說作爲催化劑重新激發我們對於傳統的認識與解讀，這對我們認識西方文明與傳統文化的內在聯繫是有啓迪意義的。

曉華：這個問題我也不是很讚同少君的意見，臺灣新詩的成就我們當然應該肯定，但說到底，這樣的成就不應該估價過高，而且，其發展潛力就目前來說也成問題，這就讓我們對它的價值和推廣性要保持警惕，誇張一點說是一種詩歌孤島與暫時性現象也未可知。還是那個立場，不能簡單地說中西結合，更不能簡單地主張回到中國傳統。這都曾經是一些口號，關鍵還是要具體分析，中西是什麼中，什麼西？誰的中，又是誰的西？中國傳統又是什麼傳統？具體內容又是什麼？如果不具體討論，那會貽害無窮，我們在這上面吃過的虧不少，有許多教訓可以吸收。

取道西方：經驗與反思

蔣登科：前面很多評論家和詩人都談到了對西方藝術形式的借鑒問題，我認爲還有三個角度的問題值得引起我們注意。一是我們的寫作者在取法西

方時，必須要有明確的目的性，不能一概拿來，毫無目的地西爲中用。像一些現代詩人如卞之琳、辛笛，他們借鑒西方的目的是很明確的，其創作的潛在理念也非常清晰，即不管採取什麼方式，我的目的是要表達中國經驗，是要把西方的話語方式、情感方式融合進我們的精神時空，用西方的營養灌注我們的詩壇，而非用漢語寫西詩。第二個問題是涉及翻譯，我不確定是否所有受西方影響的中國詩人都懂外語，也無法確定是否所有的翻譯家都能準確傳達出西方詩歌的原味，但我揣測有一部分詩人並沒有接觸過原文，如果他們讀到的譯文也不那麼準確，反而會對他們的創作造成傷害。第三，我們在學習西方的同時還應該考慮這樣一個問題，即西方受不受我們影響，學不學我們的詩學。歐美很多國家對中國傳統詩學保持了持續的關注，像龐德那樣，他在翻譯《古詩十九首》時感悟到中國詩歌的表達方式之獨特性，特別是組合意象之間的跳躍性很強，激發起他對意象派詩學的探究興趣，甚至將漢字應用於創作實踐。這實際上啓示我們，應當意識到傳統的魅力並對其保持關注的熱度。

默白：我讚同蔣老師的觀點，我們繞開自己學西方，可西方卻在學習我們，這值得我們反思。此外，我想談一談新詩在鎔鑄中西詩學的過程中，與其他藝術門類諸如繪畫的交流關係。現代以來的中國繪畫既受西方畫風的影響，同時也融入了東方傳統的藝術質素。現代派大師畢加索曾談及他的畫作受日本浮世繪與中國國畫的影響，並質疑當代藝術家普遍向西方學習的整體性傾向。他把東方比喻爲一座偉大的藝術寶庫，認爲西畫要借鑒東方藝術精神。這就說明我們對於傳統和西方應該重新去認識。成功的畫家應該像吳冠中那樣，把西化的色彩手法拿過來，並融入中國的傳統技法，融合西方形式與東方精神，成功的詩人也應如此。寫詩的人和研究詩的人絕不能離棄他生長的文化本土，這是我們成長的地方，更是我們的基因、血脈，無論如何也繞不開。

曉華：登科的意見很好，我前面說要從整體性的上考量新詩與西方的關係，這個整體性的外延很大，當然也包含文化藝術的，是從中國新詩與世界詩歌版圖上的一塊這樣的角度去看問題，自然，它是世界文化現象的一種，所以它也不可能不與其他文化形態包括其他詩歌版塊發生交互關係。只不過對任何一種文化間的影響都要具體分析，千萬不能因西方某個藝術家、某一藝術風格說受到了中國文化特別是中國古典文化的影響就認爲中國文化特別

是古典文化是源頭是祖宗，那就不對了。中國新詩與西方的關係還有許多繼續討論的維度，比如語言、比如政治等等，有些問題如果僅僅在詩學層面、特別是修辭學層面是沒有辦法說清楚的。

　　馬新朝：今天人們常說新詩寫作要回歸傳統，可我們究竟從傳統詩歌中學到了什麼呢？和西方詩歌相比，新詩似乎很難從傳統詩學中直接獲得具有很強操作性的技法，而且傳統詩學中很多哲學思維與今天我們的思想是脫節的，所以談到新詩與傳統的問題時，我們應該對「傳統」本身進行反思。我曾寫過一篇文章談談到中國新詩與中國古典詩詩意的差別，新詩的詩意構成與古典詩的詩意構元素成有較多的重合，然而，也有差異。這種差異導致了新詩的接受者們仍然有些不適。這是因為中國新詩形式大多來自西方，它詩意的內核構成及其因子等有很多也是來自異族，從而導致大多數中國人看新詩仍感到某些生澀感，難以適應超現實的美學構成。而舊體詩已經成為我們民族的集體無意識，作為一種思維慣性在我們的血管裏流動，所以他們讀舊體詩就從骨子裏感到親近。儘管有很多新詩人在繼承傳統上做了很多努力，但依然無法達到舊體詩帶給人的這種親切感受，一個「新」與「舊」的問題，實際上涉及我們如何接受傳統、與傳統對話等多個層面。

　　當前的詩歌理論界喜歡把現代與傳統之類的問題討論得條分縷析，實際上這個問題是很難說清楚的，而且越說可能就越複雜。作為一個詩歌寫作者，你用漢語去寫作，本身就不可能規避文化傳統對你產生的內在影響，至於這個傳統到底是如何體現的，我認為寫作者沒有必要過於深究，因為它是你血液裏的東西，如果過度探求你的詩歌是學習西方多一些還是回歸傳統多一些，形成瞻前顧後的姿態，對詩人反而是種限制，考慮太多就無法下筆了。詩人還是應該根據內心去寫作，不論西方的還是東方的，只要你能夠消化其內在精神，能夠借其發出真誠的聲音，就是理想的狀態。我認為詩歌應該以內在精神性的訴求為旨歸，要寫出人的疼痛感，以靈魂為底色去塑造細節，不要讓內容被技藝所置換。

　　大解：剛才新朝老師從創作角度談了一些感受，特別提到對新詩與舊體詩的文化認同問題，我覺得很有啟發性。我想從在詩歌現場「幹活者」的角度講一講自己的創作與文化傳統的關係。在寫作長詩《悲歌》的過程中，我遇到的一個問題就是很難在本土詩學傳統中找到可以直接借鑒的文本，因為我們的詩學傳統中是缺少敘事長詩的，也缺少對文本結構的總結與反思。所

以在寫作之前，我首先需要思考的問題就是從歷史傳統中可以吸收哪些東西，從當下語境中又能借鑒哪些東西，也就是做一個對「古今」的整合。在「古」的層面上，我的詩歌結構要借鑒傳統古老的文化積澱，把盡可能多的精神質素裝入一個人的身體，讓他穿透於歷史時空，建立一個以人為主體的精神譜系。在「今」的層面上，可以說我們是幸運的，我們生活在當代，生活在新詩流變多年之後正在形成自己傳統的時間節點上，生活在西方觀念自由流入的年代，這為我提供了極大的可選擇性。我將口語這種鮮活的語言納入文本，使詩歌的抒寫和言說達到了高度的自由，也使敘事成為可能。借助長詩的藝術結構，我吸取了很多中國傳統文化的精神質素，也把當下的思想信息納入其中，使當下與傳統產生了有機的內在聯繫，這是傳統給予我詩歌的力量與財富。

羅振亞：今天在座諸位老師都談到了中國新詩對西方現代派詩學的借鑒與轉化問題，由於接受的多元性與不均衡性，新詩對西方現代派詩的借鑒遠比對古典詩的繼承更為複雜。也正緣於這種多元性與不均衡性，鑄造出中國新詩的個人化奇觀，輸送了多種藝術模型，開拓了讀者多樣化的期待視野。中國新詩對西方現代派詩歌的接受也為我們提供了豐富的歷史啟迪：在交流和聯繫意味著一切的時代，只有保持開放氣度，博取異域營養，才能得到匯入世界藝術潮流的入場券；但在開放過程中必須提高消化能力，使外國藝術經驗本土化，正所謂取道西方，返歸中國，本土文化語境或者說屬於中國詩學的傳統始終對新詩發生著作用，這是顯在的存在，也是新詩之所以能夠不斷向前發展的內驅力。

總之，一個人的思維是單向度而局限的，只有多向度的對話才能夠產生意義。通過今天上午的對話、交流和碰撞，各位專家、學者、詩人對中國新詩與西方現代派詩歌的關係這一話題提供了許多寶貴意見和看法，它們雖然不完全一致，甚至判若雲泥，但我們更不要求一致。發言的諸位專家揭示出本話題的應有內涵及其諸種樣態，一些觀點雖非定論，甚至還有不少再度商榷討論的空間，但它們都出自學者們的獨立思考，為詩歌發展打開了一種可能，也對總結新詩的歷史經驗、繁榮新詩的未來發展不無啟迪，這也正是本次論壇的宗旨所在。

原載《揚子江詩刊》2015 年第 6 期

參考文獻

作品類：

1. 謝冕、楊匡漢編：《中國新詩萃（50 年代～80 年代)》，人民文學出版社 1985 年版。

2. 詩刊社編：《1949～1979 詩選》，人民文學出版社 1980 年版。

3. 詩刊社編：《詩選》，1981 年～1989 年，人民文學出版社。

4. 《青年詩選 1977～1980》，中國青年出版社 1981 年版。

5. 《青年詩選 1981～1982》，中國青年出版社 1983 年版。

6. 《青年詩選 1983～1984》，中國青年出版社 1985 年版。

7. 《青年詩選 1985～1986》，中國青年出版社 1988 年版。

8. 《青年詩選 1987～1988》，中國青年出版社 1990 年版。

9. 《青年詩選 1989～1990》，中國青年出版社 1992 年版。

10. 老木選：《新詩潮詩集》，北京大學五四文學社 1985 年版。

11. 唐曉渡等編選：《中國當代實驗詩選》，春風文藝出版社 1987 年版。

12. 宋琳、張小波、孫曉剛、李彬勇：《城市人》，學林出版社 1987 年 7 月版。

13. 徐敬亞主編：《中國現代主義詩群大觀 1986～1988》，同濟大學出版社 1988 年版。

14. 萬夏、瀟瀟編選：《後朦朧詩全集》，四川教育出版社 1993 年版。

15. 閻月君、周宏坤編選：《後朦朧詩選》，春風文藝出版社 1994 年版。

16. 陳旭光主編：《快餐館裏的冷風景》，北京大學出版社 1994 年版。

17. 《羅門短詩選》，中國社會科學出版社 1995 年版。

18. 《羅門長詩選》，中國社會科學出版社 1995 年版。

19. 李方編選：《穆旦詩全集》，中國文學出版社 1996 年版。

20. 程光煒主編：《歲月的遺照》，社會科學文獻出版社 1998 年版。

21. 臧棣、西渡編：《1978～1998 北大詩選》，中國文學出版社 1998 年版。

22. 王祿松、文曉村編：《兩岸女性詩歌三十家》，詩藝文出版社 1999 年版。

23. 小海、楊克編：《他們──〈他們〉十年詩歌選》，瀉江出版社 1999 年版。

24. 楊克等編：《90 年代實力詩人詩選》，瀉江出版社 1999 年版。

25. 唐曉渡編：《先鋒詩歌》，北京師範大學出版社 1999 年版。

26. 吳思敬編：《主潮詩歌》，北京師範大學出版社 1999 年版。

27. 葉匡政：《城市書》，花城出版社 1999 年 12 月版。

28. 周良沛編：《中國新詩庫》，長江文藝出版社 2000 年版。

29. 《于堅的詩》，人民文學出版社 2000 年版。

30. 《王家新的詩》，人民文學出版社 2000 年版。

31. 黃禮孩編：《70 後詩人詩選》，海風出版社 2001 年版。

32. 張新穎編：《中國新詩 1916～2000》，復旦大學出版社 2001 年版。

33. 馬鈴薯兄弟編：《中國網絡詩典》，江蘇文藝出版社 2002 年版。

34. 譚五昌編：《中國新詩白皮書（1999～2002）》，崑崙出版社 2004 年版。

35. 安琪、遠村、黃禮孩編：《中間代詩全集》，海峽文藝出版社 2004 年版。

36. 楊克：《陌生的十字路口》，人民文學出版社 2004 年 12 月版。

37. 楊克等主編：《1998 中國新詩年鑒》，花城出版社 1999 年版。

38. 楊克等主編：《1999 中國新詩年鑒》，廣州出版社 2000 年版。

39. 楊克等主編：《2000 中國新詩年鑒》，廣州出版社 2001 年版。

40. 楊克等主編：《2002～2003 中國新詩年鑒》，天津社會科學出版社 2004 年版。

41. 楊克等主編：《2004～2005 中國新詩年鑒》，海風出版社 2006 年版。

42. 李少君主編：《21 世紀詩歌精選：草根詩歌特輯》，長江文藝出版社 2006 年版。

43. 黃禮孩主編：《異鄉人──廣東外省青年詩選》，花城出版社 2007 年 5 月版。

參考的民刊主要有《城市詩人》、《詩歌現場》、《現代漢詩》、《詩江湖》、《下半身》、《第三說》、《詩文本》、《詩歌與人》、《流放地》、《標準》、《詩參考》等。

專著類：

1. 袁可嘉：《論新詩現代化》，三聯書店 1988 年版。

2. 袁可嘉：《現代主義文學研究》，中國社會科學出版社 1989 年版。

3. 古繼堂：《臺灣新詩發展史》，人民文學出版社 1989 年 5 月版。

4. 吳曉：《意象符號與情感空間》，中國社會科學出版社 1990 年版。

5. 朱大可：《燃燒的迷津》，學林出版社 1991 年版。

6. 葉維廉：《中國詩學》，三聯書店 1992 年版。

7. 洪子誠、劉登翰：《中國當代新詩史》，人民文學出版社 1993 年版。

8. 吳思敬編：《磁場與魔方：新潮詩論卷》，北京師範大學出版社 1993 年版。

9. 王光明：《艱難的指向》，時代文藝出版社 1993 年版。

10. 陳仲義：《詩的嘩變》，鷺江出版社 1994 年版。

11. 藍棣之：《現代詩的情感與形式》，華夏出版社 1994 年版。

12. 羅門：《羅門論文集》，中國社會科學出版社 1995 年版。

13. 劉登翰、朱雙一：《彼岸的繆司——臺灣詩歌論》，百花洲文藝出版社 1996 年 12 月版。

14. 張清華：《中國當代先鋒文學思潮論》，江蘇文藝出版社 1997 年版。

15. 陳仲義：《臺灣詩歌藝術六十種——從投射到拼貼》，灕江出版社 1997 年 12 月版。

16. 王一川：《中國形象詩學》，三聯書店 1998 年版。

17. 王澤龍：《中國現代主義詩潮論》，華中師範大學出版社 1998 年 5 月版。

18. 陳大爲：《存在的斷層掃瞄——羅門都市詩論》，臺北文史哲出版社 1998 年 6 月版。

19. 孫玉石：《中國現代主義詩潮史論》，北京大學出版社 1999 年版。

20. 劉士傑：《走向邊緣的詩神》，山西教育出版社 1999 年版。

21. 孫文波等編：《語言：形式的命名》，人民文學出版社 1999 年版。

22. 劉登翰主編：《香港文學史》，人民文學出版社 1999 年 4 月版。

23. 龍泉明：《中國新詩流變論》，人民文學出版社 1999 年 12 月版。

24. 王家新等編：《中國詩歌：九十年代備忘錄》，人民文學出版社 2000 年版。

25. 於可訓：《當代詩學》，湖南人民出版社 2000 年版。

26. 陳仲義：《扇形的展開》，浙江文藝出版社 2000 年版。

27. 呂進主編：《文化轉型與中國新詩》，重慶出版社 2000 年版。

28. 唐曉渡：《唐曉渡詩學論集》，中國社會科學出版社 2001 年版。

29. 歐陽江河：《站在虛構這邊》，三聯書店 2001 年版。

30. 王柯：《詩歌文體學導論——詩的原理和詩的創造》，北方文藝出版社 2001 年 12 月版。

31. 臧棣、蕭開愚、孫文波編：《激情與責任——中國詩歌評論》，人民文學

出版社 2002 年 9 月版。

32. 羅振亞：《中國現代主義詩歌史論》，社會科學文獻出版社 2002 年 12 月版。

33. 王光明：《文學批評的兩地視野》，北京大學出版社 2002 年版。

34. 王光明：《現代漢詩的百年演變》，河北人民出版社 2003 年版。

35. 程光煒：《中國當代詩歌史》，中國人民大學出版社 2003 年版。

36. 孟樊：《臺灣後現代詩的理論與實踐》，揚智文化 2003 年 1 月版。

37. 張新：《新詩與文化散論》，吉林文史出版社 2004 年版。

38. 張桃洲：《現代漢語的詩性空間——新詩話語研究》，北京大學出版社 2005 年 4 月版。

39. 羅振亞：《朦朧詩後先鋒詩歌研究》，中國社會科學出版社 2005 年 6 月版。

40. 汪劍釗：《二十世紀中國的現代主義詩歌》，文化藝術出版社 2006 年 7 月版。

41. 張林傑：《都市環境中的 20 世紀 30 年代詩歌》，中國社會科學出版社 2007 年 4 月版。

42. 王家新：《為鳳凰尋找棲所》，北京大學出版社 2008 年 4 月版。

43. 王澤龍：《中國現代詩歌意象論》，中國社會科學出版社 2008 年 4 月版。

44. 譚桂林：《本土語境與西方資源——現代中西詩學研究》，人民文學出版社 2008 年 4 月版。

45. 敬文東：《詩歌在解構的日子裏》，北京大學出版社 2008 年 4 月版。

46. 王岳川、尚水編：《後現代主義文化與美學》，北京大學出版社 1992 年版。

47. 金絲燕：《文化接受與文化過濾》，中國人民大學出版社 1994 年版。

48. 吳福輝：《都市漩流中的海派小說》，湖南教育出版社 1995 年版。

49. 金耀基：《從傳統到現代》，中國人民大學出版社 1999 年版。

50. 李潔非：《城市像框》，山西教育出版社 1999 年 3 月版。

51. 王曉明主編：《在新意識形態的籠罩下——90 年代的文化和文學分析》，江蘇人民出版社 2000 年 10 月版。

52. 李今：《海派小說與現代都市文化》，安徽教育出版社 2000 年版。

53. 張新穎：《20 世紀上半期中國文學的現代意識》，三聯書店 2001 年版。

54. 王岳川：《中國鏡像：90 年代文化研究》，中央編譯出版社 2001 年版。

55. 包亞明、王宏圖、朱生堅：《上海酒吧》，江蘇人民出版社 2001 年版。

56. 高秀芹：《文學的中國城鄉》，陝西人民教育出版社 2002 年版。

57. 陳曉明主編：《現代性與中國當代文學轉型》，雲南人民出版社 2003 年 1 月版。

58. 蔣述卓、王斌、張康莊、黃鶯:《城市的想像與呈現》,中國社會科學出版社 2003 年 6 月版。

59. 張潔宇:《荒原上的丁香——20 世紀 30 年代北平「前線詩人」詩歌研究》,中國人民大學出版社 2003 年 10 月版。

60. 姚玳玫:《想像女性》,中國社會科學出版社 2004 年版。

61. 包亞明:《遊蕩者的權力——消費社會與都市文化研究》,中國人民大學出版社 2004 年版。

62. 李俊國:《中國現代都市小說研究》,中國社會科學出版社 2004 年 1 月版。

63. 張檸:《文化的病症——中國當代經驗研究》,上海文藝出版社 2004 年 7 月版。

64. 葉中強:《從想像到現場——都市文化的社會生態研究》,學林出版社 2005 年 3 月版。

65. 朱大可、張閎主編:《21 世紀中國文化地圖》(第三卷),廣西師範大學出版社 2005 年 9 月版。

66. 程光煒主編:《都市文化與中國現代文學》,人民文學出版社 2005 年 11 月版。

67. 王宏圖:《都市敘事與欲望抒寫》,廣西師範大學出版社 2005 年 12 月版。

68. 喬以鋼:《中國當代女性文學的文化探析》,北京大學出版社 2006 年版。

69. 孫遜、楊劍龍編:《都市、帝國與先知》,三聯書店 2006 年版。

70. 許紀霖主編:《帝國、都市與現代性》,江蘇人民出版社 2006 年版。

71. 楊東平:《城市季風》,新星出版社 2006 年版。

72. 陶東風、徐豔蕊:《當代中國的文化批評》,北京大學出版社 2006 年版。

73. 陳曉蘭:《文學中的巴黎與上海——以左拉和茅盾爲例》,廣西師範大學出版社 2006 年 3 月版。

74. 羅崗:《想像城市的方式》,江蘇人民出版社 2006 年 6 月版。

75. 熊家良:《現代中國的小城文化與小城文學》,中國社會科學出版社 2007 年 6 月版。

76. 楊宏海主編:《全球化語境下的當代都市文學》,社會科學文獻出版社 2007 年 8 月版。

77. 楊宏海主編:《打工文學備忘錄》,社會科學文獻出版社 2007 年 12 月版。

78. 劉永麗:《被書寫的現代——20 世紀中國文學中的上海》,中國社會科學出版社 2008 年 5 月版。

79. 聶偉:《文學都市與影像民間——1990 年代以來都市敘事研究》,廣西師範大學出版社 2008 年 5 月版。

80. 〔美〕韋勒克、沃倫:《文學理論》,劉象愚等譯,三聯書店 1984 年版。

81. 〔美〕蘇珊‧朗格：《情感與形式》，中國社會科學出版社 1986 年版。

82. 〔美〕丹尼爾‧貝爾：《資本主義文化矛盾》，趙一凡等譯，三聯書店 1989 年版。

83. 〔德〕瓦爾特‧本雅明：《發達資本主義時代的抒情詩人》，張旭東等譯，三聯書店 1989 年 3 月版。

84. 〔英〕馬爾科姆‧布雷德伯里：《現代主義》，中國社會科學院外國文學研究所譯，上海外語教育出版社 1992 年 6 月版。

85. 〔英〕T‧S‧艾略特：《艾略特文學論文集》，百花洲文藝出版社 1994 年版。

86. 〔美〕詹姆遜：《後現代主義與文化理論》，北京大學出版社 1997 年版。

87. 〔德〕瓦爾特‧本雅明：《經驗與貧乏》，王炳鈞等譯，百花文藝出版社 1999 年版。

88. 〔法〕讓‧鮑德里亞：《消費社會》，劉成富、全志鋼譯，南京大學出版社 2000 年 10 月版。

89. 〔英〕邁克‧費瑟斯通：《消費文化與後現代主義》，劉精明譯，譯林出版社 2000 年版。

90. 〔美〕李歐梵：《現代性的追求》，三聯書店 2000 年版。

91. 〔美〕李歐梵：《未完成的現代性》，北京大學出版社 2005 年版。

92. 〔美〕李歐梵：《上海摩登——一種新都市文化在中國 1930～1945》，北京大學出版社 2005 年版。

93. 〔美〕王德威：《如此繁華》，上海書店出版社 2006 年版。

英文專著類：

1. Baker, Barbara, ed. *Shanghai: Electric and Lurid City*. New York: Oxford University Press, 1998. [TUC]

2. Esherick, Joseph. W. ed., *Remaking the Chinese City: Modernity and National Identity, 1900～1950*. Honolulu, University of Hawaii Press, 2000. [SSW]

3. Dubey, Madhu. *Signs and Cities: Black literary postmodernism*. Chicago: The University of Chicago Press, 2003. [LS]

4. Blanchard, Marc Eli. *In Search of the City: Engels, Baudelaire, Rimbaud*. Saratoga, FL: Anna Libri, 1985.

5. Bremer, Sidney H. *Urban Intersections: Meetings of Life and Literature in United States Cities*. Urbana: University of Illinois Press, 1992.

6. Caws, Mary Ann, ed. *City Images: Perspectives from Literature, Philosophy, and Film*. New York: Gordon & Breach, 1991.

7. Jaye, Michael C. and Ann Chalmers Watts, eds. *Literature and the Urban Experience: Essays on the City in Literature*. New Brunswick, NJ: Rutgers

University Press, 1972.

8. Johnston, John H. *The Poet and the City: A Study in Urban Perspectives*. Athens: University of Georgia Press, 1984.

9. Lehan, Richard. *The City in Literature: An Intellectual and Cultural History*. Berkeley/ Los Angeles/ London: University of California Press, 1998.

10. Lehan, Richard. *Urban Signs and Urban Literature: Literary Form and Historical Process. New Literary History*, Vol. 18, No. 1, Studies in Historical Change (Autumn, 1986), 99~113.

11. Lynch, Kevin. *The Image of the City*. Cambridge, MA: MIT Press, 1960.

12. Pike, Burton. The Image of the City in Modern Literature. Princeton, NJ: Princeton University Press, 1981.

13. Rotella, Carlo. *October Cities: The redevelopment of Urban Literature*. London: University of California Press, 1998.

14. Sharpe, William. *Unreal Cities: Urban Figuration in Wordsworth, Baudelaire, Whitman, Eliot, and Williams*. Baltimore: John Hopkins Univerity Press, 1990.

15. Sharpe, William and Leonard Wallock, eds. *Visions of the Modern City: Essays in History, Art, Literature*. Baltimore: John Hopkins University Press, 1987.

16. Thum, Reinhard H. *The City: Baudelaire, Rimbaud, Verhaeren*. New York: Peter Lang, 1994.

17. Timms, Edward and David Kelley, eds. *Unreal City: Urban Experience in Modern European Literature and Art*. Manchester: Manchester University Press, 1985.

18. Williams, Raymond. *The Country and the City*. New York: Oxford University Press, 1973.

19. Wirth-Nesher, Hana. *City Codes: Reading the Modern Urban Novel*. New York: Cambridge University Press, 1996.

20. Zhang, Yingjin. *The City in Modern Chinese Literature & Film*. Stanford, California: Stanford University Press, 1996.

21. Van Crevel, Maghiel. *Chinese Poetry in Times of Mind, Mayhem and Money*, Leiden etc: Brill.2008.

城市詩的時代（代後記）

    城市的歷史就是人類自身的歷史，因爲城市實質就是人類的化身，它從低級到高級的發展過程，與人類自身智慧的增長密不可分。斯賓格勒說過：「從前，即使是一個小村莊，也是世界的一部分，而現在，世界都市則已吸盡了整個文化的內容。」〔註 1〕畢竟，在全球都市化無可規避的今天，「所有感性認識的源泉好像都從城市開始，以城市結束，如果有什麼東西超出了這個範圍，就好像也超出了生活」（R・威廉姆斯語）。〔註 2〕都市化的事實導致「現代性」的概念指向更爲開放的文化存在，它彷彿削弱了「歷史終結」的目的論立場，而更像帶有過程性的狀態描述。

    從「城市」這一切入點出發，我們可以發現，在新詩特別是當代詩歌的成長軌跡中，確實存在著與城市文化諸多不可忽略、甚至關涉緊密的聯繫。城市文化充當著詩歌重要的話語資源，它使得新詩有著不同於古典詩的全新境遇。如果說傳統詩歌的抒情主體始終徘徊於廟堂理想和田園幻夢之間的話，那麼，都市文明引領的新銳生活形態，使他們可以在物質的符碼中自由穿梭，以對「物」的投合或疏離印證其自我存在，表露其審美品味。並且，這些抒情主體第一次要面對諸多紛繁複雜的選擇：傳統鄉土桃源的烏托邦與現代都會色彩迷亂的異托邦，現代「人群」的同化之力與孤獨「自我」的離群索居……在透過抒情主體彰顯現代意緒之時，詩人們需要一種便於穿透既

〔註 1〕〔德〕斯賓格勒：《西方的沒落》，陳曉林譯，黑龍江教育出版社 1988 年版，第 30 頁。

〔註 2〕Raymond Williams: *The Country and the City*. New York. Oxford University Press. 1973. pp.234～235.

往與未來體驗、傳統精神與現代空間的形象，或者說以這樣一種形象作爲投射主體精神的立足點與視角。正如同波德萊爾筆下的「漫遊者」似的，一系列城鄉邊緣人、瘋子、夜行者或夢幻者都共同指向了一個大寫的、身在城市之中卻不安於城市速度的邊緣人。這一形象使抒情主體領會到自己擁有在「人群」面前重申「自由」的能力，從而便於他們建立起脈絡式的精神譜系。

整體觀之，當代中國詩人對城市的抒寫經歷了從顯層的外在物質形態觀照到隱層的深層心理感知、即由「地理」到「心理」的精神流變過程。在城市抒寫的原初階段，物質符號將人類的感覺和身體拓展到新的維度，詩人驚羨於都市巨人般的偉力膨脹，以崇拜和期待的心情迷戀著它的光輝。隨之，物態城市所掩抑的負面因素、特別是它對心靈的壓制和對身體的操控，使詩人開始偏向於對都市人生存意義的理性探詢。城市抒寫的精神主體也表現出將都會經驗「心理化」的群體特徵，這是現代性「心理狀態」和「感覺系統」〔註3〕（structure of feelings）的詩學擬現，亦如帕克所說：城市正是這樣「一種心理態度，是各種禮俗和傳統構成的整體。」〔註4〕

此外，作爲具有文學意味的結構體，城市文化參與了當代新詩語言、意象、節奏等本質要素形成的全過程。人文背景的變換使新詩的語言鏈條爲更多都市符碼所置換，詩歌的語彙系統更加豐富。城市意象的組合和運動，也充實、完善了新詩的象徵意境。由宏觀角度審視，當代大陸詩歌的城市抒寫無論是在整體上，亦即在各個時段中所展現出的特點都與其自身的發展變化合轍同步：朦朧詩所承擔的「英雄」、「人性」等啓蒙主題可以透過城市抒寫中「城市夢」的方式化夢爲眞，而「後朦朧詩」對先賢的拆解和對日常生活審美的深入，又可以在于堅、歐陽江河、楊克、以及葉匡政等詩學姿態不同的詩人筆下，在他們城市抒寫的語言態度中覓得蹤跡。作爲新詩重要表現手段之一的城市抒寫自身，也與新詩的發展軌跡基本吻合，這既和主流意識形態、文化形態的導向緊密相連，也與詩歌內部的藝術規律休戚相關。「城市抒寫」始終伴隨著當代新詩的成長而成長，並成爲新詩發展的晴雨錶。

進入 21 世紀以來，大陸詩歌的城市抒寫逐步融入了世界文學的宏觀格

〔註3〕 〔德〕本雅明：《發達資本主義時代的抒情詩人》，張旭東譯，三聯書店 1989年版，第 146 頁。

〔註4〕 〔美〕R・E・帕克、E・N・伯吉斯、R・D・麥肯齊：《城市社會學》，宋俊嶺、吳建華、王登斌譯，華夏出版社 1987 年 6 月版，第 1 頁。

局，表現出「走在世界」而非「走向世界」的特質。城市詩歌所秉持的美醜對立的外部態度、由外在物質符碼進入人類文化心理的內部視角、對人類靈魂異化的批判力度和對合理生存姿態的探詢關懷，都是西方乃至世界詩歌城市抒寫所關注的基本命題。因此需要特意言明的是，大陸城市詩歌既是西方城市詩學與東方傳統文化交流互彙的藝術結晶，是「他方」的藝術思維與母體文化交融的結果，同時始終還是世界城市文學的重要一環，在表現詩歌藝術的形式美學以及都市文化的深層內蘊上，它們交相輝映並殊途同歸。

最後，感謝導師羅振亞教授，感謝叢書主編李怡教授，以及花木蘭文化事業有限公司的諸位老師。本論著的主體源於博士論文《現代中國詩歌的城市抒寫》涉及當代新詩的章節，並在原有文稿基礎上進行了修正和擴充，此外還收納了本人近年來討論新世紀詩學及詩人「個人化寫作」等問題的一些文章。限於本人的學力，其不足與疏漏之處，還請讀者給予指正。

盧楨
2017 年元月